STEFAN KELLER

Stirb, Romeo!

LIEBE UND VERRAT Bonn, Regierungssitz der Bundesrepublik Deutschland, 1984. Vera Marx arbeitet als Sekretärin im Bundesverteidigungsministerium auf der Hardthöhe. Ihre Ehe mit dem Ministerialdirektor Bernd Marx ist alles andere als glücklich. Als sie den attraktiven Musiker Yannick Moreno kennenlernt, lässt sie sich kurzerhand auf eine Affäre mit ihm ein. Doch nur wenig später nimmt der BND Kontakt zu ihr auf. Moreno soll ein Agent der Stasi sein, ein sogenannter Romeo, der auf sie angesetzt wurde, um an geheime Informationen des Verteidigungsministeriums zu gelangen. Tatsächlich tauchen Stasi-Mitarbeiter auf und drohen, Moreno zu töten, sollte Vera nicht als Spionin für sie tätig werden. Vera gerät zwischen die Fronten des Kalten Krieges. Immer mehr wird sie in den tödlichen Machtkampf zwischen Stasi und BND hineingezogen, der sie nach Ostberlin führt, ins Herzen des DDR-Sicherheitsapparates …

Stefan Keller lebt und arbeitet als Autor, Dozent und Dramaturg in Düsseldorf. Nach seiner Tätigkeit als Wirtschaftsjournalist und Theaterdramaturg schrieb er unter anderem Hörspiele, Skripts für Fernsehshows, Drehbücher und Bühnenstücke. Zudem lektorierte er für Filmproduktionen und Fernsehsender und gibt seit mehreren Jahren Schreibkurse an der Universität zu Köln.

Bisherige Veröffentlichungen im Gmeiner-Verlag:
Kölner Wahn (2015)
Kölner Grätsche (2014)
Kölner Luden (2013)
Kölner Persönlichkeiten (2012)
Kölner Totenkarneval (2011)
Kölner Kreuzigung (2010)

STEFAN KELLER

Stirb, Romeo!

Kriminalroman

GMEINER SPANNUNG

Besuchen Sie uns im Internet:
www.gmeiner-verlag.de

Im Ehnried 5, 88605 Meßkirch
Telefon 07575/2095-0
info@gmeiner-verlag.de

1. Auflage 2016

Lektorat: Ricarda Dück
Herstellung: Mirjam Hecht
Umschlaggestaltung: U.O.R.G. Lutz Eberle, Stuttgart
unter Verwendung eines Fotos von: © ullstein bild – ullstein bild,
© michael715/Fotolia.com
Druck: CPI books GmbH, Leck
Printed in Germany
ISBN 978-3-8392-1979-9

Personen und Handlung sind frei erfunden.
Ähnlichkeiten mit lebenden oder toten Personen
sind rein zufällig und nicht beabsichtigt.

TEIL 1

WENN DIE WELT ZUSAMMENBRICHT

1

Die Haustür stand sperrangelweit auf. Im Flur brannte Licht und fiel hinaus auf die Stufen, auf denen zwei Buchsbäumchen thronten. Junge Triebe lugten verstohlen hervor. Vera Marx hatte gehofft, an diesem vertrauten Ort ein Gefühl von Sicherheit wiederzuerlangen. Schutz zu finden. Die offene Tür zerstörte diese Hoffnung wie die kleinen Triebe die akkurate runde Form der Bäumchen. Sollte sie trotzdem hineingehen?

»Was ist jetzt?«, fragte der Taxifahrer und sah sie an. Ungeduldig tippten seine Finger auf dem Lenkrad. Das Autoradio spielte leise Michael Sembellos »Maniac«: »Just a steel town girl on a Saturday night, looking for the fight of her life …« Sie hatte einmal zu diesem Lied getanzt. Jetzt zitterten ihre Knie.

Im Scheinwerfer des Taxis glitzerten die Regenfäden. Sie suchte in ihrem Portemonnaie nach dem Geld für den Fahrer. Dann stieg sie aus. Herzklopfen. Mit ängstlichen Schritten lief sie über die Straße. Hinter ihr brauste das Taxi davon.

Auf dem Treppenabsatz blieb Vera stehen und lauschte. Sie war Sekretärin im Bundesverteidigungsministerium, eine ganz normale Frau. Vielleicht zurzeit in einer ungewöhnlichen Situation. Aber sie war niemand, der mitten in der Nacht einfach so ein Haus betrat, dessen Tür sperrangelweit offen stand. Andererseits war es ihr Haus. Sie hatte über sieben Jahre darin gelebt.

Nichts war zu hören. Kein Laut. Nur der Kühlschrank brummte in der Küche. Noch eine Weile verharrte Vera auf der Treppe.

Hörte sie vielleicht ein Stöhnen aus dem Keller?

Nein, nichts.

Klirrte Glas im Obergeschoss?

Nein. Auch nicht.

Sie drückte die Klingel. Der Gong ertönte.

Sie wartete. Niemand reagierte.

Vorsichtig trat sie ein.

»Bernd!«, rief sie, nachdem sie hinter sich zugesperrt hatte. »Ich bin's, Vera!«

Keine Antwort. Nur der Kühlschrank brummte weiter.

»Bist du zu Hause?«

Leise schlich sie in die Küche, wagte kaum zu atmen. Auf der Anrichte ragte ein Messer aus dem Messerblock. Sie griff danach. Jetzt fühlte sie sich ein bisschen sicherer.

Vorsichtig näherte sie sich dem Wohnzimmer, felsenfest überzeugt, gleich auf dem niedrigen Glastisch eine Rotweinflasche und zwei Gläser zu sehen, dahinter Bernd mit der rothaarigen Hexe auf dem Sofa. Aber der Raum war leer. Keine Flasche, keine Gläser, kein Bernd, keine Rothaarige.

Vera ging hinüber zur Couch, deren Leder furchtbar quietsche, wenn man sich daraufsetzte. Die Fernsehzeitschrift auf dem Tisch war von letzter Woche. Sie kannte sie. Sie hatte sie selbst gekauft. In einem anderen Leben.

Sie trat ans Fenster und blickte hinaus in den Garten,

erkannte die kahlen Äste der Sträucher in der Dunkelheit. Sonst nichts. Hinter sich meinte sie ein Geräusch zu hören, ein leises Rascheln. Erschrocken fuhr sie herum, das Messer fest umklammert. Doch niemand stand hinter ihr.

Langsam gewöhnten sich ihre Augen an das Dämmerlicht im Raum. Durch die Küche kehrte sie zurück in den beleuchteten Flur. Vorsichtig, den Rücken an der Wand, das Messer mit der Spitze nach vorne gerichtet, tastete sie sich die Kellertreppe hinunter. Hier unten war es finster. Alle Türen zugeschlossen. Sie kehrte um, froh, nicht in der Sauna nachschauen zu müssen.

Im ersten Stock sah sie einen Lichtschein durch den Schlitz unter der Schlafzimmertür schimmern. Vera zögerte, traute sich nicht, sie aufzureißen. Stattdessen öffnete sie die Tür zum Gästezimmer, das irgendwann einmal ein Kinderzimmer hätte werden sollen, danach betrat sie das Bügelzimmer, in dem sich ihr Plattenspieler und die Mappen mit den Singles befanden, die sie gekauft hatte. Die würde sie irgendwann mitnehmen, beschloss sie.

Auch im Bad fand sie niemanden. Falls sich jemand im Haus versteckte – Bernd, die Rothaarige oder gar ein Einbrecher –, musste er im Schlafzimmer sein. Leise lief sie dorthin. Der graue Veloursteppichboden im Flur verschluckte das Geräusch ihrer Schritte. Noch einmal hielt sie inne, das Ohr an die Tür gepresst, die Hand auf der Klinke. Im Schlafzimmer war nichts zu hören. Nicht einmal Bernds unvermeidliches Schnarchen. Vielleicht war er ausgegangen und hatte nicht richtig hinter sich zugesperrt?

Sie drückte die Klinke hinunter und streckte vorsichtig den Kopf ins Zimmer. Sie erstarrte. Bernd saß auf dem Bett, das Laken bedeckte zur Hälfte seine Beine. Er war nackt, sein Oberkörper lehnte gegen die gepolsterte Rückwand des Bettes, ein Kissen im Kreuz. Sein Kopf war leicht nach hinten geneigt, die Augen blickten über Vera hinweg auf das Kruzifix über der Tür, das ihre Mutter ihr geschenkt hatte. Sie hatte nach Veras und Bernds Hochzeit darauf bestanden, es im Schlafzimmer der Jungvermählten aufzuhängen. Vera hätte es am liebsten direkt verschwinden lassen, aber sie hatte gewusst, dass ihre Mutter es bei jedem Besuch kontrollieren würde.

Jetzt schaute der Herr Jesus hinab auf ihren Mann, als wolle er ihn bei sich willkommen heißen. Während der eine am Kreuz eine Wunde unter dem Herzen trug, hatte der andere auf dem Bett eine Wunde quer über den Hals. Jemand hatte Bernd die Kehle aufgeschlitzt. Ein tiefer, weit auseinanderklaffender Schnitt. Das Blut war ihm über die Brust gelaufen und hatte auf dem weißen Laken dunkelrote Flecken gebildet. Seine Hände waren blutverschmiert. Auf seiner Brust entdeckte Vera drei Einstichwunden.

Entsetzt ließ sie das Messer zu Boden fallen. Fast geräuschlos landete es auf dem weichen Velours. Dann rannte sie hinüber zu ihrem Mann. Lebte er noch? Konnte sie ihn retten? Als sie sich mit einem Knie auf dem Bett abstützte und zu ihm beugte, ihm die Hand auf die Schulter legte und ihm in die leeren Augen sah, musste sie einsehen, dass für Bernd jede Hilfe zu spät kam.

Mehr aus Schamgefühl, ohne es sich wirklich bewusst zu machen, zog Vera die Decke etwas höher. Dabei bemerkte sie, dass das zweite Bettzeug benutzt worden war. Als sie zu der Seite des Bettes hinüberging, die einmal ihre gewesen war, klingelte es an der Haustür. Sie erstarrte. Wer trieb sich um diese Zeit draußen herum?

2

… 6 Tage früher …

»Das können wir nicht machen!«

Vera Marx zupfte am Ärmel ihrer Komplizin. Sie versuchte sie festzuhalten, aber Magda drückte die Klinke herunter und ging in den dunklen Raum hinein. Vera fürchtete, die Bluse ihrer Freundin zu zerreißen, wenn sie sie nicht losließ.

»Natürlich können wir das! Es war offen!« Magda griff ihrerseits nach Veras Arm und zog sie hinein. Vera stolperte ihr hinterher.

Ihre Kollegin schloss die Tür hinter ihnen und tippte mit dem Zeigefinger gegen die Lippen. »Leise jetzt«, raunte sie Vera zu, deren Herz bis zum Hals pochte.

Zu ihrem Glück waren die Jalousien der Fenster hinuntergelassen. Im Halbdunkel des Zimmers fand sich Magda erstaunlich gut zurecht. Sie ging um den Schreibtisch herum, der doppelt so groß war wie Veras drei Räume weiter. Dafür nicht einmal halb so voll. Hier stand keine elektrische Schreibmaschine, die zu schwer war, um sie wegzuschieben, musste man einmal Papiere durchgehen. Keine vollen Ablagefächer, beschriftet mit »Eingang«, »Ausgang«, »Vorlage« oder »Wichtig«, stapelten sich auf der glatt gebohnerten Tischplatte. Nur ein Telefon stand neben einer ledernen Schreibmappe, auf der ein bestimmt sündhaft teurer Füllfederhalter lag. Auf einem kleinen Schrank hinter dem Schreibtisch thronten in goldene Rahmen gefasste Fotos einer Frau und dreier Kinder, die breit grinsten. Die Kinder. Nicht die Frau. Die lächelte, als habe sie eigens dafür einen mehrwöchigen Kurs besucht.

An der Wand gegenüber hingen ebenfalls Bilder. Sie zeigten den Mann, dem dieses Büro gehörte. Meist stand er neben anderen Herren, denen er die Hand schüttelte, während sie gemeinsam in die Kamera schauten. Er mit stolzgeschwellter Brust, seine Begleiter wirkten, als müssten sie eine unvermeidliche Prozedur über sich ergehen lassen. Vera erkannte den französischen Präsidenten François Mitterand und sein amerikanisches Pendant Ronald Reagan. Anders als dem besonders schmallippigen Franzosen war dem Amerikaner als Einzigem für die Aufnahme ein Lächeln gelungen. Als habe er noch nie jemanden so Bemerkenswertes getroffen wie Doktor Alexander Hildebrandt, Ministerialdirektor im Bundesministerium für Verteidigung der Bundesrepublik Deutschland, Abteilung 23. Allerdings war Reagan auch einmal Schauspieler von Beruf gewesen.

Schritte auf dem Flur rissen Vera aus ihren Gedanken. Sie hielt den Atem an. Selbst Magda stand still, starrte mit ihren großen, kräftig geschminkten Augen zur Tür. Vera schielte vorsichtig zu ihr hinüber, den Kopf nach unten gesenkt. Sie traute sich nicht, den Blick zu heben. Als gäbe es eine Chance, unerkannt zu bleiben, sollte urplötzlich Doktor Hildebrandt oder jemand vom Sicherheitspersonal hereinstürmen. Ein kindischer Gedanke, schalt sie sich. Als würde man sie nicht erkennen mit ihren schmalen Schultern unter der weißen, seidig glänzenden Bluse, deren Schulterpolster dieses Defizit nicht ausreichend kaschierten. Mit ihrer kräftigen Hüfte, die sie selbst viel zu ausladend fand, in ihrem Rock mit dem grün karierten Schottenmuster. Mit ihren braunen Haaren, dem unverkennbaren Schnitt, mittellang, praktisch.

Die Schritte verhallten, Vera schaute ihre Kollegin an. Magdas Augen leuchteten abenteuerlustig. »Siehst du? Alles kein Problem!«

Als gehöre er ihr, ging Magda um den Tisch herum, ignorierte die einzelne Mappe, die neben der schwarzen ledernen Schreibunterlage lag und auf der in gestempelten Buchstaben »Stufe II – streng geheim« zu lesen war. Stattdessen ging sie in die Hocke und öffnete den niedrigen Schrank, auf dem die Fotos standen. Licht leuchtete auf und erhellte ihr Gesicht.

»Wusste ich's doch!« Sie nahm eine Flasche aus dem Kühlschrank und hielt sie Vera hin. »Bester Champagner! Die Fete kann weitergehen!«

Sie schloss die Tür der versteckten Minibar, das Licht erlosch.

»Aber wir können doch nicht …?«, warf Vera ein.

»Hildebrandts Champagner klauen? Natürlich können wir das!«

»Er wird es merken! Er steht draußen und feiert mit!«

Magda grinste. Diebisch, fand Vera. »Ja, und? Glaubst du, er wird uns eine Szene machen, wenn wir mit seinem Büro-Champagner erscheinen? Damit alle wissen, dass er immer eine Flasche bereitstehen hat?«

Entschlossen ging Magda zur Tür, drückte mit der rechten Hand die Klinke herunter, hielt die Flasche wie eine Waffe in der linken, und schaute kurz hinaus. Vera konnte es kaum erwarten zu verschwinden. Über den Flur schallte lautes Lachen aus dem Sekretariat, ihrem Büro, wo die Kolleginnen und Beamten den Arbeitstag ausklingen ließen und den Abschied von Hildebrandts Chefsekretärin feierten. Gäbe es noch Sekt, würde Vera das Klirren von Gläsern hören. Stattdessen waren nur Gesprächsfetzen und Gelächter zu vernehmen.

Vera schloss die Tür, wischte gedankenlos mit dem Ärmel über den Knauf, als wolle sie Fingerabdrücke verwischen. Ihr Herz klopfte immer noch bis zum Hals. Die Aufregung allerdings ließ nach. Erleichterung machte sich langsam breit. Erleichterung und ein leichtes Kribbeln, von dem sie nun meinte, es sei vielleicht eben schon da gewesen, nur habe sie es nicht bemerkt, weil ihre Angst alles überlagert hatte. Ein Kribbeln, das ihr gefiel.

Dummes Huhn, tadelte sie sich, während sie hinter Magda den Flur hinunterlief. Es war nur das Büro vom Hildebrandt, nichts sonst. Und es ging nur um eine Flasche Champagner, damit sie weiterfeiern konnten. Kein Grund, sich vor Angst fast in die Hose zu machen!

Selbstbewusst hielt Magda die Flasche wie eine Trophäe in die Luft, als sie ins Sekretariat zurückkehrten. Woher hatte sie eigentlich gewusst, wo Hildebrandt seinen Champagner versteckte? Vera ging fast täglich bei ihrem Chef ein und aus, öfter als Magda, aber die Minibar hatte sie noch nie bemerkt …

»Da seid ihr ja wieder!«, begrüßte sie Hedwig, mit der Vera sich das Büro teilte. Alle drehten sich zu ihnen. Vera versteckte sich ein bisschen hinter Magda.

Sie beobachtete Hildebrandt, der sie wie alle anderen anschaute. Der Knoten seiner bordeauxroten Krawatte saß locker, der oberste Hemdknopf war geöffnet, eine Einladung an die Mitarbeiter, die Fete nicht als formellen Termin zu betrachten. Er schaute kurz auf Magda und die Flasche in ihrer Hand, sein Gesicht zeigte keinerlei Regung.

»Sie sind ja wirklich fündig geworden, Frau Scherf! Wie schön!« Er streckte die Hand aus, nahm Magda die Flasche ab. Sie zu öffnen war Männersache. Seine Adern am Handgelenk traten leicht hervor, als er den Korken herausdrehte, die goldene Rolex jedoch saß fest. Zwanzig nach vier, las Vera. Um sechs Uhr musste sie zu Hause sein, Bernd wartete auf sein Essen. Musste sie sonst noch etwas erledigen?

»Plopp!« Der Champagner schäumte über und ergoss sich in einen schmalen Sektkelch, den Magda ihrem Chef hinhielt. Er grinste sie anzüglich an. Magda blickte mindestens ebenso lasziv zurück.

»Der Hildebrandt tät' dir auch gefallen, was?«, flüsterte ihr Hedwig ins Ohr.

»Der ist verheiratet!«

»Als ob das ein Grund wäre! Ist doch ein schöner Mann!« Sie stieß Vera mit dem Ellbogen an. »Und er mag dich! Hat dich ja nicht ohne Grund zur Nachfolgerin von der ollen Schmetz gemacht.« Sie lachte laut auf. Vera sah einen Rest Salat zwischen den Schneidezähnen ihrer Kollegin.

»Selbst wenn! *Ich* bin ebenfalls verheiratet!«

»Na und? Magda etwa nicht?«

»Was …?« Perplex blickte sie Hedwig an. Die schüttelte nur den Kopf und hielt Hildebrandt nun ihrerseits das Glas hin.

Als es voll war, wandte sich der Chef Vera zu: »Was ist mit Ihnen, Frau Marx? Noch ein Schlückchen?«

Vera winkte ab. »Nein, danke! Ich merk schon das eine Glas von eben.«

Hildebrandt zögerte, als überlege er, wie er Vera doch noch überreden könne.

»Ich trink lieber noch ein Wasser«, kam sie ihm zuvor und griff nach einer Flasche Mineralwasser, die jemand achtlos im Aktenregal hinter ihr abgestellt hatte.

Instinktiv legte Bernd Marx seine rechte Hand auf die linke, um seinen Ehering zu verdecken.

»Brauchen Sie Hilfe?«, erkundigte er sich.

Eigentlich eine überflüssige Frage, schließlich streikte das kürzlich aus Bundesmitteln angeschaffte Xerox-Kopiergerät im Schnitt alle zwei Tage, weil sich Papier in den Walzen verfing. Musste viel kopiert werden, verweigerte es den Dienst im Stundenrhythmus. Bernd wusste das.

Die Frau, die vor dem Gerät hockte, drehte sich zu ihm um, sah aus grauen Augen zu ihm auf. Ihre Bluse war ein Stück hochgerutscht, ein Streifen sonnengebräunter Haut blitzte hervor. Die Hand mit dem Ring verschwand in der Hosentasche von Bernds Versace-Anzug.

»Ja, gerne. Ich bin neu und kenne mich mit dem Gerät nicht aus«, antwortete die Frau. Ihre Wangen erröteten leicht. Das stand ihr gut, ließ sie weniger streng wirken. Weicher. Unwiderstehlicher.

Bernd ging in die Hocke, wippte lässig auf seinen Valentino-Schuhen mit den schicken Troddeln. Hoffentlich bemerkte sie seine eleganten Seidensocken, die er schon Ende März zu tragen wagte. Er war eben mehr als ein langweiliger Regierungsbeamter! Ein extravaganter Charakter! Einer, auf den die Mädchen flogen.

»Wollen wir mal sehen«, sagte er und lächelte.

Sie erwiderte sein Lächeln, strich sich eine dichte, leuchtend rote Locke aus dem Gesicht. Der weite Ärmel ihrer Bluse gab einen Blick auf ihren weißen Spitzen-BH frei, der sich auf der gebräunten Haut abzeichnete.

Er zog an dem Papier, das den Stau verursachte. Die Walzen schienen zu knurren und weigerten sich, ihre Beute freizugeben. Bernd kämpfte mit ihnen. Das Blatt zerriss. Er verlor das Gleichgewicht und plumpste mit einem Fetzen in der Hand auf den Hosenboden.

»Lassen Sie mich doch machen, wenn es Ihnen zu anstrengend ist.«

»Nein, nein, nein!« Entschlossen beugte Bernd sich wieder nach vorn. Den Kampf mit dem Kopierer würde er nicht verlieren. Nicht vor dieser Frau. »Das krieg ich hin, Fräulein …?«

»Moreno! Ich bin die neue Praktikantin.« Sie hielt ihm die Hand hin, lange schlanke Finger, drei Ringe. Am Zeigefinger einen breiten silbernen, verziert mit einem viereckigen Muster, am Mittelfinger eine Art Stoffband mit einem kleinen, in Gold gefassten Brillanten und am Ringfinger einen großen bronzefarbenen Ring mit einem kräftig schimmernden grünen Stein. Nichts davon sah wie ein Ehe- oder Verlobungsring aus.

»Bernd!«, erwiderte er und griff nach ihrer Hand. Sie fühlte sich wundervoll an, die Haut war noch weicher, als er es sich erhofft hatte.

»Isabelle!«

»Na, dann wollen wir doch mal schauen, was los ist, Isabelle!« Bernd rückte näher an den Kopierer heran, ein paar rote Haare strichen über seine Schulter. Sie rochen leicht nach Lavendel. Er liebte Lavendel! Zu Hause musste er Vera unbedingt sagen, dass sie ihm Lavendelseife kaufen sollte.

Endlich gaben die Walzen nach. Er zog den übrig gebliebenen Fetzen zwischen den Trommeln hervor. »Hier haben wir den Übeltäter«, verkündete er und hielt das zerknitterte, mit schwarzer Tinte verschmierte Blatt hoch. Isabelle wollte es ihm abnehmen. Er zog es weg. »Na, das schmeißen wir lieber gleich in den Müll.«

Nachdem er es zerknüllt hatte, warf er es – lässig, wie er fand – in den Korb, der extra für diesen Zweck neben dem Kopiergerät aufgestellt worden war. Seine Finger waren mit schwarzer Druckerfarbe befleckt. Er würde sie gründlich sauber machen müssen, bevor er den Staatssekretär traf.

»Oh je, Sie haben sich schmutzig gemacht!« Isabelle griff nach seinen Händen, sprang auf und zog ihn zu der kleinen Teeküche am Ende des Ganges.

Rasch drehte sie den Wasserhahn auf und hielt einen Finger in den Strahl, um die Temperatur zu überprüfen. Anschließend schob sie sanft die Ärmel seines Sakkos und seines Hemdes nach oben. Mit ihrer rechten Hand, an der die Ringe prangten, griff sie nach der Seife und begann seine Finger zu schrubben. Die Druckerfarbe war hartnäckig. Doch Isabelle ließ nicht locker. Ihre Finger waren glitschig, voller Seifenschaum. Es dauerte mehrere Minuten, ehe sie befand, dass seine Hände nun sauber genug waren. Bernd konnte keinen einzigen schwarzen Punkt mehr sehen. Er bedankte sich lächelnd und kehrte wie in Trance in sein Büro zurück.

Die Gläser auf dem Tablett klirrten, Vera trug es dennoch sicher zu der kleinen Küche am Ende des Flurs. Im Sekretariat hatte inzwischen jemand das Radio angedreht. Die Musik schallte bis zu ihr hinüber. »Neue Heimat & Purple Schulz«, wusste Vera. »Wenn die Welt zusammenbricht«, lautete der Titel.

Sie stellte das Tablett ab, ließ Wasser in das Spülbecken laufen. Die Gläser sollten zumindest eingeweicht werden, und wo sie gerade dabei war, konnte sie sie sofort abwaschen. Leise summte sie den Text mit. »… Sie fühlt sich hilflos und schwach und obendrein noch so klein. Dabei hat sie vom Leben noch nicht viel gesehen …«

In ihre Arbeit vertieft, zuckte sie zusammen, als ihr jemand auf die Schulter tippte. Sie fuhr herum, ein nasses Glas noch in der Hand. Wasser tropfte auf den Teppichboden. Man sollte den Küchenbereich wirklich fliesen, dachte sie, als sie den dunklen Fleck zu ihren Füßen sah.

Der Mann, der ihr gegenüber stand, achtete nicht darauf, sondern schaute ihr direkt ins Gesicht. Breithofer, Chef der Sicherheitsabteilung des Ministeriums.

Sie nickte ihm zu, stellte das Glas ab. »Was kann ich für Sie tun, Herr Breithofer?«, fragte sie ihn freundlich, unterdrückte die leichte Beklemmung, die dieser kräftige Mann mit dem dichten, dunklen Vollbart und den buschigen Augenbrauen immer in ihr hervorrief.

»Ich wollte noch einmal mit Ihnen reden, bevor Sie Ihre neue Aufgabe antreten.«

Vera meinte, in seinem Blick Zweifel erkennen zu können. Zweifel, ob sie dieser Herausforderung gewachsen war. Doch wenn er das wirklich glaubte, behielt der Sicherheitsbeamte es zumindest für sich.

»Ah, Breithofer!«, ertönte Hildebrandts Stimme. Sie sah den Ministerialdirektor aus dem Sekretariat auf sie zukommen, einen Sektkelch in der Hand. Es schien, als höbe Breithofer leicht kritisch die Braue, als er das Glas sah. Aber wer konnte das bei diesem Gestrüpp über den Augen schon genau sagen?

»Feiern Sie mit uns?«, fragte Hildebrandt den Sicherheitschef.

»Leider habe ich keine Zeit zu feiern, Herr Doktor. Ich wollte mit ihrer neuen Chefsekretärin ein paar Worte wechseln. Es ist wichtig, dass sie sich der großen Verantwortung bewusst ist, die sie nun trägt.« Er blickte sie an. Zweifelnd. »Und der Sicherheitsaspekte, die mit dieser Tätigkeit in Verbindung stehen.«

»Die Sicherheitsaspekte, natürlich, natürlich!« Der Chef stand mittlerweile neben ihnen, schüttelte Breithofer die Hand und klopfte ihm auf die Schulter. »Prächtige Idee! Gehen Sie in mein Büro, dort können Sie in Ruhe reden.« Er deutete mit ausgestrecktem Arm den Flur hinunter.

Nicht dahin, betete Vera im Stillen. Der Sicherheitschef stapfte bereits los. Er hatte O-Beine, stellte sie fest, als sie ihm hinterherlief. Hildebrandt zwinkerte ihr kurz zu.

Breithofer öffnete die Tür zu Hildebrandts Büro und ließ Vera eintreten, bevor er sie hinter ihnen schloss. Vera blieb mitten im Raum stehen. Sie fühlte sich ertappt. Roch es im Zimmer nicht nach ihrem Parfüm?

Der Sicherheitschef ging um sie herum. »Setzen Sie sich doch«, sagte er und deutete auf einen der beiden Stühle neben dem kleinen Tisch, an dem Hildebrandt gelegentlich Gäste empfing.

Vera setzte sich, zupfte den Rock zurecht. Breithofer blieb stehen und blickte auf sie herab. »Morgen beginnt für Sie ein neues Arbeitsleben, das einige Veränderungen mit sich bringen wird.«

»Frau Schmetz hat mich gut eingearbeitet, und ich bin ja bereits mit allen Abläufen in der Abteilung vertraut.«

Breithofer ignorierte ihren Einwand. Er klemmte die Finger hinter die zu breiten Sakkoaufschläge. »Sie sind nun in einer deutlich verantwortungsvolleren Position, haben Zugang zu Papieren, die – so möchte ich sagen – in höchstem Maße Sensibilität verlangen.«

»Auch darüber habe ich mit Frau Schmetz und Doktor Hildebrandt bereits gesprochen. Sie haben mir eindringlich vor Augen geführt, was auf mich zukommen wird.«

Breithofer schüttelte kurz den breiten Schädel. »Über Ihren Schreibtisch gehen nun Dokumente und Akten der allerhöchsten Geheimhaltungsstufe. Stufe II! Streng geheim!«, rief er.

»Das ist mir bewusst.« Vera presste die Knie enger zusammen. Allmählich fragte sie sich, worauf Breithofer hinauswollte.

»Papiere, die die Sicherheit der Bundesrepublik Deutschland und der gesamten westlichen Welt betreffen«, fuhr er fort. »Unterlagen, nach denen die andere Seite lechzt!« Während sich Vera über seine Wortwahl wunderte, redete Breithofer weiter: »Sie werden Kenntnisse besitzen, die Sie zum Ziel potenzieller Spionageversuche machen!«

»Ich werde schweigen wie ein Grab!« Vera lächelte den Sicherheitschef an. Kurz. Sehr kurz. Ihre Hoffnung, ihr kleiner Scherz würde Breithofer besänftigen, wurde umgehend zunichtegemacht.

»Nehmen Sie das nicht auf die leichte Schulter!«, bellte er. »Sie wären nicht die erste Mitarbeiterin, die sich plötzlich in den Fängen des Feindes wiederfindet!« Leichte rote Flecken bildeten sich auf seinen Wangen.

»Sie können mir vertrauen, Herr Breithofer. Ich bin mir meiner Verantwortung sehr bewusst und werde mich entsprechend verhalten.« Vera stand auf, hoffte, dass das Gespräch damit vorbei sein würde. Zu Hause wartete der Herd auf sie.

»Sie wären nicht die Erste, die einem Stasi-Spion auf den Leim geht. Denken Sie an den Fall Junkers!«

Margarete Junkers war eine ehemalige Sekretärin im Außenministerium, deren Liebhaber von der Stasi auf sie angesetzt worden war, um sie auszuhorchen. Der Fall war unter den Teppich gekehrt worden, unter Regierungsmitarbeitern jedoch bekannt.

»Wie Sie wissen, bin ich verheiratet.«

»Unter anderem deswegen haben Sie diese Stelle bekommen. Es könnte dennoch sein, dass die andere Seite an Sie herantritt. Vielleicht sogar mit einem Romeo wie bei Margarete Junkers, um sich über ein vorgetäuschtes Liebesverhältnis Zugang zu geheimen Informationen zu verschaffen! Informationen, die die Sicherheit der Bundes…«

»Wie ich bereits sagte: Ich bin verheiratet, Herr Breithofer«, wiederholte Vera bestimmt. Sie wollte ihre Empörung nicht verbergen. Welches Bild hatte Breithofer von ihr?

Der Sicherheitschef hob abwehrend die Hände, dann zog er einen Schlüssel aus der Tasche und hielt ihn vor Vera in die Luft. Er wirkte nun ein wenig kleiner als zuvor und leicht verlegen. »Es ist meine Pflicht, Sie über die Gefahren in Kenntnis zu setzen, die Ihnen drohen, Frau Marx.«

»Ich weiß, Sie machen nur Ihre Arbeit. Aber Sie müssen sich wirklich keine Sorgen machen.«

Breithofer nickte, zog einen Schlüssel aus der Tasche und hielt ihn vor Veras Gesicht in die Luf. »Hiermit erhalten Sie Zugang zu den Ablagen mit den geheimen Unterlagen! Geben Sie gut darauf acht!«

Er wirkte alles andere als überzeugt, als er ihr den Schlüssel in die Hand drückte.

3

»Entführung ins Happy End«, las er auf dem Umschlag des himmelblauen Heftromans, als sie die Seite mit dem Zeigefinger umblätterte. Auf ihrem Schoß lag ein Walkman, dessen Kopfhörer sie sich zu Beginn der Busfahrt über die Ohren gezogen hatte. Er hatte eine ungefähre Vorstellung, welche Art von Musik sie mochte. Regelmäßig kaufte sie in einem Schallplattenladen in der Altstadt, meist Singles aus dem Regal mit den Liedern aus den internationalen Hitparaden. Langspielplatten leistete sie sich selten, eher Musikkassetten, die preiswerter waren. Obwohl sie die Preise ohne Weiteres bezahlen könnte. Den Kontostand des Ehepaares Marx kannte er ziemlich genau. Vermutlich wollte ihr Mann nicht, dass sie zu viel Geld für ein Hobby ausgab, selbst wenn sie nur wenige besaß.

Er stand etwa zwei Meter von ihr entfernt, hielt sich an einer Stange fest, um nicht das Gleichgewicht zu verlieren. Die andere Hand steckte in der Manteltasche. Er betastete das Feuerzeug und die Zigaretten ebenso wie das kleine Messer, das er immer bei sich trug, und einige der anderen Gegenstände, die er öfter brauchte. Öfter als normale Menschen.

Busse waren keine Verkehrsmittel, die er schätzte. Sein Zielobjekt allerdings schon. Kaum war sie eingestiegen und hatte sich auf den Platz hinter dem Busfahrer gesetzt, hatte sie das Heftchen aus ihrer Handtasche gekramt und das Papier glatt gestrichen. Anschließend hatte sie das Lesezeichen herausgezogen, es sorgfältig in der Tasche verstaut und zu lesen begonnen. Seitdem hatte sie ihre Position nicht verändert, den Kopf nach unten, völlig in die Welt ihres billigen Kitschromans versunken, und ihn nicht registriert. Allerdings bemerkten ihn die wenigsten Menschen, und das war gut so.

Vera Marx. 32 Jahre alt. Verheiratet. Sekretärin im Bundesverteidigungsministerium. Nach allem, was er wusste, bestand ihre Ehe nur noch auf dem Papier. Aber er war sich nicht sicher, ob sie das genauso sah. Das musste er herausfinden, bevor er aktiv werden konnte.

Der Bus bremste quietschend. Die stehenden Fahrgäste klammerten sich an ihre Griffe, wankten. Vera Marx schrak auf, schaute sich um. Für einen Moment sah sie zu ihm herüber. Er wandte sich den drei Jugendlichen zu, die gerade einstiegen. Zwei geschniegelte Typen mit Lacoste-Shirts und Föhnwelle, in ihrer Mitte ein Mädchen mit einem zu dick aufgetragenen Lippenstift und einem bunten Tuch im toupierten Haar. Immerhin besaß sie hübsche Beine. Sie stellten sich vor ihn.

Er rutschte ein Stück zur Seite, um sein Zielobjekt im Auge behalten zu können. Nicht, dass er fürchtete, sie würde etwas Außergewöhnliches tun. Zum Beispiel eine Haltestelle zu früh aussteigen. Vera Marx tat seiner Erfahrung nach nie etwas Außergewöhnliches. Im Grunde führte sie ein langweiliges Leben. Anders als er.

Eilig schloss Vera die Haustür auf. Der Bus hatte ein paar Minuten Verspätung gehabt, weil drei Teenager angefangen hatten, mit Popcorn um sich zu schmeißen. Der Fahrer hatte auf freier Strecke gehalten und sie hinausgeworfen.

Sie hängte den Schlüssel an den Haken des Schlüsselbrettchens neben der Tür. Vor über 25 Jahren hatte sie es im Kindergarten gebastelt. Mit einer Handsäge aus einem Fichtenholz ausgeschnitten, angemalt und mit eigens dafür gefertigten Blumenstempeln bedruckt. Stolz hatte sie es ihrer Mutter geschenkt, als Ersatz für die schmucklosen Nägel neben dem Eingang. Doch die hatte es nur verächtlich angeschaut, in der Hand gedreht und ihr mit den Worten zurückgegeben: »Das taugt nichts. Wirf es weg!« Vera hätte es wahrscheinlich tatsächlich weggeworfen, hätte sie nicht so viel Arbeit hineingesteckt und sich beim Sägen in den Finger geschnitten. Noch heute konnte man rechts unten in der Ecke des Brettchens eine dunkle Verfärbung schimmern sehen, wo ihr Blut auf das Holz getropft war. Deshalb hatte sie es in ihren Schrank gelegt, versteckt unter ihren Kleidchen, damit die Mutter es nicht finden konnte. Heute war dieses Brettchen eines der wenigen Dinge im Erdgeschoss ihres Hauses, die von ihr stammten, mit ihr zu tun hatten.

Ihre Absätze klapperten auf dem Marmorboden. Noch bevor sie aus dem Mantel schlüpfte, zog sie die Schuhe aus, weil sie das Geräusch als viel zu laut empfand. Manchmal glaubte sie, dass die Leute im Nachbarhaus sie hören mussten, wenn sie über den Marmor lief, der das gesamte Erdgeschoss bedeckte.

Auf Socken lief sie ins Wohnzimmer, nahm im Vorbeigehen eine Flasche Fanta aus dem Kühlschrank in der offenen Küche. Eine Bar trennte sie vom restlichen

Raum ab, der sowohl eine Essecke als auch den Wohnbereich umfasste. Sie hätte eine geschlossene Küche bevorzugt. Allein schon wegen des Geruchs. Aber Bernd hatte sich durchgesetzt. »Supermodern! Amerikanisch! Wie in New York!«, so hatte er es genannt. Drei Hocker mit Lederbezügen und chromglänzenden Füßen standen vor der Bar, Bernds Cocktailshaker auf der Ablagefläche. Nur die Blumen hatte sie ausgewählt. Der erste Flieder. Der Raum roch danach. Sie liebte den Duft.

Mit einem Glas Limonade ließ sie sich auf das Sofa fallen, das aus der gleichen Serie stammte wie die Hocker. Leder, Stahl. Bernd hatte das Erdgeschoss vor zwei Jahren renovieren und komplett umbauen lassen. Sie hatte sich vorher wohler gefühlt. Ihr Mann hatte gemeint, nun sei es repräsentativer. Vermutlich hatte er recht.

Nur wenig interessiert blätterte sie in der Fernsehzeitung, las einen Bericht über die angeblich unmittelbar bevorstehenden Dreharbeiten zu dem Film »1984«, in dem Richard Burton eine der Hauptrollen spielen sollte. Die »Eurythmics« sollten den Soundtrack beisteuern. Darauf war sie gespannter als auf den Film, dessen Thema, die Maschinerie eines totalen Überwachungsstaats, ihr eher Angst machte.

Sie drückte die »2« auf der Fernbedienung. Mit einem leichten Klacken schaltete sich das Gerät an. Der Vorspann ihrer Lieblingsserie war bereits gelaufen. Herr Rossi fuhr mit seinem Hund Gaston im Auto nach Hause. Die meisten fanden diese Serie kindisch. Ihr war das egal. Sie liebte sie.

Nach der Sendung schaltete sie den Fernseher aus. Die Nachrichten würde sie gemeinsam mit ihrem Mann um acht Uhr schauen. Sie stand auf, räumte ihr Glas in die Spülmaschine. Ein Luxus, den sie liebte und auf dem sie bestanden hatte, als Bernd die Grundrenovierung angekündigt hatte. Er hatte dagegen argumentiert. Sie hatte dieses Mal nicht locker gelassen.

Vera setzte das Nudelwasser auf und begann mit der Zubereitung des Abendessens. Um Viertel vor sieben war Bernd noch immer nicht zu Hause. Vera beschlich ein schlechtes Gewissen. Bestimmt musste er länger im Büro arbeiten. Als Ministerialdirektor des Finanzministeriums kam das öfter vor. Unter der neuen Regierung, die seit zwei Jahren im Amt war, hatte seine Karriere mächtig Fahrt aufgenommen. Sie sahen sich immer seltener. So war das, wenn man mit einem erfolgreichen Mann verheiratet war. Doch eigentlich rief er immer an, sollte es später werden. Fast immer.

Sie hielt die Nudeln warm, so gut es ging. Vera beschloss, weiter in ihrem Roman zu lesen, eines der Hefte, für die Bernd nur Spott übrig hatte. Zu ihrem Geburtstag schenkte er ihr meist ein Buch. In der Regel eines über Politik oder Geschichte. »Für deine Bildung!«, pflegte er zu sagen. Sie hatte keines davon gelesen. Er hatte nie danach gefragt. Sie verkroch sich unter den Kopfhörern ihres Walkmans und schlug ihr Romanheftchen auf. Paul Youngs samtweiche Stimme lullte sie ein und sang »Come back and stay«.

Als Bernd um halb acht immer noch nicht zu Hause war, zog sie sich um und schob eine Videokassette in den Rekorder. Eine Viertelstunde turnte sie die Aerobic-Übungen nach, die die amerikanische Schauspielerin Jane Fonda auf dem Bildschirm vormachte. Am Anfang hatte sie sich dämlich gefühlt und die Jalousien vor den Wohnzimmerfenstern heruntergelassen. Doch nach ein paar Trainingsstunden hatte sie sich daran gewöhnt und irgendwann die Jalousien oben gelassen. Wer sollte sie auch schon vom Garten aus beobachten?

Sie wartete. Das Licht ihrer Schreibtischlampe fiel auf einige belanglose Unterlagen über Fragen der Mehrwertsteuerbelastung für Gartenbetriebe, die sie nicht im Geringsten interessierten, sondern als Vorwand dienten, um als Praktikantin noch nach sechs Uhr im Büro zu bleiben. Nachdem die ältliche, nach Patschuli riechende Sekretärin aus dem Saarland, mit der sie Büro und Schreibtisch teilen musste, endlich gegangen war, hatte sie die Heizung aufgedreht.

Er kam gegen zwanzig nach sechs, klopfte zweimal an den Türrahmen und lächelte, als er sich lässig dagegen lehnte. Die Krawatte, die er am Nachmittag vor dem Kopierer noch getragen hatte, war verschwunden. Die oberen beiden Knöpfe seines Hemdes waren geöffnet. Vera konnte sein Brusthaar sehen.

»Am ersten Tag noch spät im Büro? Na, Sie zeigen ja Engagement!«, begann er mit seinem belanglosen Geschwätz.

Sie erwiderte das Lächeln, blickte ihm direkt in die Augen. »Ich habe wohl das Zeitgefühl völlig verloren. Das ist alles so spannend! Wie spät ist es denn?«

Er trat an den Schreibtisch, legte die Hand lässig auf die Kante. »Nach sechs!« Sie wusste, was er sah, als er zu ihr hinunterschaute. Sie wusste, was er sich erhoffte. Er würde kriegen, was er wollte. Sie ebenfalls. Später.

»Oh!« Sie schaute ihn mit großen Augen an.

»Haben Sie denn zu Hause niemanden, der auf Sie wartet?« Er räusperte sich. Seine Stimme klang heiser.

Sie schüttelte den Kopf. Anschließend strich sie sich eine Haarsträhne beiseite und senkte betont langsam die Lider. Legte Traurigkeit in ihren Blick.

»Und dann …«, er kam um den Tisch herum, stellte sich hinter sie, beugte sich nach vorn und deutete auf die Papiere, die vor ihr lagen, »… vertreiben Sie sich die Zeit mit der Mehrwertsteuerbelastung für Gartenbetriebe?«

Sie blinzelte zu ihm hinauf. Auf seinem Gesicht war aufrichtige Fassungslosigkeit abzulesen. Tröstend legte er die Hand auf ihre Schulter. Machte sie es ihm zu leicht?

»Warm haben Sie es hier«, krächzte er.

»Finden Sie?«

»Sie nicht?«

»Jetzt, wo Sie es sagen! Soll ich lüften?« Eilfertig sprang sie auf und lief hinüber zum Fenster.

»Nein! Lassen Sie nur.« Er lächelte – ein klein wenig verschwörerisch. »Es ist wie in einer Sauna. Nicht unangenehm …«

»Vielleicht mag ich es deswegen.«

»Saunieren Sie gerne?«

»Ich liebe es!« Sie strahlte ihn an. »Nach meinem Abitur war ich einige Monate in Helsinki. Dort haben alle eine Sauna. Das ist toll.«

»Ich habe auch eine. Bei uns … bei mir im Keller.«

»Oh, ich beneide Sie! Das muss wunderbar sein, jeden Tag in die Sauna zu können. Immer wenn man Lust hat.« Amüsiert registrierte sie, wie ihm die Gesichtszüge beim Wort »Lust« fast entgleisten. »Ich könnte Tage damit verbringen.«

»Soll ich sie Ihnen einmal zeigen, Isabelle?«

»Das wäre toll!«

»Haben Sie was zu trinken?«

»Ich weiß nicht …« Ratlos sah sie sich um, ließ ihren Blick nur kurz zu dem Schrank mit den Getränkevorräten wandern. »Ich kenne mich noch nicht aus.« Verlegen schaute sie ihn an. »Wie Sie wissen, ist das ist mein erster Tag!«

Er zögerte einen kleinen Moment. Fast fand sie das süß. »Wir können irgendwo etwas trinken gehen. Was meinen Sie?«

Sie meinte, dass das gar nicht zu ihren Plänen passte, behielt das jedoch für sich. Stattdessen lief sie zu der Spüle hinter der Tür, nahm ein Glas und hielt es unter den laufenden Wasserhahn. Unschuldig hielt sie es ihm entgegen. »Ich kann wirklich das Fenster aufmachen.«

Er kam auf sie zu und nahm ihr das Glas ab. Nachdem er es abgestellt hatte, zögerte er einen Augenblick. Sie öffnete leicht die Lippen. Dann küsste er sie. Endlich kam er zur Sache. Sie drängte ihn zum Schreibtisch, hockte sich auf die Platte und achtete darauf, dass sie sich – und vor allem ihn – vor der kleinen Kamera im Lampenschirm gut in Positur brachte.

Mit Schwung lenkte Bernd seinen goldmetallic lackierten Porsche 928 in die überdachte Parkbucht, die er im Vorgarten hatte anlegen lassen. Nun musste er nicht mehr in den Garagenhof hinter dem Haus fahren und von dort um den Block zurück oder durch den Garten zur

Veranda laufen. Zwar warf das Dach Schatten auf das ohnehin zu kleine Küchenfenster, aber für ihn und seinen Sportwagen war der neue Stellplatz nur von Vorteil.

Er kletterte bester Stimmung aus dem tief liegenden Auto. Als er sah, dass im Haus noch Licht brannte, verflog seine gute Laune. Nachdem er die Praktikantin auf dem Tisch der alten Martenstein flachgelegt hatte, war er erst einmal essen gegangen und anschließend eine Weile über die Autobahn gebrettert. Er liebte das nach dem Sex. Vor allem aber hatte er gehofft, Vera würde dann schon schlafen, wenn er nach Hause kam.

»Tut mir leid, Schatz!«, rief er, noch bevor er die Haustür hinter sich zuzog. Im Wohnzimmer lief der Fernseher. Er ging hinein. Vera lag in eine Wolldecke eingewickelt auf dem Sofa und schlief.

Leise schlich er nach oben ins Badezimmer, putzte sich die Zähne, kontrollierte, ob irgendwelche verräterischen Spuren auf Hemd, Gesicht und Hose zurückgeblieben waren. Sicher war sicher.

Leise Schritte auf der Treppe. Im Badezimmerspiegel mit den verspiegelten Glühbirnen, der an die Garderobe eines Filmstars erinnern sollte, tauchte das verschlafene Gesicht seiner Frau hinter ihm auf.

»Du bist spät«, murmelte sie.

Er drehte sich zu ihr um und drückte ihr einen Kuss auf die Wange. »Tut mir leid, Besprechung mit dem Staatssekretär. Dieser Volland kommt einfach nie zu einem Ende.«

Sie schmiegte ihre Wange an seine Schulter. Er widerstand dem Reflex, sie in den Arm zu nehmen. Sie schnupperte an ihm. »Du riechst nach Lavendel.«

Mist! Er war nicht vorsichtig genug gewesen.

»Volland hat wieder zu viel geraucht, und die Martenstein hat üppig mit ihrem neuen Parfüm herumgesprüht, bevor die Sitzung zu Ende war. Tut mir leid. Findest du den Geruch auch so schrecklich wie ich?«

Sie schüttelte den Kopf. »Nein, ich mag Lavendel.« Sie stellte sich neben ihn, nahm ihre Zahnbürste.

Beobachtete sie ihn im Spiegel? Sein Herz begann, schneller zu schlagen. Ahnte sie etwas?

4

Oben auf der Bühne der Bar spielten drei Mädchen mit Gitarre, Kontrabass und Stehschlagzeug ein Potpourri von Jazz- und Swing-Klassikern. Alle drei trugen gepunktete Petticoats im Stil der 50er-Jahre und ärmellose Blusen, die Haare fielen ihnen vorne, zum Pony geschnitten, in die Stirn, hinten waren sie zu einem Pferdeschwanz zusammengebunden.

Vera wippte mit den Füßen. Mit Jazz kannte sie sich zwar nicht besonders gut aus, doch das Trio spielte mit einer Freude, die sich auf sie übertrug. Am liebsten wäre sie aufgesprungen und hätte getanzt. Doch die Tanzfläche vor der Bühne war leer. Niemand schien Veras Begeisterung für die Musik zu teilen.

An der Bar hockten ein paar einzelne Geschäftsreisende und sahen verstohlen zu ihnen hinüber. Drei Frauen allein in einer Bar! Vermutlich witterten die Männer Beute. Vera ignorierte sie, während Magda und Hedwig jeden einzelnen einer ausführlichen Begutachtung unterzogen. Sie redeten ihr zu viel. Vera rutschte ein Stück weg und saß nun fast am Rand auf der mit rotem Kunstleder gepolsterten Bank.

Die drei auf der Bühne beendeten gerade den »Chattanooga Choo Choo«, den Vera bereits einige Male im Radio in einer Version von Glenn Miller gehört hatte. Bekannter war die Melodie durch ein Lied, das Udo Lindenberg im Vorjahr veröffentlicht hatte, um seinem Wunsch, in der DDR auftreten zu können, Nachdruck zu verleihen: »Sonderzug nach Pankow«. Vera klatschte begeistert. Als Einzige. Erschrocken hielt sie inne, schaute sich um. Die Gäste beachteten sie so wenig wie die Musikerinnen, abgesehen von den Männern an der Theke, von denen ihr einer mit glasigen Augen zuprostete.

»Unser letzter Song für heute Abend. Ihre letzte Gelegenheit, einer von uns Ihr Interesse zu bekunden«, kündigte die Schwarzhaarige am Kontrabass an. Sie grinste ein wenig zu anzüglich, fand Vera. Aber sie hatte damit Erfolg.

»Ausziehen!«, grölte eine Männerstimme aus dem Dunkel hinter der Bar. Jemand applaudierte, jemand anderes johlte.

Die Mädchen tauschten Blicke aus, stimmten ihr letztes Stück an. Vera erkannte es bereits nach den ersten Takten: »Peter Gunn Theme«. Doch plötzlich brach der Song ab. Eine kurze Pause, ehe die Band weiterspielte und sich mit Hochgeschwindigkeit in eine Version von Nina Simones »Sinner Man« hineinsteigerte.

Von ihrem Platz aus konnte Vera die Gitarristin gedämpft mit wütend zittriger Stimme mitsingen hören: »But the Lord said: ›Go to the devil‹ …« Ihre grauen Augen starrten in Richtung Bar in die Dunkelheit. Vera hätte sich gewünscht, dass sie lauter singt, doch offenbar verstanden sich die Musikerinnen als Instrumentalband.

»Bravo!«, rief Vera, nachdem das Stück in einem Höllenlärm endete.

Überrascht wandte sich Magda ihr zu. »Seit wann magst du Krach?«

»Das war doch großartig!« Vera drehte sich zu ihren Kolleginnen um. »Fantastisch!«

Hedwig trank gelangweilt ihren Cocktail, Magda zuckte mit den Achseln. »Du bist wirklich die Einzige, die wegen der Musik in eine Bar geht.«

Weswegen denn sonst?, fragte sich Vera. Obwohl – ein paar andere Gründe fielen ihr schon ein: um nicht allein zu Hause zu sitzen, zum Beispiel. Wie heute. Bernd hatte ein wichtiges Treffen im Ministerium. Außerdem … Na ja, da war halt die Musik.

Auf der Bühne packten die drei Mädchen ihre Instrumente zusammen. Hinter der Theke legte jemand eine Platte auf, ein Popsong dröhnte aus den Boxen: Donna Summer, »She works hard for the money«. In Veras Ohren ein Stilbruch.

Veras Blick folgte dem Trio, das seine Instrumente hinter die Bühne schleppte und blieb an einem blonden Mann hängen, der mit seiner Gitarre offensichtlich auf seinen Auftritt wartete und die Frauen vorbeiließ. Er trug ein weit geschnittenes weißes Hemd. Die hochgekrempelten Ärmel entblößten schlanke, trotz der Jahreszeit leicht gebräunte Unterarme. Dazu trug der Mann Jeans mit Flicken an den Knien, deren Schlag ein wenig zu weit auf seine Wildlederschuhe fiel. Schulterlange feine Locken umrahmten sein zart geschnittenes Gesicht mit den großen Augen.

Die drei Mädchen versuchten, kurz mit ihm zu scherzen. Doch er reagierte nicht. Mit schmalen Lippen zogen die Musikerinnen weiter. Vera meinte, dass der Mann stattdessen sie anschaute. Verlegen wandte sie sich ab.

Wenige Minuten später betrat der Blonde die Bühne. Er hängte sich die Gitarre um und stellte das Mikrofon auf die passende Höhe ein. »Hallo«, wandte er sich an das Publikum. Er hatte eine tiefe, warme Stimme. »Ich bin leider nicht so hübsch wie meine drei Vorgängerinnen, die wunderbaren ›Heavenly Sisters‹ …«, Vera hätte ihm an dieser Stelle gerne widersprochen, »… aber vielleicht kann ich Sie dennoch ein wenig verzaubern heute Abend.«

Schaute er wieder sie an?

»Mein Name ist Yannick Moreno, und mein erster Song ist knapp zwei Jahre alt, von einem Kollegen, den ich sehr bewundere.«

Vera brauchte einige Momente, ehe sie das Lied erkannte. Moreno stimmte einige Takte mit dem Hauptakkord an, ehe er mit einer eleganten Triole in die Melodie überging und mit seiner samtweichen Stimme zu singen begann: »Und nach dem Abendessen sagte sie …«

Vera stutzte. Musste es nicht »sagte er« heißen?

»›Lass mich noch eben Zigaretten holen gehen‹, er rief ihr nach: ›Nimm dir die Schlüssel mit!‹« Änderte dieser Yannick gerade den Text?

Hedwig tippte ihr auf die Schulter. Erschrocken fuhr Vera herum. Sie hatte ihre beiden Kolleginnen in den letzten Sekunden völlig vergessen.

»Der steht auf dich!« Hedwigs Atem roch nach Wein. Sie grinste und deutete auf den Sänger. Ihr silbernes Armband rutschte über ihre dunkelbraune Seidenbluse und klimperte leicht.

»Ach was!«, widersprach Vera.

Sie merkte, wie ihr Blut in die Wangen schoss.

»Natürlich! Der schaut die ganze Zeit zu dir herüber.« Hedwig lachte, drehte sich zu Magda um, die gerade ihren Lippenstift nachzog. »Unsere Vera hat einen Verehrer.«

»Nein!« Magda beugte sich vor, stieß dabei gegen Hedwigs Glas. Geistesgegenwärtig griff Vera danach, bevor es umfallen und sich der gute Tropfen auf den Tisch ergießen konnte.

»Wow«, lallte Magda bewundernd.

»Unser Musiker«, fuhr Hedwig unbeirrt fort. »Er steht auf Vera.«

»Das schnuckelige Kerlchen?« Magda war beeindruckt. »Lass dir den nicht entgehen!« Sie schubste Vera. »Los! Geh tanzen! Ran an den Speck!«

»Zu dem Lied kann man nicht tanzen!«, entgegnete Vera empört. »Außerdem erzählst du Quatsch!«

»Ha!« Hedwig lachte schrill, nahm einen großen Schluck aus ihrem Glas. Der Rotwein färbte ihre Lippen blau. »Schau ihn dir doch an!«

Vera sah zur Bühne.

Der Sänger blickte in ihre Richtung, schloss langsam die Augen, als Vera ihn anschaute. »... einmal verrückt sein und aus allen Zwängen fliehen ...«

Vera konnte die Augen nicht mehr von ihm wenden.

Sie spürte einen Stoß im Rücken. Magda drängte sich an ihr vorbei.

»Natürlich kann man dazu tanzen!« Magda packte Veras Unterarm, versuchte sie hoch und auf die Tanzfläche zu ziehen. »Komm, ich zeig's dir!«

Vera riss sich los. Magda torkelte, fand an der Lehne des Sofas Halt. »Trau dich mal was!«, rief sie, wankte zur Bühne und begann wie die Karikatur einer Ballerina auf und ab zu hüpfen. Abseits jeden Rhythmus. Sie schüttelte ihre hoch toupierte blonde Mähne, die sich kein bisschen bewegte.

Vera wäre am liebsten aus der Bar geflüchtet. Sie schämte sich. Vor allem fürchtete sie, der Sänger könnte ein schlechtes Bild von ihr bekommen. Bestimmt hielt er sie für eine so dumme und unmusikalische Ziege wie Magda!

Am Ende tanzte sie doch. Zumindest am Rand der Tanzfläche. Inzwischen hatte der DJ die Beschallung der Bar übernommen. Yannick Moreno hatte nach einer halben Stunde die Bühne verlassen. Magda und Hedwig behaupteten, er habe bei seinem Abgang Vera zugelächelt. Doch das stimmte nicht!

»Relax, don't do it …«, dröhnte es aus den Boxen. Vera setzte den linken Fuß vor den rechten, zog ihn zurück, schwang die Schulter ein bisschen nach links, zurück nach rechts. Magda und Hedwig tobten sich mitten im Geschehen aus. Magda cool, unnahbar und gleichzeitig ihre scharf umrandeten Augen nicht von den beiden Männern lassend, die neben ihnen ungelenk die Hüften bewegten, Bier in der Hand.

Vera wurde es zu viel, sie beschloss, wieder Platz zu nehmen. Noch vor der ersten Sitzgruppe, die die Tanzfläche von der Theke und dem Rest der Bar separierte, blieb sie abrupt stehen. Ihr Herz klopfte so laut, dass sie glaubte, es würde die Musik übertönen. Sie versuchte, ihre Hände mit den Fingerspitzen trocken zu reiben.

Er lächelte. Schüchtern. Hob grüßend die linke Hand. In der rechten hielt er seinen Gitarrenkoffer. Über dem weißen Hemd trug er nun eine helle Wildlederjacke, die zu seinen Schuhen passte.

»Hallo!« Seine Stimme klang genauso sanft wie über das Mikrofon. Nur näher. Schöner.

Er wartete. Vera setzte an zu sprechen, brachte kein Wort heraus.

»Ich wollte mich für Ihren Applaus bedanken«, fuhr er fort. »Das hat mich sehr gefreut. Den meisten in dieser Bar ist die Musik egal, Ihnen scheint sie viel zu bedeuten.«

In der Tat hatte Vera als Einzige geklatscht. Nicht so laut wie bei den »Heavenly Sisters«, das hatte sie sich nicht getraut.

»Ja …«, presste sie hervor. Sie wollte ihm sagen, wie sehr seine Musik sie berührt hatte, dass seine Stimme sie entführt hatte in eine Welt, die ganz anders zu sein schien als ihre. Und dass sie sich in dieser Welt, die seine Stimme erschaffen hatte, dennoch zu Hause und geborgen gefühlt hatte. Er sang, als kenne er all ihre Geheimnisse. Dinge, von denen sie selbst kaum eine Ahnung besaß. Seine eigenen Lieder, von denen er am Ende zwei gespielt hatte, hatten ihr dieses Gefühl noch stärker vermittelt als die Schlager- und Pop-Interpretationen davor. Und obwohl Yannick Moreno Paul McCartney übertroffen hatte, als er »Yesterday« gefühlvoll gesungen hatte, war »… gern« alles, was sie noch herausbrachte.

»Möchten Sie vielleicht einen Drink?«, fragte er und wies in Richtung Theke, wo statt der einsamen Geschäftsleute nun zwei Pärchen saßen, eng aneinander gerückt, den Lärm um sie herum ignorierend. »Es würde mich freuen, wenn Sie Ja sagen.«

Sie nickte, spürte einen Kloß im Hals, räusperte sich. Unbedingt brauchte sie etwas zu trinken.

Glücklich und aufrichtig erfreut, wie ihr schien, lächelte er. Er ließ ihr den Vortritt. Für einen Moment spürte sie seine Hand auf ihrem Arm. Mit weichen Knien ging sie hinüber zur Theke. Hoffentlich sah er ihr nicht an, wie sie sich fühlte! Aufgeregt wie ein Teenager!

An der Bar stellte er seine Gitarre ab. Den einzigen freien Hocker überließ er ihr. Er blieb stehen, eine Hand locker auf die Theke gelegt. »Was möchten Sie?«

Eigentlich brauchte sie ein Getränk, das sie schnell beruhigte. Andererseits mochte sie keine Schnäpse, kein Bier. Eine weitere Weinschorle erschien ihr zu schwach. »Ich weiß nicht«, antwortete sie wahrheitsgemäß. »Was trinken Sie?«

»Ich nehme einen Cuba Libre. Rum, Limette, Rohrzucker und Cola. Sehr lecker.« Er zeigte sein hinreißendes Zahnpastalächeln. Vera liebte schöne Zähne.

»Das klingt gut. Den nehme ich auch.«

Moreno bestellte bei einem Kellner in einem schwarzen Hemd, der mit ausdruckslosem Gesicht ihre Drinks mixte. Er reichte sie ihnen, geschmückt mit einem neonfarbenen Strohhalm und einer kleinen Palme aus Plastik.

Vera nahm einen Schluck. Der Rum haute sie fast um. Aber er erfüllte seinen Zweck. Sie entspannte. Was war bloß mit ihr los?

»Schmeckt's?«

Sie nickte, nahm einen weiteren Schluck mit dem Strohhalm.

»Ich heiße Yannick.«

»Vera.« Eilig stellte sie den Drink auf die Theke und griff nach seiner ausgestreckten Hand. Hoffentlich bemerkte er nicht, wie sehr sie schwitzte.

»Freut mich, Vera!« Er lächelte wieder. Er lächelte viel. Das gefiel ihr. Bernd lächelte selten.

»Du magst Musik, oder?«

Hatte er sie das nicht eben gefragt? Sie war sich nicht sicher, und es spielte auch keine Rolle. Hauptsache, er redete mit ihr.

»Ja!« Sie strahlte ihn an. »Ich liebe Musik! Schon immer!«

Die nächsten Stunden vergingen wie im Flug. Vera schwärmte Yannick vor, wie sie sich als Backfisch immer, wenn ihre Mutter nicht da war, vor das Radio gesetzt und in eine andere, schönere Welt fortgeträumt hatte. Sie erzählte auch von heutigen Musiksendungen, die sie besonders mochte, aber vor allem von früher: wie wichtig ihr Musik bereits als Mädchen gewesen war. Von den Liedermachern, die sie so verehrt hatte. Den französischen Chansons. Den eleganten Melodien amerikanischer Songwriter wie Mancini. Den neuen Popsongs, die sie kaufte …

Das erste Mal hatte sie jemanden getroffen, der Lieder nicht nur einfach hörte, sondern auch fühlte. Wie sie. Und dieser jemand war ein professioneller Musiker!

Yannick sprach ebenso voller Begeisterung über seine Leidenschaft. Wie er in der DDR versucht hatte, sich eine Karriere aufzubauen. Wie er angeeckt war in diesem System, das seine Lieder nicht hören wollte. Wie er geflohen war und versuchte, in der Bundesrepublik Fuß zu fassen. Sie hakte nach, wollte mehr über seine Zeit in der DDR wissen. Seine Miene verdunkelte sich. Sie hatten ihn nicht singen lassen wollen. Sie hatten ihn nicht gehen lassen wollen.

»Sie wollten mich einfach nur am Boden sehen.« Yannick unterdrückte Tränen.

Vera hätte ihn am liebsten in den Arm genommen. Sie musste an Breithofer denken, der von »der anderen Seite« gesprochen hatte. Sie hatte das auf die leichte Schulter genommen. Nun ein Opfer dieses Regimes zu sehen, veränderte manches. Er schien das zu spüren.

»Also habe ich mich abgesetzt«, fuhr er fort. »Ein bulgarischer Radiosender hatte mich eingeladen, auf einem Konzert in Sofia zu singen. Sie haben mich gehen lassen. Nach dem Auftritt haben mich Freunde zur griechischen Grenze gefahren. Dort bin ich zu Fuß über die Berge geflohen.«

»War das nicht gefährlich?«

Er zog sein Hemd ein Stück hoch, drehte ihr den Rücken zu. Vera sah zu Magda hinüber, die im Halbdunkel an einem Tisch neben einem Geschäftsmann saß und ihr zuprostete. Vera ignorierte das. Stattdessen schaute sie auf die kreisrunde, im Durchschnitt etwa zwei Zentimeter große Narbe auf Yannicks Rücken.

»Sie haben auf mich geschossen! Zum Glück haben sie nicht die Beine getroffen, sonst hätte ich nicht weiterlaufen können.« Er zog das Hemd wieder hinunter.

Sie drückte seinen Arm fest, als er erzählte, was er alles zurücklassen musste. Freunde, Kollegen, Familie. Einen Moment schwiegen sie. Er schaute ihr tief in die Augen, beugte sich nach vorn. Als wollte er sie küssen.

Erschrocken wandte sie sich ab. Bereute es sofort. Wie sie auch einen Kuss bereut hätte. Sie drehte sich ihm wieder zu, sah in sein trauriges Gesicht.

»Ich habe mir wohl falsche Hoffnungen gemacht. Entschuldige bitte!«, flüsterte er.

»Nein, nein! Mir tut es leid.« Sie legte die Hand mit dem Ringfinger auf die Theke. Ihr Ehering glänzte im Licht der Neonleuchten über der Bar.

»Schade, dass jemand schneller war«, sagte er. »Was für ein Glückspilz!«

Wenn der das nur wüsste, schoss es Vera durch den Kopf, und sie schalt sich zugleich für diesen Gedanken.

Mit einem schlechten Gewissen beiden Männern gegenüber nahm sie ihre Jacke und ihre Tasche. »Ich muss gehen.«

»Zu ihm?«

Sie drückte Yannick einen raschen Kuss auf die Wange und lief hinaus.

Es schellte. Bernd saß auf seiner Ledercouch im Dunkeln, ein Glas Rotwein in der Hand und starrte gelangweilt auf den Fernseher.

Es klingelte wieder.

Er wollte schon nach Vera rufen, damit sie die Tür öffnen könnte, aber die war ja nicht da. Wäre die Praktikantin nicht kurz nach der Sitzung im Ministerium verschwunden, wäre er vermutlich ebenfalls nicht zu Hause. So hatte er es zumindest geplant.

Widerwillig stand er auf und ging zur Haustür. Wieso hatten sie nur auf die Anschaffung eines Spions verzichtet? Wer in aller Welt machte um diese Zeit jemandem auf, den er nicht sehen konnte?

In diesem Moment tauchte ein Gesicht vor dem Fenster neben der Tür auf. Isabelle blickte ihn an. Ihre nassen Haare klebten an ihren Wangen. Hatte es angefangen zu regnen? Er hatte nichts bemerkt. Dass ihre Bluse durchnässt war, registrierte er allerdings sehr wohl.

Er öffnete die Tür. Auf der Straße sah er ein Taxi davonfahren. Das schwarz-gelbe Schild auf dem Dach leuchtete im Dunkeln. Sie küsste ihn. Erschrocken schaute er an ihr vorbei zu den Nachbarhäusern. Schnell zog er Isabelle in den Flur und schloss die Tür hinter ihr.

»Bist du wahnsinnig?«

»Ja!«

»Du kannst nicht einfach hier auftauchen! Ich bin verheiratet!«

Sie knöpfte die Bluse auf. »Du bist verheiratet? Ist sie zu Hause?«

Er griff nach der Bluse und versuchte, sie wieder zuzuknöpfen. Seine Hände zitterten. »Nein! Ist sie nicht!«

Sie drückte sich an ihn. »Dann ist doch alles gut. Sei mal spontan! Sei mal wild!«

Wütend starrte er sie an.

Sie zog sich unbeirrt die Bluse aus, öffnete den BH. »Ich bin nur gekommen, weil ich deine Sauna ausprobieren wollte.« Sie griff ihm zwischen die Beine, als sie an ihm vorbeiging. »Und du willst das auch, wie ich sehe.«

Am Absatz der Kellertreppe blieb sie stehen. Bernd schnappte nach Luft. Ihre Brüste waren fantastisch. Sie lächelte ihn an, ging langsam die Treppe hinunter. Ihre Absätze klapperten auf dem Marmor. Er hörte, wie sie einen Reißverschluss aufzog.

»Wo muss ich lang, Schatz?«, flötete sie.

Er sammelte ihre Kleider auf und lief ihr nach.

5

Vera hatte sich ein Taxi gegönnt. Das tat sie selten, aber spät in der Nacht fuhren weder Busse noch Bahnen, also blieb ihr nichts anderes übrig.

»Gleich sind wir da«, sagte sie dem Fahrer, als sie in die Straße einbogen. »Nummer 27«, ergänzte sie.

»Wo das Licht brennt?«, fragte der Mann.

Überrascht schaute Vera zwischen den Vordersitzen hindurch auf ihr Haus. In der Tat: Das Licht im Flur schien durch das kleine Fenster neben der Haustür und fiel auf das linke der beiden Buchsbäumchen, die Bernd gekauft und neben den Eingang gestellt hatte, sie aber jede Woche stutzte. War Bernd noch wach?

»12 Mark 60«, unterbrach der Taxifahrer ihre Gedanken.

Vera holte ihr Portemonnaie aus der Handtasche und zählte 13 D-Mark ab, die sie ihm in die ausgestreckte Hand legte. »Stimmt so«, sagte sie.

Er zählte das Geld, steckte es ein. Sie stieg aus. Das Taxi beschleunigte und bog am Ende der Straße rechts ab.

Vera schaute wieder hinüber zu dem Fenster, dem Buchsbaum und dem Licht. Vielleicht hatte Bernd nur vergessen, das Licht auszuschalten …

Sie ging den kurzen Weg durch den Vorgarten, nahm die zwei Stufen aus Granit, bis sie zwischen den zwei Buchsbäumen stand. Vorsichtig lugte sie durch das Fenster in den Flur hinein. Nichts zu sehen. Nur das Licht auf der Kellertreppe, das ebenfalls brannte.

Leise schloss sie die Tür hinter sich, lehnte sich für einen Moment mit dem Rücken dagegen. Dachte an Yannick in der Bar. Bereute sie es, nicht weitergegangen zu sein?

Ein Geräusch riss sie aus ihren Gedanken. Ein Klappern? Sie spitzte die Ohren. Ja, irgendetwas klapperte. Im Keller. Was machte Bernd da unten? Oder war es ein Einbrecher?

Sie griff nach ihrem Schirm mit dem Karomuster, der im Ständer unter der Garderobe stand. Damit fühlte sie sich sicherer. Er war nicht wirklich eine Waffe, aber besser als nichts. Es tat gut, sich an ihm festhalten zu können.

Sie schlüpfte aus den Schuhen, schlich vorsichtig die Treppe hinunter. Instinktiv drückte sie sich an die Wand, sodass sie das Geländer im Rücken spürte. Sie beugte sich nach vorne, um den Kellergang einsehen zu können. Die Tür zu dem Raum, in dem früher einmal der Öltank gestanden hatte und wo Bernd vor drei Jahren die Sauna hatte einbauen lassen, stand offen. Langsam ging sie die letzten Stufen hinunter. Der Marmor fühlte sich kalt an unter ihren Füßen. Auf dem Boden vor der Sauna lag Kleidung. Bernds weiße Baumwollhose, die sie fast täglich waschen musste, sein himmelblaues Hemd mit den weißen Streifen, seine Unterhose. Warum ging er um diese Zeit noch in die Sauna?

Sie schaute sich den Haufen genauer an. Neben und unter Bernds Kleidern lagen noch andere. Die nicht von Bernd sein konnten. Eine Bluse und ein Rock, die sie nicht kannte. Ihre Finger verkrampften sich um den Griff des Schirms, den sie vor sich hielt, als wolle sie die Kleider auf dem Boden damit beiseite fegen. Verschwinden lassen. Ihre Knie zitterten. Sie hatte keine Angst mehr vor einem Einbrecher. Sie hatte Angst vor dem, was sie gleich sehen würde. Vielleicht wäre es besser, einfach umzudrehen? Einfach zu gehen und zu tun, als wäre nichts gewesen. Sie könnte einen Spaziergang machen. An der frischen Luft. Sie bekäme den Kopf frei. Und wenn sie wieder zurückkäme, wären die Kleider verschwunden und alles wäre wie zuvor …

Stattdessen ging sie jedoch den letzten Schritt bis zur Tür, blickte durch das kleine eingelassene Fenster ins Innere der holzverkleideten Sauna. Ein Gesicht, ein fremdes Gesicht, füllte das halbe Fenster aus. Dahinter sah sie im Halbdunkel einen Bauch, der ihr seit zwölf Jahren vertraut war. Selbst auf die Entfernung erkannte sie die Narbe, das Ergebnis einer Blinddarmoperation, und die leichte Wölbung um den Nabel, die verriet, dass Bernd nicht mehr so jung und fit war, wie er sich gerne gab. Dass er Wein und Essen liebte. Wie sie auch. Ihre Bäuche waren gemeinsam runder geworden. An vielen schönen, gemeinsamen Abenden bei Essen und Wein.

Der Bauch stieß rhythmisch vor und zurück. Das Gesicht hinter der Scheibe folgte seiner Bewegung. Es war ein hübsches Gesicht. Rote Haare umschmeichelten es, verliehen ihm etwas Wärme. Die grauen Augen jedoch wirkten kalt. Eiskalt. Sie starrten Vera an. Sie musterten sie, ohne die geringste Reaktion zu zeigen. Dann senkten sich die Lider, voller Konzentration gab sich der ganze Körper den rhythmischen Stößen hin. Als wäre Vera gar nicht hier. Auf der anderen Seite des Fensters.

Vera hielt entsetzt die Hand vor den Mund. Lieber hätte sie mit dem Schirm auf die Frau eingeschlagen, die kalten Augen mit der Spitze ausgestochen, das schöne Gesicht zertrümmert, damit es verschwand. Nur damit es verschwand. Stattdessen drehte sie sich um und lief die Treppe hinauf, stolperte, fiel hin, schrie auf, sprang hoch und rannte weiter, hinaus aus dem Haus, hinein in die Nacht, in den kalten Nieselregen. Zum Glück hatte sie einen Schirm mitgenommen, schoss es ihr durch den Kopf. Sie öffnete ihn nicht.

Vera floh. Vor dem Gesicht der Frau, das ihr folgte. Irgendwohin, wo sie in Ruhe nachdenken konnte. Ohne zu wissen, worüber.

Sie rannte bis zur Hauptstraße. Weiter. Immer weiter. Durch den Regen. Den Schirm in der Hand, die Faust fest darum geballt, als klammerte sie sich daran. Ihre Jacke glänzte vor Nässe, ihre Haare hingen in dicken, feuchten Strähnen ins Gesicht. Ihre Schminke zerlief. Der Regen spülte sie in schmalen roten, blauen und schwarzen Rinnsalen hinab auf die weiße Bluse, wo sie sich in bunten Flecken sammelte.

Erst nachdem sie die Bundesstraße erreichte, die in die Stadt führte, blieb sie stehen. Ein Auto hupte und fuhr an ihr vorbei. Sie stand mitten auf der Kreuzung. Ein zweites Auto fuhr in einem großen Bogen um sie herum, während sie versuchte, zum Bürgersteig hinüberzulaufen. Dort angekommen, stützte sie sich erschöpft gegen eine Laterne, keuchte. Sie blickte in die Richtung, aus der sie gekommen war. Wo sie sieben Jahre gelebt hatte. Anschließend schaute sie in die andere Richtung. Wo wollte sie hin? Wo *konnte* sie hin? Jetzt? Um diese Zeit? Sollte sie einfach wieder nach Hause? Sich nicht so anstellen?

Energisch schüttelte sie den Kopf. Hedwig fiel ihr ein. Sie wohnte am nächsten. Drei, vier Kilometer die Straße weiter geradeaus. Hedwig würde ihr helfen.

Sie lief los. Weiter. Barfuß.

Eine halbe Stunde später stand Vera unschlüssig vor dem weißen Haus mit den grünen Fensterläden, in dem Hedwig mit ihrem Mann und den beiden Kindern lebte. Kein Licht brannte. Alle schliefen. Vorsichtig lugte sie durch das ovale Fenster der Haustür. Sie sah ein kurzes Stück des Flurs, die Garderobe, an der Hedwigs Jacke hing. Vor ein paar Stunden hatte ihre Kollegin sie noch in der Bar getragen. Wie lange war das her? Ein, zwei Stunden? Nicht viel länger? Unter der Garderobe standen sauber aufgereiht vier Paar Schuhe. Zwei deutlich kleiner. Kinderschuhe.

Vera klopfte leise an die Scheibe. Natürlich reagierte niemand. Hedwig und ihr Mann schliefen im ersten Stock mit dem Fenster zum Garten hinter dem Haus, zu dem ein schmaler Kiesweg zwischen Hecke und Fassade entlang führte. Vera lief zum Törchen hinüber, das den Weg zur Straße hin absicherte, und drückte die Klinke hinunter. Es war abgeschlossen. Wie eine Einbrecherin kletterte sie über das etwa einen Meter hohe Gitter. Nur würde kein Einbrecher so tollpatschig aussehen, dachte sie. Sie hörte, wie ihr Rock riss, als er an einem der dünnen Speere hängen blieb, die oben am Tor Eindringlinge abwehren sollten. Vera unterdrückte den Impuls, leise zu fluchen.

Nachdem sie hinübergeklettert war, schaute sie sich um. In der Straße war alles dunkel geblieben. Niemand hatte sie bemerkt und würde die Polizei rufen.

Der Kies knirschte unter ihren Schritten. Also wechselte sie auf den schmalen Streifen, in den die Hecke gepflanzt war. Die Erde fühlte sich unter ihren nackten Füßen klamm an. Feucht und kalt wie die Haare, die an ihrem Gesicht klebten. Sie strich sie beiseite, keine Sekunde später fielen sie zurück vor die Augen. Wasser lief ihr die Nase hinunter.

Der Rasen im Garten war frisch gestutzt, in den Beeten standen ein paar kurze kahle Stumpen. Zwei Fenster im ersten Stock gingen zum Garten raus, hinter beiden waren hellgraue Jalousien heruntergelassen. Das eine war mit Fingerfarben bemalt. Vera erkannte einen Traktor und eine Kuh, dazwischen eine Familie, deren Mitglieder sich an den Händen hielten. Sie stellte sich vor das andere, größere Fenster, pfiff leise. Nichts geschah. Sie pfiff lauter. Wieder nichts.

Ratlos sah sie sich um, lief über den regennassen Rasen zu den Beeten und suchte nach einem Steinchen. Sie fand nichts Geeignetes. Nur Erde. Vera legte den Schirm, den sie immer noch umklammerte, beiseite, griff nach einem Klumpen, der schwer und feucht in ihrer Hand lag. Dann bezog sie erneut Stellung unter Hedwigs Schlafzimmerfenster, wo sie den Erdbrocken in zwei Teile brach. Einige Krümel rieselten herunter und blieben an ihrem Rock hängen. Zwar traf sie zu ihrer eigenen Überraschung das Fenster gleich beim ersten Wurf, aber eine Reaktion blieb aus. Den zweiten Brocken warf sie etwas fester. Mit einem satten Geräusch traf er auf die Scheibe.

Sie wollte sich schon umdrehen, um im Beet nach mehr Erde zu suchen, als die Jalousie ein Stück hochgezogen wurde. Hedwig öffnete das Fenster und schaute hinaus. »Vera?«

»Hallo!«

»Was machst du hier?«

»Ich hab mich ausgesperrt!«

Mitten in der Nacht in Hedwigs Garten zu stehen, unter ihrem Fenster, und ihr dann zu erzählen, dass Bernd sie zu Hause in ihrer eigenen Sauna betrog, brachte sie nicht über sich.

»Bernd ist übers Wochenende auf einer Tagung und ich Schussel hab meinen Schlüssel zu Hause vergessen. Kann ich vielleicht bei euch übernachten?«

Vera hörte eine dumpfe Stimme im Hintergrund. Hedwigs Mann, ein Dentist, der viel Geld damit verdiente, ausländischen Diplomaten Zahnersatz in den Mund zu basteln. Hedwig drehte sich um, sagte leise etwas ins Zimmer hinein, das Vera nicht verstand. Der Mann ihrer Kollegin antwortete, er klang müde und gereizt.

Hedwig schüttelte bedauernd den Kopf. »Tut mir leid! Das passt gerade gar nicht gut.«

Bevor Vera etwas erwidern konnte, hatte Hedwig das Fenster geschlossen und ließ die Jalousien herunter. Zwei braune Flecken waren auf dem Fenster zu sehen. Sie sahen aus wie Augen, die Vera anstarrten. Tadelnd. Vorwurfsvoll.

Ratlos und enttäuscht kletterte Vera über das Gartentor, den Schirm unter den Arm geklemmt. Sie hatte nicht die leiseste Ahnung, wohin sie gehen sollte. Nach Hause und Bernd zur Rede stellen? Oder so tun, als sei nichts gewesen? Sie sah an sich hinunter, auf die nasse, dreckige Jacke, den zerrissenen Rock, die nackten Füße … Es war wohl besser, die Konfrontation auf den nächsten Tag zu verschieben.

Sie lief die mit eleganten Villen gesäumte Straße zurück. Nur die Laternen auf dem Bürgersteig spendeten etwas Licht. Vera machte darin feine Regentropfen aus. Sie spannte den Schirm auf. Von Weitem sah sie eine gelbe Telefonzelle leuchten, die unter einer alten Eiche stand. Ihr kam eine Idee.

Als sie die Zelle betrat, wurde ihr schlecht. Es roch streng. Übel. Sie steckte den Schirm zwischen Tür und Rahmen, um durch den Spalt ein wenig frische Luft hereinzulassen. Ihre Handtasche stellte sie auf die Ablage unter dem Fernsprecher und suchte nach Münzen. Sie fand zwei Groschen, die sie in den Schlitz steckte.

Es dauerte eine Weile, bis sich eine verschlafene und mürrische Stimme meldete: »Was zum …?«

»Hallo, Mama!«

Am anderen Ende der Leitung herrschte für einen Moment verblüfftes Schweigen. »Vera? Warum rufst du mitten in der Nacht an?«

»Bernd …«

»Hat er dich sitzen lassen?«

Vera warf vorsichtshalber noch ein Zehnpfennigstück in den Schlitz. »So etwas in der Art …«

Sie überlegte, wie sie ihrer Mutter sagen sollte, dass sie ihren Ehemann mit einer anderen Frau erwischt hatte. Ihre Mutter kam ihr zuvor.

»Was hast du angestellt?«

»Nichts!«

»Dann schau schnell, dass du das in Ordnung bringst, Kindchen! Bernd ist das Beste, was dir passieren konnte. Ich will gar nicht wissen, wo du ohne deinen Mann heute wärst. Wahrscheinlich in …«

»Er betrügt mich!«, brüllte Vera in den Hörer. Eilig nahm sie den Schirm aus der Tür. Wer weiß, wer sie sonst alles hören konnte.

»Wenn Bernd dich betrügt, tut er das nur, weil du seinen Ansprüchen nicht genügst!«, fauchte ihre Mutter. »Reiß dich zusammen! Du hast sonst nichts!«

»Er hat irgendein billiges Flittchen in unserer Sauna gefickt. Von hinten!«, schrie Vera.

»Red nicht so ordinär!«, erwiderte ihre Mutter lediglich, bevor sie auflegte.

Vera schlug mit der Faust auf das Telefon. Einmal. Zweimal. Dreimal. Das Freizeichen ertönte. Wehrlos. Was nun?

Ein Auto fuhr draußen vorbei. Auf dem Einband des zerfledderten Telefonbuchs entdeckte sie die Werbeanzeige eines Taxiunternehmens. Vielleicht konnte sie ein Taxi rufen? Wohin auch immer.

Vera klappte ihre Geldbörse auf und suchte nach weiteren Groschen, fand aber nur einen. Sie inspizierte ihre Handtasche. Manchmal lag darin die eine oder andere Münze. Heute nicht. Sie holte die letzte aus ihrem Portemonnaie. Vielleicht reichte das? Sie wusste es nicht. Sie benutzte sonst nie eine Telefonzelle.

Mit zwei Fingern warf sie das Zehnpfennigstück ein, hörte, wie es im Apparat hinunterfiel, betätigte die Telefongabel, um die Taxirufnummer zu wählen. Nichts geschah. Selbst nachdem sie auf »Abbruch« gedrückt hatte, bekam sie ihr Geld nicht zurück. Sie würde zu Fuß gehen müssen. Immerhin: Es regnete nicht mehr.

Vera klemmte den Schirm unter den Arm und brach auf in Richtung Innenstadt. Dort würde sich eine Lösung finden lassen. Mehrere Autos fuhren an ihr vorbei. Ein junges Mädchen mit blonden Haaren, die vor dem Regenguss wahrscheinlich in Stacheln hochgestanden hatten, jetzt aber an ihrem Kopf klebten, stand am Straßenrand. Es sah aus wie eine durchnässte Katze. Ziemlich genau so, wie Vera sich fühlte. Die Blonde trug eine schwarze Lederjacke, Vera konnte ein paar Anstecker auf dem mit Nieten besetzten Jackenkragen erkennen. Als sie näher kam, sah sie, dass ihr Mund dunkelrot geschminkt war. Ihre hellen Augen waren dick mit schwarzem Kajal umrandet.

»Hallo!«, sagte Vera.

»Du siehst ja scheiße aus«, entgegnete die Punkerin.

»Hält einer?« Vera ignorierte die Beleidigung. Im Grunde hatte sie ja recht.

»Will'ste mitfahren, oder was?« Sie blickte Vera abschätzend an, überlegte offenbar, ob Vera ihre eigenen Chancen, mitgenommen zu werden, heben oder senken würde.

Vera war noch nie getrampt. In ihrer Jugend hatte man das nicht gemacht. Na ja, vermutlich hätte sie es sich auch nicht getraut, wäre es üblich gewesen.

»Wo willst du denn hin?«, fragte sie.

Die Blonde deutete mit dem Daumen hinter sich. »Stadt!«

»Vielleicht laufe ich einfach weiter. Ist ja nicht mehr so weit.«

»Wenn du das sagst …«

In ihrem Rücken hörte Vera ein Motorengeräusch. Rasch streckte die Punkerin den Daumen raus, schob die Schultern zurück, streckte sich. Der Wagen hielt.

Ein Mann um die 50 in einem hellen Trenchcoat kurbelte das Fenster herunter. »Wo wollt ihr zwei denn hin?«

»Bonn. Bahnhof«, antwortete die Punkerin, die Hand am Türgriff.

»Und deine Freundin?«

Die beiden blickten Vera an.

»Bonn! Aber ich kann laufen.«

Die Punkerin öffnete die Tür. Mit einer kurzen Kinnbewegung deutete sie an, dass Vera hinten einsteigen sollte. Vera nahm auf der Rückbank Platz. Im Inneren des Wagens war es angenehm warm.

Der Mann am Steuer setzte den Blinker und fuhr los. Er betrachtete Vera im Rückspiegel. »Was ist mit Ihnen passiert? Wurden Sie überfallen?«

»Ich hab ihr schon gesagt, dass sie scheiße aussieht«, ergänzte die Punkerin.

»Nein, ernsthaft! Soll ich Sie in ein Krankenhaus fahren? Zur Polizei?«

»Die braucht keine Polizei«, warf das Mädchen ein.

»Wie heißen Sie denn überhaupt?« Der Mann ignorierte seine Beifahrerin.

»Marx, Vera Marx!«

Sie reichte die Hand zwischen den Vordersitzen hindurch. Der Fahrer nahm seine Hand vom Lenkrad und schüttelte sie. »Günter Schmidt, Günni.«

»Mira«, stellte sich das Mädchen vor.

Dann schwiegen die drei eine Weile. Vera starrte aus dem Seitenfenster, ließ die Dunkelheit an sich vorüberziehen. Vor ihrem inneren Auge tauchte das Gesicht der Rothaarigen in der Sauna auf. Und Bernds Bauch dahinter.

»Ich kann Sie wirklich nach Hause fahren, wo immer das ist«, riss Günni sie aus ihren Gedanken.

»Nein, nein, das ist nicht nötig.«

Ihr Fahrer nickte. Mira hatte ein Päckchen Tabak aus der Lederjacke gezogen. Das lag nun offen auf ihrem Schoß, und sie drehte sich eine Zigarette.

»Nichtraucherauto«, kommentierte Günni.

»Ist für später.« Mira leckte das Blättchen mit der Zunge ab, bevor sie es zusammenklebte.

»Vielleicht ein Hotel?«, schlug Günni Vera vor. »Für Sie allein natürlich«, schob er hinterher. »Ich kenne eine hübsche, saubere Pension in Beuel. Soll ich Sie hinbringen?«

Vera dachte nicht lange nach. Ein Hotel war eine gute Idee.

6

Etwa 15 Minuten später hielt Günni vor einem kleinen Haus. Vera betrachtete den Eingang, die Leuchtreklame darüber: »Pension Schubert«. In dieser Gegend war sie noch nie gewesen, eine Sackgasse mitten auf einem alten Fabrikgelände. Quer über die Straße verlief eine Art Brücke.

Günni begleitete sie in das Foyer, das eher einem schmalen Flur gleichkam. Geradeaus führte eine alte, mit Linoleum belegte Holztreppe in die oberen Etagen. Geländer und Pfosten glänzten unter zahlreichen Schichten Lackfarbe. Aktuell Dunkelbraun. Rechter Hand befand sich ein einfacher Tresen aus Sperrholz, dahinter waren Ablagefächer für Post und Haken für die Zimmerschlüssel angebracht. Sieben zählte Vera rasch, ehe ein älterer Mann aus der Kammer hinter dem Tresen hervorschlurfte. Er trug eine dicke, altmodische Hornbrille, deren Fassung am unteren Rand durchsichtig war und seine glasigen Augen unvorteilhaft betonte. Das graue Haar hing unordentlich in die Stirn. Sein hellblaues, verwaschenes Hemd steckte nur zur Hälfte in seiner grauen Stoffhose. Vermutlich sah dieser nachlässig gekleidete Mann dennoch besser aus als sie in diesem Moment.

»Günni, altes Haus, was führt dich denn hierher?«, begrüßte er Veras Begleiter und kam um den Tresen herum. Vera sah dicke Wollsocken in ausgelatschten Filzpantoffeln. Die beiden Männer küssten sich auf beide Wangen.

Günni deutete auf Vera. »Die Dame braucht deine Hilfe, eine Unterkunft und vielleicht eine Gelegenheit, ihre Kleider zu waschen.«

Der Mann musterte sie. »Schuhe braucht sie wohl auch«, sagte er, dann streckte er ihr die Hand entgegen. »Willkommen in der Pension Schubert, ich bin Maximilian, der Nachtportier.« Maximilian hatte einen angenehmen, festen Händedruck.

»Vera Marx.«

»Wollen wir mal sehen, Zimmer vier könnte Ihnen gefallen, eine Waschmaschine habe ich in meiner Kammer.« Er hielt inne. »Aber das geht natürlich nicht so einfach.« Er verschwand im hinteren Bereich, redete laut weiter: »Ach, wissen Sie was? Versuchen Sie mal den Trainingsanzug von meinem Sohn, der ist frisch gewaschen und trocken. Müsste Ihnen passen. Dann wasche ich gleich …« Er erschien wieder in der Tür, klopfte auf die Holzzarge. »Nein, noch besser: Ich schicke Ihre Sachen zur Schnellreinigung, damit Sie sie morgen früh zum Frühstück frisch und gebügelt zurückbekommen.« Er winkte Vera zu sich, während er wieder ins Nebenzimmer schlurfte. »Na, kommen Sie mit!«

Vera schaute unschlüssig vom Portier zu Günni. Der zwinkerte ihr zu, legte ihr kurz die Hand auf die Schulter. »Bei Maximilian sind Sie in guten Händen.« Er lächelte. »Ich muss mich um meinen zweiten Fahrgast kümmern.«

»Wir machen's noch anders!«, rief Maximilian und kam erneut aus der Kammer herausgelaufen. Über dem rechten Arm trug er einen roten Adidas-Trainingsanzug. »Gehen Sie aufs Zimmer und ziehen Sie sich in

Ruhe um. Ich hole Ihre Sachen später ab. Sie können sie einfach vor die Tür legen!« Mit der linken Hand griff er nach dem Schlüssel am Haken, auf dessen rundem Anhänger eine »4« in altmodischer Schrift eingestanzt war, und drückte ihr beides in die Hand. »Erster Stock, zweite Tür!«

Das Zimmer war einfach. Die Lampe stammte aus den 60er-Jahren, die Möbel – das Bett, der Kleiderschrank und der Schreibtisch mitsamt Stuhl – wirkten noch älter. Es roch intensiv nach Farbe und Putzmittel. Vera schaltete das Licht im Bad an und sah sich dort um. Einfach, aber sauber, wie das Zimmer. Hellgrüne Fliesen, Waschbecken und Dusche in Weiß und aus Emaille. Eine abgepackte Zahnbürste lag auf der Ablage unter dem Spiegel, ein Stück Seife auf dem Rand des Waschbeckens.

Sie blickte in den Spiegel. Ihre Jacke glänzte immer noch vor Feuchtigkeit, auf der Schulter sah sie einen dicken braunen Fleck, wo ein Stück Erde auf sie gefallen sein musste, als sie Hedwigs Fenster mit Klumpen beworfen hatte. Sie zog die Jacke aus und hing sie draußen im Zimmer über den Stuhl. Anschließend schlüpfte sie aus Bluse und Rock und in den roten Trainingsanzug. Er spannte leicht, und sie musste die zu langen Ärmel aufrollen, aber als sie sich im Türspiegel betrachtete, gefiel ihr das Outfit gar nicht einmal schlecht.

Im Bad wusch sie sich Gesicht und Hände, putzte sich in Ermangelung einer Paste die Zähne nur mit der Bürste. Ein fahler, ungewohnter Geschmack blieb im Mund zurück. Anschließend faltete sie ihre Bluse, Rock und Jacke zusammen und legte sie für ihren guten Geist,

Maximilian, auf den Flur. Nachdem sie die Tür wieder hinter sich geschlossen hatte, ging sie zum Fenster. Gegenüber war ein weiteres altes Fabrikgelände, das sie noch gar nicht bemerkt hatte. Vermutlich weil man nur von hier oben über die lange Backsteinmauer schauen konnte, die die Fabrik von der Straße trennte.

Günnis Auto stand noch immer vor dem Haus. Sie konnte seine Hände sehen, ebenso Miras. Günni kramte in seinem Portemonnaie, zog einen 20-Mark-Schein heraus, den das Mädchen einsteckte, bevor es die Beifahrertür öffnete und ausstieg. Nachdem Mira die Straße überquert hatte, verschwand sie nach wenigen Metern in der Dunkelheit. Vera schaute ihr nach, sah, wie sie unter dem Schein einer Straßenlaterne erneut auftauchte, wieder verschwand und ein letztes Mal auftauchte, bevor die Dunkelheit sie endgültig verschluckte. Wofür hatte Günni ihr Geld gegeben?

Der Blinker des Wagens leuchtete orange auf, Günni lenkte sein Auto auf die Straße und fuhr davon. Vera wandte sich wieder ihrem Zimmer zu. Für einen Moment legte sie sich aufs Bett und starrte an die Decke. Sie wollte schlafen, schloss die Augen, doch sofort erschien das Gesicht der Rothaarigen. Sie musste sich ablenken. Und warum sollte sich Maximilian nach oben bemühen? Genauso gut konnte sie ihm ihre Kleider herunterbringen.

Sie nahm den Schlüssel, ging hinaus auf den Flur und hob die Kleidung vom Boden. Dabei fiel ihr auf, dass sie noch immer ohne Schuhe herumlief. Barfuß ging sie die Treppe hinunter. Sie hörte Maximilian in seiner Kammer. Als sie vor den Tresen trat, sah sie, wie er im Hinterzimmer Papierstapel durchsuchte. Eine kleine Kamera lag neben ihm auf einem Tisch. Sie räusperte sich.

»Frau Marx! Ich habe Sie völlig vergessen!« Er trat nach vorne, schloss die Tür hinter sich. »Tut mir schrecklich leid!«

»Das macht nichts. Ich kann sowieso nicht schlafen, also dachte ich, ich komme einfach runter und bringe Ihnen die Sachen vorbei.« Sie klopfte mit der Hand auf den Wäschestapel, den sie auf den Tresen gelegt hatte. »Und …« Sie zögerte, dann hob sie den rechten nackten Fuß, »… haben Sie vielleicht noch ein paar Schuhe für mich?«

»Oh!« Maximilian wirkte aufrichtig betreten. »Das wird schwierig. Die Schuhe meines Sohnes dürften Ihnen kaum passen. Vielleicht hat eines der Mädchen aus der Küche oder von der Tagschicht Passendes für Sie. Morgen früh frage ich nach. Was für eine Schuhgröße haben Sie denn?«

»38 …«, antwortete Vera. Es kam ihr vor, als habe Maximilian die Zahl auf dem Schreibblock vor sich auf dem Tresen schon notiert, bevor sie zu Ende gesprochen hatte. Allerdings war sie sehr müde und nicht wirklich aufmerksam. »Das ist äußerst nett von Ihnen.«

»Ach!« Der alte Mann machte eine abwehrende Handbewegung. »Das gehört alles zum Service. Machen wir gerne. Wollen Sie vielleicht noch ein Glas Wein trinken? Das hilft beim Einschlafen und verscheucht böse Gedanken.« Er zwinkerte ihr zu.

»Jetzt hat doch kein Restaurant mehr geöffnet …«

»Für spezielle Gäste machen wir aus unserem Frühstücksraum am Abend eine Bar. Die ist eigentlich die ganze Nacht auf.« Er griff unter die Theke, zog eine halb volle Flasche Rotwein hervor und lächelte sie schelmisch an. »Wenn man weiß, wo die Getränke stehen.«

Vera folgte Maximilian in den Frühstücksraum, der gleich neben der Treppe lag und an ein zu groß geratenes, mit Möbeln überladenes Wohnzimmer erinnerte. Mehrere einfache Holztische mit weißen Tischdecken standen in Reihen unter den Fenstern zur Straße, drei davon waren eingedeckt für die Frühstücksgäste. An der Wand neben dem Eingang stand ein alter Glasschrank, aus dem Maximilian ein Weinglas nahm und ihr einschenkte. Die Stirnseite vis-à-vis wurde von einem lauschigen Kamin beherrscht, in dem um diese Zeit allerdings kein Feuer brannte. Davor standen zwei alte, riesige Ohrensessel, dem Kamin zugewandt, umsäumt von weiteren Polstermöbeln, die um niedrige Tischchen herum angeordnet waren.

An den Wänden hingen alte Stiche, Vera betrachtete sie mit dem Glas in der Hand, nachdem sich Maximilian verabschiedet hatte und in seine Kammer zurückgekehrt war. Sie hörte, wie er die Tür hinter sich schloss. Die Kupferstiche, vermutlich aus dem 19. Jahrhundert, zeigten Bonn sowie Sehenswürdigkeiten und Szenen aus anderen europäischen Städten: das Parlament in London, eine Momentaufnahme aus dem revolutionären Paris, die Türme des Kreml …

Die leisen Klänge einer Gitarre rissen sie aus ihren Betrachtungen. Irritiert sah sie sich um, trat in die Mitte des Raumes, um das Zimmer besser überblicken zu können. Jetzt erst erkannte sie, dass jemand in einem der Ohrensessel saß. Nun entdeckte sie auch den Hals der

Gitarre, der über die Lehne hinausragte und vorher von einem anderen Sessel verdeckt gewesen war. Der Unbekannte unterbrach sein Spiel, setzte erneut an. Die Melodie klang vertraut. Sie hatte sie bereits gehört. Heute Abend. In einer Bar. In einer anderen Zeit. So kam es ihr vor.

Langsam ging sie um den Sessel herum. Ihr Herz klopfte wie das eines aufgeregten Teenagers. Zunächst sah sie lediglich ein Paar Füße, ein Stück Jeans. Tatsächlich saß er da, im Schneidersitz, die nackten Füße gekreuzt unter den Oberschenkeln. Die blonden Locken umschmeichelten sein Gesicht. Er hielt den Kopf gesenkt, völlig versunken in sein Spiel. Sie wagte kaum zu atmen. Er wirkte derart unschuldig, verletzlich.

Vera wollte schon leise zurückschleichen, als er sie anblickte. Für den Bruchteil einer Sekunde schaute er sie fragend an, dann breitete sich ein Lächeln auf seinem Gesicht aus und ließ es erstrahlen. Mit dem Hals der Gitarre deutete er wortlos auf den zweiten Sessel.

Sie setzte sich wortlos, zog einen Fuß unters Bein, nippte an ihrem Weinglas, während er weiterspielte, eine neue, unbekannte Melodie. Ab und an schaute er schüchtern zu ihr hoch. Vera betrachtete Yannick, lauschte den Klängen, achtete auf die Gefühle, die die Musik in ihr auslöste. Alles andere schien vergessen. Als würde sich ein Vorhang aus Tönen vor das Gesicht der Rothaarigen schieben. Sie trank einen weiteren Schluck Wein. Es war, als hätte sie sich noch nie in ihrem Leben so wohl gefühlt.

Schließlich ließ Yannick sein Spiel in einer perlenden Akkordfolge ausklingen und lehnte die Gitarre neben sich an den Sessel.

»Das hat mir gefallen!«

»Danke. Neue Lieder sind immer schwierig. Man weiß nie, was andere von ihnen halten werden. Umso mehr freut es mich, dass es dir gefallen hat. Gerade dir!« Er beugte sich leicht zu ihr hinüber. »Möchtest du noch Wein?«

Sie reichte ihm das Glas, blickte ihm nach, als er aufstand und zu dem Schrank neben der Tür ging. Die Flasche stand oben auf der Krone. Yannick musste sich ein wenig strecken, um an sie heranzukommen. Er nahm sich ebenfalls ein Glas aus dem Schrank. Lässig, die beiden Gläser zwischen den Fingern der linken Hand, schenkte er ein und stellte die leere Flasche auf den Boden, bevor er zu seinem Platz zurückkehrte.

»Du kennst dich gut aus, wohnst du schon länger hier?«, fragte sie.

Nachdem er seines neben der Gitarre abgestellt hatte, reichte er ihr das Glas. Ihre Hände berührten sich leicht.

»Ich übernachte meistens bei Maximilian, wenn ich in Bonn bin oder in der Umgebung zu tun habe. Es ist sehr persönlich, und er ist ein wahrer Schatz.«

Sie tranken einen Schluck.

»Hübscher Anzug, der steht dir gut«, fuhr er fort. Er saß nun nicht mehr im Schneidersitz auf dem Sessel, sondern ihr zugewandt, die Arme auf den Schenkeln abgestützt, das Weinglas zwischen den Beinen haltend.

»Danke, sehr nett.« Sie lachte. »Er ist nur geliehen. Meine Kleider sind ziemlich mitgenommen. Maximilian hat sie zur Schnellreinigung gegeben.«

Yannick schlug mit der Hand auf den Oberschenkel. »Ich sagte doch: Er ist ein Schatz. Was ist mit deinen Sachen passiert?«

»Ich hab sie mir eingesaut«, wich Vera aus.

»Ärger zu Hause?«, fragte er direkt. Gleichzeitig beugte er sich nach vorne und tippte mit dem Zeigefinger gegen ihren Ehering.

Erschrocken zog sie die Hand zurück. Am liebsten hätte sie den Ring abgezogen und in ihrer Hosentasche verschwinden lassen. Eigentlich wollte sie nicht über ihre Ehe reden. Nicht über Bernd. Nicht über die Szene in der Sauna, das Gesicht der anderen Frau.

Was sie jedoch tat, war: ihm alles erzählen.

Er hörte ihr zu. Hin und wieder stellte er mit seiner warmen Stimme eine Frage, aufrichtig interessiert. Doch die meiste Zeit saß er einfach still da und lauschte aufmerksam ihrer Geschichte. Noch nie hatte jemand Vera einfach zugehört. Meist unterbrachen die Leute sie, korrigierten sie, äußerten ihre Meinung, ganz gleich, ob Vera sie hören wollte oder nicht. Oder sie taten Veras Äußerungen sofort als unwichtig ab. Also hatte sie sich angewöhnt zu schweigen. Nun aber redete sie, und ein Fremder hörte ihr zu. Ein vertrauter Fremder.

»Was wirst du jetzt tun?«, fragte er, nachdem sie geendet und beide eine Weile geschwiegen hatten, den Blick starr auf ihre Weingläser gerichtet.

»Ich weiß es nicht.«

»Liebe ist etwas Kostbares«, sagte Yannick nachdenklich.

Sie konnte nicht anders: Sie beugte sich vor und küsste ihn.

7

Die Sonne schien durch die Vorhänge in das Zimmer und tauchte es in ein goldgelbes Licht. Vera schlug die Augen auf, blinzelte in Richtung Fenster, sah sich um. Das war nicht ihr Zimmer. In Zimmer vier befand sich das Bad gegenüber dem Bett, nicht dahinter. Das Laken und die alte Wolldecke, unter denen sie offensichtlich geschlafen hatte, waren zerknüllt. Ein roter Trainingsanzug lag auf dem Boden neben dem Bett, ihre Unterwäsche darauf. Wo waren ihre Schuhe?

Sie richtete sich auf, stützte sich auf den Ellbogen ab. Keine Schuhe … Langsam kehrte ihre Erinnerung zurück. An den gestrigen Abend. An das Gesicht in der Sauna. An ihre Flucht, barfuß durch die Nacht. An Yannick, der ihr vor dem Kamin zugehört hatte. Das Kopfkissen neben ihr war ebenso zerknüllt wie die Decke. Sie musste unwillkürlich lächeln, als sie an die vergangene Nacht dachte. An die Morgenstunden.

Neben der Zimmertür stand ein kleiner Tisch. Ein riesiger Strauß Rosen thronte darauf in einer mit Narzissen geschmückten Porzellanvase. Sie huschte aus dem Bett, um die Karte zu lesen, die an der Vase lehnte: »12 Uhr. Vor dem Kamin.« Darunter ein gemaltes Herz, das in eine Gitarre eingebettet war, und ein schwungvolles »Y«. Wie spät war es überhaupt?

Sie fand ihre Armbanduhr auf dem Nachttisch, legte sie an. Halb zehn. Sie würde zu spät zur Arbeit kommen! Rasch schlüpfte sie in den Trainingsanzug, zog den Reißverschluss der Jacke hoch. Dann erst fiel ihr erleichtert ein, dass Samstag war. Sie hatte heute frei.

Nachdem sie das Bett gemacht hatte, verließ sie, die Rosen in der Hand, im Trainingsanzug das Zimmer, das nicht ihr Zimmer war. Ihres lag eine Etage tiefer. Auf nackten Füßen lief sie die knirschende Holztreppe hinunter. Noch immer roch es nach Lackfarbe und Putzmittel. Von unten aus dem Erdgeschoss drangen Küchengeräusche nach oben. Sie schloss ihre Zimmertür auf, schlüpfte hinein und stellte die Blumen ab. Ihre Kleider von gestern Abend lagen sauber und gefaltet auf dem Stuhl. Sogar der Riss in ihrem Rock war genäht! Vor dem Stuhl standen ein Paar einfache schwarze Pumps. Sie sahen neu aus. Vera schlüpfte mit dem linken Fuß hinein. Der Schuh passte perfekt. Sie würde Maximilian bitten, die Schuhe mit auf die Rechnung zu setzen.

Mit einer Zigarette in der Hand am Fenster stehend, dachte sie an die vergangene Nacht, die ihr Leben auf den Kopf gestellt hatte. Wie konnten Schmerz und Glück so nah beieinander liegen? Aber: Wie sollte es weitergehen? War sie bereit, Bernd aufzugeben und sich auf den Musiker einzulassen? Oder wollte sie zu ihrem Mann zurück?

Wütend drückte sie die Zigarette in dem gläsernen Aschenbecher auf dem Schreibtisch aus. Asche flog über den Rand und setzte sich auf der Resopalplatte ab. Sie fegte sie mit der Hand zusammen. Vor so schwerwiegenden Entscheidungen sollte sie erst einmal frühstücken. Normalerweise verschwand der Hunger, wenn sie rauchte. Heute schien das nicht der Fall zu sein.

Als sie die Treppe hinunterging, knurrte ihr Magen. Enttäuscht stellte sie fest, dass Maximilian an diesem

Morgen nicht arbeitete. Sie wäre froh gewesen, ein bekanntes Gesicht zu sehen. Stattdessen empfing sie eine junge, verschlossen wirkende Frau mit einem schwarzen Pferdeschwanz und einer weißen, schlecht gebügelten Bluse.

»Krieg ich noch Frühstück?«, fragte Vera.

Die Frau deutete mit einem Bleistift auf ein Schild über dem Tresen.

»Frühstück von 6.30 Uhr bis 8.30 Uhr«, las Vera. Es war ihr ein bisschen peinlich, immerhin war es inzwischen zehn Uhr. »Oh, kann man denn gar nichts machen?«, fragte sie dennoch und fühlte sich recht tapfer dabei.

»Kaffee können'se kriej'n«, berlinerte die Frau. »Steht auf der Anrichte. Ist vielleicht kalt.«

»Wenn Sie mir alles zeigen, kann ich ihn mir selbst kochen.«

»Seh ick aus, als wär ick 'ne Fremdenführerin?«

Vera behielt für sich, dass sie nicht wusste, wie Fremdenführerinnen aussahen.

»Na gut, kommen'se halt ma' mit!« Die Frau kam nach kurzem Zögern hinter dem Tresen hervor und stapfte in den Frühstücksraum. Vielleicht war sie gar nicht so abweisend, wie sie tat.

Veras Herz schlug ein wenig schneller, als sie die Sessel vor dem Kamin sah. Beide waren frei. Die leere Weinflasche und die beiden Gläser standen auf einem Tablett auf der Anrichte. Verstohlen schaute Vera hinüber. Hatten sie sie wirklich nicht weggeräumt?

Die Schwarzhaarige, die nicht aussah wie eine Fremdenführerin, befühlte die Kaffeekanne. »Dacht ick's mir doch! Eiskalt!« Sie hielt Vera die Kanne hin.

Pflichtschuldig hielt Vera ihre Hand daran. Der Kaffee war in der Tat kalt.

Verärgert schaute die Frau sie an. »Na, muss ick Ihnen wohl neuen kochen, wa?«

»Ich kann das selbst, wirklich!« Vera griff nach der Kanne, die Frau riss sie regelrecht an sich und presste sie an die Brust, den Blick zornig und entschlossen auf Vera gerichtet.

»Nee, lassen'se! Der Maxe hat jesagt, Sie sind'n spezieller Gast und ich soll mich um Sie kümmern, hat er jesagt.« Die Kaffeekanne wie eine Ramme vor sich haltend, lief sie durch den Raum und verschwand durch eine zweite Tür neben dem Kamin, die in die Küche führte.

Vera folgte ihr. »Sie müssen das wirklich nicht tun. Ich komme gut alleine zurecht.« In der Küchentür blieb sie stehen. Die Frau mit dem Pferdeschwanz warf bereits die Kaffeemaschine an. »Wie heißen Sie denn?«

»Icke?« Überrascht schaute die Frau Vera an. »Icke bin die Chantal.«

»Hallo, Chantal, ich bin Vera.«

Chantal nickte, als gebe sie ihre Zustimmung, dass ihre Gesprächspartnerin Vera hieße, ging in die Hocke, um aus der Anrichte, auf der die Kaffeemaschine stand, einen Teller, eine Tasse mitsamt Untertasse zu holen. Anschließend zog sie Messer und Löffel aus einer Schublade.

Doch bevor sie das Geschirr in den Frühstücksraum tragen konnte, schnappte Vera es ihr weg. »Also, das kann wirklich ich machen«, beharrte sie.

Chantal sah sie skeptisch an, als überlegte sie, ob Vera tatsächlich in der Lage war, das Geschirr unfallfrei in den anderen Raum zu tragen. Dann zuckte sie mit den

Achseln und lief zum Kühlschrank. »Wir ha'm Käse, Marmelade, Aufschnitt! Wat wollen'se denn?«

Vera ging in den Frühstücksraum zu einem der Tische nahe dem Kamin. »Ich hol mir alles. Danke!«, rief sie und kehrte, nachdem sie rasch den Tisch gedeckt hatte, in die Küche zurück.

Chantal stand etwas unschlüssig vor dem Kühlschrank. »Butter brauchen'se och, wa?«

»Butter wär fein.«

»Milch?«

Vera schüttelte den Kopf.

»Zucker?«

»Auch nicht, am liebsten schwarz.« Sie lächelte Chantal an.

Die schaute in die Zuckerdose. »Zucker ham'wer ooch nich.« Chantal stellte die leere Dose ab und hielt Vera das Tablett mit ihrem Frühstück hin, blickte sie zweifelnd an. »Kriej'n'se dat allet jetrag'n?«

»Kein Problem, das geht schon!«

Chantal grinste. Das erste Mal an diesem Morgen. Sie wirkte wie eine Zwölfjährige. Eine Zwölfjährige, der man einen Zahn ausgeschlagen hatte, wie Vera feststellte.

»Dat machen'se jut. Können'se gleich in der Pension Schubert anfangen, wa?«

›Danke‹, dachte Vera, ›aber Arbeit ist das Einzige, was mir zurzeit nicht fehlt.‹

Vera wollte nach dem Frühstück ihr Geschirr und die Reste zurück in die Küche räumen. Chantal stellte sich ihr in den Weg, stemmte die Arme in die Hüften.

»Nee, nee, nee! Dat lass'n'se ma' schön steh'n! Ick

mach dat jleich selbst.« Sie nahm Vera das Tablett aus der Hand und stapfte hinüber in die Küche.

Vera ließ der jungen Frau ihren Willen. »Gibt es in der Nähe eine Telefonzelle?«, rief sie ihr hinterher.

Chantal steckte den Kopf zur Tür heraus. »Sie können dat Telefon im Kabüffchen benutzen, wenn'se woll'n. Müssen'se och nich' zahl'n.«

Vera schüttelte den Kopf. »Eine Telefonzelle wäre mir lieber.«

»Ah, wat Privates! Na, wenn'se meenen. Die Straße rauf«, sie deutete mit der Hand Richtung Haustür, »links an 'ne Fabrik entlang, über die große Straße, weiter geradeaus. Beim Marktplatz. Is' 'n Stück.«

»Das macht nichts. Ein bisschen Bewegung tut mir gut.«

Chantal nickte. »Jast is' König.«

Vera lief die Treppe hinauf in ihr Zimmer und holte ihre Jacke und Tasche. Sie überlegte, den Trainingsanzug zu wechseln, entschied sich jedoch dagegen. Er war ausgesprochen bequem, und sie fühlte sich wohl darin. Außerdem glaubte sie nicht, auf der Straße irgendjemandem zu begegnen, den sie kannte.

Sie verließ die Pension und folgte Chantals Beschreibung. Was sollte sie Bernd sagen? Die Nacht mit Yannick hatte es nicht einfacher gemacht. Sie versuchte, in sich hineinzuhorchen, während sie an der Fabrikmauer, die kein Ende zu nehmen schien, entlanglief. Die Straße wirkte ebenso verlassen wie die Fabrik. Einzelne Scheiben waren eingeschlagen. »Paul ist tot« hatte jemand in großen Buchstaben an die Mauer gesprüht. Das »a« war von einem Kreis umgeben.

Vereinzelt parkten Wagen am Straßenrand. Vera blieb stehen, orientierte sich einen Moment. Links hatte Chantal gesagt. Sie hörte ein Hämmern in der Fabrik, offenbar stand sie doch nicht leer. Vera blinzelte in den Himmel, zwischen Wolken lugte endlich wieder die Sonne hervor. Sie überquerte die Hauptstraße, die Bewegung und die frische Luft machten sie wacher.

Bei der gelben Telefonzelle angekommen, wusste sie, was sie ihrem Mann sagen wollte. Es war eine Notlüge, aber sie würde ihr Zeit verschaffen. Zeit, sich über alles klar zu werden. Hoffentlich glaubte er ihr. Sie war eine schlechte Lügnerin.

In der Zelle öffnete sie ihre Tasche und holte das Portemonnaie hervor. Keine Groschen. Natürlich! Letzte Nacht hatte sie ihr letztes Kleingeld für den Anruf bei ihrer Mutter gebraucht. Vera schaute sich Hilfe suchend um. Auf der anderen Straßenseite entdeckte sie eine Bäckerei, sie lief hinüber und ging hinein.

»Sind wir beim Sport gewesen?«, begrüßte die Verkäuferin Vera und bedachte sie mit einem abschätzigen Blick.

Vera zog einen Fünfmarkschein aus dem Portemonnaie. Ihr letzter Schein. Damit würde sie nicht weit kommen. Sie hielt ihn der älteren Frau hin. »Können Sie mir den vielleicht wechseln? Ich muss dringend telefonieren und habe keine Zehnpfennigstücke mehr.«

»Wir sind keine Wechselstube. Wenn Sie Kleingeld brauchen, müssen Sie was kaufen.«

Vera schaute auf die Auslage vor sich. Sie war satt. Aber sie brauchte die Münzen und wollte nicht von Laden zu Laden ziehen, um darum zu betteln. »Geben

Sie mir halt eine Nussecke. Nein, doch lieber einen Amerikaner.«

»Was denn? Nussecke oder Amerikaner?«

»Amerikaner«, wiederholte Vera genervt.

Mürrisch packte die Verkäuferin das Gebäck ein, nahm den Schein und reichte Vera das Wechselgeld. Immerhin gab sie ihr ausreichend Zehnpfennigstücke. Zwei davon behielt sie gleich in der Hand und lief zurück zur Telefonzelle. Dort legte sie die Tüte mit dem Amerikaner ab, warf die Münzen ein und wählte. Es läutete eine Weile.

»Marx«, meldete sich Bernd schließlich.

Seine Stimme klang müde. Verschlafen. Als habe sie ihn geweckt. Das machte sie wütend. Er hatte wohl ausschlafen müssen nach dem anstrengenden Gang in die Sauna.

»Hallo, Bernd. Vera hier.«

Pause.

»Was gibt's?«, erwiderte er.

Kein »Schatz, wo steckst du?« Kein »Ich mache mir Sorgen um dich.« Sie war die Nacht weggeblieben, und er hatte bis gerade in aller Ruhe geschlafen … ›Was gibt's?‹ – ›Du vögelst eine andere Frau in unserer Sauna! Das gibt's!‹

Sie riss sich zusammen. »Ich musste kurzfristig zu meiner Mutter, Schatz«, sagte sie so überzeugend, wie sie konnte. »Es geht ihr nicht gut. Ihr Kreislauf. Du kennst das ja. Es ist jedenfalls besser, wenn einer nach ihr sieht.«

Er würde ihr kein Wort glauben. Ihre Stimme zitterte viel zu sehr. Ihre Wut klang in jeder Silbe mit, da war sie sich sicher!

»Wann kommst du zurück?«, erkundigte er sich beiläufig, und in diesem Moment wusste Vera, dass ihr Mann gerade überlegte, wann und wie oft er die andere Frau wiedersehen konnte. Das Gesicht im Saunafenster starrte sie an.

»Ich weiß es noch nicht. Vielleicht heute Abend. Vielleicht erst in ein paar Tagen. Es hängt davon ab, wann es ihr besser geht.«

»Es wäre gut, wenn du etwas genauer werden könntest.«

›Klar wäre das gut‹, dachte sie. ›Du willst ja wissen, wie oft du die andere flachlegen kannst.‹

»Ich ruf dich an«, erwiderte sie knapp und legte auf.

Erst nachdem sie die Telefonzelle verlassen hatte, fiel ihr ein, dass Bernd bei ihrer Mutter anrufen konnte, um sich nach ihr zu erkundigen. Ihre Mutter einzuweihen war allerdings keine gute Idee. Mist! Aber vielleicht war es auch egal. Sollte er doch anrufen!

Wütend stapfte sie in Richtung Marktplatz und machte sich auf den Rückweg zur Pension. In einer Seitenstraße entdeckte Vera eine Bankfiliale. Sie überquerte die Straße, die am Samstagmorgen nahezu menschenleer war. Lediglich ein paar Punker lümmelten auf den Stufen vor einem Haus. Vera schaute, ob sich vielleicht Mira unter ihnen befand, ihre Mitfahrerin von letzter Nacht, konnte sie jedoch nicht entdecken.

Im Foyer der Bank stand einer dieser Geldautomaten, die immer größere Verbreitung fanden. In ein paar Jahren würde es vielleicht gar keine Filialen mehr geben. Nur Automaten. Sie ärgerte sich, dass sie keine dieser Karten besaß, mit der sie Geld an der Maschine hätte abheben können. Bernd hatte ihr sogar eine angeboten. Sie hatte sie allerdings für unnötig gehalten. Doch mit Geld musste sie sich in Zukunft stärker beschäftigen. Sofern sie sich von Bernd trennte …

Der grün-braun gemusterte Teppichboden dämpfte ihre Schritte, als sie den kurzen Weg zu dem Schalter hinüberging, über dem »Kasse« stand. Ein junger Mann, kaum 20, lächelte sie an. Sie lächelte zurück.

»Beim Sport gewesen?«, erkundigte er sich. Seine Frage klang anders als die der Frau in der Bäckerei. Interessiert. Freundlicher.

»Ja«, log sie und fühlte sich schlecht dabei, »samstags hab ich mal die Zeit dafür! Leider muss ich dringend noch ein paar Einkäufe erledigen, habe aber mein Geld vergessen, ich Schussel!«

»Das ist doch kein Problem. Sind Sie Kunde bei uns?«

Vera bejahte, nahm einen Zettel aus dem Portemonnaie und las Bernds Kontonummer vor.

»Frau Marx, nehme ich an?«, fragte der junge Mann.

Sie nickte.

»Wie viel soll es denn sein?«

Gute Frage. Ihr Gehalt ging auf das gemeinsame Konto ein, das auf Bernds Namen lief und für das sie eine Vollmacht besaß. Bernd würde ihr die vermutlich umgehend entziehen, sobald sie ihm erklärte, dass sie nicht mehr nach Hause zurückkehren würde.

»Ich habe ein wunderbares Kleid gesehen, wissen Sie …«, setzte sie an.

Ihr Gegenüber lachte und schaute auf die Karteikarte, die er in der Hand hielt. »Solange es nicht mehr als 400 Mark kostet, ist das kein Problem.«

»Oh! Das weiß ich gar nicht genau …« Sie schaute ihn treuherzig an.

»Ihr Verfügungsrahmen liegt bei 400 Mark. Wollen Sie mehr Geld abheben, brauche ich die Unterschrift des Kontoinhabers. Also ihres Mannes.«

»Verstehe … Ja, ich nehme die 400.«

Der junge Mann schob ihr unter dem Glasfenster ein Formular zu. Die Ärmel seines Sakkos schlackerten über seine Fingerknöchel. »Füllen Sie das noch bitte aus!«

Sie nahm einen Kugelschreiber, setzte ihren Namen, die Kontonummer und die Summe auf den Zettel und gab das Formular anschließend dem Bankangestellten zurück. In diesem Moment erschien ein älterer Mann in der Tür hinter ihm. Er trug ein weißes Hemd, eine schwarze Krawatte und eine eckige Metallbrille auf seiner breiten Nase. Seine Augen wirkten vorwurfsvoll. Vera war sich nicht sicher, ob der Blick ihr oder dem jungen Mann galt. Der schaute unsicher von Vera zu dem Herren, legte hektisch den Kugelschreiber in eine Ablage, stellte offenbar fest, dass es die falsche war, und korrigierte seinen Fehler umgehend – noch aufgeregter. Der Mann in der Tür hob eine seiner buschigen schwarzgrauen Augenbrauen.

»Ihren Ausweis müsste ich sehen, bitte«, sagte der Bankangestellte verlegen zu Vera, während er bereits das Geld zählte.

Vera kramte in ihrer Tasche. Hoffentlich hatte sie die Plastikmappe mit ihrem Personalausweis und dem Hausausweis für das Ministerium gestern wirklich eingepackt. Sie ließ die Papiere gerne zu Hause liegen, wenn sie ausging. Aus Angst, dass sie ihr geklaut werden könnten. Im Ministerium schärften sie den Mitarbeiterinnen immer ein, auf die Ausweise zu achten. Zu ihrer Erleichterung fand sie das grüne Heftchen und zog es hervor.

»Eine reine Formalität«, beteuerte der junge Angestellte lächelnd und nahm den Ausweis entgegen.

Der Mann in der Tür drehte sich um und schloss sie hinter sich. Er hatte kein Wort mit ihnen gesprochen.

»Wenn Sie ein eigenes Konto hätten, könnten Sie mehr abheben«, erklärte ihr Gegenüber, während er Geld und Ausweis durch die kleine halbrunde Öffnung der Trennscheibe zu Vera schob.

Eine Viertelstunde später verließ Vera die Filiale. Sie war sehr zufrieden mit sich. Sie besaß jetzt ein eigenes Konto und hatte in der Tasche eine Mitteilung für ihren Arbeitgeber, auf der ihre neue Bankverbindung stand. Selbst wenn sie sich mit Bernd aussprechen würde, war es nicht verkehrt, selbst über ihr Geld verfügen zu können.

Ihre nächtliche Flucht hatte ihn überrascht und vor einige Probleme gestellt. Er war ihr gefolgt, nachdem sie aus dem Haus gelaufen war. Als sie mit der Punkerin in ein Auto gestiegen war, hatte er ihre Spur verloren. Es hatte ein paar Stunden gedauert, bis er herausbekommen hatte, wo sie untergeschlüpft war. Nun saß er in einem unauffälligen dunkelblauen Opel Kadett vor der Pension Schubert. Vor ein paar Minuten war ein knatschroter Käfer vorgefahren und hatte direkt vor dem Eingang geparkt. Ein junger Mann mit blonden Locken war ausgestiegen, einen Strauß Frühlingsblumen in der Hand. Er hatte versucht, ein Foto von dem Mann zu machen, aber er war zu schnell in der Pension verschwunden. Seitdem wartete er.

Nach kurzer Zeit kam der Mann wieder heraus, Vera an seiner Seite. Vielleicht lief doch alles nach Plan? Vera trug die Kleider vom Vorabend. Der Lockenkopf ging um den Käfer herum und öffnete ihr die Tür, legte ihr beim Einstiegen den Arm auf die Schulter. Sie lächelte ihn an. Jetzt gelang das Foto.

Er griff nach dem Zündschlüssel, startete den Motor und folgte dem roten Wagen. Auf dem Rücksitz konnte er den Hals einer Gitarre erkennen. Der Mann und Vera fuhren quer durch die Innenstadt zum neuen Gelände der Rheinauen, die seit der Bundesgartenschau vor fünf Jahren eines der beliebtesten Ausflugsziele der Bonner geworden waren. Von der Ludwig-Erhard-Allee bog der Käfer auf den großen Parkplatz. Ab hier würde er ihnen zu Fuß folgen müssen. Im März war die Aue nicht gut besucht. Auch nicht an einem Samstagvormittag. Ein Hund wäre eine gute Tarnung gewesen. Er musste das im Hinterkopf behalten.

Nach wenigen Metern ahnte er, wohin der Lockenkopf Vera führen wollte. Er hätte die gleiche Idee gehabt. Also konnte er sich zurückfallen lassen, dem Pärchen – denn das waren sie offensichtlich – in sicherer Distanz folgen. Sie hielten fast die ganze Zeit Händchen. Nur manchmal, kamen Spaziergänger ihnen entgegen, ließ Vera die Hand des Blonden los. Als sie den Weiher erreichten, schloss er zu ihnen auf. Es war riskant, er war jedoch neugierig, und versteckt hinter den

Bäumen, konnte er von ihnen nicht entdeckt werden. Vielleicht würde er später den Mantel ausziehen. Die meisten Leute behielten solche leicht zu ändernden Merkmale in Erinnerung, nicht die wichtigen.

»Die haben doch noch geschlossen!«, hörte er Veras Stimme, die für ihn mittlerweile vertraut klang, obwohl er noch nie persönlich mit ihr gesprochen hatte.

»Ich weiß«, erwiderte der Lockenkopf und klang sehr zufrieden mit sich.

Er beobachtete, wie die beiden den langen Steg zum Bootshaus hinunterliefen. Der Mann schloss das Türchen auf, das die Anlegestelle sicherte, und führte Vera zu einem Ruderboot. Es wankte, als Vera einstieg. Nachdem sie sich gesetzt hatte, kletterte der Lockenkopf hinein und löste die Taue. Mit einem kräftigen Stoß, den er dem schmächtigen Kerlchen gar nicht zugetraut hätte, drückte der Blonde das Boot vom Steg weg. Er ruderte exzellent. Seine und Veras Stimme hallten herüber, während sich das Boot vom Ufer entfernte, Vera lachte. Dann verschwanden sie hinter der Insel in der Mitte des kleinen Auensees.

Zunächst überlegte er, um den See herumzugehen, um sie im Auge zu behalten, entschied sich jedoch dagegen. Er würde kaum Wissenswertes erfahren, und das Risiko, entdeckt zu werden, war zu groß. Außerdem würde der Lockenkopf zur Anlegestelle zurückrudern, da war er sich sicher. Er würde also einfach warten.

Eine Stunde später kehrten die beiden zurück. Er hatte in der Zwischenzeit Freundschaft mit ein paar Enten geschlossen, die sich die Langeweile mit ein paar Bissen in seine Schuhe vertreiben wollten. Als das Ruderboot wieder auftauchte, wechselte er sofort seinen Standort. Ein Mann, dem ein paar Enten an den Füßen knabberten, war zu auffällig. Die Enten protestierten lautstark, folgten ihm schnatternd ein paar Schritte, wurden jedoch bald müde und ließen ihn schließlich in Ruhe.

Der Mann half Vera, auf den Steg zu klettern, nachdem er das Boot an dem dafür vorgesehenen Pfosten festgezurrt hatte. Höflich war er. Als sie an ihm vorbeigingen, beachtete Vera ihn gar nicht. Er aber bemerkte, dass ihre Wangen glühten. Der Lockenkopf schaute ihn kurz an, zeigte keine Reaktion. Er selbst jedoch zuckte leicht zusammen. Instinktiv merkte er, wenn er jemanden traf, der im gleichen Metier arbeitete. Der Geheimnisse mit sich herumtrug. Der log und täuschte. Dennoch war etwas in diesem Blick gelegen, das ihn irritierte. Etwas Unsicheres. Keine Vorsicht, wie sie sie alle walten ließen. Eine flackernde Unruhe, keine prüfende Umsicht.

Yannick hielt eine weitere Überraschung für sie parat. Er nahm sie an der Hand und führte sie vom Bootshaus ein paar hundert Meter zum Parkcafé an der Ludwig-Erhard-Allee. Als Vera sich nach einer Ente umdrehte, die an ihnen vorbei in Richtung Weiher watschelte, stand ein Mann in einem hellen Trenchcoat auf dem Weg hinter ihnen. Hatte sie ihn nicht schon vorher gesehen, als sie zum See geschlendert waren?

Sie wandte sich wieder Yannick zu. Sie strahlte ihn an. Sie konnte nicht anders. Er küsste sie. Wäre es nach ihr gegangen, wären sie stundenlang so stehen geblieben. Mitten auf dem Weg. Ihr Herz klopfte schneller.

Nachdem sie sich voneinander gelöst hatten, drehte sie sich nochmals um. Der Mann war verschwunden.

Gedankenversunken ging sie neben Yannick her. Auf dem Boot war im Wasser zwischen den Spiegelungen der kahlen Bäume das Gesicht der Rothaarigen aufgetaucht. Sie hatte die Hand ins Wasser gehalten, eine Welle gemacht, die die Äste der Bäume zum Tanzen gebracht und das Bild zerstört hatte. Diesen Tag würde sie sich nicht durch böse Gedanken kaputtmachen lassen.

Yannick führte sie den schmalen Weg zu der Pagode, in der das Café untergebracht war. Das Gebäude wirkte, als habe jemand es vor fünf Jahren in China ab- und in Bonn zur Bundesgartenschau wieder aufgebaut. Wie der Bootsverleih war auch die Pagode zu dieser Zeit des Jahres noch geschlossen.

Yannick klopfte dennoch, hielt dabei ihre Hand ſest umklammert und zwinkerte ihr zu. »Wollen wir mal sehen, ob sie uns hereinlassen.«

Durch die Scheibe sah sie, wie ein Kellner in schwarzer Hose und weißem Hemd zwischen den eingedeckten Tischen auf sie zulief. Er öffnete die Tür, deutete gegenüber Vera eine leichte Verbeugung an und drückte Yannick fest die Hand. »Es ist alles vorbereitet«, sagte er, drehte auf den Hacken um und führte sie elegant tänzelnd zu ihrem Platz auf der anderen Seite des Raumes.

Ein einzelner Tisch stand dort, eingedeckt für zwei. Die übrigen waren beiseitegeschoben. An ihrer Stelle stand ein mächtiger schwarzer Konzertflügel. Der Kellner zog den Stuhl für Vera zurück, nahm ihre Jacken und kehrte kurze Zeit später mit einem Sektkübel und einer Flasche Champagner wieder. Yannick entkorkte die Flasche. Ein lautes »Plopp«, und die perlende Flüssigkeit ergoss sich in Veras Glas.

»Bist du hungrig?«, fragte Yannick.

»Es geht. Ich habe spät gefrühstückt.«

Seine Hand legte sich auf ihr Bein und drückte es. Sie mochte es, wie er sie anfasste. Sie mochte es, *dass* er sie anfasste.

»Also haben wir noch ein wenig Zeit?«

Ohne ihre Antwort abzuwarten, erhob sich Yannick und ging zum Flügel hinüber. Er klappte ihn auf, das Geräusch hallte in dem leeren Raum. Mit einem Lächeln schaute er zu ihr hinüber und begann zu spielen. Zunächst klang es, als klimperte er selbstvergessen ein paar Harmonien, doch schließlich schien sich die Musik zu ordnen, zu einem Lied zu formen, das sie kannte. »All My Loving«, die Beatles. Ihre Mutter hatte die »langhaarigen Hottentotten« gehasst. Vera hatte ihre Lieder heimlich gehört, in dem Schallplattenladen in der Kreisstadt, in der sie auf die Realschule gegangen war.

Anschließend stimmte Yannick Neil Diamond an, danach Art Garfunkels »Bright Eyes«, das sie immer lauter drehte, wenn sie es im Radio hörte, im Anschluss Chris de Burgh, ehe er sich den deutschen Liedermachern widmete: Mey, Sulke, all ihre Lieblingslieder. Konnte es sein, dass zwei Menschen genau den gleichen Musikgeschmack besaßen? Yannick spielte mit einer Hingabe, die sie sich selbst nie trauen würde. Er war eben Musiker, sie bloß Sekretärin. Trotzdem waren sie Seelenverwandte.

Yannick beendete das Privatkonzert mit einem Lied, das, wie er sagte, wie für sie geschrieben worden sei. Vera brauchte wieder ein paar Takte, ehe sie es erkannte. »Auch in Warschau blüht jetzt schon der erste Flieder, ganz genauso wie in Frankfurt, Wien und in Paris …« Bei der ersten Wiederholung des Refrains traute sich Vera, leise mitzusummen.

Der Mann im Trenchcoat stand am Fenster. Vorsichtig schob er den Vorhang beiseite. Der rote Käfer hielt unten vor der Pension Schubert. Er hatte sich beeilt, vor dem Paar hier zu sein. Das romantische Dinner hatte ihn, nachdem der Lockenkopf sich am Klavier verausgabt und Vera an seinen Lippen gehangen hatte, nicht weiter interessiert. Er hatte genug gesehen.

In seiner Manteltasche steckte ein Totschläger. Er glaubte nicht, dass er ihn brauchen würde, wollte allerdings auf Nummer sicher gehen. Damit war er immer gut gefahren. Der Lockenkopf, dessen Identität er in der Zwischenzeit mit einem Anruf geklärt hatte, stieg aus dem Wagen und lief um die Motorhaube, um Vera die Tür zu öffnen. Er hielt ihr sogar die Hand hin, um ihr beim Aussteigen behilflich zu sein. Was für ein Blender!

Vera blickte hoch. Eilig zog er den Kopf zurück. Den Vorhang ließ er unbeweglich. Er hätte ihn verraten. Er ließ die beiden jedoch nicht aus den Augen. Als dieser Yannick Vera zum Haus begleitete, wusste er, dass es klug gewesen war, hier im Zimmer auf sie zu warten und sie nicht auf der Straße abzufangen. Er blieb am Fenster stehen, bis die beiden Turteltäubchen im Haus verschwunden waren. Eilig lief er quer durch den Raum und stellte sich hinter die Tür. Aus der Manteltasche zog er ein Tuch und ein Fläschchen. Er tränkte das Tuch, der leicht süßliche Geruch machte ihn schwindlig, er verflüchtigte sich jedoch rasch. Er war bereit.

Yannick führte Vera in den Flur der Pension, schaute sich um, als wollte er sich überzeugen, dass alles in Ordnung war. Maximilian kam aus seinem Kabuff. Offenbar war Chantals Schicht bereits vorüber. Vera hätte gerne noch ein paar Worte mit ihr geredet. Maximilian schien Yannick kurz zuzunicken, ehe er sie beide begrüßte.

»Alles okay?«, fragte Vera die Männer.

»Alles bestens«, erwiderte Maximilian. »Ein ruhiger Samstagnachmittag, die Sonne scheint. Eine echte Erlösung nach den letzten Regentagen, finden Sie nicht?«

»Sie haben recht!« Vera dachte an ihren Ausflug, Glücksgefühle durchströmten sie.

Yannick zog sie an sich, sie küssten sich noch einmal. Leidenschaftlich. Vera sah aus dem Augenwinkel, wie Maximilian ihren Schlüssel auf dem Tresen liegen ließ und sich dezent in sein Hinterzimmer zurückzog. Nach einer Weile, die Vera viel zu kurz erschien, lösten sie sich voneinander.

»Wann sehen wir uns wieder?«, fragte sie, ein wenig außer Atem.

»Ich muss die nächsten Tage nach Frankfurt, ein paar Leute aus dem Musikgeschäft sprechen. Ich muss gleich los. Aber ich rufe dich an.«

Sie versuchte ihre Enttäuschung zu verbergen. »Können wir uns gar nicht treffen?«

»Anfang der Woche bin ich zurück«, antwortete er, küsste sie erneut.

»Ich vermisse dich jetzt schon.«

»Ich dich auch!«

Noch ein Kuss, dem ein weiterer folgte, ehe sie sich voneinander trennten. Als Vera schließlich die erste Stufe betrat, hörte sie Schritte hinter sich. Sie drehte sich um. Yannick stand vor ihr und schaute zu ihr hoch. Er nahm die Stufe und küsste sie wieder. Dann zog er aus der Hosentasche eine Kette mit einem fein gearbeiteten silbernen Herzanhänger und legte sie ihr um.

»Damit du mich nicht vergisst.«

»Als könnte ich das!«

Sie küssten sich erneut. Vera bekam nicht genug von seinen Küssen.

Diesmal wartete sie, bis der rote Käfer weggefahren war, ehe sie die Treppe hochstieg. Doch wieder machte Vera kehrt und lief zum Empfang hinunter.

Maximilian kam fast augenblicklich aus der Tür. »Alles gut bei Ihnen?«

»Ich wollte wegen des Trainingsanzugs Bescheid geben. Ihr Sohn bekommt den natürlich zurück. Ich würde ihn nur gerne vorher waschen. Vielleicht haben Sie ein Handwaschmittel für mich? Sonst kann ich mir auch eins kaufen!«

Der Portier winkte ab. »Lassen Sie sich Zeit. Mein Sohn ist auf Klassenfahrt. Der braucht den vor übernächster Woche nicht.«

»Oh, gut. Vielen Dank!«

Sie ging die Treppe hinauf. Auf halber Höhe hielt sie neuerlich inne, wandte sich um, beugte sich nach vorne, um durch das Fenster im Foyer hinaus auf die Straße zu schauen. Vielleicht stand der rote Käfer doch noch vor der Tür? Aber Yannicks Wagen war nicht zu sehen. Nur ein blauer Opel parkte auf der anderen Seite vor der Mauer. Maximilian stand hinter seinem Tresen und schaute sie an. Sie lächelte ihm zu. Verlegen. Warum stand er noch da?

Im Flur war alles ruhig. Der dicke Läufer, der auf dem alten Dielenboden lag, dämpfte ihre Schritte. Ihre Füße versanken geradezu in dem weichen Stoff. Kein Laut war aus den Zimmern zu hören. Offenbar war sie allein auf ihrer Etage. War sie der einzige Gast in der gesamten Pension Schubert?, fragte sie sich, während sie ihren Schlüssel ins Schloss steckte. Sie drehte ihn einmal herum, schob die Tür auf und trat ins Zimmer.

Sie hatte die Tür noch nicht geschlossen, da packte sie jemand von der Seite und versuchte, ihr ein Tuch vor den Mund zu drücken. Erschrocken stieß sie den Arm weg. Aus dem Augenwinkel nahm sie einen Mann in einem hellen Mantel wahr. Er griff mit der anderen Hand nach ihrer Schulter. Sie wollte auf den Flur laufen, fliehen. Mit dem Fuß schlug der Mann die Tür zu.

»Sie waren in der Aue!«, rief sie.

Der Mann blieb eine Antwort schuldig, stürzte sich auf sie. Er warf sie aufs Bett, sie wand sich unter ihm weg, rollte sich keuchend vom Bett hinunter und stolperte zur Tür. Er sprang auf, packte sie erneut. Sie trat nach ihm. Schmerzerfüllt sackte er zusammen. Wieder rannte sie zur Tür. Als sie nach der Klinke griff, hörte sie hinter sich polternde Schritte. Plötzlich spürte sie einen Schlag auf dem Kopf. Ihr wurde schwarz vor Augen.

TEIL 2

AGENTEN IN RAUCHERKINOS

8

Bernd Marx saß am Esstisch, las in Ruhe Zeitung und trank einen Kaffee. Auf dem Glastisch vor dem Sofa stand noch sein Weinglas von gestern Abend. Ihm war es recht, dass Vera die nächsten Tage bei ihrer Mutter verbrachte. Das hieß sturmfreie Bude. Er überlegte, ob er bei seiner Schwiegermutter anrufen solle, um zu fragen, ob Vera mittlerweile wusste, wann sie genau zurückkehren würde. Je früher das geklärt war, umso besser. Aber seine Schwiegermutter würde mindestens eine Viertelstunde auf ihn einreden, sich beklagen, jammern. Dafür war er nicht in Stimmung. Er hatte anderes im Kopf. Ganz anderes!

Der Sex mit Isabelle in der Sauna hatte ihm sehr gut gefallen. Sehr, sehr gut! Jede Sekunde hatte er damit gerechnet, dass Vera nach Hause kommen würde, und dieser Nervenkitzel hatte ihn zusätzlich erregt. Selbst das Geräusch, das er meinte, gehört zu haben, hatte seine Erregung gesteigert. Er schaute sich in seinem Wohnzimmer um. Überlegte, wo sie es überall treiben konnten, solange Vera weg war. Nicht nur in der Sauna. Auch auf dem Sofa, auf dem Teppich davor, unter der Dusche, in ihrem Ehebett, im Flur, wenn sie es wollten.

Er legte die Zeitung beiseite, ging zum Telefon und wählte Isabelles Nummer. Sie nahm nicht ab. Das hieß nicht, dass sie nicht zu Hause war. Vermutlich hatte sie ebenfalls ausgeschlafen, nachdem sie sein Haus erst im Morgengrauen verlassen hatte. Vielleicht sollte er sich für den Überraschungsbesuch in der Nacht revanchieren.

Im Flur nahm er die Autoschlüssel vom Tischchen neben der Haustür. Vera wollte immer, dass er das furchtbare Schlüsselbrettchen benutzte, das sie an die Wand gehangen hatte. Er hasste das Schlüsselbrettchen.

Im Vorgarten gegenüber stutzte ihr Nachbar, ein Zahnarzt, seine Sträucher. Er winkte ihm zu. Hoffentlich behandelte er seine Patienten pfleglicher, dachte Bernd, als er die gerupften Astnester sah. Zum Glück kümmerte sich bei ihnen Vera um den Garten, nicht ein Stümper wie sein Nachbar.

Bernd stieg in seinen Porsche ein. Das tiefe Brummen des Motors löste bei ihm jedes Mal aufs Neue ein Glücksgefühl aus. Er schaltete in den Rückwärtsgang, positionierte den einen Arm auf der Lehne des Beifahrersitzes, während er sich umschaute und den Wagen auf die Straße lenkte.

Yannick und sie saßen in Italien auf einer Terrasse und schauten über grüne Hügel hinaus aufs Meer, das im Sonnenschein tiefblau schimmerte. Weiße Segelboote tanzten auf den Wellen. Ein junger Kellner brachte ihnen zwei Cocktails, Cuba Libre. Die Sonne färbte sich sanft orange, verschwand langsam hinter dem Horizont. Trotzdem war es noch warm. Die Mauern, die die Terrasse säumten, glänzten, als wären sie aus Gold. Vera wandte sich dem Licht zu, hielt das Gesicht direkt in die Sonne. Die Sonne wärmte, aber ihre Strahlen blendeten sie, ließen die Umgebung verschwimmen …

Yannick legte offenbar seine Hand auf ihre Schulter, rüttelte sie. Sie lächelte, summte zufrieden. Was war sie glücklich!

Eine leichte Ohrfeige.

Das Traumbild zerplatzte.

Als sie die Augen aufschlug, schaute sie in ein fremdes Gesicht. Sie wollte eine Frage stellen, merkte jedoch erschrocken, dass ihr Mund mit einem Klebeband zugeklebt war. Sie versuchte, sich aufzurichten. Es gelang ihr nicht. Ihre Hände waren auf dem Rücken mit Handschellen fixiert. Sie zog an den Fesseln, probierte, mit den Zähnen das Plastikband zu zerreißen, das ihren Mund verschloss.

Der Mann, der auf dem Stuhl neben dem Bett saß, beobachtete sie, schüttelte den Kopf. »Lassen Sie es. Sie schaffen das nicht.«

Vera ließ sich nicht beirren. Sie zerrte. Sie biss. Ihr Gegenüber legte ihr die Hand auf die Schulter, um sie zu beruhigen. Fast zärtlich. Was erlaubte der Kerl sich?

Wütend schüttelte Vera die Hand ab, wand sich noch stärker auf dem Bett. Die Handschellen schnitten tief ins Fleisch. Sie wollte brüllen. Natürlich brachte sie keinen Laut hervor. Erschöpft sank sie schließlich in sich zusammen.

»Hören Sie mir einen Moment zu! Ich will Ihnen nichts tun.«

Vera musterte den Mann aufmerksam. Seinen hellen Trenchcoat hatte er ordentlich über die Lehne des Stuhls gehangen. Er trug einen dunkelgrauen Anzug, ein weißes Hemd, schwarze Krawatte. Das schwarze, kurz geschnittene Haar hatte er mit Gel nach hinten gekämmt. Ein sympathischer Mann, hätte sie bei einer anderen Gelegenheit vielleicht gedacht, warme braune Augen, ebenmäßiges Gesicht. Er wirkte nicht wie jemand, der Frauen gegenüber gewalttätig wurde. Trotzdem: Er hatte sie geknebelt und gefesselt. Also täuschte der Eindruck. Was wiederum bedeutete, dass der Mann log. Doch es erschien ihr klüger, sein Spiel erst einmal mitzuspielen. Sie nickte als Bestätigung.

»In Ordnung. Wenn Sie möchten, binde ich Sie los und nehme Ihnen die Handschellen ab. Doch ich bitte Sie, nicht zu schreien.«

Sie nickte erneut. Der Mann beugte sich nach vorne und riss das Paketband mit einer einzigen Handbewegung ab.

»Au!«, schrie sie auf. Er legte ihr die Hand auf den Mund. Ihre Lippen brannten.

»So tut es am wenigsten weh«, erklärte er.

Sie war sich nicht sicher, ob sie ihm glauben sollte. Erneut lehnte sich der Mann nach vorne, griff über sie hinweg und schloss die Handschellen auf. Sie richtete sich auf, betastete ihren Mund, rieb sich die schmerzenden Handgelenke. Ihre Augen wanderten zur Tür.

Der Mann bemerkte ihren Blick, schüttelte den Kopf und hielt ihren Zimmerschlüssel in die Luft. »Ich habe abgeschlossen.«

»Was wollen Sie von mir?«

»Mit Ihnen über ein paar Sachen reden.«

»Was für Sachen?« Mit zittrigen Händen nahm sie die Schachtel Zigaretten vom Nachttisch. Er gab ihr Feuer. Höflich schien er immerhin zu sein.

»Über Ihren neuen Geliebten zum Beispiel.«

Vera wusste nicht, worauf der Fremde hinauswollte. Sie schaute ihn an, blies ihm Rauch ins Gesicht. Er wedelte mit der Hand.

»Oh, unangenehm?«, fragte sie, zog an der Zigarette und pustete ihm eine weitere Wolke zu.

»Hören Sie, mein Auftreten war sicher nicht das allerfreundlichste …«

»Sie haben mich überfallen!«

»Glauben Sie mir, ich hätte noch ganz anders vorgehen können!«

»Wie soll ich mir das vorstellen? Hätten Sie mich erwürgt, um in Ruhe mit mir zu reden?«

»Bevor alles …«, setzte er an und warf hilflos die Hände in die Luft. »Hören Sie: Ihr Leben steht auf dem Spiel! Sie müssen mir vertrauen. Ich will nur Ihr Bestes!«

»Ich habe die Schnauze voll von Leuten, die ›nur mein Bestes wollen‹. Der Letzte, der mir das gesagt hat, war mein Mann. Der vögelt vermutlich aktuell irgendeine rothaarige Schlampe in unserer Sauna«, brach es aus ihr hervor.

»Sie heißt Isabelle. Sie ist Praktikantin in seiner Abteilung.«

Überrascht blickte Vera ihn an, blies den Zigarettenrauch in Richtung Boden. »Woher wissen Sie das?«

»Ich beobachte Sie schon eine ganze Weile. Sie und Ihren Mann. Dabei bin ich auf dieses Mädchen gestoßen.«

»Sie überwachen mich? Wer sind Sie? Die CIA? Der KGB?«

In Veras Kopf ratterte es. Breithofer, der Sicherheitschef des Ministeriums, hatte sie gewarnt. War es jetzt soweit? Saß sie mit einem Agenten der anderen Seite in einem Zimmer?

»Weder noch. Ich bin vom Bundesnachrichtendienst.«

»Das ist doch absurd! Der BND würde wohl kaum eine Sekretärin aus dem eigenen Verteidigungsministerium überwachen! Oder gar überfallen!«

»Wenn diese Sekretärin Ziel eines geheimdienstlichen Ausspähversuchs durch eine fremde Macht wird, macht er das.«

»Können Sie sich ausweisen?«

»Wir laufen nicht mit einem Ausweis durch die Gegend, auf dem unser Name, unser Dienstgrad und unsere Dienststelle vermerkt sind!«

»Warum sollte ich Ihnen also glauben?«

»Weil ich recht habe. Kennen Sie den Begriff ›Romeo‹?«

»Natürlich, ich bin zwar nur eine Sekretärin, trotzdem hatte ich in der Schule Englischunterricht, und ich war sogar mal im Theater.«

»Meine Frage bezog sich auf Ihre Arbeit im Ministerium.«

»Diese Romeos haben es auf alleinstehende Sekretärinnen abgesehen.« Sie hielt die Hand mit ihrem Ehering in die Luft. Eigentlich hatte sie ihn schon längst abnehmen wollen.

»Sie mögen zwar verheiratet sein, doch glücklich sind sie deswegen noch lange nicht. Und sie arbeiten in einer Abteilung, die für den Feind von allerhöchstem Interesse ist. Auf einer Position, die Ihnen Zugang zu Dokumenten der allerhöchsten Geheimhaltungsstufe verschafft.«

»Und Sie haben mich in meinem Hotelzimmer überfallen, um mich zu warnen, dass demnächst ein Romeo bei mir auftauchen wird? Vielleicht raten Sie mir als Nächstes, zurück zu meinem Mann zu gehen, die Schlampe zu vergessen, und brav zu tun, als sei nichts gewesen. Damit ich als Alleinstehende nicht ins Visier eines dieser Romeos gerate.«

»Es würde doch zu Ihnen passen, oder?«

Am liebsten hätte Vera ihm ins Gesicht geschlagen.

»Außerdem: Dieser Romeo hatte bereits seinen Auftritt.«

Sie brauchte einen Moment, ehe sie begriff, was dieser angebliche Agent meinte. Entgeistert schaute sie ihn an. »Yannick? Sie sind verrückt!«

»Leider nicht.« Er grinste schief. »Yannick Moreno ist Agent der Hauptverwaltung Aufklärung des Ministeriums für Staatssicherheit der DDR.«

»Er ist Musiker! Er ist aus der DDR geflohen! Er hat eine Wunde!«

»Ja, und?«

»Er ist *gegen* dieses Regime! Wie kann er dann ein Spion *für* dieses Regime sein? Sie reden Unsinn!«

»Glauben Sie mir einfach!«, sagte der Mann mit ruhiger Stimme.

»Ich soll jemandem glauben, der mich überfällt, fesselt und knebelt?«

»Ich will Sie warnen, bevor die Geschichte offiziell wird und Ihnen viel Ärger macht. Yannick Moreno wird Sie nach Dokumenten aus Ihrer Abteilung fragen. Wenn er das tut, wäre es gut, Sie melden sich bei mir. Bis dahin können Sie an ihrer romantischen Vorstellung, dass Sie einen geflohenen Musiker lieben, gerne festhalten.« Er nahm einen Zettel und Stift vom Nachttisch und kritzelte eine Telefonnummer darauf. »Es geht immer jemand ran. Tag und Nacht. Bitte behandeln Sie diese Information vertraulich. Zu Ihrem eigenen Schutz!«

Vera nahm den Zettel und schaute auf die Zahlen. Die Vorwahl 0228 gehörte zu Bonn. Saß der BND nicht irgendwo bei München? Sie wollte den Mann danach fragen, aber er nahm seinen Trenchcoat vom Stuhl und schien im Begriff zu gehen. Besser, ihn nicht aufzuhalten.

Er blickte zu ihr herab. »Er wird es tun.«

Vera legte den Zettel auf den Nachttisch. »Blöd, dass ich nicht weiß, nach wem ich mich erkundigen soll, wenn ich diese Nummer wähle.«

Er stand bereits vor der Tür, drehte den Schlüssel im Schloss um. Den Mantel auf eine seltsam altmodische Art über dem Arm gehängt, wandte er sich ihr zu. »Gruber. Paul Gruber. Auch das behalten Sie besser für sich«, erwiderte er und verschwand.

Bernd verbrachte den Samstagnachmittag und -abend auf der Autobahn, den Porsche ausfahren. Er unterbrach seine Spritztour in regelmäßigen Abständen, um an Isabelles Tür zu klingen. Doch sie öffnete ihm nicht. Erst am Abend hatte er Glück, als er sie von zu Hause aus anrief. Sie entschuldigte sich damit, dass sie den ganzen Tag geschlafen habe. Bernd war wütend. Sie hätte ihm doch trotzdem kurz aufmachen können! Doch er willigte rasch ein, sie zu treffen. Zu groß war sein Verlangen. Er träumte davon, sie auf der Ledercouch im Wohnzimmer zu vernaschen.

Nachdem er Isabelle abgeholt hatte, ließ sie jedoch nicht mehr als eine schnelle Nummer auf den Vordersitzen des Porsche zu. Auf einem namenlosen Rastplatz an der A3 in Richtung Frankfurt. Bernd fand das nicht sonderlich aufregend und war froh, als sich Isabelle bereit erklärte, am nächsten Tag mit ihm einen Ausflug zu machen. Vielleicht ließ sie sich ja danach auf das Sofa locken. Oder auf den Teppich.

Vera aß allein zu Abend. Maximilian hatte ihr ein Restaurant am Markt empfohlen und dort für sie angerufen, um einen Tisch zu reservieren. Als sie am Marktplatz vorbeigelaufen war, hatte sie Ausschau nach der Gruppe Punker gehalten, denen sie am Morgen begegnet war. Der Platz war menschenleer. Keine Spur von Mira.

Vera vermisste Yannick beim Essen. An Bernd dachte sie selten. Auf dem Rückweg lief sie zu der Telefonzelle, die sie morgens aufgesucht hatte, und rief bei ihrer Mutter an. Das Gespräch verlief ebenso freudlos und unschön, wie sie es erwartet hatte. Sie wollte schon zur Pension zurückkehren, als sie sich an den Zettel erinnerte, den dieser Paul Gruber ihr gegeben hatte. Sie kramte ihn aus ihrer Handtasche hervor. Unschlüssig hielt sie ihn eine Weile in der Hand, ehe sie die Nummer wählte.

Es tutete, dann knackte es in der Leitung, läutete wieder, ehe sich eine weibliche Stimme meldete: »Amt für Militärkunde.«

Vera drückte auf die Gabel des Telefons, um die Verbindung zu trennen. Anschließend suchte sie in ihrer Handtasche nach einem Stift, um den seltsamen Namen zu notieren. Obwohl sie seit fast fünf Jahren im Verteidigungsministerium arbeitete, hatte sie von diesem Amt noch nie gehört. Sie würde das am Montag überprüfen.

Doch zuvor musste sie den Sonntag überbrücken. Zu Hause hätte sie im Garten arbeiten können. Oder sie hätte ihre Aerobic-Videokassette eingelegt und etwas Sport getrieben. Aber im Hotel gab es lediglich ein paar alte Magazine und Bücher, mit denen sie sich die Zeit vertreiben konnte. Und die hatte sie bereits am Vormittag alle durchgeblättert. Gegen Mittag brachte ihr Chantal das tragbare Kofferradio aus der Küche in den Frühstücksraum, damit sie zumindest ein wenig Musik hören konnte. Sie stellte SWF3 ein, am Sonntagnachmittag der Sender mit der höchsten Wahrscheinlichkeit für schöne Musik. Doch weder Musik noch Zeitschriften konnten sie wirklich fesseln. Ihre Gedanken kreisten um den verstörenden Überfall. Seltsamerweise verspürte sie keinerlei Angst. Allerdings glaubte sie keinen Augenblick daran, dass Yannick ein Spion sein könnte oder gar ein Romeo der Staatssicherheit.

Am Abend aß sie zum zweiten Mal in dem Restaurant am Markt und legte sich danach früh schlafen. Von Yannick hatte sie nichts gehört.

9

Am Montagmorgen stand Vera ratlos vor ihrem Bett im Hotelzimmer. Sie trug ihre Unterwäsche, die sie am Vorabend im Spülbecken gewaschen und auf dem Heizkörper in der Fensternische über Nacht getrocknet hatte. Vor ihr lagen auf der einen Seite der rote Trainingsanzug, daneben ihr Partyensemble von Freitagabend, der kurze Rock und die weiße Bluse. In keinem dieser Outfits konnte sie zur Arbeit erscheinen. Der Rock war zu kurz, der Trainingsanzug war – nun ja, eben ein Trainingsanzug. Sie würde vor der Arbeit einkaufen müssen. Das hieß, sie würde zu spät kommen. An ihrem ersten Tag als Hildebrandts Chefsekretärin! Ein schlechter Start. Sie hatte keine Idee, wie sie das entschuldigen sollte.

Fürs Erste entschied sie sich für die Kombination vom Freitagabend und ging hinunter in den Frühstücksraum. Ein Mann um die 50 saß an einem der Tische vor den Fenstern, biss in ein Marmeladenbrötchen und las Zeitung. Er musterte sie interessiert. Als sie sich zu Chantal wandte, die bei offener Tür in der Küche Kaffee zubereitete, und ihr einen Guten Morgen wünschte, spürte sie seinen lasziven Blick in ihrem Rücken. Sie musste dringend einkaufen!

»Möchten Sie sich vielleicht zu mir setzen?«, fragte der Mann und deutete auf den freien Stuhl an seinem Tisch. Ein paar Brotkrumen waren auf seine grün-gelb karierte Krawatte gefallen.

»Non, merci!«, murmelte Vera abweisend.

Hoffentlich kaufte der Mann ihr die Französin ab und ließ sie mangels Sprachkenntnisse in Ruhe. Magda wandte den Trick gerne an, hatte sie keine Lust auf einen Flirt. Was selten vorkam.

Ohne ein weiteres Wort widmete sich der Mann wieder seiner Zeitung. Vera setzte sich mit dem Rücken zu ihm. Damit blieb ihr der Anblick der Brotkrümel auf der Krawatte erspart, allerdings nicht das Schlürfen des Mannes.

Dankenswerterweise stellte Chantal das Radio an, das Vera gestern Abend zurück auf den Tisch neben die Tür gestellt hatte, bevor sie schlafen gegangen war. Die Nachrichtensendung widmete einen großen Teil ihrer Zeit den gestrigen Landtagswahlen in Baden-Württemberg. Ministerpräsident Lothar Späth hatte für die CDU die absolute Mehrheit verteidigt. In El Salvador, einem kleinen Land in Mittelamerika, waren die Präsidentenwahlen hingegen vorerst ergebnislos geblieben. Keiner der beiden Kandidaten hatte einen eindeutigen Vorsprung erreicht.

Vera hörte mit halbem Ohr hin, in erster Linie, um das Schlürfen schräg hinter sich ausblenden zu können. Erst den Meldungen von den Eiskunstlaufweltmeisterschaften in Ottawa schenkte sie mehr Aufmerksamkeit. Immer noch sprach man von dem ungewöhnlichen Abgang des bundesdeutschen Athleten Norbert Schramm, der mitten in der Kür seinen Rücktritt erklärt hatte, und von der herausragenden Leistung Katharina Witts aus der DDR. Die junge Eiskunstläuferin entsprach überhaupt nicht dem Bild, das man sich von den

Menschen in der DDR machte. Ebenso wenig Yannick. Vera fragte sich, wie die Leute hinter dem Eisernen Vorhang, hinter der Mauer wohl lebten. In Dresden, Leipzig oder Ostberlin, in all diesen Städten, die sie nur aus den Nachrichten kannte.

Um fünf nach acht beendete Vera punktgenau mit der Wettervorhersage ihr Frühstück. Der Mann am anderen Tisch war zum Glück verschwunden. Zeit, im Ministerium anzurufen und ihre Verspätung anzukündigen.

»Ob ich wohl mal telefonieren könnte?«, rief sie in die Küche.

Chantal wischte gerade die Spüle. Sie trug dicke gelbe Handschuhe und schrubbte so schwungvoll, als wolle sie die weiße Keramik mit roher Gewalt auslöschen.

»Ob'se telefonier'n können, weeß ick och nich«, antwortete sie. »Probieren'se 's doch ma! Telefon steht im Kabüffchen hinterm Tresen.« Ohne Veras Erwiderung abzuwarten, widmete sie sich weiter der Vernichtung der Spüle. Es quietschte schmerzhaft, als sie mit dem Schwamm über die Keramik wischte.

Zum ersten Mal betrat Vera den winzigen Raum unter der Treppe. Das graue Telefon mit der elfenbeinfarbenen Wählscheibe stand auf einem schmalen Schreibtisch, der über und über mit Papieren bedeckt war. In den Wandregalen waren bunt gemischt Ordner und Reiseführer abgestellt. Vera legte ein paar Zettel beiseite, darauf achtend, höflicherweise nicht zu genau draufzuschauen. Es ging sie schließlich nichts an. Die Kamera, die sie bereits Freitagnacht bemerkt hatte, als sie Maximilian ihre Kleider heruntergebracht hatte, tauchte unter einem Stapel Rechnungen auf. Vera legte sie zur Seite, atmete einmal tief durch, nahm den Hörer und wählte die Nummer des Verteidigungsministeriums.

»Bundesministerium für Verteidigung, Empfang.« Ein offenbar sehr mürrischer Pförtner nahm ihr Gespräch an.

»Marx, Abteilung 23, könnten Sie Doktor Hildebrandt bitte mitteilen, dass ich später komme?«

Sie hoffte, die Angelegenheit wäre damit erledigt. Fürs Erste zumindest. Schwieriger würde es werden, ihren Kolleginnen Hedwig und Magda eine überzeugende Geschichte zu liefern.

»Ich bin hier nicht der Botenjunge«, blaffte sie der Mann an.

»Das weiß ich doch«, flötete Vera ins Telefon, obwohl sie wusste, dass solche Mitteilungen durchaus zum Aufgabengebiet des Empfangs gehörten. Außerdem musste der Pförtner die Nachricht ja nicht persönlich überbringen, sondern lediglich in ihrer Abteilung anrufen, sobald jemand im Büro war. »Es tut mir auch sehr leid«, fuhr sie fort, »aber ich bin gleich auf einem wichtigen Termin und erreiche deswegen Doktor Hildebrandt nicht selbst.«

Der Mann am anderen Ende der Leitung grummelte in sich hinein. Vera verstand ihn zwar nicht, sagte dennoch: »Dank Ihnen, vielen Dank!«, und legte rasch auf.

Um halb neun öffneten die Geschäfte in der Innenstadt. Wenn sie sich beeilte, konnte sie gegen neun Uhr im Büro sein. Dann wäre ihre Verspätung nicht so schlimm und leichter zu erklären.

Doch nichts war leicht zu erklären für Vera. Um halb zehn erschien sie im Ministerium. Die Verkäuferin im

Kaufhof am Markt hatte früh am Morgen offensichtlich noch keine Lust auf eine Kundin gehabt und der Bus von der Innenstadt zur Hardthöhe eine Ewigkeit gebraucht. Wieder einmal hatte ein Unfall auf dem Konrad-Adenauer-Damm den Verkehr blockiert.

»Wo warst du?«, fragten Hedwig und Magda unisono, als Vera, leicht außer Atem, die Tür zum Büro öffnete. »Hille hat gesagt, du wärest noch auf einem Termin?«

»Ich war beim Arzt«, log sie.

»Bist du schwanger?«, fragte Magda prompt.

Veras Kollegin hatte immer große Angst, schwanger zu werden. Allerdings kannte sie sich dafür bestens mit Verhütung aus. Sie hatte Vera einmal einen Vortrag darüber gehalten. Vera hatte das nicht besonders interessiert. Sie hätte gerne Kinder gehabt. Gott bewahre, dachte sie heute.

»Nein, ich habe mich am Wochenende unwohl gefühlt, und ich dachte, bevor es etwas Ernstes wird und ich euch anstecke, gehe ich lieber zu Doktor Adam.«

Magda nickte. »Ist besser, man kann nicht vorsichtig genug sein. Die Gesundheit ist das Wichtigste, was wir haben. Meine Tante Gerdi zum Beispiel …«, setzte sic an.

In dem Moment schob Hedwig bestimmt ihren Stuhl zurück und sprang auf. Auf dem Weg zur Tür knuffte sie Vera schmerzhaft in die Seite. Widerwillig folgte Vera ihr aus dem Raum.

»Du gehst nie zum Arzt«, zischte Hedwig ihr zu.

»Lass mich doch erst einmal schauen, ob Dringendes auf dem Schreibtisch liegt«, protestierte Vera.

»Papperlapapp!« Hedwig lief voraus. An der Teeküche blieb sie stehen, drehte sich um, sah Vera an und stützte die Hände auf die Anrichte. »So, meine Liebe! Erzähl! Du stehst am Freitag mitten in der Nacht in unserem Garten, weil du dich ausgesperrt hast.« Sie setzte »ausgesperrt« mit zwei Gesten ihrer hageren Finger in Anführungszeichen. »Heute kommst du eine Stunde zu spät zur Arbeit. Wegen eines Arzttermins!« Das letzte Wort zischte sie wie eine Schlange. Gleichzeitig griff sie nach Veras neuem Pullover. »Obendrein kommst du mit Klamotten ins Büro, die aussehen, als hätten sie bis vor einer Stunde noch auf einem Kleiderbügel im Geschäft gehangen. Also …«, schloss sie, »was ist los?«

Vera fühlte sich wie damals als junges Mädchen, wenn sie mit ihrer Mutter reden musste, weil irgendetwas nicht nach deren Wunsch gelaufen war. Hedwig hatte genau den gleichen durchdringenden Blick wie ihre Mutter. Am liebsten wäre Vera sofort weggegangen. Aber das hatte sie bereits früher nicht gekonnt. Und vielleicht war es gar nicht verkehrt, einmal mit jemandem zu reden?

»Ich habe Bernd verlassen«, sagte sie leise, schaute sich verstohlen um, ob jemand in der Nähe war, der sie hören konnte. Jetzt hatte sie es also gesagt. »Vorläufig«, schob sie nach.

»Das hättest du schon längst tun sollen«, erwiderte Hedwig knapp. »Mein Gott, schau mich nicht so überrascht an! Jeder weiß doch, was für ein Idiot der Mann ist. Ein Schnösel, der jedem Rock nachgafft, ein Angeber mit seiner Föhnwelle und seinem Porsche. Ehrlich, ich frage mich seit Jahren, was du an dem findest. Was hat er denn angestellt, dass du endlich dahinter gekommen bist, was für einen Trottel du geheiratet hast?«

»Er betrügt mich«, erwiderte Vera immer noch leise, immer noch perplex über Hedwigs Reaktion.

»Ein paar schmutzige Details bitte!«

»Heddie!«, rief Vera. Im Büro nebenan verstummte das Klappern der Schreibmaschinen.

Hedwig hielt spöttisch grinsend den Finger vor den dunkelrot geschminkten Mund. Vera flüsterte, als sie weitersprach: »Er schläft mit einer Praktikantin aus seiner Abteilung.«

Hedwig wartete.

»Ein junges Ding.«

Ihre Kollegin wartete weiter.

»Ich habe sie am Freitagabend erwischt, als ich nach Hause gekommen bin.«

»Bei euch zu Hause?« Hedwig hielt sich die Hand vor den Mund.

Vera war sich nicht sicher, ob das Empörung oder brennende Neugier bedeuten sollte. Der Nagellack passte jedenfalls perfekt zum Lippenstift. Von Hedwigs dickem silbernen Ring starrte Vera eine Art Skarabäus an.

»Ja, zuerst dachte ich, es wären Einbrecher im Haus.« Hedwig rollte die Augen unter den dunkel geschminkten Lidern, während Vera fortfuhr: »Ich bin in den Keller gegangen und habe sie in der Sauna erwischt.«

»Was hat er gesagt?«

»Ich bin weggelaufen, bevor er mich gesehen hat.«

»Und wo wohnst du jetzt?«

»In Beuel habe ich eine kleine Pension gefunden.«

»Gut«, Hedwig schob sich von der Anrichte weg. Sie klopfte Vera auf die Schulter. »Tut dir gut, mal allein zu sein.«

Sie ließ Vera stehen, lief in ihren silbernen High Heels zurück ins Büro, ohne sich noch einmal umzusehen. Wenn Vera ehrlich zu sich selbst war, hoffte sie sehr, nicht allein sein zu müssen. Wenn sie ehrlich war: Nichts fürchtete sie mehr.

Hedwig und Magda brachen gegen halb zwölf auf in Richtung Kantine. Vera wollte sie nicht begleiten. Sie fürchtete, dass Hedwig sie weiter löchern würde und sie sich wegen Yannick verplappern könnte. Und vielleicht sogar wegen Paul Gruber. Außerdem lag genug Arbeit auf ihrem Schreibtisch.

Das erste Mal achtete sie bewusster auf die Inhalte der Akten, die vor ihr lagen. Bei manchen wunderte sie sich über die Geheimhaltungsstufe. Welche Gefahr ging davon aus, wenn jemand auf der anderen Seite des Eisernen Vorhangs wusste, wie viele Kartoffeln, Schnitzel und Fertigsoßen die Kantine einer Kaserne im rheinischen Geilenkirchen bezog? Allerdings: Auf dem Blatt hinter der Rationsaufstellung fand sie die Wachpläne für die amerikanischen Atomraketen, die dort gelagert wurden. Vielleicht plante die DDR im Kriegsfall diese Raketen zu sabotieren? Was wusste sie schon über solche Dinge?

Kurz nachdem ihre Kolleginnen die Tür hinter sich geschlossen hatten, schellte Veras Telefon.

»Marx«, meldete sie sich knapp, wie es alle hielten. Niemand außer dem Pförtner nannte seine Arbeitsstelle. Auch das war eine Art der Geheimhaltung.

Leise ertönte eine Stimme: »Every breath you take …« Als sie nicht reagierte, sang Yannick weiter: »Every game you play, every night you stay. I'll be watching you …«

Noch nie hatte ihr jemand am Telefon ein Lied vorgetragen! Sie saß einfach da, den Hörer in der Hand, die Tür im Auge, sollte jemand überraschend hereinkommen, und lauschte. Fast meinte sie, ihr Herz im Rhythmus der Musik schlagen zu hören. Auf der anderen Seite der Leitung konnte sie im Hintergrund Verkehrsrauschen wahrnehmen, doch Yannicks Stimme direkt an ihrem Ohr konnte nichts stören.

»Ich will dich sehen«, brach er schließlich seinen Gesang ab. »Jetzt!«

»Yannick, ich kann nicht einfach weg«, antwortete sie. »Wo steckst du denn überhaupt?«

»Komm einfach raus! Du findest mich!« Kurz ertönte sein helles, sonniges Lachen, bevor er auflegte.

Vera konnte ihn nicht einmal mehr fragen, warum er überhaupt wieder in Bonn war. Sie hörte das Freizeichen, ließ den Hörer sinken und blickte ihn ratlos an. Was sprach dagegen, sich ein wenig die Beine zu vertreten?

Sie nahm ihre Jacke von der Garderobe. Erst im Flur erinnerte sie sich an die Warnung, die Paul Gruber ausgesprochen hatte. Sie verwarf den Gedanken, aber er nagte an ihr, musste sie sich eingestehen. Irgendwo in ihrem Hinterkopf.

Draußen standen ein paar Autos in der Auffahrt zum Ministerium. Normalerweise achtete der Wachdienst darauf, dass niemand an dieser Stelle parkte. Yannick entdeckte sie nicht. Vielleicht war er unten am Konrad-Adenauer-Damm. Sie lief an der Reihe Autos vorbei. Im dritten Wagen saß ein Mann, und obwohl er eilig den Kopf senkte, erkannte sie ihn: Paul Gruber. Er überwachte sie immer noch!

Auf der Straße erblickte sie Yannick. Er winkte ihr zu und lächelte. Vera lief schneller, wurde nervös. Gruber sollte nicht mitbekommen, dass sie sich mit Yannick traf. Sie küsste ihn kurz zur Begrüßung auf die Wange. Rasch zog sie ihn den Damm hinunter.

»Wo willst du hin?«, fragte ihr Liebhaber verdutzt.

»Lass uns in den Park gehen!« Sie deutete auf die andere Straßenseite, wo die Stadt Bonn vor vier Jahren in einer ehemaligen Kiesgrube den Finkenhofpark angelegt hatte, den die Anwohner des Hardtbergs ebenso schätzten wie die Mitarbeiter des Ministeriums.

»Das passt perfekt!« Yannick strahlte. Er lief die Böschung am Straßenrand hinunter und verschwand hinter den kahlen Sträuchern. Vera traute ihren Augen kaum, als er zurückkam. Er trug einen altmodischen Picknickkorb in der Hand, den er stolz hochhielt. »Ich hab alles dabei.«

Sie musste lachen. Paul Gruber war vergessen. Fast.

Vera steuerte eine selten besuchte Bank unterhalb des alten Monolithen an, der das Zentrum des Parks markierte. Von diesem Platz aus hatte man nicht nur einen wunderbaren Blick bis zum Rhein und ins Siebengebirge. Man sah auch jeden, der sich ihnen näherte. Gruber hatte keine Chance, sie zu überraschen und Yannick Schwierigkeiten zu machen.

Ihr Geliebter stellte den Korb zu ihren Füßen ab, zauberte neben belegten Broten eine Flasche Sekt plus die dazugehörigen Gläser hervor. Sie lehnte ab, für Alkohol war es noch zu früh, selbst für eine Mitarbeiterin des Bundesverteidigungsministeriums, wo der Nachmittag gerne mit einem kleinen Empfang eingeläutet wurde.

Doch Yannick bestand darauf. »Wir müssen anstoßen«, erklärte er ihr, nachdem er die Flasche geöffnet und ihre Gläser gefüllt hatte.

Er hatte ein wenig zu großzügig eingegossen, der Sekt klebte an Veras Hand.

»Worauf stoßen wir denn an?«

»Auf uns natürlich!« Er stieß sein Glas gegen ihres. »Und …« Er trank. Erst nachdem sie beide ihre Gläser abgesetzt hatten, sprach er weiter: »auf meine bevorstehende Tournee!«

»Du gehst auf Tournee?« Vera konnte ihre Enttäuschung kaum verbergen.

»Ja! Ist das nicht großartig? Konzerte in Heidelberg, Mannheim, Ludwigshafen, Bamberg, Fulda, Kassel. Ich werde den ganzen April über spielen.«

»Und wir?« Vera konnte die Frage nicht für sich behalten.

Er packte ihre Hand. »Du kommst mit!«

Sie schüttelte den Kopf, legte seine Hand weg. »Das geht nicht.«

»Dein Mann?«

»Die Arbeit! Ich kann nicht einfach vier Wochen verschwinden. Wie stellst du dir das vor?«

»Du musst doch nicht arbeiten. Dein Mann …«

»Ich werde mich von Bernd trennen«, unterbrach sie ihn.

Die Bestimmtheit in ihrer Stimme überraschte sie. Ihn offenbar nicht minder. Er schaute sie mit offenem Mund an. Vera war sich nicht sicher, ob er sich freute.

»Das ist eine super Neuigkeit«, sagte er schließlich, nahm ihre Hand, küsste sie. »Was immer du tust, ich werde dich in allem unterstützen.«

Mit seinen großen, warmen Augen sah er sie an. Eine Haarsträhne fiel ihm in die Stirn. Was um alles in der Welt fand ein so wunderbarer Mann an ihr?

Der Porsche stand in der Parkbucht. Im Laufe des Nachmittags hatte sich der Himmel zugezogen, dunkle Wolken hingen über dem Dach des Hauses, in dem sie sieben Jahre gelebt hatte. Heute war es seltsam gewesen, nach der Arbeit mit dem Bus hierherzufahren, wie sie es immer gemacht hatte. Bis Freitag. Könnte sie sich nicht daran gewöhnen, in diesem Haus trotz allem weiter zu wohnen? Mit Bernd? Auf der Fahrt war sie unsicher geworden. Hatte sie denn mit Yannick überhaupt eine Zukunft?

Sie ging den Weg durch den Vorgarten, an den beiden Buchsbäumchen vorbei zur Haustür. Vielleicht konnte sie sich mit Bernd aussprechen und neu anfangen? Sie hatten sich schließlich einmal geliebt. Er sollte zumindest die Chance bekommen, sich zu erklären. Danach könnten sie gemeinsam überlegen, was zu tun wäre.

Doch die antike Kommode im Flur, die Ecke mit der Garderobe und dem Telefon, die halb offene Tür zum Wohnzimmer – ihr kam das alles fremd vor … Wie das leise Stöhnen, das sie in diesem Moment aus dem

Wohnzimmer vernahm. Das Gesicht der Rothaarigen tauchte sofort vor ihrem inneren Auge auf.

Sie schlüpfte vorsichtig aus den Schuhen und ging auf nackten Sohlen leise ins Zimmer. Bernd saß auf dem Sofa. Sie schaute auf seinen Hinterkopf mit der kahlen Stelle, die verriet, dass er älter war, als er zugeben wollte. Sein Hemdkragen saß locker um den Nacken. Der linke Arm hing entspannt über der Lehne des Sofas. Keine Spur von seiner Praktikantin. Vera ging langsam zum Sofa, da entdeckte sie den leuchtenden Haarschopf zwischen Bernds gespreizten Beinen. Ihr Mann bemerkte Vera nicht. Seine Geliebte aber blickte hoch, zögerte einen Moment, ehe sie in ihrer Bewegung innehielt.

Vera wusste nicht recht, was sie sagen oder tun sollte. Ärgerte sich, dass sie sich nicht auf diese Schlampe stürzte, sie an ihren Haaren von ihrem Mann wegzog und, nackt wie sie war, aus dem Haus warf.

Stattdessen redete ihre Rivalin und strich sich gelangweilt eine Haarsträhne aus dem Gesicht. »Ich glaube, du hast Besuch, Schatz.«

Bernd drehte unwillig den Kopf. Sie kannte diese Bewegung, hatte sie oft gesehen, wenn sie ihn angesprochen hatte und er nicht gestört werden wollte. Er schaute sie mit leeren Augen an, erkannte sie scheinbar überhaupt nicht. Für einige Sekunden. Dann schien sich langsam sein Verstand zu Wort zu melden.

»Wa...!«, war allerdings alles, was dieser Verstand an Worten zustande brachte.

Bernd stieß seine Geliebte grob von sich und sprang von der Couch auf. Die kleine Praktikantin schrie auf, erhob sich ebenfalls, ging ein paar Schritte nach hinten und blieb vor dem Tischchen neben dem Kamin stehen. Sie schien es nicht einmal für nötig zu befinden, ihre Blöße zu bedecken. Bernd hingegen versuchte vergebens, die Hose hochzuziehen, raffte das Hemd vor dem Körper zusammen, stützte ein Knie auf das Sofa und starrte Vera entsetzt an. Sein Mund stand weiter offen.

»Wa…?«

Er gab ein erbärmliches Bild ab. Vera drehte sich um und verließ den Raum. Hatte sie das erste Mal noch schockiert, empfand sie dieses Mal nur Verachtung für den Mann, den sie vor zehn Jahren geheiratet hatte.

In ihrem Rücken stammelte Bernd noch immer: »Wa…?«

Sie hörte Schritte. Offenbar versuchte er, ihr nachzulaufen. Es klirrte. Sie ging unbeirrt weiter. Erst später wurde ihr klar, dass es seine Gürtelschnalle gewesen sein musste, die lose um seine Beine auf dem Marmorboden aufschlug.

Die Schritte wurden schneller. Sie klangen taumelnd, stolpernd und schließlich, sie hatte bereits die Hand auf die Klinke gelegt, vernahm sie einen Aufprall, hörte wie die Tür zum Wohnzimmer zuschlug, offenbar weil Bernd dagegen gestürzt war. Es war wohl nicht einfach, mit heruntergelassenen Hosen zu laufen. Fast musste Vera bei der Vorstellung grinsen.

Es polterte, Bernd fluchte. »Verdammt!« Es klang weinerlich.

Dann lachte das Mädchen. Laut. Sie schien sich überhaupt nicht mehr beruhigen zu können.

»Sei still!«, brüllte Bernd.

Doch die rothaarige Hexe, die vermutlich immer noch nackt neben dem Kamin stand, hörte nicht auf. Sie lachen zu hören, tat Vera gut. Bernd würde viel zu leiden haben mit dieser Frau an seiner Seite. Sie konnte sich ihre Genugtuung darüber nicht verkneifen.

Bevor sie das Haus verließ, hielt sie einen Moment inne. Das Schlüsselbrettchen hing wie seit Jahren neben der Tür. Ihr Schlüsselbrettchen. Kein Schlüssel hing daran. Bernd hatte es nie benutzt. Sie nahm es vom Nagel und trat hinaus.

10

Eine Stunde später saß Vera allein im Frühstücksraum der Pension Schubert. Maximilian hatte den Kamin für sie entzündet. In der Hand schwenkte sie ein Glas Rotwein. Das Feuer wärmte ihr Gesicht. Es war kalt geworden, und weil sie nach dem Vorfall aufgewühlter war, als sie zunächst gedacht hatte, hatte sie dem alten Mann ihr Herz ausgeschüttet. Sie war in den letzten Jahren immer überzeugt gewesen, glücklich zu sein. Jetzt kam ihr diese Zeit surreal vor, als wäre sie an ihr vorbeigerauscht und sie habe nur unbeteiligt dabei zugesehen.

Leise Schritte hinter ihr. Sie erkannte seine Hand auf ihrer Schulter ohne hinzusehen, schmiegte ihre Wange an sie und blickte ins Feuer.

Einige Minuten verharrten sie, ehe Yannick sprach. »Was ist passiert?«

»Ich habe Bernd verlassen.« Sie sah ihn an, sah die großen blauen, traurigen Augen, die ihre Gefühle zu spiegeln schienen.

Er legte ihr den Arm um die Schulter und setzte sich auf die Lehne des Sessels. »War er wieder …?« Sie nickte. Er umarmte sie fester. »Was wirst du jetzt tun?«

»Ich werde mir eine Wohnung suchen. Irgendwie neu anfangen. Ach, ich weiß nicht.« Ein Holzscheit rutschte im Kamin zu Boden, Funken stiegen auf, das Feuer knisterte. »Verstehst du mich?«

»Natürlich verstehe ich dich!« Mit einer geschmeidigen Bewegung ging er vor ihr in die Hocke und griff nach ihren Händen. »Und was immer du tust, ich unterstütze dich. Ich bin bei dir.«

Sie lächelte ihn an. Warum genügten wenige Minuten mit Yannick, um all ihre trüben Gedanken zu vertreiben? Sie küsste ihn.

»Hast du schon eine Idee, wo du hinwillst? Wo du wohnen kannst?«, erkundigte er sich, nachdem sie sich voneinander gelöst hatten.

Sie schüttelte den Kopf, trank einen Schluck von dem Rotwein, um ihr Herz zu beruhigen, das nach dem Kuss raste. »Nein, ich werde morgen einmal in die Zeitung schauen. Bestimmt finde ich was.«

»Vielleicht habe ich was für dich. Ein Bekannter von mir ist für einige Monate verreist, und seine Wohnung steht leer. Er sucht jemanden, der sie übernimmt.«

Vera fühlte sich in der Pension zwar wohl, Maximilian und vor allem Chantal waren ihr ans Herz gewachsen, der Platz vor dem Kamin war für sie eine Zuflucht geworden, doch sie konnte sich das Leben im Hotel nicht ewig leisten.

»Wir könnten gleich hingehen und uns die Wohnung anschauen«, schlug Yannick vor. Seine Augen strahlten unternehmungslustig.

»Vielleicht morgen?«, entgegnete Vera.

»Warum es auf morgen verschieben?« Er sprang auf. »Zumindest anschauen kannst du sie dir! Du musst ja nicht gleich heute einziehen!«

»Wir brauchen doch erst die Schlüssel …«

Yannick griff in die Tasche seiner Jeans und zog

triumphierend einen Schlüsselbund hervor. »Komm!« Er lachte.

Was sollte sie dem entgegensetzen?

Vera betrat hinter Yannick die fremde Wohnung, fühlte sich wie eine Einbrecherin. Drinnen küsste er sie, doch sie machte sich rasch von ihm los. Verlegen lächelnd nahm er ihre Hand. Über seine Schulter hinweg blickte sie einen schmalen Flur hinunter. Sie sah eine Garderobe aus schwarz lackiertem Holz, ein einzelner Kleiderbügel aus Plastik baumelte daran. Gegenüber hing ein auffällig gezackter Spiegel an der Wand, der ebenfalls mit schwarzem Holz eingerahmt war. Darunter stand ein schmales Schränkchen, auf dem das Telefon und ein gelbes Adressbuch von Bonn lagen. Den grauen Linoleumboden verdeckte zur Hälfte ein modern gemusterter, sehr schmaler Läufer. Seine roten, weißen und gelben Linien deuteten geradeaus in Richtung Wohnbereich, wirkten gleichzeitig seltsam ineinander verdreht.

»Schau dich ruhig um!« Yannick ließ ihre Hand los und breitete seine Arme aus, drehte sich halb um die eigene Achse. »Das kann dein neues Zuhause sein!« Seine Augen leuchteten.

In dem engen Flur musste sie sich an Yannick vorbeischieben, öffnete die erste Tür rechts und schaute ins Bad. Klein, sauber, beigefarbene und braune Kacheln, eine Duschkabine hinter einem Vorhang, auf dem sich ein paar Fische um Muscheln tummelten. Die Tür neben dem Bad führte in die Küche. Am Fenster stand ein älterer Tisch mit Resopalplatte, daneben zwei rote Plastikstühle. Die Küchenzeile wirkte solide, es gab einen

Kühlschrank mit Eisfach, leer, jedoch blank geputzt. Die Arbeitsfläche neben der Spüle glänzte metallisch, zwei Kochplatten bildeten den Abschluss. In den Schränken fand Vera modernes, achteckiges Geschirr, schwarz wie die Möbel im Flur, daneben Gläser, ebenfalls achteckig, ein paar Töpfe, eine Pfanne und alles Übrige, was sie brauchen würde.

Die Wohnung besaß lediglich ein weiteres Zimmer. Eine Schlafcouch mit einem bunten Muster, das an den Läufer im Flur erinnerte, stand an einer Wand, davor ein altmodisch wirkender Flokatiteppich, ein Fernseher und ein großer Kleiderschrank, natürlich schwarz. Vom Fenster aus blickte man auf frisch renovierte Altbauten. Die Aussicht war fast das Hübscheste an dieser Wohnung. Sie befand sich mitten in der Bonner Nordstadt, ihre Mutter würde die Hände über dem Kopf zusammenschlagen, wenn sie wüsste, dass ihre Tochter eine Wohnung in dieser Gegend in Betracht zog.

»Was denkst du?«, fragte Yannick, der ihr schweigend gefolgt war, als sie Raum für Raum inspiziert hatte.

Ja, was dachte sie? Die Wohnung besaß alles, was man brauchte. Trotzdem fehlte etwas, und sie brauchte einige Zeit, ehe sie begriff, was das war: irgendetwas Persönliches, irgendetwas, das etwas über den Menschen verriet, der in diesen Räumen lebte. Bilder an den Wänden, Schallplatten, Bücher, ein bestimmter Duft in der Luft. Nichts davon gab es. Vielleicht war das gut so? Es würde ihr es leichter machen, in diesem Appartement zu leben.

»Wie lange ist dein Bekannter weg?«

»Ich denke, er wird drei bis vier Monate unterwegs sein. Vor Ende Juni kommt er keinesfalls zurück.«

»Und was will er für die Wohnung haben?«

»Wärst du mit 125 Mark einverstanden?«

125 Mark? Vera rechnete rasch nach. Bei Maximilian in der Pension zahlte sie pro Nacht 18 Mark, über das Vierfache im Monat.

»Einverstanden!«

Ein wenig trauerte sie der Pension jetzt schon nach. Aber es war vernünftiger. Sie würde auf ihr Geld achten müssen.

Yannick trat auf sie zu und nahm sie in den Arm. »Die gehören also jetzt dir«, flüsterte er, bevor er ihr den Schlüsselbund in die Hand drückte und sie küsste.

Sie schloss die Tür ihrer neuen Wohnung ab. Yannick wartete unten auf dem Treppenabsatz. Er streckte ihr die Hand entgegen. Sie griff danach. Gemeinsam traten sie ins Freie. Vor ihnen parkten einige Autos. Der schmale Bürgersteig folgte dem leicht geschwungenen Straßenverlauf in Richtung des neuen Stadthauses am Berliner Platz, in dem seit sechs Jahren die Bonner Verwaltung saß.

Zwei Männer standen in einem Hauseingang und rauchten. Yannick blieb stehen. Die Männer schnippten ihre Zigaretten auf die Straße. Glühende Funken leuchteten in der Dunkelheit auf, als die brennenden Stummel auf dem Pflaster landeten. Dann traten sie auf den Bürgersteig und stellten sich ihnen in den Weg. Der Ältere, er mochte Mitte oder Ende 40 sein, trug unter seinem hellen Regenmantel einen grauen Anzug. Er wirkte ebenso aus der Mode gekommen wie der strenge Seitenscheitel, der sein dichtes braunes Haar teilte. Sein

Kompagnon war deutlich jünger. Unter dessen dicker brauner Winterjacke, deren Farbe fast perfekt zu seinen Haaren und seinem Schnauzbart passte, lugte ein beigefarbener Schal hervor.

»Geh zurück in die Wohnung«, zischte Yannick ihr zu.

Der Mann im Regenmantel stülpte sich einen Schlagring über die Finger. Vera hatte so etwas noch nie im realen Leben gesehen. Stand da.

Überrascht.

Perplex.

Ratlos.

»Ich bleibe bei dir.«

Es klang mutiger, als sie sich fühlte.

Die Männer beachteten sie gar nicht, sondern stürzten sich wie zwei wilde Hunde auf Yannick. Der mit dem Schlagring donnerte seine Faust gegen Yannicks Kinn. Sofort sackte ihr Liebster zusammen. Er hockte auf allen vieren auf dem Bürgersteig. Wütend traten die beiden auf ihn ein, bis er auf dem Boden lag. Yannick heulte unter den Tritten der Männer.

Vera war erstarrt vor Angst. Aus dem Augenwinkel bemerkte sie auf der anderen Straßenseite ein Gesicht in einem Fenster. Eine alte Frau, die rasch die Vorhänge zuzog. Alles lief vor Vera wie in Zeitlupe ab. Stunden schienen vergangen zu sein, bis sie sich umwandte und den älteren Mann im Mantel am Kragen packte, um ihn von Yannick wegzuzerren. Der Schläger richtete sich auf, schüttelte sie ab wie eine lästige Katze. Sie knallte mit dem Rücken gegen einen parkenden Wagen. Ihr Gegner trat mit seinem Kompagnon weiter auf Yannick ein, der zusammengekrümmt am Boden lag, die Hände schützend vor das Gesicht haltend.

Vera stieß sich von dem Wagen ab, packte den Mann erneut. Diesmal war ihr Griff fester, ihm fiel es schwerer, sich loszureißen. Tatsächlich konnte sie ihn einige Schritte von Yannick wegziehen. Der Jüngere mit dem Schnauzbart jedoch trat weiter auf ihn ein.

»Lasst ihn in Ruhe!«, rief sie. Sie hatte brüllen wollen, aber es nicht fertiggebracht. Es fühlte sich an, als würde ihre Stimme auf halbem Wege versacken. »Lasst ihn doch los!«, schob sie nach. Sie merkte, dass sie weinte.

»Verschwinde!«, antwortete der Ältere, nachdem er sich losgerissen und den Anzug unter seinem Mantel zurechtgezupft hatte. »Hau ab!«

Er stieß sie zur Seite. Diesmal jedoch war sie darauf vorbereitet, stemmte die Füße auf den Boden und hielt dem Schlag gegen die Brust stand, auch wenn er schmerzte. Überrascht sah der Mann sie an. Er holte aus, um ihr eine Ohrfeige zu verpassen, da trat sie zu.

Sie konnte sich hinterher nicht daran erinnern, wann sie die Entscheidung dazu getroffen hatte. Um genau zu sein: Sie konnte sich nicht einmal mehr erinnern, überhaupt eine Entscheidung getroffen zu haben. Nahezu instinktiv schoss ihr Bein nach oben, ihr Knie traf ihren Gegner an seiner empfindlichsten Stelle. Die Hand, die eben noch zur Ohrfeige nach oben geschnellt war, fiel kraftlos hinab und griff schützend zwischen die Beine. Der Mann krümmte sich. Sein Mantel streifte den Boden, als er torkelnd Abstand von ihr suchte.

Doch der Schnauzbärtige in der Winterjacke hatte von Yannick noch nicht abgelassen. In seiner Hand hielt er jetzt eine kurze Holzstange, die über eine Kette mit einer zweiten Stange verbunden war. Die schwang frei über Yannick. Vera bemerkte, dass der Mann ausholte, um auf Yannick einzuschlagen. Sie quetschte sich an dem taumelnden Anzugträger vorbei und stürmte auf den Angreifer zu, stieß ihn weg, trat nach ihm, doch er packte ihren Fuß, verdrehte ihn. Sie schrie vor Schmerz, versuchte dennoch, erneut nach ihm zu treten. Er schlug mit der Kette nach ihr, aber sie wich aus, bemüht, sich von ihm loszureißen. Er taumelte leicht, aus dem Gleichgewicht gebracht. Sie riss an ihrem Fuß, der Mann wankte. Doch er fiel nicht. Stattdessen stützte er sich an der Hauswand ab.

Vera setzte den Fuß am Boden auf und schrie. Der Angreifer löste sich von der Mauer, kam auf sie zu. Seine Augen waren starr auf sie gerichtet. Die Kette in der Hand hielt er vor sich, bereit, zuzuschlagen. Sie humpelte langsam zurück. Aus dem Augenwinkel sah sie, dass der ältere der beiden sich gefangen hatte und ihr nun den Weg versperrte. Yannick lag immer noch auf dem Boden. Regungslos. Die Arme über dem Kopf. Sie streifte die Handtasche ab, schleuderte sie über dem Kopf. Was der Schnauzbärtige konnte, konnte sie schon längst! Sie traf ihren Angreifer über der Augenbraue, die aufplatzte. Glück gehabt!

Wütend tastete er mit zwei Fingern seine Braue ab, betrachtete das Blut. Um dem Älteren hinter ihr nicht in die Arme zu laufen, zwängte sich Vera zwischen zwei Autos hindurch auf die Straße. Sie hörte Hupen, bemerkte nicht, dass das ihr galt. Sie ignorierte den schmerzenden Fuß beim Laufen, warf immer wieder einen Blick über die Schulter, auf die Männer, die ihr nachkamen, und zwischen zwei Autos hindurch auf Yannick am Boden. Registrierte, wie die Männer stehen blieben. Hörte es quietschen. Sah den Mann im Regenmantel die Hand ausstrecken, als wollte er nach ihr greifen. Als wollte er sie retten. Spürte den Stoß an ihrem Oberschenkel, wankte.

Das Auto hatte zum Glück abgebremst, sodass sich Vera auf der Motorhaube abrollen konnte. Hinter dem Wagen fiel sie auf die Straße, ihre Hände federten ihren Sturz ab. Nachdem sie sich unter Schmerzen aufgerichtet hatte, waren die beiden Männer verschwunden. Der Fahrer saß starr in seinem beigefarbenen VW Golf, den Kopf seltsam nach hinten gedreht, um nach ihr zu sehen. Er erinnerte sie an eine Eule. Sie beachtete ihn nicht lange, lief an der Kühlerhaube vorbei zu Yannick, der immer noch auf dem Bürgersteig lag.

11

»Wer waren diese Männer?«

Sie hatte ins Haus rennen wollen, um Polizei und Krankenwagen zu rufen, doch Yannick hatte ihr Bein gepackt und sie festgehalten. Also hatte sie sich zu ihm auf den Boden gehockt, ihm mit einem Taschentuch notdürftig das Blut aus dem Gesicht gewischt, bis er so weit gewesen war, zurück in die Wohnung zu gehen, auf sie gestützt. Nun saß er auf einem der roten Plastikstühle. Vera stand neben ihm, hielt seinen Kopf fest, tupfte mit einem feuchten Handtuch, das sie im Unterschrank der Küchenzeile gefunden hatte, auf seine aufgeplatzte Wange. Er zuckte, ließ sie jedoch gewähren.

»Es ist besser, wenn du das nicht weißt.«

Sie drückte fester zu.

»Au!«

»Du kanntest sie!«

Sie säuberte das Tuch in einer Schüssel mit kaltem Wasser. Das Blut breitete sich darin aus wie eine rote Wolke. Nachdem sie die Wunden im Gesicht mit Verbandpflaster aus der Erste-Hilfe-Apotheke im Bad verarztet hatte, begutachtete sie die Blutergüsse an Yannicks nacktem Oberkörper. Die braunen und blauen Flecken ließen ihn noch verletzlicher wirken. Vorsichtig tastete sie die Haut ab.

»Das waren Männer aus dem Osten«, sagte Yannick schließlich leise, blickte hinaus aus dem Fenster auf die frisch gestrichenen Fassaden gegenüber. »Stasi-

Männer«, ergänzte er. »Was erwartest du? Ich bin aus Karl-Marx-Stadt – ein andersdenkender Musiker in der DDR, das geht nicht. Ich konnte nicht singen, was ich wollte, sondern sollte Lieder spielen, die ich nicht über die Lippen gebracht habe. Du weißt ja, dass ich geflohen bin …«

»Über Griechenland, ja!«

»Genau. So bin ich nach Bonn gekommen. Und jetzt, wo meine Karriere langsam Fahrt aufnimmt, wo ich im Westen endlich Fuß fasse, eine kleine Tournee vor Augen habe, tauchen sie auf.« Er sackte zusammen und schlug die Hände vors Gesicht. »Ich hätte wissen müssen, dass sie mich finden. Wie hätte ich ihnen auch entkommen sollen? Ein Musiker!«

»Was wollen sie von dir?«

Er ließ die Hände wieder sinken. »Die DDR lässt niemanden einfach fort. Schon gar nicht jemanden, der ein bisschen bekannter war. Sie wollen, dass ich zurückkomme. Dann darf ich in Berlin auftreten und erklären, wie schrecklich der kapitalistische Westen ist, und all die Lieder singen, die ich früher verweigert habe.«

»Die können dich doch nicht zwingen zurückzukehren!«

»Doch!« Er blickte sie an. Tränen glitzerten in seinen Augen. »Bevor sie dir etwas antun, gehe ich zurück in den Osten.«

»Mir? Warum sollten sie mir etwas antun?«

»Um meinetwillen. Sie wissen, dass sie mich damit verletzen können.«

»Die können dich doch nicht ein Leben lang verfolgen? Was versprechen sie sich davon? Und was ist mit dem Liedermacher Wolf Biermann? Der bleibt doch unbehelligt!«

»Wolf Biermann ist im Westen bekannt wie ein bunter Hund. Stößt dem etwas zu, gibt das einen Skandal. Aber Yannick Moreno? Den kennt im Westen kein Mensch. Nach mir kräht kein Hahn, sollte ich irgendwann verschwinden.«

Sie setzte sich auf den zweiten roten Plastikstuhl, nahm seine beiden Hände in ihre. »Das darfst du nicht sagen!«

Sie umarmten sich. Lange. Still. Vera merkte, dass Yannick weinte.

»Ich liebe dich«, flüsterte er.

»Ich liebe dich auch«, antwortete sie und küsste ihn.

Er erwiderte den Kuss, zunächst sanft, dann fordernder.

»Könntest du dir nicht einen anderen Namen zulegen?«, unterbrach Vera.

Grubers Warnung kam ihr in den Sinn. Nachdem sie gesehen hatte, wie die Stasi mit Yannick umgesprungen war, war sie sich definitiv sicher, dass ihr Geliebter kein Spion war. Sie musste ihn unbedingt schützen. Vor beiden Seiten.

»Sie würden mich trotzdem finden. Vielleicht nicht sofort, doch irgendwann. Sie haben mich in Berlin gefunden, sie haben mich in Bonn aufgespürt. Es gibt keine Möglichkeit, ihnen zu entkommen.«

»Irgendetwas musst du doch tun können?«

»Es gibt nur eine Möglichkeit, die für mich jedoch absolut nicht infrage kommt: Wenn ich für sie arbeite, lassen sie mich am Leben und in Ruhe meine Musik machen.«

»Was heißt das: ›wenn du für sie arbeitest‹?«

Yannick spielte verlegen mit seinen feinen Fingern, ehe er antwortete: »Sie wollen, dass ich für sie spioniere, ihnen Informationen verschaffe. Fast fürchte ich, dass sie genau deswegen gerade jetzt aufgetaucht sind. Jetzt, da ich dich gefunden habe.«

»Eine Sekretärin im Bundesverteidigungsministerium …«, ergänzte Vera.

»Genau das. Sie hoffen sicherlich, dass ich dich überreden kann, für sie zu spionieren. Deshalb setzen sie mich unter Druck.« Er griff nach ihrer Hand. »Das würde ich allerdings nie tun. Ich will dich nicht in diese Sache hineinziehen!«

Vera schaute Yannick an. »Ich würde es tun.«

»Auf gar keinen Fall!« Entsetzt riss er die Augen auf. »Haben sie dich einmal in der Hand, lassen sie dich nie mehr in Ruhe. Du hast gesehen, wie brutal sie sind!« Er packte sie an den Schultern, als wollte er sie wachrütteln. »Glaub mir, ich kenne diese Leute! Sie sind böse! Hast du dich auf sie eingelassen, saugen sie dich aus. Brauchen sie dich nicht mehr, werfen sie dich weg.«

»Ich würde es für dich tun«, antwortete Vera ruhig. »Für uns.«

Er schüttelte heftig mit dem Kopf. »Nein! Eher gehe ich zurück!«

Ein Klingeln durchdrang die Stille, die nach Yannicks Drohung eingetreten war. Er erstarrte. Vera huschte ins Wohnzimmer ans Fenster und versuchte, einen Blick nach unten zur Haustür zu werfen. Sie erkannte die beiden Männer von der Stasi. Es schellte erneut, nachdem einer der beiden die Hand gehoben und offensichtlich die Klingel gedrückt hatte.

»Es sind die beiden Schläger von eben!« Vera wandte sich Yannick zu.

Er seufzte auf, schlug die Hände vors Gesicht. Vera schaute erneut aus dem Fenster. Die beiden Männer blickten hoch.

»Was soll ich tun?«, rief Yannick.

Vera dachte fieberhaft nach, als die Klingel ein drittes Mal ertönte. Gruber hatte sie gewarnt, doch es war anders gekommen, als der Agent prophezeit hatte. Sie schaute zu Yannick hinüber. Sie liebte ihn. Sie würde ihn beschützen.

»Rede mit ihnen«, erwiderte Vera schließlich. »Sag ihnen, ich werde tun, was sie verlangen.«

Vera stand am Fenster und sah, wie Yannick auf die Straße trat. Sie konnte nicht hören, was die Männer besprachen. Wenigstens schlugen sie ihn nicht. Doch der Ältere packte Yannick am Arm, zog ihn zu einem Auto, das ein paar Meter weiter am Straßenrand parkte. Wo würden sie Yannick hinbringen? In was hatte sie ihn hineingerissen? Entsetzt wollte sie hinausstürmen, die Treppe hinunterrennen und die Stasi-Männer aufhalten. In diesem Moment schaute Yannick zum Fenster hoch und schüttelte leicht den Kopf.

Die drei stiegen in den Wagen, der Ältere zerrte Yannick auf die Rückbank, der andere nahm auf dem Fahrersitz Platz. Er startete den Motor, setzte den Blinker, lenkte den Wagen ein Stück auf die Straße, um aus der Parklücke herauszukommen, hielt kurz an, und brauste schließlich davon.

Vera blieb am Fenster stehen und starrte auf die

leere Straße. Sie wartete. Stunde um Stunde. Ohne die geringste Müdigkeit zu verspüren. Erst gegen fünf Uhr morgens hielt der Wagen wieder vor dem Haus. Veras Herz klopfte. Yannick stieg aus. Er wirkte unversehrt. In seiner Hand hielt er eine große Tasche. Die Männer blieben im Auto sitzen. Ihr Liebster schulterte die Tasche und lief auf das Gebäude zu. Vera rannte zur Wohnungstür, um ihn hineinzulassen. Hätte sie ihn doch nie weggeschickt!

Er wirkte müde, abgekämpft und sehr ernst. Sie nahm ihn in den Arm, hielt ihn fest. Sie konnte seine Niedergeschlagenheit nicht vertreiben.

»Sie sind einverstanden.« Seine Stimme klang, als hielte er ihre Grabrede. Im Wohnzimmer stellte er die Tasche auf dem Boden ab. »Sie haben mir gleich deine Ausrüstung mitgegeben«, sagte er mit einem zynischen, verbitterten Unterton.

Er griff in die Tasche und zog ein Puderdöschen heraus. Auf den ersten Blick eine gewöhnliche Dose. Vera hatte eine ähnliche in ihrer Handtasche, mehrere zu Hause im Badezimmer auf der Ablage über ihrem Waschbecken, das nun wahrscheinlich Bernds kleine Praktikantin benutzte. Yannick klappte das Döschen auf. Sie beugte sich vor, um hineinzuschauen, und konnte beim besten Willen nichts Besonderes erkennen. Yannick drückte auf einen winzigen Verschluss an der Seite, den Vera nicht bemerkt hatte, und der Boden schnellte nach oben. Unter dem Puder, das auf dem Untergrund festklebte, befand sich ein niedriges Geheimfach.

»Darin kannst du Mikrofilme verstecken. Eines der Lieblingsprodukte der Techniker vom MfS.«

Sie wusste, dass das MfS das Ministerium für Staatssicherheit der DDR war. Ebenso wusste sie, dass die Hauptverwaltung Aufklärung mit dem Agenten Reiner Fuchs an der Spitze, dem Mann ohne Gesicht, die Spione koordinierte, die in der Bundesrepublik aktiv waren. Jetzt gehörte sie also dazu.

Sie nahm Yannick das Döschen aus der Hand, schloss es, öffnete den Verschluss erneut, betrachtete es aufmerksam. Vielleicht hätte es ihr Angst machen müssen. Ein Vorbote eines neuen, gefährlichen Lebens. Doch erstaunlicherweise weckte es ihre Neugier.

Yannick griff erneut in die Tasche und zog einen Lippenstift heraus.

»Ich hoffe, die Farbe steht mir!«, sagte Vera.

»Jede Farbe steht dir.«

Er schraubte den Deckel ab, zog den Stift von einer Halterung, und Vera staunte nicht schlecht. Darunter kam eine kleine Kamera zum Vorschein.

»Den Film legst du von der anderen Seite ein. Du musst ihn unten durch die Öffnung einschieben.« Er zeigte ihr eine versteckte Klappe an der Unterseite. »Achte aber darauf, dass du das im Dunkeln machst, sonst ist der Film belichtet, und die Bilder sind wertlos. Auslösen kannst du die Kamera mit einem leichten Druck auf die Seite.« Er führte es ihr vor. Es schien kinderleicht zu sein. »Und falls du keine Gelegenheit findest, Dokumente bei euch im Büro abzufotografieren, hat die Stasi das für dich.«

Er holte eine helle, beigefarbene Handtasche hervor. Zumindest nahm Vera an, dass es sich um eine handeln sollte. Genauso gut hätte dieses Ding als Koffer durchgehen können. Es war abgrundtief hässlich.

»Damit gehe ich nicht vor die Tür!«

Yannick ignorierte ihren Einwand und zeigte ihr stattdessen den doppelten Boden, in dem sie Dokumente aus dem Ministerium schmuggeln konnte.

»Trotzdem!«, beharrte Vera auf ihrem modischen Standpunkt. »Das Ding ist so hässlich, dass ich mich schämen würde, sollte mich jemand damit sehen. Wer hat das entworfen? Keine Frau läuft damit herum!« Sie packte die Tasche mit zwei Fingern am Henkel und hielt sie hoch, als wäre sie eine tote Maus. Eine übergroße tote Maus.

Yannick blickte sie ratlos an. »Die Techniker schwören auf dieses Modell. Der Boden ist wirklich kaum auszumachen. Eine fantastische Ingenieursleistung, behaupten sie.«

»Ingenieure! Ja, Ingenieure finden das vielleicht ›praktisch‹ und ›fantastisch‹.« Sie sprach die Wörter aus, als seien es Beleidigungen. »Frauen finden das einfach nur hässlich. Hässlich. Hässlich. Hässlich. Ernsthaft: Laufe ich damit durch eine Sicherheitskontrolle, werde ich garantiert durchsucht. Niemand glaubt, dass eine Frau solch ein Monstrum freiwillig und ohne Hintergedanken trägt. Auf das Ding kannst du in einem Riesenstempel ›Made in der DDR‹ drucken.«

Unschlüssig ließ Yannick die Handtasche verschwinden. »Vielleicht kommst du ja mit der Kamera hin.«

»Mich kontrolliert sowieso niemand«, erwiderte Vera selbstsicher und nahm Puderdose und Lippenstift an sich.

12

Erst am späten Nachmittag verließen die letzten Kollegen das Büro. Obschon sie in der Nacht kaum über zwei Stunden geschlafen hatte, war Vera hellwach. Den Tag über hatte sie ein Auge darauf gehabt, welche Dokumente über ihren Schreibtisch wanderten. Noch vor wenigen Tagen hatte sie ihnen kaum Beachtung geschenkt. Ob ein Papier über Bewachung atomarer Sprengköpfe in Geilenkirchen oder die Aktivitäten des Militärischen Abschirmdienstes in der DDR – sie hatte lediglich zur Kenntnis genommen, wem sie die Unterlagen vorlegen musste, in welchen Verteiler sie gehörten beziehungsweise für wen sie abgetippt oder kopiert werden mussten. Inhalte gehörten nicht zu ihrem Aufgabengebiet. Und das war eigentlich auch gut, denn seitdem sie den Informationen ihre Aufmerksamkeit widmete, verspürte sie eine Art Beklemmung. Vielleicht war es gar nicht verkehrt, wenn die andere Seite in Kenntnis gesetzt war, was das Bundesverteidigungsministerium und die NATO taten. Bundesdeutsche Agenten wie dieser Gruber machten doch wohl genau das Gleiche? Und war nicht immer vom »Gleichgewicht des Schreckens« die Rede? War es also nicht gut, wenn beide Seiten wussten, zu was die jeweils andere fähig war? Um Schlimmeres zu verhindern?

Yannick hatte ihr nicht erklärt, wonach sie genau Ausschau halten sollte. »Bring alles mit, was dir interessant erscheint«, hatte er ihr am Morgen erklärt. Trotz der gedrückten Stimmung war es schön gewesen, mit ihm gemeinsam am Küchentisch zu sitzen und den Tag zu beginnen.

Magda, die sonst als Letzte ging, nickte ihr beim Rausgehen zu. »Du machst lange heute«, stellte sie fest.

»Ich muss noch einiges nachholen. Die neue Stelle, weißt du? Außerdem war ich ja gestern etwas später dran«, versuchte Vera beiläufig zu klingen.

»Komische Idee, deswegen nach sechs zu arbeiten!« Magda schloss die Tür hinter sich.

Vera atmete tief durch, wartete einige Sekunden, bis sie keine Geräusche auf dem Flur mehr hörte. Vorsichtig stand sie auf und obwohl niemand mehr da war, lief sie auf Zehenspitzen zu der Ablage, in der alle Sekretärinnen die Akten verstauten, die von der Hauspost an die Ministerialbeamten weitergeschickt werden sollten. Sie selbst hinterließ hier geheime Papiere und vertrauliche Verschlusssachen. Ihr war klar, dass die Stasi sie ausgewählt hatte, weil sie Zugang zu Dokumenten der höchsten Geheimhaltungsstufe besaß. Im obersten, verschlossenen Fach der Ablage lagen die Dokumente der Kategorie »STRENG GEHEIM«. Die Unterlagen, die für die Hauptverwaltung Aufklärung am meisten von Interesse sein würden. Die, die Yannick Sicherheit bieten konnten und ihnen beiden eine gemeinsame Zukunft.

Sie steckte den Schlüssel, den Breithofer ihr gegeben hatte, in das Schloss und öffnete das Fach. Mit einem Stapel Akten unter dem Arm kehrte sie zu ihrem Schreibtisch zurück. Dort holte sie den Lippenstift aus der Handtasche, schraubte ihn auf und fotografierte die ersten Seiten ab. Ihre Hände zitterten. Sie war sich nicht sicher, ob die Fotos gelingen würden. Sie blätterte Seite um Seite um, drückte jedes Mal den Auslöser.

Fast hätte sie in ihrer Aufregung die Schritte draußen auf dem Flur nicht gehört. Als sie aufschreckte, wurde bereits die Klinke heruntergedrückt. Entsetzt schaute sie zur Tür, dann schnell auf den Lippenstift und auf den Stapel geheimer Papiere vor ihr. Ihr Herz raste. Rasch warf sie ihre Handtasche auf die Akten. Leider hatte sie jedoch vergessen, dass sie die Handtasche nicht geschlossen hatte. Mit lautem Klappern und Poltern ergoss sich ihr Inhalt auf den Tisch, ein Deo rollte hinunter auf den Teppich, die manipulierte Puderdose schlug ebenfalls auf dem Boden auf.

Sie schaute von dem Chaos hoch zur Tür. Ausgerechnet Doktor Hildebrandt blickte sie fragend an. Ihr Chef. Ministerialdirektor und damit Adressat oder Absender fast aller Dokumente, die notdürftig versteckt unter ihrer Handtasche lagen. Verstohlen musterte sie ihren Schreibtisch. »STR… GEH…«, las sie auf einem Aktendeckel und schob rasch die Tasche darüber.

»Alles in Ordnung, Frau Marx?«, fragte Hildebrandt und klang aufrichtig besorgt. »Müssten Sie nicht längst Feierabend gemacht haben?«

»Ach, ich war doch gestern zu spät, und ich wollte das heute nacharbeiten, verstehen Sie? Es war mir peinlich, dass ich gleich an meinem ersten Tag einen schlechten Start hatte«, beeilte sie sich zu antworten.

Hildebrandt trat einen Schritt auf sie zu. »Das sieht aber sehr chaotisch aus bei Ihnen.«

»Ja, ich habe gerade in meiner Handtasche nach einem Füller gesucht, als ich ein Geräusch auf dem Flur gehört und mich furchtbar erschrocken habe. Vielleicht sollte ich wirklich Feierabend machen …«

Sie redete zu viel. Das machte sie öfter, wenn sie aufgeregt war.

Der Direktor kam ihrem Schreibtisch noch näher. Vera hätte sich am liebsten davor gestellt, um ihm die Sicht zu versperren. Er musste doch sehen, was für Akten dort lagen!

Doch Hildebrandts Aufmerksamkeit galt etwas anderem. Er ging vor dem Schreibtisch in die Hocke und hob das Puderdöschen auf. Ausgerechnet! Hoffentlich drückte er nicht versehentlich auf den Mechanismus, der den Geheimboden öffnete!

Sie lief um den Schreibtisch herum, nahm es ihm ab und stopfte es zurück in die Handtasche. Beinah hätte sie sie dabei hochgehoben und Hildebrandt damit die geheimen Unterlagen präsentiert. Doch zum Glück sammelte sie ihre Gedanken rechtzeitig und ließ die Tasche abrupt wieder sinken.

»Soll ich Ihnen nicht schnell helfen?«, fragte ihr Chef und griff nach der Handtasche. »Kommen Sie, ich halte sie Ihnen auf, und sie kramen alles wieder hinein.«

Vera musste sich zügeln, ihm nicht auf die Hand zu schlagen. War ihr Herz eben schon so gerast?

»Bemühen Sie sich bitte nicht, Herr Doktor Hildebrandt! Das sind Frauensachen, Sie verstehen …«

Hildebrandt wich zurück, hob abwehrend die Hände. »Bitte verzeihen Sie, ich wollte Ihnen nicht zu nahe treten.«

So hatte sie das gar nicht gemeint! Hoffentlich nahm ihr der Direktor ihr Verhalten nicht übel! Immerhin hatte sie Hildebrandt damit zur Tür gescheucht. Dort stand er, ihr zugewandt, die Hand auf der Klinke.

»Ich lass Sie wohl mal besser allein … mit Ihren Frauensachen.«

»Danke!« Sie lächelte so herzlich, wie sie konnte.

Hildebrandt nickte ihr zu. Vera wartete, bis er die Tür hinter sich geschlossen hatte, bückte sich, um ihre Sachen vom Boden aufzusammeln.

Als sie sich erhob, merkte sie mit Schrecken, dass der Ministerialdirektor erneut in der Tür stand und sie musterte. »Klauen Sie keine geheimen Dokumente, Frau Marx!« Mahnend hob er den Zeigefinger. Er lachte über seinen eigenen Witz, bevor er die Tür endlich schloss.

Vera lachte nicht. Sie packte ihre »Frauensachen« zurück in die Tasche, stopfte so viele Mappen dazu, wie hineinpassten, und verließ mit rasendem Herz das Büro.

Am Fahrstuhl angekommen zitterten ihre Finger so stark, dass sie drei Anläufe brauchte, um den Aufzugsknopf zu drücken. Schließlich leuchtete er gelb auf. Ratternd setzte sich die Kabine im Schacht in Bewegung. Ein Klingeln ertönte, als der Lift auf ihrem Stockwerk angelangt war. Die Türen öffneten sich. Zu ihrer Erleichterung war er leer. Sie war nicht sicher, ob ihre Nerven durchhalten würden, wenn jemand mit ihr hinunterfahren würde. Das Gewicht der geheimen Dokumente in ihrer Tasche schien ihre Schulter nach unten zu ziehen. Würde sie jemand erwischen, würde sie vermutlich direkt ins Gefängnis gesteckt werden.

Hinter sich hörte sie eine Stimme: »Bitte warten Sie einen Moment, Frau Marx!«

Erschrocken drehte sie sich um. Hildebrandt lief auf sie zu, seine schwarze Aktentasche in der Hand. Hatte er die fehlenden Dokumente bemerkt? Außer Atem kam er bei ihr an. Schaute er misstrauisch?

Sie presste die Handtasche eng an ihren Körper, fürchtete, er würde das Papier darin spüren, falls er sie versehentlich anstieß.

»Können Sie mich vielleicht mit hinunter nehmen? Es dauert immer ewig, bis der Aufzug einmal hoch- und runtergefahren ist.«

Sie schluckte. Was blieb ihr anderes übrig?

»Ich will mal nicht so sein und nehm Sie mit, Herr Doktor Hildebrandt«, sagte sie augenzwinkernd und ging in die Kabine hinein.

Ihr Chef folgte ihr, drückte den Knopf. Mit einem Klingelton schlossen sich die beiden Metalltüren des Fahrstuhls. Hildebrandt stellte sich neben sie. Fast wäre er gegen die Handtasche gestoßen. Vera hängte sie auf die andere Seite.

»Ich habe mir die Schulter verspannt«, erklärte sie.

»Damit sollte man nicht spaßen. Das wird schnell chronisch, und Sie sind für ein paar Wochen krankgeschrieben. Waren Sie beim Arzt?«

»Nein, ich bin noch nicht dazu gekommen.«

»Was haben Sie denn Schweres in Ihrer Tasche?«

»Ach, meine Frauensachen«, suchte sie nach einer Ausflucht. »Nichts wirklich von Gewicht.«

»Darf ich einmal?« Er streckte die Hand aus. Hielt inne. »Ich weiß, Frauensachen, das geht uns Männer nichts an. Doch ich würde wirklich zu gerne wissen, was Frauen an Gewicht mit sich herumtragen in ihren

Täschchen. Ich hoffe, Sie verzeihen mir meine Neugier?«

Hildebrandt würde merken, dass Papiere in der Tasche waren. Konnte sie ihm weismachen, dass sie Arbeit mit nach Hause nahm?

Das Klingeln des Lifts rettete sie. Der Aufzug blieb abrupt stehen, die Tür ging auf, ein Mann und zwei Frauen stießen auf dem ersten Stock zu ihnen. Breithofer! Ausgerechnet der Sicherheitschef des Verteidigungsministeriums! Vor fünf Tagen hatte er ihr erst erklärt, was für eine verantwortungsvolle Position sie nun innehatte, und jetzt stand sie mit gestohlenen Dokumenten neben ihm im Fahrstuhl!

»Doktor Hildebrandt«, grüßte Breithofer den Ministerialdirektor. Vera nickte er zu. Seine beiden Begleiterinnen taten es ihm gleich.

»Herr Breithofer«, erwiderte Hildebrandt den Gruß ebenso knapp.

Vera schob die Tasche mit dem Ellbogen hinter ihren Rücken. Der Sicherheitschef beobachtete sie aus dem Augenwinkel, rückte näher heran. Sie konnte den winzigen Soßenfleck auf seinem Hemdkragen erkennen, meinte ihn sogar riechen zu können.

Erst, als im Erdgeschoss die Türen aufklappten, entfernte sich Breithofer von ihr und ging hinaus. Vera folgte ihm und den anderen. Noch wenige Schritte und sie würde draußen sein! Im Freien. In Sicherheit.

Sie schaute zum Pförtner, der nach Dienstschluss für die Sicherheitskontrollen zuständig war. Er blätterte gelangweilt in einer Zeitung. Normalerweise überprüfte niemand die Mitarbeiter des Ministeriums. Dafür waren sie zu viele und es geschah zu wenig, was den Aufwand solcher Kontrollen gerechtfertigt hätte, auch wenn sie theoretisch vorgeschrieben waren. Doch normalerweise verließ man auch das Haus nicht mit dem Chef der Sicherheitsabteilung, dessen Argusaugen keine Nachlässigkeit entgehen und der diese ebenso wenig tolerieren würde.

Wie Vera vermutete, blickte der Pförtner hoch, klappte seine Zeitschrift zu, als er Hildebrandt und Breithofer sah, und verließ sein Kabuff. Vera ließ sich zurückfallen, beobachtete, wie der Pförtner die beiden Vorgesetzten nickend passieren ließ, aber die Begleiterinnen des Sicherheitschefs anhielt.

»Lassen Sie mich doch mal bitte einen Blick in Ihre Taschen werfen, die Damen!«

Die beiden Frauen ließen ihn gewähren, öffneten ihre Taschen und zeigten dem Mann, der linkisch darin herumwühlte, deren Inhalt. Hildebrandt und Breithofer standen draußen vor der Glastür und warteten geduldig.

Vera winkte ihrem Chef kurz zu, deutete auf die Gäste-WC gegenüber der Pförtnerloge. »Frauensachen!«, rief sie und zuckte mit den Achseln.

Alle Augen waren nun auf sie gerichtet. Hildebrandt nickte kurz und winkte zurück. Der Pförtner widmete sich erneut den Taschen der anderen Mitarbeiterinnen.

Als Vera fünf Minuten später die Schleuse passierte, war er wieder in seine Zeitschrift vertieft.

Sie schaffte es knapp vor Geschäftsschluss in den Supermarkt. Lieber wäre sie mit den Geheimdokumenten in der Tasche sofort nach Hause gefahren, aber leider war der Kühlschrank in der neuen Wohnung leer, und sie musste unbedingt etwas essen. Der Mann, der an der Kasse hinter ihr in der Schlange stand, schaute neugierig zu, wie Vera ihre Handtasche öffnete und nach ihrem Portemonnaie suchte. Sie versuchte sich so zu drehen, dass der Mann die obenauf liegenden Papiere nicht sehen konnte. Vielleicht hätte sie doch das hässliche Teil von der Stasi nehmen sollen?

Der Mann verlor das Interesse, als eine junge Frau sich an ihnen vorbeidrängte. Vera machte ihr an der engen Kasse Platz. Die Frau stieß gegen ihre Tasche, sagte jedoch nichts, nicht einmal Entschuldigung. Als Vera bezahlt hatte, packte sie erleichtert ihre Einkäufe in eine Plastiktüte, auf der Zigarettenwerbung aufgedruckt war, und lief die letzten Meter zu Fuß zu ihrem neuen Zuhause. Eigentlich hätte sie auch ein paar neue Kleider für die Arbeit kaufen müssen, doch um zwanzig vor sieben hatten alle Geschäfte geschlossen.

In der Wohnung goss sie sich zunächst ein großes Glas Rotwein ein, setzte sich für einen Moment an den Küchentisch und betrachtete die Fassaden auf der anderen Straßenseite. Hinter einigen Vorhängen brannte Licht. Sie musste unbedingt die Aluminiumjalousie herunterlassen, bevor sie die Akten fotografierte. Als sie die Jalousie herunterzog, meinte sie gegenüber hinter einem Vorhang eine Bewegung wahrzunehmen. Allerdings konnte das auch Zufall sein.

Das Fotografieren machte ihr in der sicheren Umgebung keine großen Umstände. Selbst den Film aus der Kamera herauszunehmen gelang ihr problemlos. Sie packte ihn in das Puderdöschen. Yannick hatte ihr erklärt, wo sie die Aufnahmen hinterlegen konnte. Sie war froh, wenn sie sie nicht mehr bei sich haben und die Unterlagen morgen früh zurück im Büro sein würden. Zumindest die Fotos konnte Vera noch heute loswerden.

Nachdem sie eine Weile ungeduldig in der Wohnung verharrt hatte, trat sie hinaus auf die Straße und ging schnellen Schrittes im Schutz der Dunkelheit. Die Puderdose mit dem Film trug sie in ihrer Jackentasche, die Faust darum geklammert. Früher hatte sie sich nachts nie gefürchtet. Jetzt vermutete sie bei jedem Geräusch einen Verfolger und drehte sich erschrocken um. Eine Katze huschte vor ihr über die Straße, blieb kurz stehen, streckte den Rücken in die Höhe und fauchte sie an. Vera zuckte vor Schreck zusammen, bevor sie erleichtert die breite Bornheimer Straße überquerte.

Als sie ihr Ziel erreichte, zögerte sie für einen Moment. Unschlüssig blickte sie auf die kahlen Bäume hinter dem Gitterzaun, das düstere Ziegelgebäude machte es ihr nicht leichter. Zwischen den Bäumen sah sie die alten Gräber. In einem davon sollte sie die Dose hinterlegen.

Mit Herzklopfen lief sie weiter zu dem unscheinbaren Nebeneingang, den Yannick ihr beschrieben hatte. Natürlich war das Tor verschlossen. Niemand besuchte nachts freiwillig einen Friedhof. Doch ihr Liebster hatte gesagt, dass sie in einer kleinen Kuhle, die eine Baumwurzel aus dem Steinfundament des Gitterzauns gesprengt hatte, einen nachgemachten Schlüssel finden würde. Vera inspizierte den Boden, bis sie die Furche fand. Sie schaute von rechts nach links, bevor sie sich hinunterbückte. Ihre Finger tasteten in dem Loch und unter der Wurzel, bis sie das kalte, schmale Metall spürten. Vera zog es heraus, sah sich nochmals um. Niemand außer ihr war auf der Straße.

Eilig schloss sie das Tor auf und schlüpfte hinein. Von innen sperrte sie es zu, um ungebetene Gäste fernzuhalten und nicht den Verdacht des Nachtwächters zu erregen. Den Schlüssel steckte sie in die Jackentasche zu der Dose. Ein Weg führte geradeaus zwischen den Gräbern des Alten Friedhofs vorbei. Im Dämmerlicht einzelner Laternen erkannte Vera Steinplatten, Grabsteine, Monumente mit Engeln und Heiligen, die im Halbdunkel lebendiger wirkten als bei Tage und die jetzt bestimmt missbilligend auf sie herabblickten.

Langsam ging sie den Weg entlang, behielt die Figuren im Auge, in Erwartung, dass diese jeden Moment von ihren Podesten hinunterstiegen, um sie zu fragen, was sie um diese Zeit an diesem Ort zu suchen habe. Sie bog auf einen Nebenweg ab, der noch finsterer war. Hinter ihr raschelte es. Erschrocken fuhr sie herum. Niemand. Erneut ein Geräusch hinter den beiden Gräbern, die sie gerade passiert hatte. Lauerte dort jemand? Vielleicht ein Agent der Stasi, der sie überwachte? Oder sogar Gruber?

»Hallo?«, flüsterte sie. Ihre Stimme klang dünn. Niemand antwortete. »Ist da jemand?« Schweigen. Wieder Rascheln. »Hallo?«, wiederholte sie, dieses Mal lauter.

Das Geräusch stoppte abrupt. Nun reichte es ihr. Sie ging zu den Gräbern, den schmalen Pfad dazwischen hindurch. Das Rascheln ertönte von Neuem, wurde hektischer. Schließlich preschte etwas im Dunkeln davon. Einige Meter entfernt blieb es stehen und blickte sie an. Ein Fuchs.

Erleichtert atmete sie aus, drehte sich um und setzte ihren Weg fort, beschleunigte ihren Schritt. Sie wollte diese gruselige Angelegenheit hinter sich bringen! Nach ein paar Minuten fand sie die Bank, die Yannick ihr beschrieben hatte. Die schräge Spitze eines eingeritzten, nicht vollendeten Herzens zeigte auf eine Grabstätte auf der gegenüberliegenden Seite. Es war ein einfaches Grab, eine Steinplatte im Boden eingelassen. An ihrer Stirnseite war sie gebrochen, drei tiefe Risse, an ihren breitesten Stellen etwa eineinhalb Zentimeter groß, zerteilten die obere Hälfte. Die Inschrift auf der Platte war halb verwittert. Trotzdem machte sich Vera die Mühe, sie zu entziffern. Irgendwie glaubte sie, dies dem Toten schuldig zu sein, dessen Ruhestätte sie als »toten Briefkasten« – was für eine makabre Bezeichnung an diesem Ort! – missbrauchen würde.

Ein Musiker lag darin, Oswald Mayerhofer, Violinist des »Beethoven Orchesters«, gestorben im April 1936. Musste es ausgerechnet ein Musiker sein? Wer hatte sich das ausgedacht? Einer dieser üblen Stasi-Leute? Sollte das eine Botschaft für sie sein? Eine Warnung?

Sie zog die Dose aus der Tasche und steckte sie, wie verabredet, in den Riss, der in die Richtung verlief, die die Herzspitze auf der Bank vorgab, achtete darauf, dass ein möglicher Passant sie nicht sehen konnte. Am liebsten wäre sie nun sofort gegangen. Stattdessen setzte sie sich auf die Bank und nahm den Schlüssel heraus, um das unfertige Herz zu vollenden. Das war das Zeichen für den Kurier, dass der Film im Versteck lag. Es dauerte einige Minuten, ehe sie mit dem Schlüssel ein zufriedenstellendes Ergebnis erzielte. Sie dachte dabei an Yannick, schließlich an die Stasi-Leute, und ertappte sich, wie sie den Schlüssel wütend in das Holz bohrte.

Als sie aufstand, sah sie mit Schrecken, dass ihr eine Gestalt in der Dunkelheit entgegenkam. Warum war jemand mitten in der Nacht auf dem Alten Friedhof? Die Person kam direkt auf sie zu. Schweigend. Ein schwarzer, stummer Schatten, der sie bedrohte. Sie drehte sich um, wollte in die andere Richtung davonlaufen. Doch auch dort erblickte sie einen schwarzen Schatten, der auf sie zulief.

»Was wollen Sie?«, rief Vera und erhielt keine Antwort.

Waren es die Stasi-Männer, die Yannick zusammengeschlagen hatten? Warum sagten sie nichts?

Kurz entschlossen rannte sie zwischen zwei Gräbern in das Dickicht dahinter. Gehetzt schaute sie über die Schulter. Die Gestalten beschleunigten ihre Schritte und liefen ihr nach. Rasch kamen sie näher. Ein Ast schlug Vera ins Gesicht. Sie taumelte, rannte weiter, stolperte fast über die Marmoreinfassung eines Grabes, die sie in der Dunkelheit nicht bemerkt hatte. Im Laufen schielte sie immer wieder nach hinten, ihre Verfolger waren wenige Meter hinter ihr. Es waren definitiv zwei Männer. Sie versuchte, ihre Gesichter im Dunkeln zu erkennen. Doch sie erkannte nur eine im Mondlicht glänzende Halbglatze und eine Pistole in der Hand des Mannes. Wollte er etwa auf sie schießen?

Sie rannte schneller, merkte erleichtert, dass die vielen Stunden Aerobic vor dem Fernseher etwas gebracht hatten. Früher wäre sie jetzt bereits keuchend zusammengebrochen. Einer der Männer fiel zurück. Vielleicht konnte sie auch den zweiten abhängen! Würde ihr heute die Flucht gelingen, das schwor sie sich, würde sie jeden Tag mindestens eine Stunde Sport machen.

Sie schaute wieder zurück und bereute es augenblicklich. Ihr Schienbein schlug gegen etwas, Schmerz schoss durch die Nervenbahnen hoch ins Gehirn. Mit dem Fuß blieb sie an einem Hindernis hängen, sah im Fallen ein niedriges Gitter aus Gusseisen, vor sich eine gekieste Fläche, auf die sie gleich aufschlagen würde, würde sie nicht mit dem Kopf gegen eine der beiden eckigen Marmorsäulen schlagen, auf denen Putten mit einer Violine saßen. Sie war erstaunt. Nicht darüber, dass sie gestolpert war und damit ihren Verfolgern nicht mehr entkommen konnte. Mehr darüber, dass es ihr gelang, während des Sturzes die goldene Inschrift auf dem Sockel des Monuments zu entziffern: »Dem grossen Tondichter von seinen Freunden und Verehrern errichtet am 2. Mai 1880.«

Schon wieder ein Musiker, war ihr letzter Gedanke, ehe sie mit dem Kopf gegen den Grabstein Robert Schumanns prallte.

13

Langsam kam sie zu sich. Sie lehnte an irgendetwas Kaltem. Stein. Kiesel drückten gegen ihren Hintern. Ihre Beine hatte sie von sich gestreckt. Es war dunkel. Ihre Füße lagen in einem kargen Blumenbeet. Allmählich kam die Erinnerung zurück. Das Grab, die schwarzen Schatten, ihre Flucht.

Sie spürte eine Hand auf ihrer Schulter, die vielleicht verhindern sollte, dass sie umkippte, vielleicht, dass sie wegrannte. Der Rauch einer Zigarette zog in ihre Nase. Sie schaute nach rechts, an der Hand vorbei auf einen orange glühenden Punkt und erkannte das Gesicht dahinter. Paul Gruber. Vermeintlicher BND-Agent, dessen Telefonnummer irgendwo einem Amt für Militärkunde zugeordnet war. Sie hatte das überprüfen wollen, es allerdings in der Aufregung um Yannick und die Dokumente völlig vergessen.

Gruber sah ihr direkt in die Augen. Er wirkte nicht unfreundlich. Für jemanden, der sie nachts über einen Friedhof jagte. »Sie stecken ganz schön in Schwierigkeiten«, sagte er und bot ihr die Zigarette an.

Sie wollte danach greifen, merkte, dass ihre Hände, die auf ihrem Schoß lagen, gefesselt waren.

»Vorsichtsmaßnahme«, kommentierte Gruber.

Umständlich klemmte sie die Zigarette zwischen die Finger und zog daran. »Ich weiß nicht, wovon Sie sprechen. In was für Schwierigkeiten sollte ich stecken?«

Gruber nahm selbst einen weiteren Zug, warf die Zigarette in den Kies und trat sie aus. Anschließend sammelte er den Stummel auf und legte ihn in ein Metallkästchen, das er aus seiner Manteltasche geholt hatte.

›Du hinterlässt keine Spuren, nicht wahr?‹, dachte Vera.

»Wir haben Sie gerade erwischt, wie Sie streng geheime Dokumente in einen toten Briefkasten der Hauptverwaltung Aufklärung des Ministeriums der Staatssicherheit der DDR hinterlegt haben«, holte Gruber aus. Er klang, als verläse er ihre Anklageschrift.

»Toter Briefkasten?« Sie blickte auf das Relief Schumanns an der Grabsäule. »Ich glaube nicht, dass hier noch jemand seine Post abholt.«

»Was haben Sie denn dann gemacht? Zwiesprache mit den Toten gehalten?«

»Da Sie mich ja offenbar überwachen, wissen Sie sicher, dass ich eine große Musikliebhaberin bin. Deshalb schaue ich manchmal bei Schumanns Grab vorbei.«

Sie verkniff es sich, diese im Grunde absurde Geschichte mit einem Hinweis auf ihre Wohnung zu untermauern, die quasi um die Ecke lag. Kannte Gruber sie nicht, war es besser, ihn nicht mit der Nase darauf zu stoßen.

Der vermeintliche Agent zog ein Notizbuch aus seiner Manteltasche. Langsam fragte sie sich, was er alles darin verborgen hatte. Er schlug es auf, feuchtete den Zeigefinger kurz mit der Zunge an, um besser blättern zu können.

»Sulke, Mey, Blondie, Udo Jürgens, Irene Cara, Mike Oldfield, Chris de Burgh …« Er sah sie an. »Die Liste

Ihrer letzten Einkäufe.« Er schloss das Büchlein und steckte es weg. »Schumann ist nicht dabei.«

»Schumann habe ich bereits.«

»Das wüssten wir«, erwiderte er trocken. »Zudem besuchen die wenigsten Leute nach zehn Uhr abends die Gräber ihrer Lieblingskomponisten. Außer vielleicht es geht um Jim Morrison in Paris, und sie wollen eine satanische Messe feiern.«

»Es war eine spontane Idee. Das Tor stand auf, und da dachte ich mir: Besuche ich mal Schumanns Grab.«

Gruber zog einen weiteren Gegenstand aus dem Mantel und hielt ihn hoch. Vera erkannte den Schlüssel, der vorhin in ihrer Jacke gesteckt hatte. Hatte Gruber den Film ebenfalls gefunden?

»Und warum haben Sie einen Schlüssel zum Alten Friedhof?«

»Den habe ich noch nie gesehen.«

»Erstaunlich! Ich habe ihn in Ihrer Jacke gefunden.«

Hinter sich hörte sie Schritte. Sie wandte den Kopf. Der Mann mit Halbglatze, der sie mit der Pistole verfolgt hatte, trat aus dem Dunkel hervor. Er wirkte grobschlächtiger als Gruber mit seinen feinen, fast aristokratischen Gesichtszügen und dem altmodisch zurückgekämmten Haar. Unter buschigen, über der Nasenwurzel zusammengewachsenen Augenbrauen starrte der Mann verächtlich auf sie herab. Er reichte Gruber Film und Dose, die sie im Grab des Orchestermusikers Mayerhofer versteckt hatte.

Gruber nahm beides an sich, gab die Dose dann dem anderen zurück, der sie einsteckte. Nicht ohne einen weiteren strafenden Blick auf Vera zu werfen. Gruber betrachtete die Filmrolle. Vera musste an eine Hamlet-Aufführung denken, die sie einmal im Schauspiel gesehen hatte.

»Jetzt stecken Sie richtig in Schwierigkeiten«, sagte Gruber und ließ die Rolle in seiner Manteltasche verschwinden.

Sein oder nicht sein, das war jetzt wohl wirklich die Frage.

Grubers Begleiter packte sie unter den Achseln und zerrte sie hoch. »Kommen Sie mit!«, kommandierte er. Seine Stimme passte perfekt zu seinem grimmigen Gesicht.

Vera versuchte, sich von ihm loszureißen, doch er zerrte sie mit sich. Hilfe suchend schaute sie Gruber an, der ignorierte sie.

»Wohin bringen Sie mich?«

»Seien Sie still!«, befahl der unbekannte Mann.

»Glauben Sie, ich wecke jemanden auf?«

»Nein. Die sind alle tot.«

Vera war sich nicht sicher, ob Grubers Kompagnon ihren Humor verstanden hatte. Sie verzichtete darauf, ihn zu fragen, während er sie zum Ausgang zerrte. Sie, seine Hand wie ein Schraubstock an ihrem Arm, hatte Mühe, mit ihm Schritt zu halten. Am Eingangstor versteckte Gruber den Schlüssel wieder in der Kuhle. Keine Spuren, dachte Vera erneut. Die Männer hatten sie also schon hier draußen beschattet.

Der Unbekannte setzte sich ans Steuer, sie mit dem Mann, der sie vor Yannick gewarnt hatte, in den Fond des Wagens. Ein gewöhnlicher Opel Kadett. Sie fuhren die nächtliche Remagener Straße hinunter zum Stadtteil

Mehlem. Dort bogen sie in eine unscheinbare Wohnstraße ab. Dreistöckige, mit billigen Schindeln verkleidete Reihenhäuser hinter schmalen, trist wirkenden Grünstreifen säumten die eine Straßenseite. Auf der anderen verbarg sich offensichtlich hinter einer über zwei Meter hohen Mauer und kahlen Ästen ihr Ziel. Der unbekannte Mann setzte vorschriftsmäßig den Blinker, steuerte die Einfahrt hinauf, und hielt vor einer Schranke. Aus einem Wärterhäuschen trat ein Soldat ins Freie, das Gewehr lässig geschultert. Gruber hielt einen Ausweis an die Autoscheibe. Der Soldat nickte und öffnete die Absperrung. »Amt für Militärkunde« las Vera auf einem Schild. Das gab es also wirklich.

Die Gebäude hinter der Schranke lagen weitgehend im Dunklen. Wenige Lichter brannten hinter den Fenstern. Das Gelände war größer, als es von außen den Anschein machte. Sie kamen an mehreren Häusern vorbei, ehe der Fahrer vor einem abseits gelegenen einstöckigen Bau parkte.

Gruber nickte ihr zu. »Wir sind da.«

»Wo sind wir?«, fragte Vera.

»Amt für Militärkunde«, antwortete der Mann hinter dem Lenkrad, während er aus dem Wagen stieg. Sie und Gruber folgten ihm.

»Eine Dienststelle des Bundesnachrichtendienstes«, ergänzte Gruber.

Sein Begleiter knurrte missbilligend. Vermutlich hatte Gruber gerade ein Staatsgeheimnis ausgeplaudert. Er griff nach Veras Oberarm, der, wie ihr gesamter Körper, von dem Sturz auf dem Alten Friedhof schmerzte, und führte sie über den Parkplatz zu dem Häuschen, dessen Tür er aufschloss. Drinnen tastete er nach dem Lichtschalter. Eine Neonröhre ging flackernd an, Vera schaute in einen engen, muffig riechenden Flur. Grüner Nadelfilz auf dem Boden, hellbraune MDF-Aktenschränke an den Wänden, deren Rolltüren verschlossen waren. Sie erinnerten sie an die Schränke der Spedition, in der sie als Erstes gearbeitet hatte, nachdem sie frisch nach Bonn gezogen war.

Gruber führte sie weiter in ein Büro. Offenbar übernachtete hier jemand. Ein Feldbett stand mitten im Raum, die Bettwäsche lag zerknüllt darauf. Auf der Ablage über einem kleinen Waschbecken hinter der Tür entdeckte sie eine Zahnbürste in einem Glas, Zahnpaste und einen Rasierapparat. Der Mann mit den buschigen Augenbrauen verschwand ohne ein Wort in einem Raum hinter dem Büro und verschloss die Tür hinter sich. Vera hätte schwören können, dass sogar das Abschließen feindselig klang.

Gruber nahm eine Aktentasche von dem Bürostuhl hinter dem Schreibtisch am Fenster. »Setzen Sie sich doch«, sagte er und zog den Stuhl ein Stück zurück.

Vera gehorchte. Jetzt merkte sie, dass sie müde war. In den letzten Nächten hatte sie vielleicht acht oder neun Stunden geschlafen. Alles in allem.

»Was macht er?«, fragte sie und deutete auf die Tür.

»Er entwickelt Ihre Fotos«, antwortete Gruber, der sich auf eine Ecke des Tischs gesetzt hatte und sich eine Zigarette anzündete. »Möchten Sie?« Er hielt ihr das Päckchen hin.

Sie nickte und nahm sich eine Zigarette heraus. Gruber gab ihr Feuer. Das Hemd, das unter seinem Sakkoärmel hervorlugte, war blütenweiß. Die Flamme loderte vor ihrem Auge auf, blendete sie für einen Moment. Gruber steckte das Feuerzeug wieder in die Manteltasche.

»Haben Sie einen Kaffee für mich?«, fragte Vera.

Sie dachte an den Mann hinter der Tür und ihre Aufnahmen. Was würde nun werden? Und warum erinnerte sie sich ausgerechnet in diesem Augenblick an Doris Days alten Schlager »Que sera, sera«? Was geschehen würde, würde geschehen. Das Lied spendete ihr jedoch keinen Trost.

Gruber stand auf, ging hinüber zu einem Schrank neben dem Waschbecken und klappte dessen Türen auf. Dahinter verbarg sich eine winzige Küchenzeile mit einer Kaffeemaschine. Vera sah ihm zu, wie er Kanne und Filter reinigte, sorgfältig, ohne pedantisch zu sein, und den Kaffee aufsetzte. Das vertraute Geräusch, das Gurgeln des Wassers, das sich erhitzte, beruhigte sie ein wenig.

»Wie heißt Ihr Freund?«, fragte sie Gruber, der er ihr eine Tasse Kaffee reichte.

»Milch und Zucker?«

»Komischer Name!«

Der Kaffee war heiß und stark. Gruber war nicht nur in der Lage, seine Hemden zu pflegen. Er konnte auch Kaffee kochen. Bernd war weder zu dem einen noch zu dem anderen fähig.

»Schwarz«, sagte Gruber.

»Ja, so mag ich ihn am liebsten.«

»Das ist sein Name«, gab Gruber zurück und deutete mit der Tasse auf die Tür.

Vera nickte, trank einen Schluck, zog an der Zigarette. Schweigen. Offensichtlich wollte Gruber auf seinen Kollegen warten.

Vera schaute sich um. So sah also das Büro eines Geheimdienstes aus. Ein Feldbett, ungemacht, ein Schreibtisch, eine Kaffeemaschine und ein Fotolabor im Hinterzimmer. Nirgendwo lagen Papiere herum. Wenn es Akten in diesem Raum gab, waren sie in einem der Schränke verschlossen. Geheim.

»Sie kochen einen guten Kaffee«, unterbrach sie die Stille.

»Ich musste mich früh um meine Brüder kümmern …« Er zögerte. »… und um meinen Vater.«

»Was war mit Ihrer Mutter?«, fragte sie.

In diesem Moment ging die Tür auf.

»Willkommen zurück, Schwarz«, begrüßte Gruber seinen Kompagnon, der ihm die Fotoabzüge reichte.

Gruber nahm sie entgegen und betrachtete sie still, einen nach dem anderen, ehe er sie vor Vera auf den Schreibtisch legte. »Man mag kaum glauben, dass das Ihre erste Aktion ist. Beeindruckend! Die Gegenseite würde sich über diese Informationen sehr freuen.«

»Ehrlich gesagt, weiß ich immer noch nicht, wovon Sie reden.« Vera trank einen Schluck Kaffee.

Schwarz knallte mit der Faust auf den Tisch. Sie zuckte zusammen, Kaffee schwappte über den Tassenrand auf ihre Bluse. Sie wollte aufstehen, um den Fleck am Waschbecken auszuwaschen. Kaffee hinterließ hässliche Flecken, reagierte man nicht schnell …

Grob drückte Schwarz sie zurück in den Stuhl, presste seine Pranken gegen ihre Schultern. »Sie sind eine Spionin, Marx!« Er beugte sich weit zu ihr hinunter. Vera konnte ein paar Barthaare sehen, die auf der fleischigen Wange stehen geblieben waren. »Eine billige, dumme Sekretärin, die sich mit Vaterlandsverrat ein bisschen was dazu verdient! Wissen Sie, was Ihnen das einbringt? Hochverrat?« Sein linkes Auge wirkte blutunterlaufen. Zu wenig Schlaf, dachte Vera ohne jedes Mitgefühl. »Dafür wandern Sie in den Knast! Richtig lange! Und ginge es nach mir, würden wir den Schlüssel wegwerfen, nachdem wir Sie eingesperrt haben!«

Vera sah Schwarz herausfordernd an. Sie wusste selbst nicht, woher sie den Mut nahm. »Ich werde jetzt aufstehen, zum Waschbecken gehen und diesen Fleck entfernen«, sagte sie kühl. Ihr Herz klopfte.

Schwarz starrte sie an. Das eine Auge schimmerte tatsächlich rötlich. Vielleicht hatte jemand draufgeschlagen?

»Sie werden erst aufstehen, wenn ich Ihnen das erlaube. Sie werden erst zum Waschbecken gehen, wenn ich Ihnen das erlaube. Sie werden überhaupt nichts mehr tun, ohne mich vorher um Erlaubnis zu fragen!«

Sie hielt seinem Blick stand. »Kaffee hinterlässt hässliche Flecken, müssen Sie wissen. Die kriegt man nicht mehr raus, sind sie einmal getrocknet.«

Was redete sie da?

Schwarz lockerte seinen Griff, murrte irgendetwas und ließ sie aufstehen. Vera ging hinüber zum Waschbecken, lugte verstohlen zur Tür, die hinaus in den Flur führte. Wenn sie einfach herausrannte, konnte sie den beiden Männern dann entkommen?

Schwarz schien ihre Gedanken zu erraten. »Die haut ab!«, brüllte er, stürzte sich auf sie.

Erschrocken drehte Vera sich um und presste sich gegen das Becken.

Gruber schüttelte den Kopf. »Sie käme nicht weit«, bemerkte er in Richtung seines Kollegen, sah dabei aber sie an.

Schwarz trat ein paar Schritte zurück. Vera reinigte ihre Bluse, so gut es ging. Es beruhigte sie. Ein hellbrauner Schimmer blieb zurück. Was sollte sie morgen im Büro anziehen? Würde sie überhaupt ins Büro gehen?

»Was passiert jetzt?«, fragte sie Gruber.

»Sie gehen in den Knast«, knurrte Schwarz und verschwand in der Dunkelkammer.

»Das ist die eine Möglichkeit.« Gruber strich sich eine Haarsträhne aus dem Gesicht.

»Was ist die andere?«

Schwarz kam mit einem Mikrofilm zurück. Zuerst dachte Vera, die beiden hätten sie reingelegt und die Aufnahmen gar nicht entwickelt, so verblüffend stark ähnelte die Filmpatrone in der Hand des BND-Agenten derjenigen, die sie auf dem Alten Friedhof in das Versteck gelegt hatte.

Schwarz reichte die Rolle Gruber. Der hielt sie vor Vera in die Höhe. »Die andere Möglichkeit ist, dass Sie Ihren Kontaktpersonen das geben.«

»Was ist das?«

»Dasselbe, was sie eben versteckt haben natürlich«, knurrte Schwarz.

»Das Gleiche vermute ich, nicht Dasselbe«, antwortete sie kühl.

»Scheißegal!«

»Informationen, von denen wir wollen, dass die andere Seite sie bekommt«, beendete Gruber die Diskussion.

»Andere als diese?«, hakte Vera nach und tippte auf die Abzüge, die auf dem Schreibtisch lagen.

»Sagen wir mal, modifizierte.«

»Sie wollen mich benutzen, um der Staatssicherheit …«, Vera bemerkte interessiert, dass Schwarz bei diesem Wort zusammenzuckte, »… falsche Informationen zukommen zu lassen.«

»Wenn Sie sich weigern, gehen Sie in den Knast«, blaffte Schwarz.

Sie ignorierte ihn. »Warum?«

»Aus vielerlei Gründen«, wich Gruber aus.

»Und warum glauben Sie, dass ich mich darauf einlassen würde?«

Schwarz schlug erneut mit der Faust auf die Tischplatte. Die Abzüge rutschten zu Boden. Vera unterdrückte den Impuls, sie aufzuheben.

»Weil Sie ansonsten im Gefängnis verrotten! Haben Sie dumme Gans immer noch nicht begriffen, in welcher Lage Sie stecken?«

»Ich habe das ziemlich gut verstanden. Mich würde die Antwort trotzdem interessieren.«

»Weil ich glaube, dass Sie im Grunde ein guter Mensch sind und sich für die richtige Seite entscheiden werden«, antwortete der Mann mit dem blütenweißen Hemd.

Schwarz schnaubte empört. Vera dachte an Yannick.

Auf dem Rückweg fuhr Gruber. Vera saß hinten, Schwarz neben ihr. Mürrisch schaute er aus dem Fenster auf die dunkle Straße. Er schien unzufrieden zu sein, dass Vera nicht ins Gefängnis ging. Auf seinem Schoß lag die Pistole. Sie war auf sie gerichtet, seine rechte Hand lag locker um den Griff. Die Waffe machte ihr Angst. Noch nie hatte jemand eine Waffe auf sie gerichtet.

»Können Sie die vielleicht wegnehmen?«, fragte sie und deutete mit dem Finger auf die Pistole.

Schwarz sah zu ihr herüber, sagte nichts und drehte sich weg. Schweigend legten sie den Rest der Strecke zum Alten Friedhof zurück.

Gruber ließ sie am Straßenrand aussteigen. »Legen Sie die Patrone wie geplant in das Grab. Schwarz wird Ihnen in einiger Entfernung folgen und das überprüfen«, sagte er zum Abschied.

Zum zweiten Mal in dieser Nacht hinterlegte sie also eine Filmpatrone in Mayerhofers Grab. Schwarz sah sie nirgendwo. Sie zweifelte jedoch nicht daran, dass der BND-Agent sie beobachtete. Anschließend ging sie zu ihrer neuen Wohnung zurück. Auch auf dem Weg dahin konnte sie Schwarz nicht entdecken, meinte jedoch, seine wenig erfreuliche Präsenz spüren zu können.

Als sie endlich die Wohnungstür hinter sich geschlossen hatte, lief sie zum Fenster. Kein Schwarz. Kein Gruber. Kein Kadett. Weder auf der Straße noch in den geparkten Autos oder in den Fenstern der gegenüberliegenden Häuser war jemand zu sehen. Yannick hatte ihr gesagt, sie solle eine Kerze auf die Fensterbank stellen, sollte es Probleme geben. Gab es welche? War es nicht einfacher zu tun, was Gruber von ihr verlangt hatte? Der

Stasi falsche Informationen zustecken, Yannick belügen? Sie wollte ihren Geliebten allerdings nicht anlügen! Nicht Yannick! Davon abgesehen: Was würden die Stasi-Agenten mit ihm machen, fanden sie heraus, dass die Informationen getürkt waren. Wertlos. Würden sie ihn töten? Und sie ebenfalls?

In der Küche holte sie eine Kerze aus der Schublade, steckte sie in den Hals einer alten, mit Wachs bedeckten Weinflasche und stellte sie ins Fenster. In ihrer Handtasche suchte sie nach einem Feuerzeug und zündete sie an. Sie schaute hinaus, ob sie irgendetwas sehen konnte, spähte hinüber zu den Altbauten mit den Zuckergussfarben. Nichts.

Wenige Minuten später zerriss das Schellen des Telefons die Stille. Ihre Hand zitterte, als sie den grünen Hörer in die Hand nahm.

»Schatz, alles in Ordnung?«, hörte sie Yannicks weiche Stimme.

»Ich kann nicht schlafen. Das ist alles«, antwortete sie, wie sie es besprochen hatten.

»Nimm ein Glas Wein, das wird dich beruhigen«, erwiderte ihr Liebster und legte auf. »Ich komme gleich vorbei«, bedeutete das.

Sie fand diese verschlüsselten Gespräche albern, doch musste zugleich daran denken, wie gut Gruber und Schwarz über sie informiert waren. Hörten sie das Telefon ab? Wussten sie auch alles über Yannick?

Kurze Zeit später klingelte es an der Tür.

»Wer ist da?«, fragte sie durch die Gegensprechanlage.

Was sollte sie tun, kämen die Stasi-Männer hoch? Oder Gruber?

Doch Yannicks Stimme antwortete. Erleichtert drückte sie den Türöffner und hörte unten seine schnellen Schritte. Durch das Treppengeländer hindurch sah sie seine Beine und seine weißen Turnschuhe herbeieilen. Oben angekommen, blickte er sie besorgt an und umarmte sie. Sie küssten sich lange. Vielleicht kam doch noch alles in Ordnung.

»Lass uns eine Runde spazieren gehen«, schlug er vor.

»Ich bin müde, ich war lange genug unterwegs«, entgegnete sie.

Doch er hörte nicht auf sie, griff an ihr vorbei nach ihrer Jacke an der Garderobe und drückte sie ihr in die Hand. »Es ist sicherer.«

Es nieselte, als sie vor das Haus traten. Yannick kümmerte es nicht. Er zog sie an der Hand die Straße hinunter. Nach wenigen Schritten hatte sie das Gefühl, ihre Jacke wäre klatschnass. Erst nachdem sie in eine Seitenstraße eingebogen waren, verlangsamte Yannick das Tempo. Schließlich blieb er unter dem Dach einer Bushaltestelle stehen.

»Was ist passiert?«

»Zwei Agenten vom BND haben mich auf dem Friedhof erwischt.«

Sie erzählte ihm von Gruber und der Verfolgungsjagd, von der Fahrt in das Amt für Militärkunde und von dem ausgetauschten Film. Yannick hakte wegen des Amts nach. Sie beschrieb es ihm, so gut es ging. Er wirkte nicht nur ängstlich, nachdem sie ihren Bericht beendet hatte. Auch wütend. Er ließ ihre Hand los. Sie versuchte nach seiner zu greifen. Er entzog sich ihr.

»Was sollen wir tun?«, fragte sie.

Insgeheim hoffte sie, dass er die Angelegenheit als erledigt betrachtete, dass die Stasi ihre Spionagekarriere bereits jetzt ruhen lassen würde. Gruber würde sie irgendwie abwimmeln können.

»Ich weiß es nicht. Ich muss mit meinen Kontaktleuten reden.«

»Mit den beiden, die dich zusammengeschlagen haben?«

Er nickte.

»Was werden die tun?«

»Sie werden wütend sein. Ich hoffe, ich kann sie überzeugen, dass du eine weitere Chance verdient hast.«

»Der BND überwacht mich. Das ist viel zu riskant!«

»Das werden die entscheiden.«

Vera gefiel der Gedanke nicht. »Wir könnten einfach fortgehen«, schlug sie vor. »Irgendwohin, wo uns niemand kennt und keiner findet.« Sie versuchte ein Lächeln. »Ich war noch nie länger als zwei Wochen im Ausland. Italien wäre schön.«

»Hast du vergessen, was ich dir erzählt habe?« Er packte sie an der Schulter und schüttelte sie. Es war die gleiche Stelle, an der Schwarz sie festgehalten hatte. »Wir können ihnen nicht entkommen. Sie werden uns finden. Überall! Egal, wo wir hingehen!«

»Wir könnten unsere Namen ändern! Ich habe eine Freundin beim Passamt, vielleicht könnte die uns neue Ausweise ausstellen …«, dachte sie laut, verzweifelt bemüht, die Hoffnung aufrecht zu erhalten.

Er schüttelte den Kopf.

»Unter den Argusaugen des BND nütze ich der Stasi doch nichts«, beharrte sie.

Yannick warf ihr einen Blick zu, der ihr das Blut in den Adern gefrieren ließ. »Das hoffe ich nicht.« Mit festem Griff nahm er ihre Hand. »Wirklich nicht!«

14

Nachts um viertel vor vier ging ein Notruf bei der Bonner Polizei ein. In einem Vorort stand eine Haustür offen. Die Beamten machen sich sofort auf den Weg. Wäre ihr Einsatzgebiet eine andere Stadt gewesen, wären sie vielleicht davon ausgegangen, dass ein betrunkener Heimkehrer es einfach nicht mehr geschafft hatte, hinter sich zuzuschließen. Oder sie hätten einen Einbrecher vermutet und wären entsprechend vorsichtig zu Werke gegangen. Bonn aber war Regierungssitz. Die Wahrscheinlichkeit, dass die Tür einem führenden Vertreter der politischen Staatsbehörden gehörte, war hoch. Zusätzlich würde der Fall komplizierter werden, sollte es sich um den Wohnsitz eines ausländischen Diplomaten handeln. Ein kleiner Fehler beim Einsatz konnte für Verwicklungen auf höchster Ebene sorgen. Ein Verbrechen gar politische Krisen auslösen. Selbst nachdem vor eineinhalb Jahren mit Christian Klar und Brigitte Mohnhaupt die vermeintlichen Köpfe der zweiten Generation der RAF verhaftet worden waren, stellte der Terrorismus nach wie vor eine ernst zu nehmende Gefahr dar. Jeder Polizist in Bonn war sich bewusst, dass er bei einem scheinbaren Routineeinsatz in Lebensgefahr geraten konnte.

Zehn Minuten nach dem Notruf erreichten zwei grün-weiße Streifenwagen den Einsatzort. Als sie das Haus mit den zwei Buchsbäumchen musterten, stellten die Polizisten überrascht fest, dass die Tür geschlossen war. Unschlüssig verharrten sie in ihren Fahrzeugen und berieten sich über Funk mit den Kollegen.

»Vielleicht wirklich ein Betrunkener …«

»… oder jemand, der draußen eine Runde gedreht hat …«

»Wie auch immer, wir müssen das überprüfen …«

»… hier die Leitstelle … Was ist los? …«

»Nichts … die Tür ist zu …«

»Kontrollieren Sie trotzdem … Und gehen Sie von einer Gefährdungslage aus …«

Die vier Polizisten holten ihre Dienstpistolen aus den Halftern, ehe sie ausstiegen. Schon jetzt könnte jemand das Feuer auf sie eröffnen. Mit einem leisen Klacken entsicherten die Männer ihre Waffen. Stumm verständigten sie sich auf das weitere Vorgehen. Ein junger Beamter, der vor zwei Tagen Vater geworden war, durfte im Wagen sitzen bleiben und die Verbindung zur Leitstelle aufrechterhalten. Gerade wollten sich die anderen drei Männer aufmachen, da hielt der junge Beamte sie mit einem Handzeichen zurück. Die Leitstelle meldete sich.

»Wir haben einen Namen zur Adresse: Bernd Marx, Ministerialdirektor des Finanzministeriums …«

»Potenzielles Ziel eines Attentats …?«, fragte der junge Polizist mit heiserer Stimme.

»Nicht auszuschließen. Passt auf euch auf …«

Mit gezückter Waffe und einem mulmigen Gefühl liefen die drei Beamten über die Straße zum Haus. An der Tür duckten sie sich vor den Fenstern, um einem potenziellen Angreifer nicht ins Visier zu laufen. Sie pressten sich an die Wand, dann schob einer von ihnen seinen Arm am Fenster vorbei und klingelte.

Vera schreckte hoch, als die Türklingel die Stille, die Totenstille, zerriss. Eilig huschte sie aus dem Schlafzimmer. Vorsichtig lugte sie aus dem Flurfenster hinunter auf die Straße, sah die Polizeiwagen. Erneut schellte es. Sie wollte schon hinuntergehen, um den Beamten zu öffnen, da fiel ihr das Messer ein, das ihr aus der Hand geglitten war. Das Messer, das sauber und scheinbar unbenutzt aus dem Messerblock auf der Anrichte geragt hatte. Auf dem nun ihre Fingerabdrücke prangten. Warum zum Teufel war sie überhaupt hierhergekommen?

Sie rannte zurück ins Schlafzimmer, hob das Messer hoch, und schaltete das Licht aus. Obwohl es von der Straße aus nicht zu sehen war, erschien es ihr klüger, sich im Schutz der Dunkelheit zu bewegen. Vielleicht konnte sie durch den Seiteneingang in den Keller und von dort ins Freie fliehen? Dann müsste sie an der Haustür vorbei. Deren Klingel in diesem Moment wieder ertönte. Aussichtslos. Sollte sie sich stattdessen aufs Dach retten und warten, bis die Polizei verschwunden war? Oder ausharren und hoffen, dass die Beamten gingen, wenn ihnen niemand öffnete? Es klingelte erneut.

Vera kippte das Schlafzimmerfenster vorsichtig, hörte einen weiteren Wagen, der vor dem Haus hielt, vernahm Stimmen. Das hieß: jetzt oder nie. Vorsichtig hinunter in den Garten. Sie öffnete das Fenster ganz, kletterte rittlings auf die Fensterbank, bevor sie das zweite Bein hinüberschwang. Mehr als drei Meter trennten sie vom Boden. Konnte sie es wagen?

Sie warf das Messer hinunter und klammerte sich am Fensterrahmen fest. Langsam ließ Vera sich absinken. Ihr Rock rutsche hoch, die rauen Ziegel kratzten durch die Bluse und die Jacke auf ihrer Haut. Als sie gerade in der Luft hing, wie auf einer Streckbank, ließ sie los. Ein Ast knackte, es raschelte viel zu laut, als sie mit den Füßen auf dem Beet landete, das sie an der Hauswand angelegt hatte. Schmerz schoss ihr die Beine hoch. Sie taumelte, stützte sich an der Ziegelfassade ab, und ging vorsichtig zwei Schritte nach vorne. Offenbar war sie nicht verletzt. Glück gehabt.

Das kleine Tor neben dem Haus, das von der Straße zum Garten führte, knarzte, Vera hörte schwere Schritte. Offensichtlich die Beamten. Oder Verstärkung. Sie wagte es nicht, um die Ecke zu schauen und nachzusehen. Stattdessen wandte sie sich um zum Garagenhof, der in der entgegengesetzten Richtung hinter dem Garten lag. Gegenüber im Nachbarhaus brannte Licht im ersten Stock, ein Mann stand am Fenster und starrte zu ihr hinüber. Die Schritte kamen näher.

Sie rannte los, sprang durch die Büsche, die ihr Anwesen von den Garagen trennten, spurtete über den Parkplatz zum Tor des Wohnblocks gegenüber, das auf die Straße dahinter führte. Sie hatte damit gerechnet, Stimmen zu hören. Rufe des Nachbarn, der sie gesehen hatte und der Polizei Hinweise gab, oder aufgeregte Befehle der Beamten, die die Verfolgung aufnahmen. Doch sie vernahm nichts. Nur in der Tordurchfahrt hallten ihre Schritte. Bestimmt weckte sie die gesamte Nachbarschaft. Als sie auf die Straße trat, lagen jedoch alle Fenster im Dunkeln. Sie rannte weiter, weg vom Haus. Weg von Bernds Leiche. Weg von der Polizei. So schnell sie konnte. Ihre Lungen brannten. Aerobic hatte seine Grenzen.

Nach 20 Minuten konnte sie nicht mehr. Vera stützte sich keuchend mit der Hand gegen eine Laterne, hielt den Kopf gesenkt. Dann sah sie sich um. Stille, eingeschossige Einfamilienhäuser, irgendwann in den 60er-Jahren gebaut, saubere und gepflegte Vorgärten. Ihre Heimat. In einem früheren Leben. Das sie nun endgültig hinter sich gelassen hatte. Warum war sie überhaupt in das Haus zurückgekehrt? Sie wusste es gar nicht mehr genau. Nur schnell frische Kleider hatte sie holen wollen, als sie nach dem Gespräch mit Yannick allein in ihre neue, kahle Wohnung zurückgekehrt war und den blassen Schatten des Kaffeeflecks auf ihrer Bluse entdeckt hatte. Ein paar Schallplatten wären schön gewesen. Ein bisschen Trost. Aber das alles war nur ein Vorwand gewesen, musste sie sich jetzt eingestehen. Sie hatte Angst gehabt, einsam in dem fremden Appartement, und irgendetwas in ihr hatte sie glauben lassen, die vertraute Umgebung würde ihr Sicherheit geben.

Reingefallen. Aber wie.

Was war mit Bernd geschehen? Wer hatte ihn umgebracht? Seine Geliebte? Die Polizei jedenfalls würde sie verdächtigen, die Ehefrau, die kurz zuvor aus dem gemeinsamen Heim ausgezogen war. Deren Fingerabdrücke sich auf dem Messer befanden, mit dem ihr Mann vermutlich umgebracht worden war. Das Messer! Verdammt! Sie hatte es im Garten liegen lassen! Es war zum

Heulen. Wie dumm sie war! Panik stieg in ihr auf. Wusste jemand, wo sie jetzt wohnte? Außer Yannick kannte nur die Stasi ihre neue Adresse – und Gruber mitsamt seinen BND-Kompagnons vermutlich. Vielleicht würde sie in dem Appartement zumindest die nächsten Stunden Unterschlupf finden. Langfristig würde sie sich jedoch eine andere Bleibe suchen müssen. Irgendwo.

Vera ging langsam weiter. Nur nicht auffallen, dachte sie sich. Eine Frau allein auf der Straße um diese Zeit war ungewöhnlich genug. Zum Glück war sie wirklich allein. Kurz bevor sie die Hauptstraße erreichte, nahm sie ein Motorengeräusch wahr. In der dicht besiedelten Nordstadt hätte sie sich in einen Hauseingang drängen können, hier musste sie sich in einem Vorgarten hinter einer Hecke flach auf den Boden pressen. Ein Streifenwagen näherte sich. Er blieb vor ihr stehen. Sie hielt den Atem an, konnte den Polizisten auf dem Beifahrersitz, kaum zwei Meter entfernt, durch die Verästelungen sehen. Er kramte im Handschuhfach. Offenbar fand er, was er gesucht hatte, denn sein Kollege ließ den Wagen weiterrollen.

Vera wartete, bis kein Geräusch mehr zu vernehmen war, bevor sie aufstand. Sie klopfte sich die Kleidung sauber, halbwegs zumindest, und setzte ihren Weg fort. Vielleicht sollte sie selbst zur Polizei gehen? Sich stellen, damit der Albtraum ein Ende hatte? Alles aufklären. Sie war doch unschuldig … Sie musste unwillkürlich daran denken, wie Grubers Kollege Schwarz mit ihr umgesprungen war. Bis sie wusste, was mit Bernd geschehen war, wer ihn getötet hatte, würde sie der Polizei aus dem Weg gehen müssen!

Entschlossen setzte sie ihren Weg in die Stadt fort. Es kam ihr wie eine Ewigkeit vor, in der Dunkelheit, mutterseelenallein. An einer Telefonzelle machte sie eine Pause, versuchte Yannick zu erreichen. Vergeblich. Und immer wieder tauchten die schrecklichen Bilder der Nacht vor ihrem inneren Auge auf. Bernds Leiche. Blutbefleckt auf dem Bett. Manchmal vermischte sich der Anblick mit dem Gesicht dieser schlampigen Praktikantin. Isabelle – so hatte Gruber sie genannt! Verflucht sei dieser Name! Was immer Bernd verbrochen hatte, ein solches Ende hatte er nicht verdient! Sie überlegte, wer ihm das angetan haben könnte, es kam ihr jedoch niemand in den Sinn außer dieser rothaarigen Hexe.

Sie durchquerte schließlich Kessenich. An der Reuterstraße standen zwei Polizisten an der Kreuzung neben ihren Motorrädern. Vera drehte sich mit gesenktem Kopf um und lief etwa 20 Meter die Straße zurück, bis sie rechts abbiegen konnte. Vielleicht würde sie über den Talweg unbemerkt in die Stadt gelangen. Doch dort war ebenfalls ein Polizeimotorrad postiert. Sie beschloss, die Luisenstraße entlangzugehen, bis kurz vor den Park des Poppelsdorfer Schlosses, und dort einen Durchschlupf zu suchen, eine Möglichkeit, die Reuterstraße zu überqueren, ohne einem Polizisten in die Arme zu laufen.

Langsam wich das Adrenalin aus ihrem Körper. Müdigkeit breitete sich aus. Sie würde sich nicht mehr lange wachhalten können. Erleichtert stellte sie fest, dass kein Polizist am Ende der Luisenstraße wartete. Eilig wechselte sie die Straßenseite und verschwand im Park. Erschöpft setzte sie sich auf eine Bank. Ihr Kinn sackte auf die Brust.

Ein kratzendes Geräusch. Als würde ein Messer über eine raue Oberfläche schaben. Vera sah die rothaarige Isabelle, wie sie sich über Bernd beugte. Nackt. Sie drehte sich um. Das Messer steckte zwischen ihren Zähnen, Blut schoss aus Bernds Hals, sie fletschte die Zähne, grinste Vera höhnisch an. Das schabende Geräusch blieb.

Vera schlug die Augen auf. Eine Elster hüpfte vor ihren Füßen auf einem Kiesweg. Sie krähte. Doch sie schabte nicht. Vera schaute nach oben, zu den kahlen Bäumen, zum gelben Schloss dahinter. Doch sie konnte die Quelle des Geräuschs nicht ausmachen. Sie registrierte einen Mann in einem orangefarbenen Overall und einem Rechen in der Hand, der auf sie zukam. Er lächelte, zeigte ein paar kräftige, nicht sehr gesunde Zähne unter einem dicken schwarzen Schnauzbart. Und er kratzte mit seinem Rechen über den Kies.

»Ich wollte Sie nicht wecken«, sagte er mit einem starken ausländischen Akzent.

»Wie spät ist es?«, fragte Vera irritiert.

Er krempelte den Ärmel seines Overalls ein Stück hoch, eine goldene Uhr glänzte an seinem linken Handgelenk. »Gleich neun!« Er zupfte den Ärmel sorgfältig zurück, vermutlich um die Uhr zu schützen. »Haben Sie im Park übernachtet? Bei dieser Kälte?«

Rasch stand Vera auf, klopfte sich den Staub von der Jacke. »Nein, nein! Ich muss auf meinem Morgenspaziergang eingenickt sein.«

Blöde Erklärung, schalt sie sich. Sie nickte dem Mann zu und eilte davon. Der setzte seine Arbeit fort. Vera hörte hinter sich das Schaben auf dem Kies.

Am Ende des Parks folgte sie ein Stück lang der Poppelsdorfer Allee. Ein Mannschaftswagen der Polizei parkte an einer Straßenecke, drei Männer hatten sich vor das Auto postiert. Vera senkte den Kopf und lugte vorsichtig zu den Beamten. Die beachteten sie nicht. Eine Gruppe Motorradpolizisten in weißen Uniformen – weiße Mäuse – kamen im Konvoi die Allee hochgefahren. Dahinter konnte sie die typischen schwarzen Limousinen erkennen, die bei Staatsbesuchen genutzt wurden. Erleichtert atmete Vera auf. Das Aufgebot der Polizei galt nicht ihr, sondern einem ausländischen Gast.

An einem Zeitungskasten blieb sie stehen. Der Mord an Bernd wurde mit keiner Silbe erwähnt. Hingegen erfuhr Vera, dass ein afrikanischer Präsident zu Besuch war. Die Boulevardzeitung stellte die schöne, exotische und angeblich kaufsüchtige Ehefrau des Staatsmannes in den Mittelpunkt der Schlagzeile. Die Geschäftsleute der Stadt mussten ja informiert werden.

Vera setzte ihren Weg fort. An einer Fußgängerampel musste sie warten. Obwohl sich der Verkehr auf der Allee in Richtung Innenstadt staute, wollte sie sich nicht zwischen den Autos hindurch auf die andere Straßenseite drängeln. Zwei Schulkinder mit Ranzen standen neben ihr. Ein Rentner mit einem Pudel gesellte sich zu ihnen. Das Tier schnüffelte an Veras Bein, versuchte, an ihrer Hand zu riechen. Vera steckte sie schnell in die Jackentasche. Mochte man Bernds Blut nicht mehr sehen, ein Hund konnte es offenbar riechen. Vor ihr hielt ein Auto an der Ampel. Trotz der morgendlichen Kühle hatte der Fahrer das Fenster heruntergekurbelt. Er zwinkerte Vera zu, die starrte stur geradeaus. Aus seinem Radio klang Kajagoogoos »Too shy«. Anfangs hatte sie das Lied gemocht, jetzt konnte sie es nicht mehr hören. Zu ihrer Erleichterung wurde es ausgeblendet, eine Melodie kündigte die Nachrichten des Senders an. Sie lauschte, erstarrte.

»… wurde in der Nacht Bernd Marx, Ministerialdirektor des Finanzministeriums, ermordet. Dringend tatverdächtig ist seine Ehefrau, Vera Marx, die seit dem Morgen flüchtig ist. Die Polizei bittet um …«

Die Ampel sprang auf Grün. Wenn sie nicht auffallen wollte, musste sie sich aus ihrer Starre lösen und weitergehen. Sie merkte, dass der Mann im Wagen sie beobachtete. Hatte er sie erkannt? Er winkte, zwinkerte erneut, schickte eine Kusshand. Sie wandte sich ab und verschwand, so rasch es ging, in einer Seitenstraße.

Es schien Stunden gedauert zu haben, ehe sie die schmale Straße in der Bonner Nordstadt erreichte. Endlich konnte sie den Hauseingang sehen und suchte in ihrer Handtasche nach dem Schlüssel. Abrupt blieb sie stehen. Den Kadett vor ihrer Tür kannte sie nur zu gut. Sie beugte sich ein wenig nach vorne, um durch das Heckfenster schauen zu können und sah zwei Hinterköpfe. Die Halbglatze am Steuer musste Schwarz sein, die akkurat zurückgekämmten schwarzen Haare daneben gehörten eindeutig Gruber. Er beobachtete das Fenster ihrer Wohnung, hatte sie nicht bemerkt.

Rasch drehte sie sich um und erschrak zu Tode. »Yannick!«, rief sie.

Er musste direkt hinter ihr gestanden haben. Wieso hatte sie ihn nicht kommen hören?

Er hielt einen Zeigefinger vor den Mund, nahm sie

bei der Hand und zog sie weg. Erst nachdem sie um die Ecke gebogen waren, blieb er stehen. Er drückte sie an sich. Wie gut ihr das tat! Das erste Mal, seitdem sie Bernds Leiche entdeckt hatte, weinte sie. Sie weinte sich die Seele aus dem Leib, um ihren toten Mann, an der Schulter ihres Liebhabers. Yannick streichelte ihr über den Kopf, ließ sie gewähren.

»Ich habe es im Radio gehört«, sagte er, nachdem sie sich ein wenig beruhigt hatte, und hielt ihr ein Taschentuch hin. Sie nahm es, schnäuzte sich. »Schreckliche Geschichte! Hat er dich angegriffen?«

»Was?« Empört stieß sie ihn von sich. »Ich habe Bernd nicht ermordet. Als ich ins Haus kam, war er bereits tot.«

»Aber im Radio meinten sie, du wärst mit der Tatwaffe in der Hand vor der Polizei geflohen.«

»Ich war in Panik! Wundert dich das? Wenn selbst *du* glaubst, dass ich Bernd umgebracht habe …«

Er zog sie erneut an sich, nahm sie in den Arm. »Ich vertraue dir. Wenn du sagst, dass du es nicht gewesen bist, glaube ich dir.«

»Was soll ich jetzt tun?«, fragte sie ihn, wischte mit dem Taschentuch Tränen aus dem Gesicht. »Ich kann nirgendwo hin, die Polizei sucht mich. Ich kann nicht mal zur Arbeit.«

Wieso fiel ihr ausgerechnet jetzt die Arbeit ein? Ob Magda und Hedwig gehört hatten, was passiert war? Was würden sie denken? Glaubten sie ebenfalls, dass sie eine Mörderin geworden war?

»Außerdem muss ich herausfinden, wer Bernd wirklich umgebracht hat.«

Sie löste sich von Yannick. Ihr war ein Gedanke gekommen. Sie wollte loslaufen. Zu dem Kadett, der vor ihrem Haus stand.

Yannick schien zu erraten, was sie vorhatte, hielt sie am Handgelenk fest und sagte hastig: »Ich habe mir was überlegt.«

»Was?«

»Ich bring dich in Sicherheit«, erwiderte er und zeigte wieder das erste Mal seit ewigen Zeiten, wie ihr schien, sein Lausbubenlächeln.

Er rannte los, zog sie hinter sich her. Sie musste sich beeilen, um mit ihm Schritt zu halten.

»Wo gehen wir hin?«

»Nach Ostberlin!«

Ruckartig blieb sie stehen und hielt Yannick fest. »Ostberlin?«

Seine Augen strahlten. »Es gibt keinen anderen Ort auf der Welt, wo du vor der westdeutschen Polizei sicherer wärst, als die Hauptstadt der DDR.«

»Aber … aber du …?«

»Ich komme mit.«

»Du kommst mit? Du bist von dort geflohen! Du kannst nicht zurück!«

»Doch, ich habe alles geregelt, alles geklärt. Ich werde eine Platte aufnehmen und auf Tour gehen. Berlin, Leipzig, Karl-Marx-Stadt, Rostock, vielleicht sogar Warschau oder Prag! Und du wirst mich überallhin begleiten. Wir können immer zusammen sein.«

Er setzte sich erneut in Bewegung, hielt sie nun an beiden Händen und zog sie hinter sich her. Sie folgte ihm. Ostberlin! Sie versuchte sich zu erinnern, was sie über Ostberlin wusste oder zumindest über irgendetwas, was jenseits der Mauer lag. Ihre Gedanken kamen nicht weiter als bis zum Brandenburger Tor.

Neuerlich blieb sie stehen und hielt ihn fest. »Du kannst nicht zurück! Du wirst dort nicht glücklich sein! Das hast du selbst gesagt! Erinnerst du dich nicht? Und was ist mit der Stasi? Du meintest, dass wir nicht entkommen können, egal, wo wir hingehen.«

Er wandte sich zu ihr um, schaute über ihre Schulter, bevor er sie direkt anblickte. »Ich sagte doch: Ich habe alles geregelt. Wir können immer zusammen sein. Und ich kann Musik machen. Mehr will ich nicht.«

»Aber …«, erwiderte Vera.

»Kein Aber! Drüben haben wir eine Zukunft.«

Sie sahen sich lange in die Augen, Vera versuchte zu verstehen, was in ihrem Geliebten vorging. Würde er für sie wirklich in die DDR zurückkehren? Wollte sie das überhaupt? Wollte sie dort leben? Nur: Gab es eine Alternative? Konnte es drüben schlimmer sein als der Albtraum hier?

Er lächelte sie an. Sie drückte seine Hand. Er erwiderte den Druck, strahlte über das ganze Gesicht. Vielleicht würde alles gut werden. Bestimmt würde es das. ›Drüben haben wir eine Zukunft‹, wiederholte sie in Gedanken. Drüben. In Ostberlin.

TEIL 3

SONDERZUG NACH PANKOW

15

Nach ein paar Schritten griff Yannick in seine bunte Umhängetasche mit den Stickereien und holte ein Tuch und eine Sonnenbrille hervor. Er drückte ihr beides in die freie Hand. »Es ist besser, wenn du das anziehst. Nur zur Sicherheit.«

Sie setzte die Brille auf und band sich das Tuch um den Kopf. Ein wenig fühlte sie sich in diesem Aufzug wie Jackie Kennedy, die legendäre Ehefrau des ermordeten amerikanischen Präsidenten. Jackie Kennedy auf dem Weg nach Ostberlin.

Am Stadthaus stiegen sie in ein Taxi. Yannick gab dem Fahrer die Adresse der Pension Schubert. Wenige Minuten später stiegen sie vor dem vertrauten Eingang aus. Als sie den Flur betraten, zog Vera Kopftuch und Brille ab.

Maximilian erschien in der Tür seines Hinterzimmers. »Schön Sie wiederzusehen, Frau Marx!«

Vera fragte sich, ob der Portier Radio gehört hatte. Er machte jedenfalls keine Anstalten, die Polizei zu rufen. Stattdessen blickte er sie freundlich an, wenngleich etwas ernst, und nickte Yannick zu. Ihr Liebster führte sie wortlos die schmale Treppe hoch.

»Können wir ihm trauen?«, zischte Vera ihm zu.

»Maximilian?«, flüsterte Yannick zurück. »Auf jeden Fall! Mach dir keine Sorgen, hier wir sind bei Freunden.«

Er führte sie in den zweiten Stock, den Gang hinunter in das letzte Zimmer auf dem Flur. Nachdem sie die Tür hinter sich geschlossen hatten, küsste er sie. Verdutzt erwiderte sie den Kuss.

Schließlich ließ er sie los. »Tut mir leid«, sagte er, »aber das musste ich einfach tun.«

»Du musst dich nie dafür entschuldigen, wenn du mich küsst.«

»Gut zu wissen.«

Er ging zum Kleiderschrank und öffnete ihn. Vera trat an seine Seite und schaute hinein. Auf den Bügeln hingen frische Kleider, Schuhe standen auf dem Boden neben einer kleinen Reisetasche.

»Woher hast du das alles so schnell bekommen?« Sie nahm eine Jacke vom Haken, probierte sie an. Sie passte perfekt.

Er grinste gequält. »Du kannst dir gar nicht vorstellen, wie hilfsbereit die Stasi war, nachdem ich ihnen vorgeschlagen habe, in die DDR zurückzukehren.« Yannick nahm die Tasche aus dem Schrank, stellte sie aufs Bett und öffnete den Reißverschluss. »Meine einzige Bedingung war, dass du mit kannst und sie dir dabei helfen.« Prüfend musterte er sie. Sie fühlte sich ein klein bisschen verlegen. »Ein wenig müssen wir an dir arbeiten, bevor du auf die Reise gehen kannst.« Er holte eine Schere hervor. »Habe ich dir erzählt, dass ich Friseur gelernt habe?«

»Nein!«, rief Vera.

Er hatte seine Ausbildung mit keinem Wort erwähnt, und sie war nicht bereit, für die Demonstration seines Könnens herzuhalten.

Yannick bemerkte ihre Skepsis. »Wir müssen dich ein wenig verändern. Spätestens morgen früh ist dein Bild in allen Zeitungen. ›Mord an einem Bonner Beamten! Ehedrama!‹ Die westdeutsche Journaille wird sich auf dich stürzen wie die Aasgeier. Jeder wird wissen, wie du aussiehst.«

»Morgen sind wir in Ostberlin!«

»Falls alles gut geht, ja. Für den Fall, dass nicht, müssen wir vorbereitet sein.«

»Was willst du machen?«, fragte sie zögerlich.

Sie betrachtete sich im Spiegel, eine Frau, die nicht mehr ganz jung war, die in den letzten Tagen zu wenig geschlafen und zu viel erlebt hatte. Hinter den Augenringen, den unordentlichen Haaren und dem vernachlässigten Make-up versuchte sie die Vera zu erkennen, die sie bis vor Kurzem noch gewesen war: die brave Sekretärin und treue Ehefrau – treudumme Ehefrau.

»Okay«, willigte sie ein, bevor Yannick antworten konnte.

»Lediglich eine kleine Typveränderung. Ein paar mehr Fransen, wir ziehen die Locken raus und färben auf jeden Fall. Würde dir Blond gefallen?«

»Dann sehe ich aus wie Mira!«, entfuhr es Vera.

»Wie wer?«

»Eine Bekannte von mir, du kennst sie nicht«, antwortete Vera. »Würde eine Perücke nicht ausreichen?«

»Ein geübter Polizist erkennt eine Perücke auf zehn Kilometer!«, behauptete Yannick. »Das können wir vergessen.«

Sie stellte einen Stuhl vor den Spiegel und setzte sich. »Also mach! Aber wehe, du verunstaltest mich!«

»Dich kann man nicht verunstalten.« Er zwinkerte ihr aufmunternd zu.

Bis Yannick mit allem fertig war, vergingen drei Stunden. Als er die Alufolie, unter der er die Farbe eingearbeitet hatte, abgewickelt und ihre Haare im Waschbecken ausgewaschen hatte, betrachtete Vera ihr Spiegelbild. Hellblonde Strähnen fielen ihr in die Stirn, Yannick hatte das übrige Haar hochtoupiert. Mit der neuen Frisur sah sie aus, als wäre sie direkt einem Musikvideo entsprungen.

Yannick reichte ihr ein Schminktäschchen. »Das willst du wahrscheinlich selbst machen?«

Sie nickte, nahm es, wühlte darin herum. Man hatte an alles gedacht, sogar an unterschiedliche Farbtöne. Sie entschied sich für einen kräftigen roten Lippenstift und einen schwarzen Kajal. Wenn, dann richtig!

Nachdem sie die Schminkutensilien weggelegt hatte, blickte ihr im Spiegel eine Fremde entgegen. Allerdings eine Fremde, an die sie sich gewöhnen könnte. Tatsächlich ähnelte sie Mira. Sie wirkte allerdings reifer als die Punkerin.

»Findest du nicht, dass ich zu alt bin für eine solche Aufmachung?«

Yannick stand hinter ihr in der Tür. »Du siehst klasse aus!«

Sie musterte sich prüfend und kam schließlich zu dem erstaunlichen Ergebnis, dass er recht hatte: Sie sah wirklich klasse aus.

Yannick hielt zwei Jacken hoch. »Jeans oder Leder?«

»Die Jeansjacke«, bestimmte Vera. Leder wäre doch zu viel gewesen.

»Nun brauchst du nur noch neue Passfotos.«

»Ich bin wirklich müde. Ich war fast die ganze Nacht auf den Beinen …«, protestierte sie.

»Du kannst im Zug schlafen«, erklärte Yannick knapp, nahm sie an der Hand und führte Vera zu ihrem Erstaunen die Treppe hinunter in Maximilians winziges Büro.

Der Portier schaute sie mit weit aufgerissenen Augen an. »Du weißt doch, dass ich keinen Damenbesuch auf den Zimmern dulde, Yannick! Egal, wie schön das Mädchen ist!« Er grinste breit.

»Glaubst du, du kannst ein paar hübsche Fotos von unserer neuen Vera machen?«

Maximilian sollte die Passbilder machen?, wunderte sich Vera. Auf der anderen Seite: Yannick hatte auch ihre Typveränderung gut hinbekommen. Warum also nicht?

»Ach, das ist Frau Marx?« Mit gespielter Überraschung legte Maximilian die Hände vor den Mund. »Und ich dachte, du hättest eine berühmte Schauspielerin inkognito ins Hotel geschmuggelt!« Er kramte unter den Papieren, bis er die kleine Kamera hervorzog, die Vera bereits während ihres letzten Aufenthalts in der Pension bemerkt hatte. »Na, stellen Sie sich mal vorne vor die Wand, Frau Marx!«

Vera tat, wie ihr geheißen. Während sie sich wie in einem dieser amerikanischen Filme von allen Seiten ablichten ließ, überlegte sie, inwiefern der freundliche Portier eingeweiht war. Leistete er Yannick lediglich einen Freundschaftsdienst oder wusste er mehr?

Nach ein paar Minuten war Maximilian bereits fertig. Er gab Yannick die Kamera, der steckte sie ein.

»Du bleibst am besten oben auf dem Zimmer. Ich bin so schnell wie möglich zurück, und dann können wir gleich los!« Yannick drückte ihr einen raschen Kuss auf die Wange und lief hinaus.

Unschlüssig blieb Vera bei Maximilian stehen. »Vielleicht lege ich mich eine Weile hin. Ich bin furchtbar müde …«

Der alte Portier nickte. »Sie können in Yannicks Zimmer gehen.«

Ein sanftes Rucken an der Schulter weckte Vera. Sie schlug die Augen auf und sah ins Yannicks Gesicht. Ein Blick auf die Uhr verriet ihr, dass sie gerade einmal zwei Stunden geschlafen hatte.

Rasch packten sie ihre Sachen und verließen die Pension Schubert. Vera setzte die Sonnenbrille auf, obwohl es bewölkt war und bereits dämmerte. Dieses Mal nahmen sie kein Taxi. Yannick brachte sie zu Fuß zu einer Straßenbahnhaltestelle in der Nähe. An einem Automaten löste er eine Fahrkarte.

»Am Hauptbahnhof kannst du die Vorgebirgsbahn oder die Rheinuferbahn bis Köln nehmen. Die nötigen Papiere für den Transitzug nach Ostberlin findest du im Gepäck.« Er deutete auf die Reisetasche. »Schau dir alles genau an!« Er beugte sich nach vorne, Vera erwartete einen Kuss, doch er flüsterte ihr etwas ins Ohr. »… und präg dir deinen neuen Namen ein.«

»Kommst du nicht mit?«, fragte Vera erstaunt.

Yannick senkte verlegen den Blick. »Das ist zu riskant. Ich reise auf einem anderen Weg nach Ostberlin. Außerdem muss ich noch ein paar Dinge erledigen.«

Als die Straßenbahn um die Ecke bog und wegen eines Lastwagens bimmelte, der die Schienen versperrte, küsste er sie. Sie presste sich an ihn, wollte ihn nie wieder loslassen.

Schließlich ging sie die zwei Stufen hoch in die wartende Bahn, setzte sich auf die Holzbank hinten im Waggon. Als sie sich umdrehte, um Yannick zuzuwinken, war er bereits verschwunden. Enttäuscht wandte sie sich nach vorne, sah sich um. Keiner der anderen Fahrgäste beachtete sie. Sie nahm die Sonnenbrille ab und steckte sie in die Reisetasche, die sie mit ihrer Handtasche neben sich auf den freien Platz gestellt hatte. In der Bahn war die Beleuchtung bereits angeschaltet. Es wäre albern und womöglich auffällig gewesen, die Brille weiter zu tragen.

Am Hauptbahnhof stieg sie in einen der Wagen der Vorgebirgsbahn um, die zwischen Köln und Bonn verkehrte. Wieder setzte sie sich in die letzte Reihe. Es fühlte sich sicherer an, die anderen Passagiere im Blick zu behalten. Sie holte die Dokumente hervor, von denen Yannick gesprochen hatte. Es war das Beste, sich mit solchen Dingen abzulenken. Papierkram und Verwaltung. Es erinnerte sie an die Arbeit, der sie gestern noch nachgegangen war. Heute war sie nicht im Büro erschienen und wurde stattdessen als Mörderin gesucht. Die Stimme ihrer Mutter klang in ihrem Kopf: ›Aus dir wird nie was, du verpfuschst dein Leben, bist zu nichts zu gebrauchen.‹

Sie verscheuchte die Gedanken mit einer unbewussten Handbewegung und betrachtete die Unterlagen: Reisepass, Personalausweis, sogar an einen Führerschein hatte man gedacht. Auf allen drei Ausweisen prangte das gleiche Passfoto von ihr. Eines der Bilder, das Maximilian vor ein paar Stunden aufgenommen hatte. Wie einfach man an falsche Papiere gelangte.

Wie sehr sie sich mit der Zeit wohl verändert hatte?, fragte sie sich. Sie wollte das überprüfen, suchte in ihrer Handtasche nach ihrem richtigen Personalausweis. Er war verschwunden. Genauso wie alle übrigen Dokumente, die sie besessen hatte. Ihre Existenz basierte nun auf dem Namen, der auf den neuen Papieren stand: Friederike Engels. Dämlicher Name, fand sie.

Erneut durchsuchte sie ihr Gepäck nach Spuren ihrer bisherigen Identität, doch fand nichts. Nur ihr Ehering, der an ihrem Ringfinger steckte, war ihr geblieben. Ein Andenken an eine Ehe, die ihr jetzt wie eine Farce vorkam, eine schlecht gespielte Komödie, um den Schein zu wahren. Sie zog den Ring ab, betrachtete ihn. Er erinnerte sie auch an Bernd, dem jemand in ihrem gemeinsamen Bett die Kehle aufgeschnitten hatte. Entschlossen steckte sie den Ring zurück an den Finger. Er würde ihr jeden Tag vor Augen führen, warum sie auf der Flucht war.

Sie verließen die Stadt, Hecken und Zäune aus Stacheldraht rauschten anstelle von Häusern am Fenster vorbei. Vor Brühl stiegen zwei Kontrolleure in den Zug. Vera kramte ihren Fahrschein hervor. Je weniger sie auffiel, desto besser. Die Männer arbeiteten sich von der hintersten Tür zu ihr vor. Der eine trug eine silberne Pilotenbrille über einem kräftigen Schnauzbart, der andere, deutlich kleiner als sein Kollege, war ein untersetzter Glatzkopf in einem zu eng sitzenden Sakko. Seit einiger Zeit setzten die Verkehrsbetriebe gerne Kontrolleure in Zivil ein.

Der Mann mit dem Schnauzbart trat auf sie zu, nahm ihr Ticket, drehte sich um, betrachtete es und wurde dann von irgendetwas abgelenkt. Sie würde warten. Nicht auffallen.

Kurz danach erreichte der Glatzkopf ihren Sitz. »Ihren Fahrschein, bitte!«

Vera deutete auf den anderen Kontrolleur. »Den hat Ihr Kollege.«

Der allerdings beachtete sie gar nicht weiter, sondern sprach bereits mit der Frau zwei Plätze vor ihr.

»Dürfte ich bitte Ihren Fahrschein sehen?«, wiederholte der Glatzkopf. In einem schärferen Ton.

»Wie ich schon sagte: Ihr Kollege hat ihn mitgenommen.«

Der Mann drehte sich zu seinem Partner um. »Heinz, hast du den Fahrschein der Dame?«

Der Schnurrbärtige unterbrach sein Gespräch, schaute hoch, blickte kurz zu Vera herunter, schüttelte den Kopf. »Nein, hinten war ich noch nicht.«

»Sie waren doch eben bei mir und haben meinen Fahrschein genommen!«, protestierte Vera.

»Warum bitte sollte mein Kollege Ihren Fahrschein einstecken?«, fragte der Glatzkopf.

Vera beugte sich nach vorne, versuchte an ihrem Gesprächspartner vorbei zu dessen Kollegen hinüberzusehen. »Vielleicht war es ein Versehen, das kommt ja vor. Würden Sie bitte nachsehen? Sie hatten den Fahrschein in der linken Hand.«

Die anderen Fahrgäste drehten sich zu ihr um. Würde sie jemand erkennen?

Der Angesprochene kam zu ihnen. »Ich habe Ihren Fahrschein nicht. Können Sie keinen gültigen Fahrausweis vorzeigen, muss ich Sie bitten, mit uns auszusteigen, damit wir Ihre Personalien aufnehmen können.«

Das fehlte ihr gerade noch! Die Bahn hielt, die Türen klappten auf. Der Glatzkopf packte sie an der Schulter. Was hatten alle Männer immer mit ihrer Schulter?

»Würden Sie uns bitte begleiten?«

Unwirsch fegte Vera seine Hand weg. »Einen Teufel werde ich tun! Ihr Kollege hat meinen Fahrschein. Wir können ihn gerne durchsuchen. Dann werden wir ihn finden. Ich hatte in jedem Fall ein gültiges Ticket.«

Der Glatzkopf war nun die Ruhe selbst. »Das wird sich alles klären lassen, sobald wir draußen sind«, sagte er freundlich.

Die letzten Passagiere waren aus- und eingestiegen, die Bahn machte keine Anstalten weiterzufahren.

»Steigen Sie aus, wir wollen nach Hause«, mischte sich nun ein Mann ein, der ein paar Reihen vor ihr saß und bisher sein Gesicht hinter einer Zeitung verborgen hatte. Die anderen Fahrgäste murmelten Zustimmung.

Der schnurrbärtige Kontrolleur griff nach ihr, er packte deutlich fester zu als sein Kollege. Der wiederum wollte ihre Reisetasche nehmen, doch Vera kam ihm zuvor, stand auf und folgte den beiden Männern ins Freie. Hinter ihr schlossen sich die Türen der Bahn. Bimmelnd fuhr sie davon.

16

Neben den Kontrolleuren stand sie auf dem Bahnsteig. Eine Frau, die mit ihnen ausgestiegen war, sah sie mitleidig an, drängte sich dennoch an ihr vorbei. Vera schaute den Lichtern der Bahn nach, die in der Dämmerung verschwanden.

»Und nun?«, wandte sie sich den beiden Männern zu. »Geben Sie mir meinen Fahrschein zurück und erklären mir, was das alles soll?«

»Das wird der da machen«, erwiderte der Glatzkopf und deutete auf einen Mann, der ein paar Meter von ihnen entfernt die Fahrpläne in einem Schaukasten studierte.

Er drehte sich zu ihnen um. Vera erkannte ihn sofort. Grubers Partner freute sich offenbar ebenso wenig, sie zu sehen, wie sie ihn.

»Sie hätten auf uns hören sollen«, sagte Schwarz statt einer Begrüßung. »Jetzt stecken Sie noch viel tiefer in der Scheiße.« Er deutete auf den Kadett, der auf der anderen Straßenseite parkte. »Kommen Sie!«

Die vermeintlichen Kontrolleure begleiteten sie zum Wagen. Schwarz öffnete die Hintertür, ließ Vera einsteigen, schlug die Tür hinter ihr zu und verabschiedete die Männer mit einem kurzen Handschlag. Sie würdigten Vera keines Blickes mehr. Ihre Arbeit war getan. Vielleicht genehmigten sie sich zusammen einen Kaffee, bevor sie nach Hause zu ihren Familien fuhren, zu ihren Frauen, die das Abendessen bereits vorbereitet haben würden. Später würden sie sich vor den Fernseher setzen. Vermutlich würden sie um neun Uhr den Denver-Clan anschauen. Oder kam heute nicht im ersten Programm ein Länderspiel zwischen Deutschland und der UdSSR? Das Leben dieser Agenten erschien Vera auf einmal erschreckend gewöhnlich im Vergleich zu ihrem.

Während Schwarz um den Wagen herum zur Fahrerseite ging, versuchte sie, die Tür von innen zu öffnen. Vergeblich.

»Kindersicherung«, bemerkte Schwarz, als er einstieg. »Tolle Erfindung!« Er schnallte sich an und startete den Wagen.

Vera erwiderte nichts. Es hätte sie gewundert, wenn die Tür nicht verriegelt gewesen wäre. Aber einen Versuch war es wert gewesen.

»Wohin fahren wir?«, fragte sie stattdessen.

Schwarz reagierte nicht. Er stoppte den Kadett bereits nach wenigen Metern auf einem Parkplatz zwischen Bahnhof und Schloss Augustusburg. Er öffnete ihr die Tür und nahm ihr sowohl die Reise- als auch die Handtasche ab. Sie ließ ihn gewähren. Es hatte sowieso keinen Sinn, sich zu widersetzen.

Der Agent führte sie durch die kleine Halle des Bahnhofs zu einer unscheinbaren Tür, klopfte und wartete, bis sie geöffnet wurde. Ein Mann, den Vera nicht kannte, nickte und ließ sie ein. Vera betrachtete ihn: unscheinbar, dünne braune Haare unter einer Halbglatze, ein roter Fleck neben der fleischigen Nase, das braun-weiß gestreifte Hemd spannte über dem Bauch. Sie konnte ihn sich gut in einer Kneipe vorstellen: ein Bier, ein Korn vor sich, wie er versuchte der Kellnerin in den Ausschnitt zu starren – was vielleicht daran lag, dass er das Gleiche bei ihr probierte, obwohl er ihr gerade einmal bis zur Brust ging. Sie ließ ihn stehen, folgte Schwarz zu einer weiteren Tür.

Gruber saß hinter einem Schreibtisch, stand auf, als sie eintraten. »Frau Marx, ich würde gerne sagen, dass ich mich freue, Sie wiederzusehen. Leider sind die Umstände nicht wirklich erfreulich, muss ich sagen.« Er deutete auf einen einfachen Holzstuhl vor dem Tisch. »Nehmen Sie doch Platz!«

Dieses Mal zog er den Stuhl nicht zurück. Vera setzte sich. Schwarz stellte ihre Taschen auf den Tisch. Gruber öffnete sie und wühlte darin, zog schließlich Visum, Reisepass und Personalausweis heraus. Er schnaubte.

»Friederike Engels. Fantasie haben die drüben nicht, was?« Schließlich stopfte Gruber alles zurück und setzte sich auf die Tischkante. Er zündete sich eine Zigarette an, nahm einen tiefen Zug, bevor er sprach. »Gute Bilder!« Er deutete auf die Reisetasche, in der sich die gefälschten Ausweise befanden. »Überhaupt sehen Sie gut aus. Man sieht Ihnen wirklich nicht an, in welchen Schwierigkeiten Sie stecken. Was ist mit Ihren echten Papieren passiert?«

Sie schwieg. Für eine Sekunde dachte sie darüber nach, frech zu behaupten, Friederike Engels zu heißen. Doch es wäre reine Sturheit gewesen. Und es würde sie nicht weiterbringen.

»Ist wahrscheinlich klüger, nicht mit zwei Reisepässen unterwegs zu sein. Sie wollen in die DDR?« Vera antwortete nicht, Gruber redete weiter: »Was haben Sie vor? Wollen Sie untertauchen? Sich vor der deutschen

Polizei verstecken? Glauben Sie, dort sind Sie sicher? Was ist, wenn der Mörder Ihres Mannes ebenfalls nach Ostberlin flieht?«

Überrascht schaute Vera Gruber an. »Sie denken also nicht, dass ich meinen Mann getötet habe?«

Gruber sah ihr direkt in die Augen. Sie war sich nicht sicher, ob die Sorge, die in seinem Blick lag, echt war.

»Dazu haben Sie nicht das Zeug«, erwiderte er.

»Die Polizei und die Presse scheinen das anders zu sehen. Und abgesehen davon: Warum sollte der Mörder meines Mannes ausgerechnet nach Ostberlin fliehen?«

»Weil er vielleicht von dort kommt ...«

Vera schaute ihn irritiert an, sortierte fieberhaft ihre Gedanken. Dann presste sie spöttisch hervor: »Sie glauben doch nicht etwa, Yannick habe Bernd getötet!«

»Ich glaube, dass diese Aktion schrecklich aus dem Ruder gelaufen ist und Sie diejenige sein werden, die das ausbaden muss. Entweder hier oder in Ostberlin.«

Sie ging auf Grubers Worte nicht ein. »Warum sollte Yannick Bernd töten?«

Der Agent zuckte mit den Achseln, drückte die Zigarette in dem gläsernen Aschenbecher auf dem Schreibtisch aus. »Sie sind doch davon überzeugt, dass er Sie wirklich liebt. Spinnen wir dieses Gedankenspiel weiter ...« Er lächelte sie an. »Vielleicht, um seinen Nebenbuhler zu beseitigen.«

»Ich habe mich von Bernd getrennt.«

»Das muss nicht unbedingt eine Rolle spielen. Manche Männer wollen sichergehen, dass sie nie wieder verlassen werden. Also beseitigen Sie alle möglichen Alternativen.«

»Man muss sehr krank sein, um auf solche Gedanken zu kommen.«

»Man muss viel gesehen haben, um solche Gedanken zu haben«, erwiderte Gruber. Für einen Augenblick wirkte er nahezu verletzlich. Er zündete sich eine weitere Zigarette an.

»Darf ich?«, fragte Vera.

Schwarz, der bisher geschwiegen hatte, deutete auf ein Schild an der Wand. »Rauchen verboten«, bellte er.

Gruber sah zu ihm hinüber. »Gehen Sie doch eine Weile vor die Tür, Schwarz.«

Vera drehte sich nicht um, hörte jedoch, wie die Tür hinter ihr zugeknallt wurde. Gruber reichte ihr das Päckchen, sie nahm sich eine Zigarette und steckte sie an.

Sie deutete auf das Schild. »Sie haben es nicht mit Verboten, oder?«

»In meinem Job darf ich mich von Verboten nicht aufhalten lassen.« Er schaute sie ernst an. »Auch wenn es ein Kalter Krieg ist, führen wir dennoch einen Krieg.«

»Das ist mir neu. Ich dachte, wir leben seit 40 Jahren in Frieden mit unseren Nachbarn.«

»Ihnen mag das so vorkommen. Doch die Wahrheit ist: Wenn wir nicht wachsam sind, verlieren wir unsere Freiheit. Wir müssen Dinge tun, die nicht schön sind, damit Leute wie Sie in Frieden, Sicherheit und Freiheit leben können.«

»Was mich betrifft, habe ich nicht den Eindruck, dass Sie damit sehr erfolgreich sind.«

»Ihre jetzige Situation haben Sie sich leider selbst zuzuschreiben. Sie haben sich auf die falschen Leute eingelassen. Leute, die Sie ohne Rücksicht benutzen, ausbeuten, täuschen, betrügen.« Er zog an der Zigarette. »Und die Sie ohne Skrupel beseitigen, töten, wenn Sie nicht mehr von Nutzen sind.«

Wie um seine Worte zu unterstreichen, drückte er seine Zigarette im Aschenbecher aus. Anschließend hüpfte er vom Tisch, ging in die Hocke. Dunkelgraue Socken blitzten unter dem Hosensaum hervor. Er holte Fotos aus einer Aktenmappe, die neben dem Schreibtisch lehnte, erhob sich und warf sie vor Vera auf den Tisch. »Kennen Sie diese Leute?«

Vera griff nach den Bildern. Es dauerte ein paar Sekunden, ehe sie verstand, was sie sah. Auf einem Foto saßen drei Männer zusammen in einem Café. Sie lachten. Auf einem zweiten stießen sie mit Weingläsern an, ebenfalls johlend. Zwei der Männer waren die Angreifer, die Yannick zusammengeschlagen hatten. Den dritten kannte sie ebenfalls, und das verwirrte sie sehr: Yannick saß mit seinen Stasi-Peinigern beisammen, trank und amüsierte sich mit ihnen, als wären sie allerbeste Freunde. Sie konnte sein Lachen förmlich hören. Unmittelbar zerbrach irgendetwas in ihr. Stumm legte sie die Aufnahmen zurück auf den Tisch.

»Sie kennen sie also«, deutete Gruber ihre Reaktion richtig. »Yannick Moreno, Martin Noack und Ronnie Bergmann. Moreno kennen Sie ja sehr gut. Die anderen arbeiten offiziell in der Ständigen Vertretung der DDR als Kulturbeauftragte. Sie haben die zwei vermutlich erlebt. Würden Sie sagen, dass sie Kulturmenschen sind?«

Beileibe nicht, dachte Vera. Sie wusste nicht, was

sie erwidern sollte. War sie ehrlich zu sich selbst – sie wusste nicht einmal, was sie denken sollte.

»In Wirklichkeit«, fuhr Gruber fort, »sind die zwei als Koordinatoren für die Aktivitäten der Hauptverwaltung Aufklärung der Staatssicherheit in der Bundesrepublik aktiv. Wie ich Ihnen bereits in der Pension Schubert gesagt habe: Sie sind Ziel einer Stasi-Romeo-Aktion. Sie sind auf Yannick Moreno hereingefallen.«

Konnte das sein? Hatte sie sich so in einem Menschen täuschen können? Sie dachte an ihr erstes Treffen, erst wenige Tage war das her. Nie war sie jemandem begegnet, der sie so gut verstand, so gut kannte. Jetzt musste sie sich fragen, ob das lediglich das nüchterne Ergebnis monatelanger Recherche und Überwachung war.

»Und dank Ihrer stümperhaften Aktion auf dem Alten Friedhof weiß die Staatssicherheit nun, dass Sie mich überwachen!«, stieß sie hervor.

Eine jähe Wut erfasste sie, die ein Ziel brauchte!

»Hätten Sie blöde Kuh nicht Ihrem Agentenliebhaber davon erzählt, hätten die keine Ahnung«, hörte sie Schwarz' Stimme hinter sich.

Gruber sprang vom Tisch. Sie drehte sich um. Neben Schwarz stand ein anderer Mann. Er war älter, Vera schätzte ihn auf Anfang 60. Sein langes silberweißes Haar fiel ihm über die Schulter, ein Spitzbart ließ das Gesicht länger wirken. Er trug einen dunklen, bis weit über die Knie reichenden Regenmantel. Darunter konnte sie eine grau-schwarz gestreifte Anzughose erkennen. Seine Schuhe sahen teuer aus, Maßarbeit, vermutete sie. Links hielt er einen schwarzen Regenschirm, auf den er sich abstützte. Seine Hände steckten in schwarzen Lederhandschuhen, die er nicht abzog, als er ihr die rechte zum Gruß entgegenstreckte.

»Sie müssen Vera Marx sein«, sagte er. »Oder soll ich Sie lieber Friederike Engels nennen?«

Sein Händedruck war fest. Er hielt ihre Hand etwas länger in seiner, sah ihr in die Augen, studierte sie regelrecht. Dann nickte er Gruber zu, der vom Schreibtisch zurücktrat. Der Alte ging um den Tisch herum, lehnte den Schirm vorsichtig dagegen und setzte sich auf den Stuhl Vera gegenüber.

»Sehen Sie, Frau Marx«, begann er schließlich, nachdem er sie eine Weile stumm betrachtet hatte, »ein Schicksal wie Ihres – vielleicht nicht immer derart außergewöhnlich, das muss ich zugeben – erleiden in Bonn Dutzende Frauen jedes Jahr. Sie lassen sich auf eine Affäre ein mit einem tollen Mann, der offenbar genau weiß, was sie brauchen, was sie mögen, was sie lieben und – was am allerwichtigsten ist – was ihnen fehlt. Man könnte von einem fairen Geschäft sprechen. Beide Parteien erhalten, was sie sich wünschen. Dummerweise geht es um Gefühle und um Geheimnisverrat. Beides taugt nicht als Basis für ein Geschäft unter ehrenwerten Menschen, oder?« Er hielt inne. Vera schwieg. »Oder?«, wiederholte er bestimmt.

»Sicher nicht«, pflichtete ihm Vera bei.

Der Alte nickte zufrieden. »Am Ende gewinnt eine Seite und die andere verliert. So traurig das klingt. Wissen Sie, warum die eine Seite immer verliert?« Wieder wartete er auf ihre Antwort.

»Ich weiß es nicht«, sagte Vera. Leise und unsicher.

Sie dachte an die Fotos, die Gruber ihr gezeigt hatte. An Yannicks Lachen. Es dröhnte in ihrem Kopf.

Er nickte erneut. Als habe er ihre Unwissenheit vorausgesehen. »Es ist ganz einfach, Frau Marx. Ich erzähle Ihnen eine Geschichte.« Seine Hände bildeten eine Raute, deren Spitze auf sie gerichtet war. »Als die ersten Einwanderer in Amerika an Land gingen, trafen sie auf die Ureinwohner des Kontinents, die Indianer. Die Einwanderer wollten dort siedeln, wo die Indianer lebten. Also kauften sie ihnen ihr Land ab. Für ein paar wertlose Glasperlen. Ein paar Jahrzehnte später hatten ihre Nachfahren die Ureinwohner fast ausgerottet.« Er machte ein Pause, bevor er fortfuhr: »Ihre Beziehung zu Yannick Moreno funktioniert genauso. Die eine Seite verliert, weil ihre Zugeständnisse – die Geheimnisse, die sie verrät – echt sind. Das, was die andere Seite jedoch entgegenbringt, ist es nicht. Yannick Morenos Gefühle ihnen gegenüber sind Glasperlen. Sie sehen hübsch aus, schimmern wie echte Perlen. Doch sie halten keinem Test stand. Sie sind wertlos.« Er machte eine kurze Handbewegung in Richtung Gruber, der zum Waschbecken neben der Tür sprang und ein Glas Wasser eingoss, das er dem Alten brachte. Nachdem dieser genüsslich einen Schluck getrunken hatte, ergänzte er mit lauter Stimme: »Und wenn Sie Schwierigkeiten machen, werden Sie und die Ihren ausgerottet.« Er knallte das Glas auf den Tisch.

Vera zuckte zusammen. »Wie Bernd«, flüsterte sie, mehr zu sich selbst.

»Wie Ihr Mann, ja. Der im Übrigen kein besonders guter Kerl war, aber lassen wir das. Was haben Sie angestellt, dass die Stasi zu solchen drastischen Mitteln gegriffen hat?«

Vera zuckte mit den Achseln. »Ich weiß es nicht.« Sie meinte, ihre Stimme kaum hören zu können. »Ich weiß es wirklich nicht.«

Der Alte nickte verständnisvoll. Vera hatte noch nie jemanden erlebt, der mit einer einfachen Kopfbewegung derart viele Emotionen ausdrücken konnte. »Wir werden das herausfinden.« Er streckte seine Hand aus und tätschelte ihre. »Dafür allerdings brauchen wir Ihre Hilfe, Frau Marx.«

Er nahm die Fotos vom Tisch, schaute sie durch, legte sie erneut vor sie. Ihre Augen wanderten über die Bilder und blieben an Yannick haften. Wieder hörte sie sein Lachen in ihren Ohren. War seine Liebe nur gespielt gewesen? Konnte das alles eine Täuschung gewesen sein? Dass sie sich so geborgen, verstanden, geliebt gefühlt hatte wie noch nie in ihrem Leben … War das alles nur ein Resultat akribischer Überwachung? Sie wollte es nicht glauben. Die Aufnahmen vor ihr aber logen nicht.

Wütend fegte sie die Fotos vom Tisch. »Was soll ich tun?«

Vera spürte, wie sich ihr Hals zuschnürte. Sie meinte, kaum noch atmen zu können. Kaum noch atmen zu wollen. Ein weiteres Mal blickte sie auf die Bilder, die jetzt verstreut auf dem Boden lagen. Was, wenn *die* eine Täuschung waren? Was, wenn Yannick den Agenten etwas vorgespielt hatte, nicht ihr. Gab es vielleicht doch einen Grund zur Hoffnung? Wenigstens ein kleines Anzeichen?

»Sie hatten ja ohnehin vor, nach Ostberlin zu reisen«, beantwortete der Alte ihre Frage. »In der Hauptverwaltung Aufklärung der Staatssicherheit gibt es eine Liste mit den Namen sämtlicher Romeos, die in der Bundesrepublik aktiv sind. Hätten wir diese Liste, könnten wir vielen Frauen ein Schicksal wie Ihres ersparen.«

»Das können Sie nicht tun!« Gruber sprang vom Heizkörper, auf dem er Platz genommen hatte, und machte einen Satz zum Schreibtisch. »Das ist ein Selbstmordkommando! Die Stasi macht mit ihr kurzen Prozess, sobald sie ostdeutschen Boden betritt. Falls sie sie nicht bereits vor Berlin aus dem Zug zerren! Wir dürfen sie nicht hinter den Eisernen Vorhang lassen!«

»Finden Sie nicht, dass Frau Marx das selbst entscheiden sollte, Gruber?«, entgegnete der Alte. Seine Stimme klang scharf.

»Sie ist überhaupt nicht in der Lage, das zu beurteilen. Wie stellen Sie sich das vor? Frau Marx fährt nach Ostberlin, spaziert in das Ministerium für Staatssicherheit, sucht in aller Seelenruhe nach der Liste und fährt mit dem Zug nach Hause? Über die Grenze? Jenseits des Eisernen Vorhangs? Da können Sie sie gleich erschießen!« Gruber zog eine Pistole aus der Manteltasche und hielt sie dem Alten hin.

»Jetzt werden Sie mal nicht melodramatisch«, tadelte ihn der Alte, schaute aber Vera an.

Sie wusste, dass er und sie in diesem Moment das Gleiche dachten: ›Die ist doch ohnehin schon so gut wie tot!‹ Sie war sich allerdings nicht sicher, ob der Alte ihren anderen Gedanken ebenfalls teilte: ›Und was würde das überhaupt für einen Unterschied machen?‹

Sie hatte binnen weniger Tage ihr altes Leben verloren, eine neue Liebe gefunden, die vielleicht nur ein Betrug gewesen war, sie saß allein, wegen Mordes gesucht, im schäbigen Hinterzimmer eines Bahnhofes in der rheinischen Provinz. Egal, wohin sie ging: Wenn sie diesen Raum verließ, würde sie nichts Gutes erwarten. Einzig und allein die klitzekleine Möglichkeit, dass Yannick sie doch wirklich liebte, hielt sie am Leben. Vielleicht hatte ihre Mutter am Ende recht gehabt: Sie taugte nichts.

»Wie schätzen Sie meine Chancen ein?«, wandte sie sich an den Alten, der sie offensichtlich nach Ostberlin bringen konnte.

»Um ehrlich zu sein: miserabel.«

»Gleich null«, ging Gruber dazwischen. Er packte Vera an der Schulter. »Das kannst du nicht machen!«, rief er.

»Lassen Sie mich bitte los«, erwiderte sie kalt. »Miserabel ist besser als meine momentanen Aussichten.«

»Sie werden dich töten!« Gruber brüllte jetzt nahezu.

Na und?, dachte Vera.

»Das werden wir ja sehen«, antwortete sie. Der Trotz darin gefiel ihr.

»Wir unterstützen Sie natürlich mit allen erdenklichen Mitteln.« Der Alte lächelte erneut. In diesem Moment erinnerte er sie an einen Autoverkäufer.

»Vergessen Sie nicht, dass wir ein Interesse daran haben, dass Sie heil zurückkommen«, ergänzte er.

»Einverstanden!«

Der Alte erhob sich. »Sehr gut!«

»Aber ich habe Bedingungen!«

Überrascht blickte er auf sie hinab. Mit einer Handbewegung forderte er sie auf weiterzureden.

»Ich hole Ihnen diese Liste und Sie überführen den Mörder meines Mannes. Außerdem …«, sie zögerte, fuhr dann jedoch bestimmt fort: »Wenn ich zurückkehre, möchte ich wieder ein normales Leben führen.«

Für einen Augenblick nahm das Gesicht des Alten einen verwunderten Ausdruck an. Sie wusste, was ihm durch den Kopf ging. Es schien fast, als kommunizierten sie auf einer geheimen, nicht erklärbaren Ebene. ›Willst du das alles wirklich?‹, dachte er. ›Ja, ich will das‹, sagte Vera still zu sich selbst und zu dem Alten. ›Oder in Ostberlin bei Yannick bleiben‹, ergänzte sie, aber das klammheimlich, nur für sich.

Der Alte nickte. »Einverstanden! In der Zwischenzeit werden wir Ihnen ein wenig Rückendeckung geben, ein paar Hinweise an die Polizei, dass es sich unter Umständen doch nicht um ein Verbrechen aus Leidenschaft handelt.« Er schaute sie mit festem Blick an. »Obwohl ich Verbrechen aus Leidenschaft liebe! Doch ich denke, für Sie wäre es das Beste, es stellte sich heraus, dass ihr Mann einem Raubmord zum Opfer gefallen ist, nicht wahr?«

»Für mich wäre es das Beste, der Mörder meines Mannes – oder die Mörderin – erhielte eine gerechte Strafe.«

Der Alte stutzte. »Sie glauben also, das Flittchen war es.« Ihm gefiel dieser Gedanke offenbar. »Vielleicht doch ein Verbrechen aus Leidenschaft! Wir werden den Täter finden.« Er kam um den Tisch herum und klopfte ihr ermutigend auf die Schulter. »Jetzt müssen

Sie sich beeilen. Ihr Zug geht in wenigen Stunden. Sie werden in Ostberlin jede erdenkliche Hilfe bekommen, das verspreche ich Ihnen.«

»Und *wie* sollen wir ihr drüben helfen …?«, schnaubte Gruber.

Vera hatte ihn und Schwarz in den letzten Minuten gar nicht beachtet. Schwarz stand unbeteiligt neben der Tür. Er öffnete sie für den Alten, der ohne weiteren Kommentar aus dem Raum ging. Vera folgte ihm mit ihrem Blick.

Im Türrahmen drehte er sich noch einmal um. »Viel Glück, Frau Marx!«

»Danke!«, erwiderte sie knapp. »Glück wäre eine schöne Abwechslung.«

Ein letztes Mal nickte er, bevor Schwarz die Tür hinter ihm schloss. Vera fiel auf, dass sie gar nicht wusste, wie der Alte hieß. Vermutlich hätte er es ihr sowieso nicht gesagt.

Schwarz grinste sie höhnisch an. »Sie stecken richtig in der Scheiße!« Er wirkte sehr zufrieden.

Gruber hingegen wirkte entsetzt. »Warum tun Sie das?«

Wie unbeständig diese Agenten doch waren, dachte Vera. Eben beim Du, nun wieder ganz förmlich beim Sie …

»Was hab ich zu verlieren?«, erwiderte sie. »Zudem soll keine Frau mehr das erleben, was mir widerfahren ist!« Sie bemerkte, wie er leicht zusammensackte.

Vera griff nach ihren Taschen und schaute von einem Agenten zum anderen. »Wer von den Herren fährt mich nach Köln zum Bahnhof?«

17

Paul Gruber bestand darauf, sie zu fahren. Zuvor schickte er Vera mit Schwarz vor die Tür, weil er ein Telefonat erledigen wollte. Vera konnte draußen nicht verstehen, worum es ging, seine Stimme jedoch klang erregt, wütend. Schwarz hingegen grinste fröhlich. Ihm schien die Aussicht, Vera auf ein Himmelfahrtskommando nach Ostberlin zu schicken, gut zu gefallen.

»Jetzt stecken Sie so richtig in der Scheiße, Mädchen!«

»Das sagten Sie bereits öfter«, erwiderte Vera. »Sie sollten was gegen Ihre Schuppen tun«, ergänzte sie und wischte mit dem Finger ein paar weiße Flusen von Schwarz' Mantelkragen. »Ich bin sicher, das wird Sie ausgeglichener machen.«

Sein Grinsen erstarb. Er würdigte Vera keines Blickes mehr, bis die Tür aufging und Gruber heraustrat. Er trug einen Mantel über dem Arm, einen Autoschlüssel in der Hand.

»Fahren wir!«, wandte er sich an Vera. Er klang immer noch vorwurfsvoll.

Sie hob ihre Taschen vom Boden auf und folgte ihm. »Haare waschen hilft oft schon«, rief sie Schwarz zum Abschied zu.

»Hat er sie beleidigt?«, fragte Gruber.

Gemeinsam verließen sie den Bahnhof und liefen über den Parkplatz.

»Nein, ich dachte, ein paar Tipps zur Körperhygiene könnten ihm helfen.«

»Seien Sie nicht zu streng mit Schwarz. Er ist manchmal etwas schroff, aber kein schlechter Kerl.«

»Vertrauen Sie ihm?«

Gruber schwieg. Dafür hielt er ihr seinen Mantel über den Kopf, um sie vor dem einsetzenden Nieselregen zu schützen. Sie beugte sich weit zu ihm, damit er ebenfalls drunter Platz hatte. Als sie den Kadett erreichten, öffnete Gruber ihr die Beifahrertür. Während er zur Fahrerseite lief, prüfte sie den Türöffner. Er funktionierte tadellos.

»Mit wem haben Sie telefoniert?«, fragte sie, nachdem er den Wagen vom Parkplatz gelenkt hatte.

Eine senkrechte Falte zwischen seinen feinen Augenbrauen verriet, dass er nach wie vor wütend war. »Sie wollen unbedingt Ihr Leben aufs Spiel setzen, also sollte Ihre Aktion bestmöglich vorbereitet sein«, antwortete er. »Deswegen habe ich versucht, kurzfristig Ihre Überlebenschancen zu verbessern.«

»Das ist nett von Ihnen.«

»Sind Sie sich eigentlich im Klaren, worauf Sie sich einlassen?« Empört schlug er mit der Faust auf das Lenkrad. »Sie wurden von der DDR als Spionin instrumentalisiert, befinden sich auf der Flucht, reisen direkt in die Hauptstadt *der* Leute, die Sie womöglich am liebsten beseitigen wollen, und – als wäre das nicht genug – planen dazu, diese Leute zu täuschen! Als Doppelagentin der Bundesrepublik Deutschland! Sie können froh sein, wenn Sie drüben lediglich im Arbeitslager landen!«

»Sie halten nicht viel von mir, oder?«

Mittlerweile hatten sie die Brühler Landstraße erreicht. Der Regen hatte nachgelassen, graue tiefe Wolken hingen über den Feldern. In der Ferne sahen sie bereits die Wohntürme Meschenichs. Obschon erst wenige Jahre alt, bereits hässliche, heruntergekommene graue Kästen.

»Es ist – egal für wen – ein Selbstmordkommando. Und Sie sind keine professionelle Agentin! Ihre Chancen, heil zurückzukommen, sind gleich null.«

»Sind meine Aussichten in Bonn besser?«

Gruber antwortete nicht. Ohne ein weiteres Wort näherten sie sich der Kölner Innenstadt. Erst nach einer geraumen Weile unterbrach der BND-Agent ihr Schweigen: »Wir sollten Sie allmählich auf Ihre Reise vorbereiten. In Köln wartet ein Mann auf Sie, der Ihnen ein paar Hilfsmittel geben wird.«

»Was für Hilfsmittel?«

»Das sehen Sie dann.«

Während der restlichen Fahrt erklärte ihr Gruber ausführlich, wie das Treffen mit der Kontaktperson des BND ablaufen würde. Schließlich hielten sie vor dem Hauptbahnhof.

»Ein letzter Hinweis:«, beendete Gruber seine Anweisungen, nachdem er die Handbremse angezogen hatte. »Verlassen Sie nicht Ihren Waggon im Zug. Am besten nicht einmal Ihr Abteil!«

Sie nickte und griff nach ihren Taschen, die sie im Fußraum abgestellt hatte, und öffnete die Tür. Nachdem sie ausgestiegen war, drehte sie sich nochmals zu Gruber um. Es war vielleicht ihre letzte Chance, diese Frage zu stellen.

»Sie haben mich vorhin geduzt. Warum?«

»Es ist mir in der Aufregung rausgerutscht. Entschuldigen Sie.«

Sie wartete einen Moment, ob er weiterreden würde. Aber Gruber schwieg.

»Alles Gute«, verabschiedete sie sich, klopfte auf das Wagendach und ging im Schatten des Doms, der sich in den Nachthimmel auftürmte, zum Bahnhofsgebäude. Im Eingang blieb sie stehen und schaute zurück. Der Kadett stand mit laufendem Motor noch an derselben Stelle, Gruber blickte ihr nach.

Nachdem sie die Halle betreten hatte, betrachtete sie die große Tafel mit den Abfahrtszeiten. Der Transitzug nach Ostberlin verließ den Bahnhof um halb neun. Ein Nachtzug. Vielleicht fand sie endlich Zeit, richtig zu schlafen.

Sie drängte sich durch den dichten Strom Reisender, der die enge Halle verstopfte, und lief hinüber zum nördlichen Gang des Gebäudes. Dort, hatte Gruber ihr erklärt, fände sie einen Zugang zu dem nicht öffentlichen Bereich, den Räumen, die vom Bahnhofspersonal als Abstellkammern genutzt wurden und teilweise aus der ersten Bauzeit des Gebäudes stammten. Der BND schien eine Vorliebe für solch verborgene Orte zu haben. Ob er in jedem Bahnhof der Republik ein geheimes Versteck unterhielt?

Die Tür lag unauffällig zwischen den Treppenaufgängen zu zwei Gleisen. Sie wollte gerade die Klinke herunterdrücken, da hörte sie hinter sich eine Stimme: »He, Sie! Da dürfen Sie nicht rein!« Ein Mann in einem grauen Kittel mit einem Werkzeugkasten in der Hand lief auf sie zu. Er hinkte leicht. »Das ist nur für Mitarbeiter!«

»Oh, das tut mir leid!« Sie presste die Knie aneinander. »Ich suche eine Toilette.«

Er deutete mit der Kiste den Gang hinunter. »Hinten raus und denn rechts.«

»Danke schön!« Sie lächelte ihn an und folgte seiner Wegbeschreibung.

Vor einem Fahrplan blieb sie stehen, gab vor, ihn zu studieren, und schielte vorsichtig zurück. Die Tür stand offen. Anscheinend war der Mann hineingegangen. Nach wenigen Augenblicken kam er wieder heraus. Er zog einen großen Bund Schlüssel aus seinem Kittel, steckte einen davon ins Schloss, drehte ihn mehrfach um, rüttelte an der Tür und schüttelte den Kopf. Schließlich verstaute er den Schlüsselbund wieder in seiner Kitteltasche und ging davon.

Vera näherte sich langsam dem Raum, schaute sich um, bevor sie die Klinke herunterdrückte. Niemand der wenigen Reisenden beachtete sie. Rasch schlüpfte sie durch den Türspalt. Sie stand in einem langen, schmalen Gang. Weiß gekachelte Wände wie in einem Badezimmer, Neonlicht strahlte von der Decke herab, unter der dunkle Rohrleitungen verlegt waren. Kabelstränge führten an den Wänden entlang, hinweg über graue Metalltüren, die vermutlich in Nebenräume und weitere Gänge führten. Es roch feucht. Die Leuchtröhren brummten leise. In den Rohren rauschte das Wasser. Hinter sich hörte sie ein Pfeifen. Sie brauchte einen Moment, ehe sie die Melodie erkannte, doch vielleicht konnte sie den Song auch nur bestimmen, weil Gruber ihn angekündigt hatte: »With a Little Help From My Friends«. Das Lied war seine Idee gewesen, hatte er ihr verraten.

Wie abgesprochen, antwortete sie, in dem sie »She's Leaving Home« pfiff. Ebenfalls Beatles. Ebenfalls vom »Sgt. Pepper's«-Album, das sie früher vor ihrer Mutter im Schrank unter den Pullovern versteckt hatte. Sie kam sich albern vor, in diesem Gang zu stehen und alte Popsongs anzustimmen.

Ein Mann trat aus dem Dunkeln hervor. Braune Locken fielen auf den Kragen seiner hellen Jeansjacke. Er erinnerte Vera an seine Kollegen, die sie aus der Straßenbahn gefischt hatten. Nur jünger. Sie schätzte ihn höchstens auf Mitte 20. Als der Song herausgekommen war, dessen Melodie er soeben kläglich gepfiffen hatte, war er vermutlich gerade mal eingeschult worden, schoss es Vera durch den Kopf.

Er zog einen Bundeswehrrucksack von der Schulter, den er auf den Betonboden stellte, holte einen Lippenstift heraus, wie Vera ihn bereits kannte.

»Das ist eine Kamera«, erklärte er.

»Ich weiß«, erwiderte sie, und der Junge sah sie verwirrt an. »Die andere Seite benutzt das gleiche Modell«, ergänzte sie.

Seine Verwunderung schien zu wachsen. Er murmelte ein paar Sätze in sich hinein, die Vera nicht verstand, und zog mit hochrotem Kopf einen Puderpinsel hervor. Den reichte er Vera, die ihn ratlos betrachtete.

Die Gesichtsfarbe des jungen Agenten normalisierte sich, er zeigte ein triumphierendes Grinsen. »Hat die andere Seite wohl nicht?«

»Einen Puderpinsel? Ich vermute schon. Zumindest die Sekretärinnen auf der anderen Seite.«

»Schön, dass Sie Ihren Humor bewahrt haben«, murrte der Agent.

»Humor ist in Ihrer Branche nicht sonderlich beliebt, oder?«

»Es gibt wenig zu lachen, wenn man sein Land verteidigen muss«, antwortete der Junge. Der Flaum auf seiner Oberlippe bebte leicht.

»Vielleicht gäbe es weniger Gründe, sein Land zu verteidigen, wenn man mehr lacht?«, hakte sie nach.

Doch mit dieser Äußerung tat sie sich selbst keinen Gefallen. Sie weckte nur ihre Erinnerung an die Fotos, auf denen sich Yannick scheinbar mit seinen angeblichen Peinigern köstlich amüsierte.

Der Junge registrierte ihren Stimmungswandel nicht. »Sie müssen unten gegen den Griff drücken.«

Sie tat es. Eine Messerklinge schoss zwischen den feinen Härchen des Pinsels hervor. Vera zuckte unwillkürlich zurück.

»Falls Sie in Schwierigkeiten geraten. Der Kollege wollte Ihnen eine Schusswaffe mitgeben, aber das Risiko ist zu groß, dass die Grenzer die finden.«

»Und das hier bemerken sie nicht?« Vera deutete auf die Hilfsmittel, die Gruber angekündigt hatte.

»Es mag sein, dass sie Verdacht schöpfen, allerdings werden sie auf nichts Außergewöhnliches stoßen. Anders als die Modelle, die sie von drüben kennen, können Sie diese durch eine Zusatzfunktion sperren.« Er deutete auf unscheinbare Einbuchtungen an den Seiten der Utensilien, drückte darauf und forderte Vera anschließend auf, Messer und Kamera zu aktivieren. Es ging nicht. »Wenn Sie ein zweites Mal über die Seiten reiben, lösen sie die Verriegelung erneut.«

Sie überprüfte es. Der Junge hatte recht.

»War das alles?«, erkundigte sie sich.

»Ja.«

»Keine Dose für die Filme?«

»Man hat mir gesagt, für Ihre Belange reiche der Lippenstift. Der Film bleibt darin. Sie sollen ihn möglichst schnell an der vereinbarten Stelle hinterlegen. Am besten direkt nach der Aktion.«

›Natürlich, damit ihr die Liste habt, selbst wenn ich dann geschnappt werde‹, dachte sie. Der BND war bereit, sie zu opfern. Wie beruhigend!

Der Junge verschloss seinen Rucksack, warf ihn sich über die Schulter. »Warten Sie fünf Minuten, ehe sie gehen. Wir sollten nicht zusammen gesehen werden.«

Sie nickte, der Agent öffnete die Tür, lugte vorsichtig in den Gang und trat hinaus, ohne sie eines weiteren Blickes zu würdigen. Vera zündete sich eine Zigarette an, überprüfte, ob Kamera und Messer auch wirklich funktionierten. Sie hoffte, Letzteres nicht zu brauchen. Sie bezweifelte, dass sie einen Menschen angreifen könnte.

Nachdem sie zu Ende geraucht hatte, packte sie alles in ihre Handtasche. Dumpf hörte sie Stimmen vor der Tür. Ein Schlüssel wurde ins Schloss gesteckt, gedreht, die Tür einen Spalt geöffnet. Vera drückte sich an die Wand und hielt den Atem an.

»Schließt nicht ab, sehen Sie!« Sie erkannte die Stimme des Mannes mit dem grauen Kittel.

»Geben Sie mal her!«, kommandierte ein anderer Mann. Offensichtlich sein Vorgesetzter.

Die Tür wurde wieder zugezogen, der Schlüssel herumgedreht, daran gerüttelt, die Klinke hinuntergedrückt, die Tür wieder einen Spalt aufgemacht. Was, wenn die Männer hereinkamen? Oder gar das Schloss reparierten und sie hier drin einsperrten?

»Hm«, brummte der Vorgesetzte schließlich. »Na, lassen Sie mal. Wir kümmern uns morgen drum.«

Vera hörte, wie der Schlüssel abgezogen wurde. Sie atmete erleichtert aus, wartete weitere fünf Minuten, ehe sie den Raum verließ.

Ratternd fuhr der Zug ein, seine Bremsen quietschten, ehe er zum Stehen kam. Erste Reisende öffneten die Türen der leeren grün-gelben Waggons. Vera mischte sich unter sie, stieg ein, quetschte sich an anderen Fahrgästen vorbei, und hielt Ausschau nach ihrem Platz. Freundlicherweise hatte die Stasi ihr einen Sitz reserviert. Vera musste bei diesem Gedanken verächtlich schnauben.

Vor dem Abteil mit der Nummer sieben blieb Vera stehen. Die braunen Vorhänge waren zugezogen. Sie musste kräftig an der Tür ziehen, um sie aufschieben zu können. Im Abteil saß bereits ein Fahrgast direkt am Gang. Der Mann war um die 40, trug eine helle Windjacke, eine dunkelgraue Hose und Halbschuhe. Sein lockiges blondes Haar umrandete ein Gesicht mit kräftigen Pausbacken. Er nickte Vera höflich zu, die sich mit ihrem Gepäck durch die enge Türöffnung an ihm vorbeiquetschte, und las weiter in seiner Zeitschrift. Vera erkannte das rote Logo der »Quick«. Sie fragte sich, warum der Mann bereits in ihrem Abteil saß. Immerhin startete der Zug erst von Köln aus seine Reise nach Ostberlin. War er einfach schnell gewesen? Oder hatte die Staatssicherheit ihn vorab platziert?

Gedankenversunken hievte sie ihre große Tasche auf die Ablage über ihrem Sitz, die Handtasche mit Kamera und Messer behielt sie bei sich auf dem Schoß. Nachdem sie Platz genommen hatte, gesellten sich zwei weitere Männer zu ihnen. Der eine trug einen Anzug, Vera vermutete, dass es sich um einen Ministerialbeamten oder Botschaftsangehörigen handelte. Er grüßte freundlich, schenkte Vera ein Lächeln und widmete sich, nachdem er es sich auf dem Sitz in der Mitte gemütlich gemacht hatte, seinen Akten. Seine Mitreisenden beachtete er nicht weiter. Der dritte Mann beugte sich weit über Vera, schob umständlich seinen Koffer neben ihre Sachen auf die Ablage und zwängte sich schließlich auf den Platz ihr gegenüber. Er roch intensiv nach Rasierwasser. Vera mochte ihn nicht. Er sah sie aufdringlich an.

Als der Zug sich endlich in Bewegung setzte, schnarchte der Mann bereits, der schon vor ihr im Abteil gesessen hatte, obwohl draußen auf dem Gang laute Schritte und Stimmen zu hören waren. Er lümmelte in seinem Sitz, die Hände vor der Brust gefaltet, seine Schuhe hatte er ausgezogen, die Füße ruhten auf dem Platz gegenüber. Wollte sie aufstehen, würde sie ihn wecken müssen. Steckte eine Absicht dahinter? Wollte der Mann verhindern, dass sie ohne sein Wissen das Abteil verließ? Oder wurde sie mittlerweile paranoid?

Vera schaute aus dem Fenster zurück zum Dom, als sie über die Hohenzollernbrücke gen Osten fuhren. Sie betrachtete die Gebäude, die draußen vorbeizogen, und versuchte ihre Mitfahrer auszublenden, merkte, dass ihr die Augen zufielen. Der Zug nahm nun Geschwindigkeit auf, die Lichter der Großstadt wichen der leeren Dunkelheit der Provinz. Auf dem Gang wurde es ruhiger. Jeder schien einen Platz gefunden zu haben. Nur das monotone Rattern der Räder war zu hören. Ihre Stirn sank gegen die kühle Scheibe. Ob es wohl sicher war, im Zug einzuschlafen …

Eine Stimme aus den Lautsprechern riss sie aus dem Schlaf »Schwanheide, hier ist Schwanheide! Werte Reisende, wir begrüßen sie in der Deutschen Demokratischen Republik! Alle Reisende, die nicht nach Berlin fahren, werden aufgefordert, sofort auszusteigen, da dieser Zug bis Berlin nicht hält. Ich wiederhole: Schwanheide, hier ist Schwanheide …!«

Noch bevor der Satz vollständig wiederholt wurde, merkte Vera, wie ihre Lider wieder schwer wurden. Bilder tauchten vor ihrem inneren Auge auf. Sie saß mit Yannick in einem Ruderboot auf einem idyllischen See, er sang ein Lied, Schwäne umkreisten sie neugierig …

Schläge und Rufe weckten sie neuerlich. Sie blinzelte ins Dunkle. Einzelne Lichter rasten draußen an ihr vorbei. Irgendwo hinter ihr wurde gegen eine Tür gedonnert, die Abteilwand wackelte, jemand brüllte, Koffer wurden schleifend über den Boden gezogen. Verschlafen drehte sie sich um. Der Mann, den sie für einen Agenten der Staatssicherheit hielt, tat weiter so, als schliefe er. Ihn schien der Lärm im Zug nicht im Geringsten zu behelligen.

Der Anzugträger hingegen schaute durch die Türscheibe in den Gang, den Vorhang hatte er zur Seite geschoben. »Die Grenzer scheinen heute besonders gründlich zu sein«, kommentierte er das Geschehen, das sich, dem Geräusch nach zu urteilen, auf den Gang verlagert hatte. Er lächelte Vera an. »Hoffen wir, dass keiner von uns was zu verbergen hat.«

Vera dachte an den Lippenstift, den Puderpinsel und die getürkten Papiere in ihrer Handtasche. Würden die Grenzbeamten die Fälschungen erkennen? Und falls ja, würden sie wissen, dass ihre eigenen Leute sie gemacht hatten? Was würde geschehen, wenn sie das Messer oder die Kamera fanden?

Die Tür zu ihrem Abteil wurde mit einem kräftigen Schwung zur Seite geschoben. Zwei Männer in grauen Uniformen steckten ihre Köpfe hinein.

»Grenzkontrolle«, bellte der eine.

»Ausweise!«, schob der andere hinterher. Er wirkte älter als sein Kollege und war offenbar auch der Höhergestellte.

Der Anzugträger reichte dem Beamten eine Mappe, der Mann gegenüber, der ihr in Köln laszive Blicke zugeworfen hatte, kramte in der Brusttasche seines Hemdes nach seinem Portemonnaie. Selbst der Mann an der Tür erwachte nun, stand auf, um seine Papiere aus der dunkelbraunen Sporttasche zu holen, die er über sich in der Gepäckablage verstaut hatte.

Vera zog ihren Ausweis aus der Handtasche und reichte ihn dem älteren Grenzer. Statt einen Blick darauf zu werfen, wartete er, bis alle vier ihm ihre Dokumente ausgehändigt hatten. Anschließend ging er mit seinem Kollegen zurück auf den Gang, schloss die Tür. Der jüngere Beamte lehnte mit dem Rücken an der Türscheibe, sodass Vera nicht sehen konnte, was draußen geschah. Jedenfalls schienen beide die Papiere sehr gründlich zu studieren. Veras Herz klopfte. Sie versuchte, an der Körperhaltung der Männer etwas abzulesen.

Schließlich kehrten die beiden ins Abteil zurück. Statt ihnen ihre Ausweise wiederzugeben, kommandierte der Ältere: »Gepäck öffnen!«

Vera hob ihre schwere Reisetasche von der Ablage und stellte sie auf ihren Platz, zog den Reißverschluss auf. Während der jüngere Grenzbeamte sich mit den Habseligkeiten des Anzugträgers beschäftigte, nahm sich sein Vorgesetzter ihre Sachen vor, durchwühlte ihre Kleidungsstücke, öffnete ihr Reiseetui, schraubte die Zahnpasta auf und spähte sogar in die Tube hinein. Er kniff dabei ein Auge zu, was ihm den Ausdruck eines alternden Wissenschaftlers verlieh.

Er verschloss die Tube nicht wieder, sondern drückte sie stattdessen Vera mitsamt Deckel in die Hand. Während sie sie verschloss, deutete er auf ihre Handtasche. »Öffnen!«

Vera hielt kurz die Luft an, bevor sie seiner Anweisung folgte. Der Beamte durchwühlte den Inhalt. Ausgerechnet den Lippenstift zog er heraus, betrachtete ihn eingehend. Der andere Grenzer hatte in der Zwischenzeit das gesamte Gepäck der drei Männer inspiziert und schaute ungeduldig den Gang hinunter zum nächsten Abteil. Sein Kollege ließ den Lippenstift zurück in die Tasche fallen, griff nach dem Puderpinsel, betrachtete ihn ebenfalls sehr sorgfältig.

»Meiner Frau würden die Sachen gefallen«, sagte er. »Die träumt von so was.«

»Wenn ich das nächste Mal nach Ostberlin reise, kann ich ihrer Frau ja einen mitbringen.«

Gott, warum hatte sie das gesagt? War sie jetzt vollends lebensmüde?

Der Mann sah sie finster an. »Das könnte ich Ihnen als Bestechung auslegen!«

»Die Dame hat doch nur einen Scherz gemacht«, mischte sich der Mann im Anzug ein. »Oder?«

»Natürlich! Das war lediglich ein Scherz«, erwiderte Vera schnell und verstaute mit gesenktem Kopf ihr Gepäck wieder auf der Ablage.

»Damit scherzt man nicht«, blaffte der Uniformierte und zog die Tür mit einem Knall hinter sich zu.

Sie hörte die Grenzer im Nachbarabteil. Erneut wurden Koffer hervorgezerrt, Gepäck durchwühlt. Veras Mitreisenden hatten sich wieder ihren Beschäftigungen zugewandt, während sie sich erleichtert auf ihren Sitz fallen ließ, aus dem Fenster starrte, hinaus in die Landschaft, die in der Dunkelheit kaum zu erkennen war. Gelegentlich fuhren sie durch Dörfer oder Städte. Nirgendwo hielt der Zug. Die Namen der Ortschaften auf den vorbeiziehenden Bahnhofsschildern wirkten seltsam vertraut, doch zugleich wie aus einer anderen Welt. Ihr wurde klar, dass sie sie allein aus dem wenigen Geschichtsunterricht kannte, den sie genossen hatte. Und aus Unterlagen im Ministerium. Bilder von diesen Orten hatte sie nie gesehen. Sie versuchte, in der Dunkelheit mehr von diesem fremden Land hinter dem Eisernen Vorhang zu erkennen. Aber das meiste, was sie von der DDR hätte sehen können, versteckte sich in der Dunkelheit der Nacht.

Vera drehte sich zur Tür und lauschte. Sie hörte, wie die Grenzbeamten ein Abteil weiterzogen. Vera atmete auf. Doch der Zug verlangsamte, hielt schließlich. Sie schaute hinaus, erschrak. Im grellen Licht zahlreicher Scheinwerfer standen Dutzende bewaffnete Polizisten. Sie hörte Geräusche weiter vorne, versuchte, durch das Fenster etwas zu erspähen. Betraten die Polizisten den Zug? Sie konnte es nicht erkennen.

»Was ist los?«, wandte sie sich an die Männer in ihrem Abteil. »Warum halten wir?«

Der Anzugträger sah von seinen Akten auf. »Das ist lediglich ein Betriebshalt. Reine Routine. Sie wechseln an dieser Stelle immer die Lok aus. Wegen irgendeines technischen Problems.«

»Warum dann diese Armee von Polizisten? Das sind Dutzende.«

»Damit niemand auf die Idee kommt, heimlich in den Zug zu klettern. Das wäre Republikflucht.« Er schaute kurz zu dem Mann vorne an der Tür, der augenscheinlich wieder eingeschlafen war. »Das soll verhindert werden. Um jeden Preis!«

Sie dankte dem Herrn für die Aufklärung, beobachtete die Polizisten draußen in der Kälte. Weiße Atemwolken tanzten vor ihren Gesichtern. Keiner warf einen Blick in die Waggons. Als wäre es verboten, die westlichen Reisenden auch nur anzuschauen. Nach einer Viertelstunde setzte sich der Zug wieder in Bewegung, ließ die Polizisten zurück. Veras Müdigkeit gewann erneut die Oberhand. Das monotone Räderrattern begleitete sie in den Schlaf, ein Geräusch, das sich nirgendwo unterschied.

Ein Quietschen riss sie aus ihren Träumen.

»Sind wir da?«, fragte sie verschlafen in die Runde.

»Nein, auf dem Stück drosselt der Zug immer runter. Ostdeutsches Gleissystem«, antwortete der Anzugträger, als würde das als Erklärung reichen. Doch Vera musste ihn verwirrt ansehen, denn er ergänzte: »Die Schienen sind teilweise noch vor dem Krieg verlegt worden. Vor dem Ersten.«

Sie nickte. So genau wollte sie es dann doch nicht wissen.

Draußen war es still geworden. Ihre Blase drückte. Sie erhob sich, versuchte über die ausgestreckten Beine des Schläfers an der Tür hinwegzusteigen. Er wachte auf, zog sie weg. Sie drängte sich an ihm vorbei. Um die Schiebetür zu öffnen, musste sie all ihre Kraft aufwenden. Der Gang war leer, die meisten Abteile hinter zugezogenen Vorhängen verborgen. Sie lief ans Ende des Waggons zur Toilette.

Als sie das WC wieder verließ, warf sie beiläufig einen Blick durch die schmalen Fenster der Durchgangstüren in den Nachbarwagen. Eine Frau lief den Gang hinunter. Ihre roten Haare wehten. Für einen Moment wandte sie Vera ihr Gesicht zu. Vera erstarrte. Doch sie war sich nicht sicher: War das Isabelle gewesen? Aber was machte die Geliebte ihres Mannes in diesem Zug?

Kurz entschlossen schlug sie Grubers Rat, den Waggon nicht zu verlassen, in den Wind, öffnete die Tür und machte einen Satz über die Anhängekupplung zum anderen Wagen. Unter ihr jagten die Schwellen der Gleise vorbei. Der Lärm war ohrenbetäubend. Als Vera den Waggon betrat, verschwand die Rothaarige gerade am Ende des Ganges.

»Hallo?«, rief Vera ihr nach, »warten Sie bitte!«

Die Frau blieb stehen und drehte sich langsam um. Es war wie ein Déjà-vu, als ihre grauen Augen Vera anstarrten. Sie zeigten jedoch keine Reaktion. Kein Erkennen, kein Erschrecken und keinen Triumph wie in der Sauna.

Statt zu warten, bis Vera bei ihr war, wandte sie sich ab, zog mit einem kräftigen Ruck die Tür zum nächsten Waggon auf und verschwand. Vera rannte ihr nach. Erneut dieser ohrenbetäubende Lärm. Rasch zwängte sie sich in den nächsten Wagen. Zwei Männer standen im Gang vor der Toilette und rauchten.

Vera wollte sich an ihnen vorbeidrängen, doch einer hielt sie fest. »Das ist ein privater Waggon, Sie haben keinen Zutritt! Gehen Sie zurück auf Ihren Platz!«

Vera versuchte die Hand des Mannes abzuschütteln, doch er ließ nicht los, sondern verstärkte seinen Griff.

»Ich habe eine alte Freundin gesehen. Lassen Sie mich ihr doch schnell Hallo sagen!«

Der Mann schüttelte den Kopf. Sein Begleiter drückte die Zigarette in einem Aschenbecher aus, der in der Wand des Waggons eingelassen war. Er wandte sich nun ebenfalls Vera zu, schob die Hand unter seinen grünen Parka. Sie konnte darunter eine Ausbuchtung erkennen. Nach den Ereignissen der letzten Tage wusste sie, diese richtig zu deuten.

»Es wäre wirklich sehr liebenswürdig, wenn Sie mich durchlassen würden. Es dauert lediglich zwei Minuten«, ließ sie nicht locker. Ebenfalls aufgrund der vergangenen Tage schreckte sie eine Waffe nicht mehr ab.

Der Mann, der ihr den Zutritt verweigert hatte, öffnete wortlos die Tür hinter ihr und schob sie zurück zum anderen Waggon. Vera versuchte, an den beiden

Männern vorbei die Rothaarige zu erspähen. Es gelang ihr nicht. Die Frau war im Rücken ihrer Aufpasser verschwunden. Doch Vera war sich sicher: Es war Isabelle! Die Frau, mit der Bernd geschlafen hatte, war in diesem Zug! Wieso fuhr sie nach Ostberlin?

Gedankenverloren ging sie zurück zu ihrem Platz und wäre in ihrem Waggon fast mit einem Mann zusammengestoßen, der vor ihr aus seinem Abteil in den engen Gang trat.

»Am schnellsten kommen Sie von Bahnsteig A über den Dienstausgang zu Ihrem Ziel«, flüstere er ihr zu, als sie sich nach einer knappen Entschuldigung an ihm vorbeidrückte. »Sagen Sie dort, Sie kämen aus Herne. Die Musik spielt an dem kleinen Glaspavillon vor dem Bahnhof.«

Bevor sie etwas erwidern konnte, war der Mann bereits in Richtung Toilette weitergelaufen. Was bedeuteten seine seltsamen Worte? War Yannick bereits in Ostberlin angekommen? Würde sie ihn an diesem Pavillon treffen? Ihr Herz schlug schneller. Für einen Moment verdrängte sie die Fotos, die Gruber ihr gezeigt hatte, schob ihre Gedanken an diese verfluchte Isabelle beiseite und dachte nur noch an den Mann, den sie so rasch lieben gelernt hatte. Der sie auf Händen getragen hatte. Konnte sie sich wirklich in ihm getäuscht haben? Wusste sie wirklich, welche Seite die Wahrheit sagte? Vielleicht konnte Yannick ihr alles erklären …

18

Gegen halb fünf näherte sich der Zug seinem Ziel. Im fahlen Schein schmutziger Laternen sah sie endlich zum ersten Mal das fremde Land, in das sie gereist war. Triste Altbaufassaden reihten sich in Blöcken aneinander. Die meisten Fenster waren zu dieser Uhrzeit dunkel. Ratternd fuhr der Zug in den Bahnhof Friedrichstraße ein. Endstation. Veras drei Mitreisende standen auf und griffen nach ihrem Gepäck. Der Mann ihr gegenüber half ihr, ihre große Reisetasche von der Ablage zu heben.

Auf dem Gang hatte sich eine lange Schlange gebildet. Vera blickte hinaus auf den Bahnsteig, ihre Augen suchten nach Isabelle. Zusammen mit den Männern aus ihrem Abteil stieg sie aus. Der Mann, der neben ihr geschlafen hatte, verabschiedete sich freundlich und verschwand durch eine der Passkontrollen. Vera schien ihn zu Unrecht verdächtigt zu haben.

Plötzlich entdeckte Vera die rothaarige Praktikantin im Getümmel, einige Meter vor sich. Sie wurde von einem Mann in einem beigefarbenen Mantel mit Küsschen begrüßt. Der Mantel erinnerte Vera an den von Gruber. Tatsächlich waren beide Modelle fast identisch, gleich unauffällig. Als sich der Mann von Bernds Geliebten löste, fuhr Vera erschrocken zusammen. Sie kannte ihn. Er hatte sie vor nicht einmal einer Woche mitten in der Nacht aufgegabelt und zur Pension Schubert gefahren. Was machte nun auch noch Günni in Ostberlin? Ihr wurde schwindlig. In was war sie da nur hineingeraten?

Günni schaute in ihre Richtung, Vera huschte hinter eine Säule – doch vermutlich wusste er ohnehin, dass sie im Zug gesessen hatte. Vorsichtig lugte sie aus ihrem Versteck hervor. Ihr damaliger Fahrer nahm Isabelles Koffer, gemeinsam steuerten sie auf die Passkontrolle zu. Vera entdeckte das Schild mit dem Hinweis »Dienstausgang« am anderen Ende des Bahnsteigs, doch sie würde Günni und Bernds Geliebter folgen! Als die beiden in den Durchgang zur Passkontrolle eintraten, verlor Vera sie aus den Augen. Dennoch folgte sie ihnen entschlossen. Sie hoffte, sie würde schnell durch die Kontrolle kommen. Andernfalls hätte sie wohl keine Chance, Isabelle und Günni würden höchstwahrscheinlich verschwunden sein.

Als sie an der Reihe war, trat sie in das kleine Kabuff hinter der billigen Holztür. Es war eine Art Korridor, eine politische Quarantäne, die sie durchlaufen musste. Der Zollbeamte zog ihren Reisepass und ihren Personalausweis durch den schmalen Schlitz unter der Glasscheibe zu sich. Er blätterte darin, ließ sich Zeit. Vera befürchtete, dass sie die Spur von Günni und Bernds kleiner Praktikantin verlieren würde, bis der Beamte endlich seinen Visa-Stempel gesetzt hatte.

Doch er klappte die Dokumente einfach zu und schob sie zu ihr zurück. »Sie müssen über den Dienstausgang einreisen, Frau Engels!«

Hinter ihr öffnete sich die Tür zum Bahnsteig. Sie wusste, dass es zwecklos war, mit dem Mann zu diskutieren, also nahm sie ihre Sachen und ging zurück. Bis sie den Dienstausgang erreichte, würde Isabelle über alle Berge sein – oder wohin auch immer Günni sie bringen würde. Würde sie eine Chance haben, sie in Ostberlin wiederzufinden? Und was würde sie überhaupt tun, wenn sie ihr gegenüberstand? Was würde dieses Biest mit *ihr* machen?

»Ich bin aus Herne«, sagte sie zum Mann am Schalter des Dienstausgangs.

»Willkommen in der Deutschen Demokratischen Republik«, begrüßte er sie, nachdem er einen flüchtigen Blick auf die Ausweise geworfen und beherzt einen Stempel darauf gedrückt hatte.

Vera blieb am Ausgang des Bahnhofs hinter der Türe stehen und spähte hinaus. Ein Bahngleis führte über eine alte eiserne Brücke in die Stadt hinein, rechts lag der Pavillon, von dem der Fremde im Zug gesprochen hatte. Davor saß ein Mann auf einem Hocker. Er war in einen dicken schwarzen Wintermantel gehüllt, trug eine schwarze Fellmütze, einen wild wuchernden Backenbart und Handschuhe, deren Fingerkuppen abgeschnitten waren. Er spielte auf einem Akkordeon, das er auf seinen Oberschenkeln abstützte. Vera trat zögerlich ins Freie, hielt sich im Schatten einer Unterführung. Es erschien ihr eine ungewöhnliche Zeit, um Musik auf einem öffentlichen Platz zu machen. Obendrein miserabel. Das war auf gar keinen Fall Yannick! Vera konnte beim besten Willen nicht erkennen, welche Melodie die schiefe, um den Takt herumstolpernde und sich ständig durch neue Fehler verändernde Tonfolge bilden sollte. Aber das musste ihr Kontaktmann sein. Seine Tarnung war ebenso schlecht wie unnötig. Lächerlich im Grunde.

Als sie gerade aus der Dunkelheit auf den Platz treten wollte, entdeckte sie einen Mann, der sich hinter dem Musiker im Pavillon zu verstecken schien. Vera erstarrte. Auch ihm war sie bereits begegnet. Er hatte mit einem Schlagring auf Yannick eingeschlagen. Der Ältere der beiden vermeintlichen Peiniger, die auf den Fotos gemeinsam mit Yannick gelacht hatten …

Unschlüssig blieb sie im Schutz der Unterführung stehen, beobachtete den Musiker und den Stasi-Mann abwartend. Sie wusste, dass sie jetzt eine Entscheidung treffen musste. Sollte sie zu dem Pavillon gehen? Konnte sie den Agenten der Staatssicherheit, die dort auf sie warteten, und damit Yannick trauen? Oder hatten Gruber und der Alte doch recht, und sie brachte sich in Lebensgefahr, wenn sie aus dem Dunkel hinaustrat? In Brühl hatte sie geglaubt, es würde ihr leicht fallen, sich auf das Spiel der Agenten einzulassen. Jetzt, wo es ernst wurde, merkte sie, dass ihre Angst größer war, als sie vermutet hatte. Ihr Leben hing buchstäblich von ihrem nächsten Schritt ab …

Sie wurde von einem rötlichen Schimmer abgelenkt, den sie im Augenwinkel im Schein einer Straßenlaterne wahrnahm. Sie drehte sich um. Isabelle lief in Günnis Begleitung über den Platz. Veras Erleichterung, ihren vermeintlichen Helfer und das rothaarige Biest wiedergefunden zu haben, wich ihrer Verwunderung, dass die beiden zum Bahnhof zurückgingen. Vera zog sich weiter in den Schatten der Unterführung zurück, über die in diesem Moment eine Bahn hinwegrollte und das Akkordeonspiel übertönte. Kurz bevor Günni und Isabelle im Gebäude verschwanden, fiel Vera auf, dass sie den Koffer von vorhin nicht mehr bei sich trugen.

Vera eilte ihnen im Schutz der Dunkelheit hinterher. Im Bahnhof blieb sie erschrocken stehen. Die zwei standen drei Meter von ihr entfernt, umarmten sich offensichtlich zum Abschied. Rasch drehte Vera ihnen den Rücken zu, starrte auf einen Fahrplan, der vor ihr in einem Kasten hing. Erstaunt stellte sie fest, dass die Zeichen für U- und S-Bahnen denen in Bonn zum Verwechseln ähnlich sahen, ein »U« in einem blauen, an den Kanten leicht abgerundeten Viereck, ein »S« in einem grünen Kreis. Allein die Stationen auf dem Plan wirkten seltsam fremd: Alexanderplatz, Ernst-Thälmann-Park, Leninallee.

Vera schielte vorsichtig zur Seite. Günni ging wieder zu den Glastüren des Ausgangs. Vera folgte ihm mit ihrem Blick, drehte sich um, als er das Gebäude verlassen hatte, entdeckte Isabelle auf einer Treppe, die hoch zu den S-Bahngleisen führte. Sie folgte ihr mit etwas Abstand. Oben am Bahnsteig blieb sie auf dem Treppenabsatz stehen. Sie erkannte Isabelles roten Haarschopf unter den Wartenden vor ihr. In diesem Augenblick fuhr eine rot-weiße Bahn ein, ihre Türen öffneten sich und entließen die Passagiere ins Freie. Vera rannte los, schaffte es im letzten Moment, in den Waggon zu hüpfen, bevor sich die Türen wieder schlossen. Isabelle saß mit dem Rücken zu ihr. Vera versteckte sich halb hinter einem Mann, der vor ihr stand. Die beiden Taschen hielt sie schützend vor sich.

Zwei Haltestellen weiter stieg Isabelle aus. Vera folgte ihr aus dem S-Bahnhof quer über einen Platz und schließlich eine Treppe hinunter in eine großzügig angelegte U-Bahn-Station. Wenige Menschen waren unterwegs. Würde sich die kleine Praktikantin umdrehen, würde sie Vera zwangsläufig entdecken. Sie ließ sich zurückfallen, hätte allerdings fast den Rotschopf in der unübersichtlichen Station verloren. Als sie Isabelles leuchtenden Haare wieder entdeckte, spurtete sie ihr hinterher, prallte mit einem Mann zusammen, der sie rüde wegstieß.

»Passen Sie doch auf, wo Sie hinrennen, Sie Trampel!«, rief er wütend.

Vera stolperte, ließ ihr Gepäck fast zu Boden fallen, entschuldigte sich bei dem Fremden. Kannte sie ihn nicht ebenfalls irgendwoher?

Der Mann murrte Unverständliches, rieb sich über den Ärmel, als wolle er Veras Berührung abwischen wie Dreck. Vera ignorierte ihn, hielt Ausschau nach Isabelle, die auf dem sanft geschwungenen Bahnsteig stand und die Szene offenbar nicht bemerkt hatte.

Aus dem U-Bahn-Tunnel drang das lärmende Quietschen von Bremsen, bevor die gelben Waggons zu sehen waren. Isabelle stieg ein, Vera betrat den Wagen weiter vorne. Er wackelte, als die Bahn losfuhr und im Tunnel verschwand. Dunkelheit umfing sie, kaltes, grelles Neonlicht beleuchtete die Gesichter der Fahrgäste. Vera lugte durch das kleine Fenster der Durchgangstür, die sie von Isabelle trennte. Selbst die junge Geliebte ihres Mannes wirkte in diesem Licht fahl und krank.

Die Bahn hielt, der Rotschopf blieb sitzen. Bei der nächsten Station stieg Isabelle aus. Vera sprang aus dem Waggon. »Senefelderplatz« las Vera auf dem blauen Stationsschild. Sie verließen die U-Bahn, liefen ein Stück die Schönhauser Allee hinunter. Ein verwilderter Grünstreifen teilte die Straße, verrostete Gitter erschwerten das Überqueren. Isabelle bog an der nächsten Ecke links ab. Sie liefen vorbei an alten Gründerzeitbauten, verwitterte graubraune Relikte einer anderen Epoche. Am Ende der Straße versperrte eine Mauer den Weg. Vera brauche einen Moment, ehe sie realisierte, dass es *die* Mauer war. Auf der anderen Seite leuchteten die unerreichbaren Lichter Westberlins.

Der Rotschopf verschwand in der Toreinfahrt eines der alten Häuser. Vera schlich Isabelle vorsichtig nach, hinein in einen betonierten Hinterhof, in dem sich ein weiteres Wohngebäude befand, noch heruntergekommener als das vordere. Wie in der ganzen Straße roch es auch hier nach Holzkohle. Vereinzelt unterbrachen Lampen in den Fenstern das düstere Grau des frühen Morgens.

Vera war in der Hofeinfahrt stehen geblieben, ihre beiden Taschen fest in einer Hand. Sie beobachtete Isabelle aus sicherem Abstand. Diese ging durch ein weiteres Tor zum Eingang des Hinterhauses. Geduckt lief Vera ihr hinterher. Die Tür war unverschlossen, Vera zog sie auf und huschte ins Treppenhaus. Einfache Holzstufen, dunkel und mit mehreren Farbschichten überpinselt, führten in die oberen Stockwerke. Es roch nach altem Putzmittel, Lack und Holzkohle. An den Wänden blätterte der Putz ab und sammelte sich zu Pulverhaufen auf dem Boden.

Vera hörte, wie Isabelle die Stufen hinaufging. Leise näherte sie sich dem Geländer, stütze sich mit der freien Hand darauf ab und lugte vorsichtig den Treppenschacht hinauf. Sie erkannte durch die Streben die langen Beine der Rothaarigen, um die der Saum ihres Mantels leicht wippte. Nachdem sie auf der zweiten Etage verschwunden war, verstummten die Schritte. Stattdessen hörte Vera das Klappern von Schlüsseln. Dann Stille.

Sie eilte die Treppe hinauf. Im ersten Stockwerk führten zwei dunkle Flure in einen linken und einen rechten Gebäudeflügel. Vera schaute verwundert noch einmal durch den Schacht nach oben. Alle Appartements schienen seitlich des Treppenhauses zu liegen und mit diesem eine Art T-Form zu bilden. Auf dem Zwischengeschoss vor der zweiten Ebene blieb Vera erneut stehen und schaute nacheinander aus den Fenstern links und rechts, die den Blick auf weitere, noch engere Hinterhöfe freigaben. Vera schielte schräg nach oben zu den Wohnungen im zweiten Stock. Rechts hatte sie hinter den schmalen Hoffenstern nichts Auffälliges erkennen können. Auch das linke Appartement, zu dem sie jetzt hochstarrte, lag im Dunkeln. Doch in einer der Wohnungen musste sich Isabelle befinden.

Vera wollte sich soeben abwenden und die letzten Stufen zur zweiten Etage erklimmen, als in der Wohnung links eine Lampe anging. Vera kniff die Augen zusammen. Sie brauchte einige Zeit, ehe sie im Halbdunkel etwas erkennen konnte. Nur eine schlichte, matte Milchglaskugel an der Decke des Raumes, in den sie hineinblickte, spendete dumpfes Licht. Ein einfacher Tisch stand darunter, an der Wand sah Vera jetzt einen Ofen und die Spüle. Offensichtlich schaute sie in die Küche. Und auf den unverkennbaren Rotschopf.

Isabelle stand an dem alten Gasofen und versuchte eine Flamme zu entzünden. Sie trug den Mantel von der Reise, schien wütend, pustete gegen ihren Daumen. Bei dem Versuch, das Gas zu entzünden, hatte sie sich wohl die Finger verbrannt. Niete, dachte Vera.

Dann wurde sie von einem Geräusch an der Haustür aufgeschreckt. Jemand lief die Stufen hinauf. Auf Zehenspitzen ging Vera mit ihrem Gepäck die Treppe zum dritten Stockwerk hinauf, hoffte, dass der ungebetene Gast nicht bis dorthin hochgehen würde. Tatsächlich wurde auf der Etage unter ihr ein Schlüssel ins Schloss gesteckt und herumgedreht. Ging da jemand in dieselbe Wohnung wie Isabelle? Günni vielleicht?

Vorsichtig schlich sie die Stufen hinunter. Das Holz knarzte an einigen Stellen, das Geländer, an dem sie sich festhielt, wackelte leicht. Sie bezog wieder Position am Fenster auf dem Zwischenstockwerk unterhalb der zweiten Etage. Dieses Mal stellte sie ihre große Reisetasche auf den Boden. Nachdem sie sie durch halb Berlin geschleppt hatte, schmerzte das Gelenk ihrer rechten Hand. Die kleine Tasche mit den Hilfsmitteln des BND hielt sie zur Sicherheit fest in der linken. Sie schaute hinauf zur Wohnung. Die Küche war jetzt leer. Offenkundig war Isabelle hinausgelaufen. Vielleicht um einen Besucher zu begrüßen?

In diesem Moment erschien der Rotschopf wieder im Rahmen der Küchentür, in der Umarmung eines Mannes. Vera sah hauptsächlich Isabelles Rücken, ihr Mantel hing halb hinunter, die Bluse war ebenfalls verrutscht. Sie hatte ihre Arme um den Mann geschlungen, der sie rückwärts in die Küche zu drängen schien. Vera konnte zuerst ein paar blonde Büschel hinter den roten Haaren ausmachen, dann ein paar längere Strähnen – doch das reichte. Diese blonden Locken hätte sie überall erkannt …

Ihr gefror das Blut in den Adern. Sie musste sich an der Wand abstützen, um nicht zu Boden zu stürzen. Wie konnte das sein? Was machte Yannick in dieser Wohnung? Bei dieser Frau? Bei Bernds Geliebter?

Vera zwang sich hinzusehen. Auch wenn es wehtat, sie musste wissen, was vor sich ging. Die rothaarige Hure löste sich von Yannick, er hob sie auf den Küchentisch, den Rücken zum Fenster gewandt. Seine Jacke glitt zu Boden, Isabelle befreite sich mit seiner Hilfe von ihrer Kleidung. Auch er knöpfte sich die Hose auf, ließ sie herunterfallen. Isabelles nackte Beine umschlangen Yannick. Der Mann, den Vera geliebt hatte, beugte sich über sie. Vera wollte wegschauen, brachte es nicht fertig. Yannick und Bernds Geliebte. Hatten sie vielleicht gemeinsam ihren Mann …

Ein Klacken riss sie aus ihren Gedanken. Licht ging im Treppenhaus an. Sie stand nicht länger im Dunkeln. Erschrocken bemerkte Vera, dass Isabelle sie jetzt ansah, ihr in die Augen starrte.

Wie damals.

In der Sauna.

Diesmal lag allerdings kein Triumph in ihrem Blick.

Sie stieß Yannick von sich und deutete auf Vera. Yannick drehte sich um. Seine Unterhose hing über den Knien, sein Glied schien auf sie zu deuten, einen Moment stand er völlig entblößt da.

Fassungslos.

Ratlos.

Isabelle schubste ihn erneut, brüllte offensichtlich. Yannick zog sich die Hose hoch und rannte aus dem Raum. Vera stand erstarrt, wohl ebenso fassungslos wie

Yannick, beobachtete regungslos, wie Isabelle ein Messer aus der Küchenschublade zog und ebenfalls aus der Küche eilte. Über ihr im zweiten Stock wurde die Wohnungstür aufgerissen, schnelle Schritte drangen aus dem linken Seitenflügel, dann tauchte Yannick im Treppenhaus auf. Mit zwei kurzen Sätzen sprang er die wenigen Stufen zu ihr herunter. Er grinste. Böse. Keine Spur des Lächelns, das sie liebte. Geliebt hatte.

»Was für eine schöne Überraschung«, begrüßte er sie. »Mit dir hätte ich gar nicht gerechnet.«

Er trat einen Schritt auf sie zu und baute sich in Unterhemd, Shorts und mit nackten Füßen vor ihr auf. Vera umklammerte ihre Handtasche wie ein Schutzschild.

»Nun«, fuhr Yannick fort und breitete die Arme aus, »möchtest du mir nicht Hallo sagen?«

Vera hörte die Schritte der rothaarigen Hure. Auch sie lief barfuß ins Treppenhaus. Immerhin hatte sie sich einen Morgenmantel übergezogen. Eine Art Kimono, mit einem goldenen Drachenkopf, der sich über ihre Schulter legte und Vera höhnisch anstarrte.

Isabelle blieb hinter Yannick stehen, reichte ihm das Messer. »Stich sie einfach ab!«

»So wie du meinen Mann abgestochen hast?«, fragte Vera.

»Trauerst du etwa um ihn?« Isabelle hielt sich weiterhin hinter Yannick, der das Messer jetzt auf Vera richtete. »Ich war bestimmt nicht die Erste, mit der er dich betrogen hat. Du warst ihm nämlich zu langweilig. Zu fad. Zu doof.« Sie grinste.

Es war eher ein Zähnefletschen. Die beiden erinnerten Vera an zwei junge Hunde im Jagdfieber. Bösartige Hunde. Denen sie entkommen musste.

Blitzschnell duckte sie sich, packte den Griff ihrer Reisetasche und rannte die Treppen hinunter. Hinter sich hörte sie die beiden. Sie meinte, Yannicks Atem in ihrem Nacken zu spüren, er musste sich unmittelbar in ihrem Rücken befinden. Durch das schwere Gepäck war sie zu langsam, er würde sie einholen. Vera riss im Laufen ihren Oberkörper herum, ihr rechter Arm schleuderte nach vorne, die schwere Reisetasche fest umklammernd.

»Komm nicht näher!«, rief sie.

Yannick machte einen Satz nach hinten, tastete nach Isabelle, ohne den Blick von Vera zu wenden, und schob seine Geliebte hinter sich, bot ihr Schutz.

»Stich sie endlich ab, Yanni!«, zischte die.

Wenigstens sein Name war keine Lüge gewesen, fuhr es Vera durch den Kopf. Sie schnaubte verächtlich. Gruber hatte recht: Viel Fantasie hatten die hier drüben nicht. Sie merkte, wie die Wut in ihr hochstieg. Ihr Zorn drohte in Gleichgültigkeit umzuschlagen, wie am Abend zuvor, als ihr Gruber die Fotos von Yannick gezeigt hatte.

Vera zischte die rothaarige Schlampe an: »Versucht es doch!«

Yannick blickte auf sein Messer, dann auf Vera. Er zögerte offensichtlich.

»Vielleicht möchtest du uns aber auch erst einmal einander vorstellen?«, fragte Vera ihren einstigen Liebhaber herausfordernd.

Yannick grinste. »Isabelle, darf ich dir Vera Marx vorstellen? Eine kleine Sekretärin aus dem Bundesverteidigungsministerium in Bonn.« Er zog das Flittchen nach vorne und deutete mit der Messerspitze auf sie. »Vera, das ist Isabelle.« Er legte den Arm um sie. »Meine Frau«, ergänzte er.

Für den Bruchteil einer Sekunde ließ Vera verdutzt die Tasche sinken. Yannick sprang vor und schlug ihr mit einem gezielten Tritt das Gepäck aus der Hand. Isabelle warf sich im selben Moment auf sie. Vera fiel nach hinten gegen die Wand, Schmerz schoss ihr den Rücken hoch. Ihre Kontrahentin, die stärker war, als ihre zierliche Gestalt vermuten ließ, presste sie gegen den bröckelnden Putz. Vera versuchte, sich zu befreien. Es gelang ihr nicht.

Yannick trat auf sie zu. »Ich finde ja Frauen, die kämpfen, wahnsinnig aufregend, aber ich fürchte, wir haben zurzeit keinen Kopf für derartige Spielereien.« Er hielt Vera das Messer gegen die Kehle. »Und wenn du deinen Kopf behalten willst, solltest du lieb und artig sein.«

Mit der Handkante versetzte er ihr einen gezielten Schlag gegen die Schläfe. Vera taumelte.

19

Benommen saß sie in der Küche, in der sie Yannick und Isabelle beim Liebesspiel beobachtet hatte. Yannick lehnte, mit einer Pistole in der Hand, an der Arbeitsplatte. Er trug nun Jeans, T-Shirt und Schuhe. Stumm schaute er sie an. Sie waren alleine im Raum. Vera versuchte irgendeine Regung in seinem Gesicht auszumachen. Es gelang ihr nicht.

»Warum tust du das alles?«, fragte sie ihn schließlich.

»Was alles?«

»Diese Agentensachen, die Spionage, die Romeo-Geschichte – das alles.«

»Es bringt Geld.« Er machte eine Pause. »Und Freiheit. Freiheit vor allem.«

»Bist du frei?«

»Ich bin so frei, wie ich sein kann. Ich kann im Westen leben, wir haben viel Geld, können uns kaufen, was wir wollen, können reisen. Mehr Freiheit kann man sich nicht wünschen!«

Sie dachte an ihr Leben mit Bernd. Sie hatten ein ansehnliches Vermögen gehabt, andere Länder besucht, in einem schönen Haus gelebt. Frei jedoch hatte sie sich nie gefühlt.

»Heißt Freiheit nicht, sein Leben leben zu können, wie man das möchte? Das zu tun, was einem am Herzen liegt?«, hakte sie nach.

»Ehrlich? Mir liegt nichts am Herzen.« Er betrachtete die Waffe in seiner Hand. »Wirklich nicht!«

»Was ist mit der Musik? Liegt die dir nicht am Herzen?«

»Nein. Musik bedeutet mir nichts.« Eine blonde Locke fiel ihm in die Stirn. Er schaute aus dem Fenster, hinter dem es mittlerweile hell geworden war.

Sie wusste, dass sich die letzte Frage, die sie ihm hatte stellen wollen, erübrigt hatte. Nein, auch sie bedeutete ihm nichts. Sie dachte an den Alten vom BND und seine Geschichte mit den Glasperlen. Er hatte recht gehabt.

»Warum habt ihr Bernd getötet?«

Isabelle öffnete die Tür und betrat die Küche. In Begleitung. Vera erkannte die Männer sofort. Es waren die zwei Stasi-Agenten, die Yannick in Bonn zusammengeschlagen hatten, dem Älteren war sie noch in der Früh am Bahnhof aus dem Weg gegangen. Was sie dort in der Dunkelheit nicht hatte erkennen können: Er trug denselben unmodischen Anzug und Mantel wie in der Nacht in Bonn. Das war gerade mal ein paar Tage her.

Yannick begrüßte ihn mit Handschlag »Noack! Schön dich wiederzusehen!«

Vera hatte diesen Namen am Tag zuvor schon aus Grubers Mund gehört. Daher überraschte es sie auch nicht, als Yannick den anderen, der mittlerweile jedoch keinen Schnauzer mehr trug, »Ronnie« nannte und ihn wie einen alten Freund umarmte. Die zwei Männer küssten sich auf die Wange. Wie Günni und Maximilian in der Pension Schubert. Es schien, als gehörten sie alle zusammen, als wäre alles, was sie in den letzten Tagen erlebt hatte, und jeder, der ihr begegnet war,

Teil eines Schauspiels gewesen, in dem sie die einzige Zuschauerin war.

»So sieht man sich wieder«, begrüßte Noack Vera scheinbar wenig erfreut.

Sie bemerkte, dass er schlechte, grau verfärbte Zähne hatte, die eher zu einem Nagetier gepasst hätten. Ohne Vorwarnung schlug er ihr ins Gesicht.

»Das wollte ich schon in Bonn machen, Schlampe!«

Veras Kopf flog zur Seite. Sie tastete ihr Gesicht ab und wischte sich das Blut von der Lippe. Sie sah, dass Isabelles Augen leuchteten. Veras Anblick schien die rothaarige Hure zu erfreuen.

»Dein Mann hat mir nachspioniert und rausgefunden, für wen wir arbeiten«, ließ das Biest sie wissen. »Dabei habe ich ihm lediglich ein paar hübsche Bilder von uns gezeigt, um ihn gefügiger zu machen. Nachdem du uns beim Vögeln erwischt hast, bist du ja auch treuherzig und dumm direkt in Yannicks Arme gerannt – wo wir dich haben wollten.« Sie verzog den Mund zu etwas, was vielleicht ein Lächeln sein sollte. Ein bösartiges Grinsen. »Leider ließ der Idiot danach nicht locker und wurde etwas zu neugierig. Dass *er mich* erwischt, war nicht geplant. Sei froh, es ist nicht schade um ihn.« Sie zuckte mit den Achseln. »Was machen wir jetzt mit ihr?« Kalt starrte sie Vera an.

»Wir müssen sie schnell beseitigen. Bekommt das Ministerium mit, dass wir das Problem …«, Yannick mache eine kurze Pause, seine Augen fixierten sie, »… nicht gelöst haben, kriegen wir mächtigen Ärger. Wir alle.«

Vera lief ein Schauer über den Rücken. Sie blickte in

die Gesichter der Mörder ihres Mannes. Es war nicht nur die rothaarige Schlampe gewesen. Sie alle. Auch Yannick. Isabelle war nur die Waffe gewesen.

»Und wo willst du es machen?«, fragte der Rotschopf.

Lag da ein lüsternes Glänzen in ihren Augen?

Isabelle packte Vera im Nacken. Vera spürte die schlanken Finger, als sie ihr die Kette mit dem silbernen Herzen abnahm, die Yannick ihr geschenkt hatte.

»Die brauchst du nicht mehr«, sagte sie emotionslos und legte sich das Schmuckstück selbst um. »Du musst zugeben, dass sie mir viel besser steht!«, wandte sie sich Yannick zu. Sie schob ihre langen roten Haare leicht nach hinten, präsentierte ihm Dekolleté und Anhänger.

Yannick beugte sich nach vorne, küsste das Herz auf ihrer Brust. »Natürlich steht sie dir besser, Liebste!«

»Und wo töten wir sie nun?«, hakte Isabelle nach.

»Draußen in der Schonung sollte ein Plätzchen für sie frei sein.«

Vera starrte den Mann an, den sie geliebt hatte. Sie fühlte sich wie unter einer Glocke, wie in einem dumpfen Traum. Berieten die vier gerade über ihr Leben, ihren Tod? Sie spürte weniger Angst, viel mehr Entsetzen. Entsetzen über Yannick.

»Fahren wir!«, kommandierte Ronnie. »Komm!« Barsch griff er nach Veras Arm und zerrte sie vom Stuhl. Niemand hielt ihn zurück.

Sie gingen durch das Treppenhaus, hielten Vera wie eine Gefangene fest. Im Hinterhof redeten zwei Frauen miteinander. Ihre Kinder spielten Fußball, ein Farbeimer diente als Ball. Sie donnerten ihn ein ums andere Mal gegen die Ziegelwand des Vorderhauses. Die Mütter sahen die Gruppe durch die hintere Toreinfahrt kommen, riefen ihren Nachwuchs zu sich und schickten ihn ins Haus. Anschließend widmeten sie sich demonstrativ weiter ihrem Gespräch.

»Diese Leute wollen mich umbringen«, rief Vera ihnen zu.

Die Frauen verschwanden im Hausflur.

Yannick schlug ihr mit der Pistole in den Nacken. »Schnauze!«

»Dir hilft keiner«, ergänzte Isabelle. »Du wirst sterben. Wie dein Mann!«

»Damit kommt ihr nicht durch. Der BND weiß, dass ich in Ostberlin bin«, rief Vera. Ein verzweifelter Versuch, das eigene Leben zu retten.

»Ach was! Du bist einfach naiv einem Mann gefolgt, von dem du geglaubt hast, dass er wenigstens ein Fünkchen Liebe für dich empfindet.« Isabelle presste sich an Yannick, während sie sprach. »Wie dämlich!« Ihr Lachen klang künstlich.

»Sie haben mich auf dem Weg von Bonn zum Kölner Bahnhof abgefangen!«

Noack blieb stehen. Ein Hoffnungsschimmer?

»Ja und?« Isabelle lachte lauter. »Denkst du, das interessiert jemanden? Nicht einmal der BND würde dir Beachtung schenken, wenn du stirbst, dumme Kuh!«

Sie liefen weiter.

»Sie haben mir Bilder gezeigt: Yannick und ihr zwei!« Sie deutete mit dem Kinn auf Noack und Ronnie.

Ein kurzes, unsicheres Aufflackern in Yannicks Augen.

Isabelle lachte hingegen erneut. Schrill. »Und wie hast du dir *das* schöngeredet?«

»Gar nicht. Ihr drei hattet Spaß zusammen. Also hat Yannick mir seine Liebe nur vorgespielt.«

Es fiel ihr schwer, den letzten Satz so klingen zu lassen, als habe sie das schon längst überwunden, als wäre sie es, die den Agenten etwas vorgetäuscht hatte.

»Oh, unsere kleine Sekretärin wird zur Meisterdetektivin!« Isabelle packte Vera, zog sie zu sich hinüber. »Natürlich hat er das!«, brüllte sie Vera ins Ohr.

»Ich habe es gewusst, *bevor* ich hierhergekommen bin.«

Allmählich verzweifelte Vera an Isabelles Entschlossenheit. Sie hatte gehofft, es würde sie schützen, wenn die vier erführen, dass der BND von ihrer Reise nach Ostberlin wusste. Doch es sah nicht danach aus.

»Glaubt ihr wirklich, der Bundesnachrichtendienst lässt mich einfach nach Ostberlin?«, versuchte sie es erneut. »Eine Mitarbeiterin aus dem Bundesverteidigungsministerium? Eine Geheimnisträgerin?«

Sie traten durch den vorderen Toreingang auf die Straße hinaus. Ronnie blieb stehen. »Warum haben sie dich gehen lassen?« Er zog ihren Kopf an den Haaren nach hinten. Es fühlte sich an, als wolle er sie ihr ausreißen.

»Die blufft doch!«, rief Isabelle.

»Darf ich mein Gepäck haben?«, fragte Vera zahm.

Noack trug beide Taschen wie zwei zu schwere Koffer. Es war ihm sichtlich unangenehm, Frauensachen in der Hand zu halten. Zögerlich reichte er ihr die Reisetasche. »Mach keinen Unsinn damit. Yannick hat eine Waffe. Er wird sie benutzen. Auch hier auf der Straße!«

Sie ignorierte die Drohung, verdrängte das mulmige Gefühl der Angst. »Die Handtasche brauche ich.«

»Was soll das?«, mischte sich Isabelle ein. »Wir fahren zur Schonung und knallen sie ab. Alles andere ist Zeitverschwendung.«

Vera achtete darauf, langsam in ihrer Tasche zu kramen, um keine Kurzschlussreaktion zu provozieren. Es ging um ihr Leben. Vorsichtig zog sie den Lippenstift heraus und hielt ihn hoch. »Wenn ich bluffe, warum hat mir der BND den mitgegeben?« Sie zückte den Puderpinsel. »Und das hier? Darin verbirgt sich ein kleines Messer. Soweit ich weiß, besitzt ihr so was hier drüben nicht einmal …«

Noack riss ihr die Sachen aus den Händen. Vera sah in die überraschten, wütenden Gesichter ihrer Peiniger.

Isabelle zeterte, doch die Männer brachten Vera in das Ministerium für Staatssicherheit der DDR. Die Hauptverwaltung Aufklärung residierte in Gebäude zwei des Vera labyrinthisch groß erscheinenden Baukomplexes. Vera hatte auf ihrem Weg die Schilder der Ruschestraße, Normannenstraße und Magdalenenstraße entziffern können, dazwischen schien der Nachrichtendienst einen ganzen Block aus mehreren Häusern bezogen zu haben. Gebäude zwei lag an der Ecke der Normannen- und Magdalenenstraße und besaß seinen eigenen Innenhof, den Vera nun mit Noack und Ronnie an ihrer Seite überquerte. Yannick war im Auto sitzen geblieben. Vera hatte sich nicht nach ihm umgesehen.

Sie betraten den Bau. Ein uniformierter Beamter nahm ihr die Taschen ab, eine Kollegin führte sie in eine Umkleidekabine, wo sie sich bis auf die Unterwäsche ausziehen musste. Mit ihren Kleidern verschwand die Frau und ließ Vera allein zurück. Der Raum besaß keinerlei Heizung. Eine Gänsehaut lief Vera über Arme und Beine. Nach geschlagenen zwei Stunden kehrte die Frau mit Veras Kleidern zurück. Sie schlüpfte hinein und folgte der Beamtin über einen nicht weniger kalten Flur in ein Vernehmungszimmer im zweiten Stock.

Noack saß hinter einer Schreibmaschine. »Willkommen im Ministerium für Staatssicherheit, Frau Marx!«

Auf einmal also hochoffiziell. Und die höfliche Anrede hatte dieser Schläger auch plötzlich entdeckt. Aber Vera ließ sich nicht täuschen.

Ihre Wärterin schloss die Tür hinter sich. Erst jetzt entdeckte Vera Ronnie, der hinter der Tür an einem Waschbecken stand.

»Nehmen Sie doch Platz!« Noack deutete auf einen Stuhl vor seinem Schreibtisch.

Vera zog ihn über den Linoleumboden, um sich zu setzen. Seine Füße knarzten. Sie spürte Ronnies Anwesenheit in ihrem Rücken.

»Nun, Sie sind eine enttarnte Agentin der BRD, eine Staatsfeindin«, eröffnete Noack das Verhör. »Dafür kann man Sie erschießen.«

Vera kannte sich mit dem DDR-Recht nicht aus, konnte nicht beurteilen, ob er sie erschrecken wollte oder ob ihr Leben tatsächlich noch immer in Gefahr war. Sie hatte gehofft, ihr Geständnis im Hinterhof würde zu einem offiziellen Verfahren führen. Einem Verfahren, an dessen Ende nicht der Tod, sondern nur eine Haftstrafe stand. Gab es nicht auch Gefangenenaustausche zwischen der DDR und der Bundesrepublik?

»Was genau werfen Sie mir vor?«

Noack grinste. »Um das herauszufinden, sind wir hier.« Er klang fröhlich. Als freute er sich auf die bevorstehende Aufgabe.

Vera würde es ihm nicht leicht machen. Je länger sie im Dunkeln tappten, umso länger würde sie leben.

»Ich werde nicht reden«, erwiderte sie und verschränkte die Arme vor der Brust.

»Oh doch, das werden Sie«, flüsterte Ronnie ihr zu. Er hatte sich zu ihrem Ohr hinuntergebeugt. Sie konnte seinen Atem spüren. Dann legte er ihr die Hand auf die Schulter.

Drei Stunden schwieg Vera eisern. Weder Noack noch Ronnie brachten ein einziges Wort aus ihr heraus, trotz aller Drohungen. Die Wut, die sie in sich trug, der Zorn auf Yannick, auf Isabelle, auf all die Agenten, die ihr in den letzten Tagen so viel Leid zugefügt hatten, ließen sie durchhalten. Je länger das Verhör dauerte, umso sicherer fühlte sich Vera. Sie würde es Wochen aushalten können.

Schließlich schlug Noack die Hände auf den Tisch. »Frau Marx, Sie erweisen sich leider in keinster Weise als kooperativ. Ich denke, wir beenden unser Gespräch und geben Ihnen Zeit zum Nachdenken.«

Bevor die Zellentür hinter ihr ins Schloss fiel, hatte Vera ihre Kleider erneut der Beamtin geben müssen. Stattdessen hatte sie ein Leibchen bekommen. Nun stand sie barfuß auf einem schlichten Betonboden, hielt eine graue Wolldecke vor dem Bauch, die durch den dünnen Stoff ihrer neuen Montur kratzte. Sie brauchte die Arme nicht vollständig auszustrecken, um die grob verputzten Wände auf beiden Seiten zu berühren. Vor ihr stand eine einfache Holzpritsche, darüber an der Stirnseite des winzigen Raumes bildeten schmutzige kleine Fenster knapp unter der Decke zwei Reihen milchiger Rechtecke. Sie konnte nicht erkennen, was sich hinter ihnen verbarg. Vielleicht nur ein weiterer Raum. Über ihr brannte eine Glühbirne. Links entdeckte sie eine Art Gitter, ob es eine Lüftung oder ein Lautsprecher war, vermochte sie nicht zu sagen.

Sie ging zwei Schritte und setzte sich auf die Pritsche, die Decke gefaltet auf ihren Knien. Das Licht ging aus. Nun lag die Zelle im Dunkeln. Etwa zwei Minuten später wurde die Lampe wieder eingeschaltet, danach wieder aus.

An und aus.

Grelles Licht.

Dunkelheit.

Grelles Licht.

Dunkelheit.

Und alles von vorn.

Sie warf sich die Decke über den Kopf, um dem Nervenkrieg zu entgehen. Durch die groben Wollfasern hindurch bemerkte sie, dass das grausame Lichtspiel abrupt in tiefschwarzer Dunkelheit endete. Etwas raschelte in ihrer Zelle. Ein Geräusch aus dem Gitter? Doch ein versteckter Lautsprecher? Eine Wasserleitung? Oder ein Tier?

Sie zog die Decke vom Kopf, konnte nichts erkennen. Erneut Rascheln. Sie stand auf, ging in der düsteren Zelle hin und her, tastete mit den nackten Füßen vorsichtig den Boden ab. Manchmal glaubte sie, gegen etwas Warmes, Felliges zu stoßen. Das Licht wurde wieder eingeschaltet. Da war nichts. Sie war allein. Irgendwo begann jemand zu hämmern.

Sie kroch zurück unter die Decke. Das Hämmern wurde lauter. Das Licht begann zu flackern. Hämmern.

Licht aus.

Licht an.

Hämmern.

Licht aus.

Licht an.

Hämmern.

Licht aus.

Licht an …

Vera hatte irgendwann das Gefühl für Raum und Zeit verloren. Schließlich Stille. Stille und Dunkelheit. Sie ließ sich in beides hineinfallen. Erleichtert. Euphorisch.

Dann wurde die Tür aufgeschlossen. Vier Männer stürmten in die Zelle hinein, einer stülpte ihr eine schwarze Kapuze über. Von der Pritsche wurde sie auf die Füße gezerrt und nach vorne gestoßen. Mit dem Kopf donnerte sie gegen den Türpfosten. Dumpfer Schmerz bohrte sich in ihre Schädeldecke. Niemand schien das zu kümmern.

Schweigend schubsten die Männer sie vor sich her, ihre Handgelenke fest umklammert, bis Vera mit ihrem Schienbein gegen etwas prallte. Mit blanken Füßen ertastete sie eine Treppe. Vera musste sich konzentrieren, um nicht erneut gegen eine der Stufen zu schlagen. Oben angekommen, wurde sie zur Seite gestoßen und schließlich achtlos auf den Boden geworfen. Sie hörte, wie sich Schritte entfernten, eine weitere Tür, die verschlossen wurde. Vera blieb benommen liegen.

Lauschte.

Nichts war zu hören.

Mühsam setzte sie sich nach einer Weile auf und zog die Kapuze vom Kopf. Sie lag auf einem grauen Kunststoffboden. Veras Blick schweifte über das Fenster. Draußen war es stockdunkel. Wie spät war es? Wie lange hatte sie in der Zelle verbracht?

Der Raum selber wurde von grellem, kaltem Neonlicht regelrecht durchflutet. Vor ihr standen ein einfacher Holztisch mit einer Schreibtischlampe darauf und zwei Stühle auf beiden Seiten. Ihre Polster wirkten abgewetzt. Aus irgendeinem Grund hatte jemand eine der Wände mit einer Tapete verkleidet, die ein grünliches Pflanzenmuster zeigte.

Hinter ihr wurde die Tür geöffnet. Sie drehte sich um. Der Mann, der eingetreten war, erinnerte sie an ihren Chef im Verteidigungsministerium. Auch er besaß offenbar eine Schwäche für graue Mittelklasseanzüge und bordeauxrote Krawatten. Das Haar war ähnlich grau meliert und sauber gescheitelt. Seine Oberlippe war etwas zu schmal, die Unterlippe etwas zu kräftig. Sein Mund lächelte, die dunklen Augen nicht.

»Setzen Sie sich doch«, sagte er lakonisch, während er an ihr vorbeiging und sich selbst auf dem Stuhl hinter dem Tisch niederließ.

Vera erhob sich vom Boden. Zu ihrer Verärgerung taumelte sie leicht. Gerne hätte sie stärker gewirkt. Vor allem, weil sie eine unbestimmte Angst vor diesem Mann verspürte. Sie musste sich am Tisch festhalten, als sie sich ihm gegenübersetzte.

»Wissen Sie, wer ich bin?«, fragte er.

Sie schüttelte den Kopf. Er wirkte erleichtert.

»Ich dachte, der BND hätte alles getan, mein Bild im Westen zu verbreiten.«

Vera überlegte einen Moment. »Sie sind Reiner Fuchs, der Mann ohne Gesicht.« Erneut huschte ein Lächeln über seinen Mund, ohne seine Augen zu erreichen. »Leiter der Hauptverwaltung Aufklärung«, ergänzte sie.

»Und Sie sind Vera Marx, Sekretärin im Bundesministerium für Verteidigung der BRD. Erzählen Sie mir, wie Sie hierhergekommen sind.«

»Das wissen Sie doch schon.«

Der Schlag kam unerwartet. Fuchs schoss mit dem Oberkörper über den Tisch, schlug kurz und fest zu. Sekundenbruchteile später saß er wie zuvor auf seinem Stuhl.

»Ich möchte es gerne von Ihnen hören«, bemerkte er betont höflich.

Vera stöhnte kurz auf, hielt sich den schmerzenden Kiefer, bevor sie zu berichten begann. Von Yannick. Und davon, dass sie ihm aus Liebe nach Ostberlin gefolgt war.

»Und wo haben Sie das her?« Er zog ihren Lippenstift aus der Hosentasche und legte ihn mit bemerkenswerter Sorgfalt genau in die Mitte des Tisches.

»Aus dem Supermarkt. Das ist ein Lippenstift.«

Ein zweiter Schlag.

»Irgendwann werde ich anfangen, Sie so zu verletzen, dass Ihre Schönheit darunter leidet. Ich würde das bedauern. Sollte das unvermeidlich sein, kann ich das leider nicht verhindern.«

»Er ist ein Erinnerungsstück«, sagte sie. »Einer Ihrer Mitarbeiter hat es mir geschenkt, Yannick Moreno.«

»Und das hier?« Fuchs holte aus der anderen Tasche den Puderpinsel hervor und hielt ihn in die Luft.

»Was soll damit sein? Damit schminke ich mich …«

Ein dritter Schlag. Ihr Kopf flog zur Seite. Vera schickte ein Stoßgebet zum Himmel, dass ihr Gegenüber die zusätzliche Sperrfunktion nicht entdecken würde.

»Leugnen Sie, eine Agentin der BRD zu sein?«

Sie schwieg.

»Was ist Ihr Auftrag?«

Sie schwieg.

Er schlug sie erneut.

Sie schwieg.

Sein Lächeln wirkte nun verkrampft. »Sie sind hartnäckig. Das ist bewundernswert. Leider ist es auch dumm. Ist Ihnen klar, dass wir alle Zeit der Welt haben? Wir können Sie für Jahre verschwinden lassen. Für immer, wenn uns danach ist. Lebendig oder tot, das spielt dabei keine Rolle. Glauben Sie mir: Irgendwann werden Sie Letzteres vorziehen.«

Er wartete, faltete die Hände vor sich auf dem Tisch. Schließlich stand er auf und ließ sie allein.

Einige Zeit später betraten die vier Männer den Raum und zogen ihr wieder die Kapuze über den Kopf. Wieder stießen sie sie vor sich her, die Treppe hinunter, offensichtlich zurück zu ihrer Zelle. Dort warfen sie sie wie ein Gepäckstück auf den Boden. Erschöpft blieb sie liegen. Das Licht erlosch. Sie lauschte. Wartete auf Geräusche. Hämmern. Rascheln. Irgendetwas. Aber nichts kam. Nur völlige Stille.

Sie schleppte sich zur Pritsche, schlug die Decke auf und legte sich auf das harte Holz. Augenblicklich fielen ihr die Augen zu.

Sie vermutete, dass es Morgen war, als die Tür ihrer Zelle aufgeschlossen wurde. Ihr Zeitgefühl war völlig verloren gegangen. Manchmal hatte sie geglaubt, dass ein matter Lichtschein durch die Glasbausteine oben unter der Decke schimmerte und dass das Tageslicht sei. Aber sie wusste es nicht.

Diesmal waren sie zu dritt. Vera erkannte Ronnie und Noack, den anderen Mann hatte sie noch nie gesehen.

»Aufstehen, Gefangene 103!«, befahl Noack.

Vera brauchte einen Moment, ehe sie begriff, dass er sie meinte. Sie erhob sich. Ronnie packte sie an der Schulter und stieß sie hinaus auf den Gang und eine Treppe hinauf. Die beiden anderen gingen hinter ihr.

»Wohin bringen Sie mich?«, fragte sie.

Sie erhielt keine Antwort.

Als sie den Innenhof von Gebäude zwei betraten, bemerkte Vera, dass der Morgen dämmerte. Ihre drei Wächter führten Vera zu einem Wagen, der neben einer verschlossenen Ausfahrt bereitstand. Ein Mann lehnte an der Motorhaube und rauchte eine Zigarette. Als sie sich dem Auto näherten, schnippte er sie auf den Boden und lief zum Tor. Er legte zwei Hebel um und zog das Tor so weit auf, dass er durch einen Spalt hindurchpasste. Um es vollständig zu öffnen, musste er sich dagegenstemmen, die Schulter gegen das Metall der Eisentür gepresst. Dann lief er zurück zum Wagen und nahm hinter dem Steuer Platz. Ronnie und Noack setzten Vera zwischen sich auf die Rückbank, der dritte Mann ließ sich auf den Beifahrersitz nieder. Der Mann am Lenkrad wischte sich Staub von seinem groben Wollsakko, bevor er den Motor startete.

Über den Hof eines Nachbargebäudes ging es hinaus auf die leere Straße. Die Gaslampen brannten noch und beleuchteten den brüchigen Asphalt. Gegenüber lag ein Brachgelände im Zwielicht. Das Auto rumpelte über Schlaglöcher. Sie fuhren an mehrstöckigen, weit zurückgesetzten Betonblöcken vorbei, ehe sie auf die Frankfurter Allee einbogen, eine mehrspurige Straße, die aus der Stadt hinausführte. Nur wenige Fahrzeuge kamen ihnen zu dieser frühen Stunde entgegen.

Die Männer schwiegen. Vera verspürte nicht den Drang, mit ihnen zu reden. Sie starrte aus dem Fenster, Plattenbauten zogen vorbei. In manchen Fenstern brannte Licht. In den Wohnungen führten die Menschen ein normales Leben. Lebten sie anders als die Menschen im Westen? In jedem Fall anders als sie. Sie war nicht mehr Teil der gewöhnlichen Welt. Egal, auf welcher Seite der Mauer. Eine Fremde. Überall.

Noack legte die Hand auf ihr Bein. Immer noch trug sie das Leibchen, das ihr die Wärterin gegeben hatte. Sie versuchte seine Finger wegzuschieben, sie krallten sich in ihren Oberschenkel.

»Würden Sie mich bitte loslassen«, sagte sie so bestimmt, wie sie konnte.

Die anderen schwiegen, warfen nicht einmal einen Blick auf sie. Noack grinste sie an, entblößte seine Nagetierzähne.

Er beugte sich zu ihr herüber. »Meine Hand wird bald dein geringstes Problem sein«, flüsterte er ihr ins Ohr. Sie spürte seinen feuchten Atem, er roch leicht nach Schnaps.

Sie wandte sich ab, schaute an Ronnie vorbei aus dem anderen Fenster, ihre Haut brannte wie Feuer unter den Fingern dieses Widerlings. Fast glaubte sie, ein Wundmal spüren zu können, rotes Gewebe mit dem Umriss seiner plumpen Hand.

Nach einem Anstieg, der dem Wagen mit den fünf Insassen Mühe bereitete, überquerten sie mehrere Bahnschienen. Am Straßenrand verdrängten Altbauten die anonymen Wohnblöcke, ehe noch mehr Plattenbauten auftauchten. Schließlich lockerte die Bebauung auf. Sie bogen in einen Feldweg ab, der durch einen rostig wirkenden Zaun auf ein Brachgelände führte. Büsche und Birken wucherten neben der staubigen Piste. Der Fahrer parkte auf einem fast kreisrunden Sandplatz.

Sie stiegen aus und gingen einen schmalen Pfad entlang durch das Gebüsch, bis sie zu einer Lichtung kamen. Vera lief wie in Trance, nahm ihre Umgebung kaum wahr, dachte nicht einmal darüber nach, was die Männer mit ihr vorhatten. Sie starrte zu Boden auf das märztote Gras, das sich mit dem Sand vermischte. Plötzlich blieben sie stehen. Ronnie und Noack hielten sie fest.

Veras Knie zitterten, als sie den Blick hob und die ausgehobene Grube sah, die vor ihr lag. Sie war etwa zwei Meter lang und einen Meter breit. Daneben steckte eine Militärschaufel in einem Erdhügel. Hier würde es also enden. Aus irgendeinem Grund fragte sie sich in diesem Moment, was Magda und Hedwig, ihre beiden

Kolleginnen aus dem Bonner Ministerium, wohl gerade taten. Vielleicht schliefen sie noch, vielleicht saßen sie bereits beim Frühstück.

Zwischen den Bäumen traten Yannick und Isabelle hervor. Er trug seine Jeans, die ein wenig zu weit um den Schlag herum waren, ein weißes Hemd, darüber eine helle Lederjacke mit Fransen, sie ein helles Kleid unter einem dicken Wollmantel mit Pelzkragen. Beide hielten sich an der Hand wie zwei Kinder, grinsten Vera an. Kalt und triumphierend. Die bösartigsten Gören, denen Vera jemals begegnet war.

»Knie dich hin!«, befahl Yannick.

Ronnie packte sie an der Schulter. Seine Finger bohrten sich unter die Knochen. Der Schmerz zwang sie zu Boden. Sie wand sich, sank zuerst auf das linke Knie, stützte sich mit der rechten Hand ab. Sie fühlte den sandigen Staub unter ihren Fingern.

»Ein letztes Wort?«, fragte Yannick.

Sie schwieg. Sie hatte Yannick nichts mehr zu sagen. Stumm schaute sie geradeaus auf die Büsche jenseits ihres Grabs. Aus dem Augenwinkel konnte sie Isabelle sehen. In ihrem Gesicht lag Triumph. Schon wieder.

»Schreiten wir zur Tat«, befahl Yannick. »Ronnie?«

Der ließ sie los, holte einen alten Revolver aus seiner Jackentasche und reichte ihn Yannick. Veras Romeo streichelte die Waffe fast zärtlich. Er ging um sie herum, verschwand aus ihrem Blickfeld, gesellte sich zu den anderen Männern in ihrem Rücken. Nur Isabelle stand noch vor ihr. Ihre Augen leuchteten. Ihre gesamte Gestalt in dem hellen Kleid schien vor den dunklen Bäumen im Hintergrund zu strahlen.

Der Hahn des Revolvers wurde gespannt. Das Geräusch klang viel lauter, als Vera erwartet hatte. Es musste kilometerweit zu hören sein, dachte sie. Mit lautem Geflatter stoben Krähen aus dem Gebüsch unmittelbar vor ihr. Sie krächzten im Flug, ließen sich ein paar Meter weiter auf Bäumen nieder. Stumme Zeugen ihrer Hinrichtung. Sie schloss die Augen. Wartete. Sie spürte das kalte Metall auf ihrem Hinterkopf, fühlte den Druck auf den Haaren, merkte, wie Yannick die Position des runden Laufs an ihrem Schädel korrigierte. Er ließ sich Zeit, nahm die Waffe wieder herunter.

»Vielleicht sollten wir erst eine rauchen, was meint ihr?«, fragte er in die Runde.

Sie war damit offensichtlich nicht gemeint.

»Bring es endlich zu Ende!«, rief Isabelle.

Vera spürte, wie Yannick erneut mit dem Revolver über ihren Hinterkopf fuhr, das Haar zurückstrich. Sie öffnete die Augen, starrte in die Grube, sah sich darin liegen, sah wie sandige Erde auf ihren leblosen Körper geschüttet wurde und dieser langsam verschwand.

Hinter sich hörte sie das Klacken eines Feuerzeuges, das sie zusammenzucken ließ, vor sich das Flügelschlagen einer Krähe. Auch die Vögel schienen gebannt darauf zu warteten, was geschehen würde.

Yannick reichte offenbar die Zigarette an die anderen Männer weiter. »Marlboro«, kommentierte er, »solltet ihr euch nicht entgehen lassen.«

Schließlich bot er die Kippe Isabelle an, die schüttelte den Kopf. Plötzlich tauchte eine halb abgebrannte Zigarette in Veras Augenwinkel auf.

»Komm, ein letzter Zug!«, forderte Yannick sie auf.

Sie zog an der Marlboro, die Glut leuchtete orange auf. Dann wurde der Stummel achtlos vor ihr in den Sand geschnippt. Wieder spürte Vera das kalte runde Metall auf ihrem Hinterkopf. Dieses Mal zwang sie sich, die Augen offen zu lassen. Doch als der Hahn auf die Trommel schlug, schloss sie sie.

TEIL 4

OSTBERLIN – WAHNSINN

20

Sie fühlte nichts.

Keinen Schmerz.

Keinen Zorn.

Keine Angst.

Um sie herum Dunkelheit.

Stille.

Das Nichts.

Niemand sprach. Die Vögel in den Bäumen waren verstummt.

Sie hatte nicht gespürt, wie sie in der Grube aufschlug. Sie hatte nicht gehört, wie ihre Mörder in Jubel ausbrachen und ihren leblosen Körper mit Erde bewarfen, um ihn für immer verschwinden zu lassen. Vera Marx, mutmaßliche Mörderin ihres Ehemannes, geflohen und auf ewig verschollen. Ende der Geschichte …

Nach einer Zeit voller Leere schlug sie die Augen auf. Vor ihr lag die Grube, dahinter saßen die Krähen auf ihren Ästen. Wie Totengräber. Doch rasch verloren sie das Interesse, ihr Krächzen hob wieder an.

Isabelle starrte sie eiskalt an. »Das nächste Mal mit Kugel. Das verspreche ich dir.« Sie spuckte vor Vera auf den Boden und stapfte durch den Sand davon.

»Buddel das Loch zu«, hörte Vera eine Stimme in ihrem Rücken, von der sie nicht wusste, wem sie gehörte.

Als sie mühsam aufstand, wackelten ihre Beine so sehr, dass sie zum Erdhügel neben der Grube stolperte und sich auf den Schaft der Schaufel abstützen musste.

»Na, mach voran«, blaffte die Stimme hinter ihr. »Wir haben nicht den ganzen Tag Zeit.«

Ihre Hände zitterten, es kostete sie enorme Kraft, die Schaufel aus dem Sandhaufen zu ziehen. Mit unsicheren Schritten begann sie, das Loch zuzuschütten. Ihr Herz raste, völlig aus dem Takt gebracht durch die Erkenntnis, überhaupt noch zu schlagen.

Die schwere Arbeit tat ihr gut, beruhigte sie. Sie horchte in sich hinein, während die Erde in das leere Grab rieselte. Doch sie spürte keine Regung, keine Emotion. Nur ihr Körper zeigte eine Reaktion. Zitternd, rasend. Sie bemerkte, wie ihre Hände zu schwitzen begannen, spürte das mulmige Gefühl in Knien und Armbeugen. Auch wenn sie sich seltsam taub und leer fühlte: Sie hatte in den Abgrund geblickt. Todesangst ausgestanden. Ihr Bewusstsein schien dies zu verdrängen, ihr Körper nicht.

Konzentriert schippte sie weiter. Sie schaute niemanden an, spürte aber, dass die fünf Männer sie beobachteten. Sie wusste nicht, wie lange sie brauchte, um mit der Arbeit fertig zu werden. Mit dem Loch. Körperlich. Seelisch.

Als sie endlich die letzte Schippe auf den frischen Erdhügel geworfen hatte, war es bereits hell geworden und ein leichter Regen setzte ein. Ein weiterer grauer, trister Tag. Erschöpft und ohne Widerstand ließ sie sich von Ronnie und Noack zurück zum Auto bringen. Die zwei ihr unbekannten Männer folgten ihnen, Yannick blieb auf der Lichtung zurück.

Während der Fahrt lag Noacks Hand wieder auf ihrem Bein. Sie sagte nichts. Niemand sprach ein Wort.

Irgendwann schaltete der Mann am Steuer das Radio an. Vera kannte die Musik nicht, nahm sie nur benommen wahr. Das alles hatte nichts mehr mit ihr zu tun. Dass sie überhaupt existierte, fühlte sich seltsam an. Falsch. Sie hatte sich von ihrem Leben verabschiedet, als sie in das leere Grab gestarrt hatte. Sie war noch nicht zu ihm zurückgekehrt.

»Mich zwingt keiner auf die Knie, keiner auf die Knie …«, sang die Stimme im Radio. Es klang blechern, weit entfernt.

Vera kam die Fahrt wie eine Ewigkeit vor. Es ging offenbar nicht zurück in die Stadt, stattdessen durch eine flache, öde Landschaft. Die hageren Bäume am Straßenrand waren im grauen Nebel halb verhüllt. Schließlich zeigte ein blaues Schild eine Abbiegespur an. Ein roter Kreis umschloss eine weiße Fläche. »Nur berechtigte KFZ« las Vera darauf.

Offenkundig waren sie berechtigt, denn der Mann hinter dem Steuer setzte den Blinker und lenkte den Wagen auf den schmalen Weg. Die Scheibenwischer kämpften tapfer gegen den Sprühregen an, der die Seitenfenster mit glasklaren Tropfen überzog und die Landschaft draußen verzerrte. Vor ihnen führte eine lange gerade Straße in einen Wald hinein. Nach einiger Zeit tauchte ein Tor auf. Es dauerte eine Weile, ehe das Auto es erreichte. Ein Soldat stand davor, wartete, bis sie näher gekommen waren, hob einen rot-weißen Holzstab in die Luft und stellte sich vor die Motorhaube.

Der Fahrer bremste und kurbelte das Fenster hinunter. »Wir haben einen Gast für den Genossen Fuchs.«

Der Soldat nickte, ging hinüber zu einem Wärterhäuschen. Vera beobachtete durch das Fenster des Kabuffs, wie er in Unterlagen blätterte. Er winkte. Vera war nicht klar, ob das ihnen galt. Das Tor öffnete sich.

»Wo sind wir?«, fragte Vera.

Ronnie, der dieses Mal auf dem Beifahrersitz Platz genommen hatte, drehte sich zu ihr um. Er wirkte stolz. Stolz darauf, zu diesem Gelände Zutritt zu haben. »Das erfährst du schon früh genug.«

Das Auto steuerte durch eine weitläufige Wohnanlage, die zwar etwas spießig und bieder wirkte, jedoch nicht so trist wie die düsteren Gebäudeschluchten Ostberlins. Die grob verputzten graubraunen Häuser duckten sich unter den kahlen Ästen der Bäume. Tief hängende, träge Wolkenschwaden verliehen dem Ganzen etwas Bedrohliches. Sie mussten sich in der Waldsiedlung Wandlitz befinden, im Zentrum der Macht. Vera kannte sie aus Erzählungen im Ministerium. Sie wusste, dass sich die hohen Funktionäre der DDR abseits der Großstadt ein Refugium geschaffen hatten. Sie hatte sich Wandlitz immer viel luxuriöser vorgestellt.

»Ist das Wandlitz?«, fragte sie noch einmal.

Ronnie warf ihr vom Vordersitz einen zornigen Blick zu, der ihr als Bestätigung ausreichte.

Sie hielten vor einem der Häuser in einer Seitenstraße. Nachdem Vera ausgestiegen war, nahmen Ronnie und Noack sie in ihre Mitte und führten sie die Stufen hoch zum Eingang. Trotz des dünnen Leibchens fror Vera nicht. Sie spürte gar nichts.

Fuchs öffnete persönlich die Tür. »Frau Marx, schön, dass wir uns so schnell wiedersehen«, grüßte der Chef der Hauptverwaltung Aufklärung und lud sie mit großer Geste ein einzutreten.

Ihre zwei Bewacher nickten ihrem Chef zu und machten kehrt. Fuchs schloss die Tür. Sie registrierte, dass er den Schlüssel im Schloss umdrehte und in der Tasche seines Morgenrocks verschwinden ließ. Er trug dicke Filzpantoffeln, auf denen er sich ihr geräuschlos näherte. Wie ein Tier beobachtete sie jede Regung ihres Gegenübers, nahm gleichzeitig den Duft von Kaffee und aufgewärmten Brötchen wahr, hörte irgendwo im Haus jemanden klappern.

Ihr Blick fiel auf einen Hocker neben der Tür. Sauber gefaltet lagen darauf ihre Kleider, mit denen sie die Grenze überquert hatte. Fuchs nickte ihr zu und wandte ihr den Rücken zu. Rasch zog sie sich an.

»Sie müssen hungrig sein! Ich hoffe, Sie hatten einen angenehmen Morgen?«, erkundigte er sich, nachdem er sich wieder zu ihr gedreht hatte. Seine Augen verrieten nicht im Geringsten, ob er das ironisch meinte oder nicht.

Er führte sie in eine Bibliothek. Aus dem Fenster schaute sie auf einen Garten mit sauber geschnittenem Rasen. Sie musste an ihr Zuhause in Bonn denken. Ihr altes Zuhause.

Vor einem der Bücherregale stand ein Plattenspieler auf einem Tischchen. Fuchs deutete darauf. »Mir ist zu Ohren gekommen, Sie mögen Musik. Falls Sie ein paar Lieder hören möchten, fühlen Sie sich wie daheim.«

»Nein, danke«, erwiderte sie knapp und blieb in der Mitte des Raumes stehen, die linke Hand auf dem rechten Oberarm, als wolle sie sich vor Fuchs' demonstrativer Höflichkeit beschützen.

»Frühstücken wir doch einfach!«, schlug Fuchs vor.

Er setzte sich an einen runden Tisch am Fenster. Neben ihm stand ein Servierwagen, auf dem frische Brötchen, Wurst, Marmelade und eine große Karaffe grellgelber Orangensaft stand, ein seltsam irritierender Farbklecks inmitten dieser verwaschenen Farblosigkeit. Sie musste zugeben, dass sie Hunger hatte. Ihr Magen knurrte und zog sich zusammen, als Fuchs beherzt in ein Brötchen biss. Knackend zerbrach die Kruste zwischen seinen Zähnen. Vielleicht sollte sie die Gelegenheit nutzen. Wer wusste, was Fuchs und seine Gehilfen noch mit ihr vorhatten.

Vera nahm Fuchs gegenüber Platz. Eine Frau um die 40 in weißer Bluse und schwarzem Rock trat aus einer Seitentür, die augenscheinlich in die Küche führte, eine Thermoskanne in der Hand.

Sie beugte sich über Fuchs' Tasse, der hob die Hand, zeigte mit dem Finger auf Vera. »Die Dame zuerst.«

Wortlos kam die Frau zu ihr hinüber. Vera hielt ihr die Tasse entgegen. Ihre Hände zitterten leicht. Sie bemerkte, dass Fuchs es aufmerksam registrierte. Nachdem die Frau ihr eingeschenkt hatte, ging sie zum Herrn des Hauses hinüber und bediente ihn ebenfalls. Dann verschwand sie so schweigsam, wie sie gekommen war. Fuchs bot Vera ein Brötchen an, schnitt es ihr auf. Fürchtete er sich davor, ihr ein scharfes Messer zu geben?

Schweigend aßen sie. Vera hielt sich beim Essen nicht zurück. Fuchs schien das mit Befriedigung zur Kenntnis zu nehmen.

Nach dem dritten Brötchen fragte Vera: »Warum haben Sie mich herbringen lassen?«

»Weil ich Sie mag.« Seine dunklen Augen versuchten Freundlichkeit vorzutäuschen. »Sie sind eine interessante Person. Als wir sie ausgewählt haben, hielten meine Leute sie für eine gewöhnliche Ehefrau und Sekretärin …«

Vera unterbrach Fuchs: »Wann haben Sie mich …«, sie zögerte einen Moment, »… ausgewählt?«

Irritiert schaute er sie an. Es gefiel ihm offenbar nicht, wenn ihm jemand ins Wort fiel. Doch er spielte weiterhin den gönnerhaften Gastgeber.

»Oh, das war vor Monaten. Es ist wichtig, das Zielobjekt genau zu kennen, bevor man aktiv wird. Zurück zu Ihrer Ausgangsfrage: In Ihnen steckt viel mehr.« Er warf die Hände in die Luft, um seiner Begeisterung Nachdruck zu verleihen. »Das haben Sie bewiesen in den letzten Tagen.« Er beugte sich zu ihr hinüber. Verschwörerisch. »Ich habe ein Auge für Menschen und ihre Talente, Frau Marx, und ich würde gerne Ihr Talent zum Vorschein bringen.«

Sie trank einen Schluck Kaffee, goss sich Orangensaft in eines der Gläser, die auf dem Servierwagen bereitstanden. So bizarr ihr alles erschien – je länger es dauerte, umso besser. Sie konnte einfach dasitzen und essen. Niemand folterte sie. Niemand drohte sie zu töten.

»Was glauben Sie denn, was mein Talent ist?«

»Oh! Das wissen Sie nicht?« Fuchs schien aufrichtig überrascht. »Sie sind eine bemerkenswerte Frau. Wir könnten Sie gut gebrauchen.«

»Sie wollen mich anwerben? Nachdem Ihre Leute meinen Mann ermordet haben?«

Fuchs hob abwehrend die Hand. »Das ist nicht gesagt.«

»Diese Isabelle hat es gestanden. Wollen Sie das jetzt abstreiten?«

»Nun, ich bin nicht immer über alles informiert, was meine Mitarbeiter im Außendienst tun oder nicht tun. Insofern kann ich Ihnen dazu keine Auskunft geben.«

»Sollen wir sie fragen?«

»Wäre das der Preis für Ihre Mitarbeit?«

»Glauben Sie, ich bin so einfach zu haben?«

Vera bereute die Frage sofort. Sie musste an Yannick denken, an die erste gemeinsame Nacht, daran, dass er nur wenige Tage gebraucht hatte, um ihr Leben erst völlig zu verwandeln und dann vollständig zu zerstören. Er und seine Frau Isabelle. Ja, sie war einfach zu haben.

Fuchs schien den gleichen Gedanken zu haben, vermied es aber, ihn auszusprechen

»Was wäre Ihr Preis?«, hakte er stattdessen nach, als verhandelten sie über den Kauf eines Gebrauchtwagens.

Möglicherweise hing von ihrer Antwort nicht nur das Geschäft ab, das Fuchs in ihrer Mitarbeit sah, sondern ihr Leben.

»Erzählen Sie mir von sich«, wechselte Vera das Thema. Sie musste Zeit gewinnen, sich einen Plan zurechtlegen.

Mit der linken Hand griff sie nach einem weiteren Brötchen, nahm mit der anderen Hand das scharfe Brotmesser, das vor Fuchs auf dem Tisch lag. Er ließ sie gewähren. Es wäre ein Leichtes, das Messer in seine Brust zu rammen. Zumindest für einen skrupellosen Killer. Sie legte es zurück, nachdem sie das Brötchen in zwei Hälften geteilt hatte.

»Ich hatte eine glückliche Kindheit«, begann Fuchs.

»Wir lebten in einem schönen Haus. Mein Vater war Arzt. Ich erinnere mich an die Kirschbäume, die im Frühjahr blühten. Wir Jungen kletterten darin herum, sahen danach aus, als wären wir mit Schnee bedeckt. Es war wunderbar. Eines Tages mussten wir fliehen.«

»Vor wem?«

»Vor den Nazis. Mein Vater war Kommunist. Wir sind nach Moskau gegangen. Dort habe ich gelernt, wie wichtig es ist, gegen den Faschismus zu kämpfen.« Er ballte seine Hand zur Faust.

Vera vermutete, dass die Geste einstudiert war. Wie vielleicht die ganze Geschichte.

»Warum sollte ich an Ihrer Seite kämpfen? Ich musste nicht …« Sie wollte »fliehen« sagen, hielt inne. Dauernd lagen ihr Aussagen auf der Zunge, die nicht mehr stimmten. »Ich musste Ihretwegen fliehen«, schloss sie.

Fuchs schüttelte den Kopf. »Sie mussten fliehen, weil der Kampf zwischen Imperialisten und dem Sozialismus Opfer fordert, Opfer, für die ausschließlich die kapitalistische Gier nach Profit und Macht verantwortlich ist. Wir alle«, er breitete die Arme aus, »wollen in Frieden leben, gemeinsam frühstücken, Musik hören, lieben, wen wir lieben wollen. Nur der Kapitalismus hindert uns daran, Frau Marx. Wenn wir nicht wachsam sind, verlieren wir unsere Freiheit. Wir müssen Dinge tun, die nicht schön sind, damit Menschen wie Sie in Frieden, Sicherheit und Freiheit leben können.«

»So hat mir das ja noch nie jemand erklärt …«, schnaufte sie.

Ihre Ironie entging ihm vermutlich. Vielleicht gehörte das zum Gleichgewicht des Schreckens? Geheimdienste auf beiden Seiten, die sich auf die gleiche Weise selbst legitimierten.

Fuchs schien mit ihrer Bemerkung zufrieden. »Nun, was meinen Sie?«

»Ich will, dass Sie sämtliche Romeos aus dem Westen zurückholen und ich will eine Liste der Namen, um das nachprüfen zu können. Keine Frau soll jemals wieder durchmachen müssen, was mir widerfahren ist.«

Fuchs stand der Mund offen. Was Vera jedoch wesentlich bemerkenswerter fand, war der angespannte Blick, den der Chef der Hauptverwaltung Aufklärung auf die Wand hinter ihr geworfen hatte, als sie die Liste erwähnte. Sofort versuchte sie zu rekonstruieren, was sich in ihrem Rücken befand. Sie erinnerte sich, lediglich ein Bücherregal wahrgenommen zu haben, als sie den Raum betreten hatte. Hatte daneben ein Bild gehangen? Sie war sich nicht sicher.

»Das werde ich selbstverständlich nicht tun«, erwiderte Fuchs, nachdem er sich gefasst hatte.

Sie erhob sich, tupfte sich mit der Serviette den Mund ab, legte sie auf ihren Teller. »Dann haben wir nichts mehr zu besprechen.«

Es war riskant. Sie hoffte, dass Fuchs darauf eingehen würde.

Fuchs lachte verlegen auf. »Sie haben Nerven!«, rief er.

Das haben deine Leute mir in den letzten Stunden beigebracht, dachte Vera.

Beiläufig drehte sie sich um. Erich Honecker, dessen Porträt neben dem Bücherregal hinter ihr an der Wand hing, lächelte sie an. Ein ähnliches Lächeln wie das von Fuchs. Vielleicht lernte man das in der Parteischule?

»Wissen Sie, was Ihnen droht?«, fuhr Fuchs fort.

»Sie haben mir das in den letzten Tagen eindrucksvoll demonstriert.«

Sie marschierte aus der Bibliothek, zurück in den schmalen Flur. Aus einer Tür neben dem Hauseingang trat ein Mann im schwarzen Anzug und stierte sie an, die Hand unter dem Sakko, das sich unter der Schulter deutlich ausbeulte.

»Kannert!«, befahl Fuchs, der ihr nachgekommen war, »bringen Sie Frau Marx zurück nach Berlin. Sie hat einiges, über das sie nachdenken muss.« Er holte den Schlüssel aus der Tasche seines Morgenmantels, sperrte die Haustür auf und verschwand ohne ein weiteres Wort.

Kannert packte Vera an der Schulter. Natürlich an der Schulter! Und Fuchs hatte nicht nachgegeben. Sie musste Zeit gewinnen.

Vera blieb im Türrahmen stehen.

»Weiter!«, kommandierte Kannert. Seine Stimme klang piepsig.

Vera hätte am liebsten laut aufgelacht. Waren das ihre Nerven und dieses bizarre Frühstück?

»Ich habe ein Problem …«, sagte sie unschuldig.

»Egal! Weiter!«, bellte Kannert.

Unwillkürlich musste sie an einen Dackel denken.

»Ein Frauenproblem, falls Sie verstehen, was ich meine«, versuchte sie es weiter.

Kannert seufzte. Er führte sie durch den Flur ans andere Ende des Hauses. Fuchs war nirgendwo zu sehen, wie sie mit einem raschen Blick in die Bibliothek feststellte. Vermutlich war er in die Küche nebenan gegangen. Kannert öffnete unter der Treppe, die in das obere Stockwerk führte, eine Tür zu einem kleinen Bad, aus dem Chlorduft drang. Vera wollte die Tür hinter sich schließen, Kannert drückte jedoch die linke Hand dagegen und schob die andere durch den Spalt zu ihr hinein. Mit fleischigen Fingern tastete er nach dem Schlüsselloch und zog den Schlüssel ab.

»Nicht, dass Sie auf dumme Gedanken kommen«, sagte er und ließ sie allein.

Dumm war er also nicht.

Das Bad bestand aus zwei separaten Bereichen. Die Wände des Vorraums waren nicht gekachelt, sondern mit einer dicken glänzenden Lackschicht in einem unauffälligen dunklen Beige gestrichen. Hier befanden sich ein schmales, altmodisches Waschbecken, ein Wischmopp und ein Papierkorb. Unter dem Waschbecken standen gleich drei weiße Plastikflaschen mit Reinigungsmittel. »Wofasept« las Vera darauf. Hinter einer weiteren Tür befand sich die Toilette. Auch in diesem Schloss steckte kein Schlüssel. Über der Kloschüssel befand sich ein kleines Fenster aus Milchglas. Ließ es sich öffnen?

Vera drehte den Wasserhahn des Waschbeckens auf, nahm den Mopp mit in den hinteren Bereich und verrammelte damit die Tür. Anschließend stieg sie auf den Klodeckel, packte den Griff des Fensters und zog daran. Tatsächlich bewegte sich der Rahmen. Innerlich jubelte sie, als sie bemerkte, dass das Fenster nicht nur groß genug war, sondern sich hinter der Milchglasscheibe auch kein Gitter verbarg. Sie lugte hinaus in den Garten und zum Wald hinüber, der nur knapp fünf Meter vom Haus entfernt hinter einem niedrigen Zaun begann. Es würde ein Leichtes sein, dorthin zu gelangen. Das Areal zu verlassen und nach Berlin zu kommen, würde allerdings schwieriger werden.

Mit dem Oberkörper voran schob sie sich durch die Öffnung. Allerdings bemerkte sie, dass sie sich auf diese Weise vermutlich den Hals brechen würde, sollte sie abrutschen und zu Boden fallen. Draußen schien Kannert noch keinen Verdacht geschöpft zu haben, aber sie hatte keine Zeit zu verlieren. Rasch stieg sie auf den Spülkasten, mit einem Fuß auf den Sims, schob das Bein hinaus, bis sie sich mit der Hand am unteren Rahmen abstützen konnte. Mit einem Ruck setzte sie sich mit gebücktem Oberkörper rittlings auf den unteren Fensterrahmen.

Plötzlich hörte Vera, wie die Tür zum Waschraum aufging, kurz darauf drückte jemand die Klinke zur Toilette herunter und zerrte klappernd daran. Das gesamte Türblatt begann zu wackeln. Vera schwang sich schnell ins Freie und landete in einem schmalen Kiesstreifen vor der Hauswand. Kurz schaute sie sich um, ob Fuchs oder einer seiner Gehilfen zu sehen war, bevor sie geduckt über den Rasen und über den Zaun in den Wald rannte.

Sie musste weit laufen, ehe sie sich in Sicherheit wähnte und glaubte, vom Haus aus nicht mehr gesehen werden zu können. Um einen Moment zu verschnaufen, hockte sie sich hinter ein paar Sträucher, die ihr ausreichend Schutz boten. Auf der einen Seite lagen weitere Wohnhäuser, auf der anderen eine Straße, die zu einem größeren, abseits gelegenen Gebäude führte. Ein Auto raste mit hohem Tempo vorbei, Blaulicht leuchtete auf seinem Dach. In der Ferne erkannte sie drei Männer, die über einen Platz rannten. Kein Ton war zu hören. Alles schien lautlos vor sich zu gehen, aber es bestand kein Zweifel: Kannert hatte ihre Flucht gemeldet.

Geduckt rannte sie weiter in den Wald hinein hinter Sträuchern Deckung suchend. Sie bereute, Yannick erlaubt zu haben, ihr die Haare zu blondieren. Mit ihrer ursprünglichen Frisur wäre sie unauffälliger gewesen. Nun hatte sie das Gefühl, dass ihre Haare grell leuchteten wie der Orangensaft beim Frühstück.

Nach wenigen Schritten stand sie vor einem gänzlich neuen Problem: vor einer grün getünchten, sicher drei Meter hohen Mauer. Sie versuchte, hoch zu springen und mit der Hand nach dem oberen Rand zu greifen. Vergeblich. Hinter sich hörte sie Stimmen. Sie kauerte sich auf den Boden. In einiger Entfernung liefen zwei Männer in Polizeiuniformen durch den Wald, an ihrer Seite zwei große schwarze Hunde. Noch waren sie angeleint, aber Vera machte sich keine Illusionen: Bald würden sie die Tiere loslassen.

Gebückt lief sie ein Stück an der grünen Wand entlang, fand jedoch keinen Ausgang, nicht einmal eine Lücke oder ein Loch. In ihrem Rücken hörte sie die Hunde. Sie drehte sich um. Durch das Geäst liefen die schwarzen Bestien auf sie zu, die zwei Polizisten an der Leine hinter sich herzerrend.

Sie rannte schneller. Laub raschelte unter ihren Füßen. Die Hunde bellten und hechelten.

»Haben sie Witterung?«, rief jemand.

»Einfach hinterher, sie kann nicht weit sein«, brüllte eine andere Stimme.

Noch wenige Minuten blieben ihr, bis sie eingeholt wurde.

»Ich seh sie!«

Das Kläffen der Tiere wurde lauter. Vera gab ihre Deckung auf und rannte auf einen alten, mächtigen Baum zu, erkannte, dass er ihre einzige Chance war. Im Laufen versuchte sie nach einem der Äste zu greifen, um sich daran hochzuziehen. Sie verfehlte ihn, stolperte, schlug auf dem Boden auf und stieß mit dem Knie gegen eine Wurzel. Laut schrie sie auf. Holz konnte verdammt hart sein.

»Lasst die Hunde endlich los!«

Vera rappelte sich wieder hoch, nahm im Augenwinkel zwei schwarze Schatten wahr, die im Höllentempo auf sie zujagten. Sie sprang erneut. Diesmal bekam sie den Ast zu fassen. Mit aller Kraft zog sich hoch, dankte Jane Fonda und ihrem Aerobic-Video. Sie kletterte weiter den Baum hinauf und setzte sich schließlich rittlings auf einen Ast, der seitlich zum Mauerrand hinüberragte. Rasch warf sie einen Blick nach unten. Die Hunde waren wenige Meter entfernt. Zum Glück konnten die Polizisten nicht mit ihnen Schritt halten. Und zum Glück vereitelte das dichte Astwerk ihnen die Sicht, um schießen zu können.

Doch Vera musste ihre Deckung aufgeben und robbte so schnell wie möglich den Ast entlang nach vorne. Er wurde dünner, bog sich unter ihrem Gewicht. Bald würde er brechen und sie in die Tiefe stürzen. Zu den Hunden, die nun unter ihr im Kreis liefen, hechelnd, die Zunge aus dem Maul hängend, Reihen scharfer Zähne zeigend. Aber der Ast hielt. Sie bekam den oberen Rand der Mauer zu fassen, die Tiere sprangen hoch, ahnten, dass ihnen ihre Beute entfliehen könnte, doch erreichten sie mit ihren Schnauzen nicht. Vera setzte einen Fuß auf die Kante. Sie schaute in die Tiefe. Ein Schuss fiel und nahm ihr die Entscheidung ab, sie ließ sich fallen. Sie hörte die Kugel über sich hinwegzischen, ehe sie auf dem Waldboden aufschlug und versuchte, sich abzurollen.

Feuchtes Laub klebte an ihr, sie erhob sich und lief weiter. Durch tristes Geäst und unter tief hängenden grauen Wolken. Vor ihr lag eine Nebelbank, auf die sie zusteuerte. Die Rufe der Polizisten, das hysterische wilde Kläffen der Hunde drang nur noch dumpf zu ihr herüber, wurde mit jedem Schritt leiser.

Sie war stur geradeaus weitergerannt, bis sie schließlich eine Landstraße erreicht hatte, auf deren anderen Seite sich der Wald fortsetzte. Sie wusste, dass ihre Flucht mit dem Sprung über die Mauer nicht zu Ende war. Immerhin hatte sie einen gewissen Vorsprung. Ihre Verfolger mussten entweder zu ihren Autos oder zu einem der wenigen Ausgänge der Waldsiedlung und dann um das gesamte Gelände laufen.

Schließlich tauchten im Dunst schemenhaft Häuser auf, einstöckige Gebäude mit flach abfallenden Dächern, die sich unter dem Nebel zu ducken schienen. Sie verlangsamte ihr Tempo, verfluchte einmal mehr Yannick wegen der leuchtend blonden Haare. Sie suchte hinter einem dürren Baumstamm Deckung und spähte zu den Bauten hinüber. Nichts regte sich. Vorsichtig schlich sie darauf zu. Über eine schmale Wiese zwischen den

Maschendrahtzäunen zweier Grundstücke, gelangte sie auf eine unbefestigte Straße. Am Straßenrand standen Autos, Trabant oder Lada. Sie wirkten in ihren warmen Pastelltönen seltsam bunt vor dem grauen Nagelputz der Gebäude, wie Mahnmale von Leben und Hoffnung inmitten eines verdammten Orts.

Vera drückte den Türgriff eines Trabants. Das wird langsam zur Routine, dachte sie grimmig. Zu ihrer Überraschung ließ sich die Tür öffnen. Hoffnung keimte in ihr auf. Sie schaute ins Fahrzeuginnere. Der Zündschlüssel steckte nicht. Derart vertrauensselig war man in der DDR dann wohl doch nicht. Und sie hatte keinen blassen Schimmer, wie man ein Auto knackte. Warum hatte sie von vielen Dingen überhaupt keine Ahnung? Konnte es so schwer sein, einen Motor zu starten? Sie war sich allerdings nicht einmal sicher, ob sie einen Trabant fahren konnte. Fast hätte sie losgeheult.

Wütend auf ihre eigene Unfähigkeit schloss sie die Wagentür leise, blickte sich verstohlen um. Auf der Straße und hinter den Fenstern war niemand zu sehen. Der Ort wirkte verlassen, wie ein Geisterdorf. Vielleicht waren alle in der Waldsiedlung und suchten nach ihr?

Sie überquerte die Straße, um ihr Glück bei einem anderen Trabant zu versuchen. Auch bei diesem Wagen ließ sich die Fahrertür bereitwillig öffnen, und fast hätte sie vor Jubel aufgeschrien, als sie den Schlüssel im Zündschloss entdeckte. Sie schlüpfte hinter das Lenkrad, es roch intensiv nach Apfel. Rasch drehte sie den Schlüssel um, wollte den Motor starten, erstarrte dann jedoch mitten in der Bewegung. Im Haus vor ihr wurde die Tür geöffnet. Eine junge Frau in einer Krankenschwesteruniform und ein alter Mann traten heraus. Sie sprachen miteinander, waren einander zugewandt.

Vera warf sich mit dem Kopf auf den Beifahrersitz, bevor die Frau und der Mann sie entdecken konnten. Hoffentlich gehörte das Auto nicht der Frau! Sie hörte die beiden reden, dumpfe Stimmen, konnte kein Wort verstehen. Schließlich klapperten Absätze auf Betonplatten. Der Sand am Straßenrand knirschte. Einer der beiden kam näher. Vera klappte den Verschluss des winzigen Handschuhfaches auf. Darin lagen eine Bedienungsanleitung, eine Packung Taschentücher und ein halb verfaulter Apfel. Nichts, was als Waffe taugte. Sie drehte den Kopf, erkannte schräg durch das Seitenfenster den grauen Himmel und ein paar Äste. Vera ballte die Faust, machte sich bereit, auf jemanden loszugehen, sollte die Tür geöffnet werden. Für einen kurzen Moment schob sich die Frau vor die Wolken hinter dem Fenster, lief am Trabant vorbei. Ihre Schritte entfernten sich.

Vera atmete erleichtert aus, wartete einige Sekunden, ehe sie vorsichtig den Kopf hob. Die Frau lief die Straße hinunter. Sonst war niemand zu sehen. Vera richtete sich auf, drehte den Zündschlüssel um. Der Motor lärmte auf und erstarb sofort wieder. Na klar!

Sie startete erneut, diesmal knatterte der Zweitakter konstant. Er klang wie eine italienische Vespa, dachte sie. Im Rückspiegel bemerkte Vera, dass sich eine dichte graue Wolke hinter dem Trabant ausbreitete. Würde dieses Gefährt sie bis Berlin bringen?

Sie legte den ersten Gang ein, drückte vorsichtig aufs Gaspedal. Ruckelnd setzte sich das Fahrzeug auf dem sandigen Seitenstreifen in Bewegung. Leise tuckerte der Motor. Am Ende des Dorfes mündete der Weg auf eine schmale Landstraße, an deren Rand Pappeln standen. Rechts vermutete Vera die Waldsiedlung, sie setzte den Blinker aufs Geratewohl in die andere Richtung.

Nur wenige Wagen kamen ihr auf der Strecke entgegen. Die Bäume wichen schließlich endlosen, brachliegenden Feldern. Krähen stiegen in die Höhe, flatterten in schwarzen Schwärmen ein paar Meter und ließen sich auf einem anderen Acker nieder. Nach einiger Zeit deutete ein gelber, leicht mit Moos überzogener Wegweiser nach Berlin. Erleichtert folgte sie ihm.

Die kleine Uhr am Armaturenbrett verriet Vera, dass sie über eine Stunde brauchte, ehe sie die Außenbezirke der DDR-Hauptstadt erreichte. Mittlerweile war früher Mittag. Gelegentlich blickte sie verstohlen ins Innere der Wagen, die neben ihr fuhren oder ihr entgegenkamen, glaubte, selbst hinter dem Steuer eines Trabants wie ein Fremdkörper zu wirken, wie eine Westdeutsche eben. Aber niemand beachtete sie. Ebenso war ihr offensichtlich niemand gefolgt. Niemand hatte sie aufgehalten. Allein von der Tanknadel ging Gefahr aus, sie neigte sich bedrohlich dem Ende zu. Lange würde sie das Auto nicht mehr fahren können. DDR-Mark besaß sie ebenfalls nicht, was zu einem Problem werden würde, sollte sie länger in diesem Land bleiben müssen. Sie musste mit dem westdeutschen Geheimdienst Kontakt aufnehmen!

Am einfachsten wäre es wohl gewesen, die Ständige Vertretung der Bundesrepublik aufzusuchen. Sie wusste, dass sie in der Hannoverschen Straße angesiedelt war, aber zum einen hatte sie keine Ahnung, wo diese in Berlin lag, und zum anderen traute sie sich nicht hin, war sie doch sicher, dass Fuchs und seine Agenten genau damit rechneten und sie abfangen würden. Sie erinnerte sich, dass ihr Gruber auf dem Weg zum Kölner Bahnhof von einem Kontaktpunkt berichtet hatte, der ihr für Notfälle zur Verfügung stand. »Er ist ständig besetzt«, hatte er ihr erklärt. Die Adresse lautete Alexanderstraße und befand sich in Berlin-Mitte. In der Nähe des Alexanderplatzes. Das sollte zu finden sein!

Sie folgte den Wegweisern ins Zentrum, der Verkehr wurde zunehmend dichter. Mehrere Reihen qualmender Trabant und Lada stauten sich an den Ampeln. Ein Polizeiwagen hielt neben ihr. Sie wandte sich rasch ab, trat zu schnell aufs Gas, als die Ampel auf Grün sprang, und hätte ihren gestohlenen Wagen fast auf einer riesigen Kreuzung in Ostberlin abgewürgt. Nervös zockelte sie weiter Richtung Alexanderplatz.

In einiger Entfernung konnte sie den Fernsehturm sehen, parkte den Trabant am Straßenrand und ging zu Fuß weiter. Jeder Passant schien sie anzustarren, verstohlen, und rasch den Kopf zu senken, wenn sie hinsah. Waren das ihre leuchtend blonden Haare? Oder wurde nach ihr gefahndet? Hatte die Stasi ein Foto von ihr veröffentlicht? Aber sie hatten doch gar keine Aufnahme von ihr, beruhigte sie sich … Dann schoss es ihr durch den Kopf: die Passbilder!

Sie passierte einen Zeitungskiosk. Lediglich eine Zeitung hing dort in den Ständern, die dafür zahlreich. »Losungen des Zentralkomitees« las sie die Schlagzeile im Vorübergehen. Kein Bild auf der Titelseite. Immerhin … Doch die neugierigen Blicke der anderen blieben.

21

Bis sie die Alexanderstraße fand, musste sie den Alexanderplatz fast einmal vollständig umrunden. Er erschien ihr riesengroß, und sie war sich sicher, dass dieser Eindruck nicht allein ihrer Angst geschuldet war. Plattenbauten umschlossen ihn fast vollständig. In der Mitte sammelten sich Leute um einen Brunnen. Überhaupt war der Platz sehr belebt. Zu belebt für ihren Geschmack.

Hinter der Weltzeituhr vorbei bog sie endlich in die Alexanderstraße ein. Sie hatte eine stille Gasse erwartet. Mit Hinterhofcharakter, Mülltonnen, Rauch aus Gullydeckeln und vielleicht einer Katze, die an ihrem Bein vorbeihuschte. Agentenklischees eben. Aber der Verkehr brauste auf vier Spuren an ihr vorbei. Die Abgase lagen in der Luft und mischten sich mit dem Dunst der tief hängenden Wolken. Es roch nach Benzin und nach Kohleöfen. Abseits entdeckte sie die Telefonzelle, von der Gruber gesprochen hatte.

Sie nahm den Hörer und wählte die dreistellige Nummer, die der BND-Agent ihr genannt hatte.

Fast sofort meldete sich eine weibliche Stimme. »Weltjugend Berlin.«

»Ich glaube, ich habe mich verlaufen«, erwiderte Vera.

So war es abgesprochen. BND und Stasi unterschieden sich in ihrem Vorgehen nicht großartig.

»Gehen Sie zurück zur Weltuhr und warten Sie einen Moment«, sagte die Stimme. Dann ertönte ein Summton. Das Gespräch hatte kaum zehn Sekunden gedauert.

Vera kehrte zurück zum Alexanderplatz. Dort stellte sie sich unter ein schmales Vordach mit dem Rücken zur Uhr und beobachtete die Umgebung in der Schaufensterscheibe. Das erschien ihr klüger, als sich jedem Passanten oder einem möglichen Stasi-Mann offen zu präsentieren. Nach einiger Zeit wechselte sie ihre Position, ging einige Schritte, blieb erneut vor einer Auslage stehen. Der Platz spiegelte sich in dieser Scheibe dunkel, bräunlich verfärbt wie durch das Glas einer Sonnenbrille. Am oberen Rand brach der Fernsehturm in einem fast rechtwinkligen Knick ab, die Menschen rund um die Weltuhr wirkten schlanker, lang gezogen.

Es dauerte einige weitere Minuten, ehe ein Mann am Rand des Schaufensters auftauchte, den Vera kannte. Sie wartete, bis Gruber unter der Weltzeituhr stand. Der Agent schaute sich um, suchte zwischen den Leuten nach ihrem Gesicht. Sie wandte sich von der Scheibe ab und ging auf ihn zu. Er entdeckte sie und eilte ihr entgegen. Zu ihrer Überraschung nahm er sie in den Arm und drückte sie, wie eine Freundin, mit der er sich verabredet hatte.

Die Umarmung nahm Vera mehr mit, als sie erwartet hätte. Sie wollte sich an ihm festklammern, an dem einzigen vertrauten Menschen in diesem Teil der Welt. Das erste Mal, seitdem sie geflohen war, sah sie das leere Grab vor sich, spürte die Kälte des Revolvers an ihrem Hinterkopf, starrte sie Isabelle aus blitzenden Augen an. Sie zitterte in den Armen des Agenten. Tränen liefen ihr die Wange hinunter. Doch dann musste sie an Yannicks vorgetäuschte Zuneigung denken, an seine Nähe, seine Zärtlichkeiten. Unwillkürlich schob sie Gruber von sich weg.

»Du siehst furchtbar aus!« Er klang besorgt.

Sie wischte sich mit dem Handrücken die Nase ab. Wie ein kleines Kind.

»Dabei habe ich heute Morgen ausgiebig gefrühstückt …«, erwiderte sie. Ihre Stimme klang belegt. Der Witz verebbte in ihrer Heiserkeit.

Einen Moment standen sie sich gegenüber, unschlüssig, was sie tun sollten. Gruber legte seinen Arm um sie und führte sie über den Platz, eng umschlungen wie ein Paar. Sie wollte sich von ihm lösen, doch war zu schwach dazu. Er bemerkte ihre Gegenwehr dennoch.

»Was ist?«

»Mich haben in letzter Zeit zu viele Leute am Arm gepackt und irgendwohin gezerrt.«

Er hob die Hand ein Stück, eine schwache entschuldigende Geste. »Verzeih mir! Ich wollte dir nicht zu nahetreten.« Genau das tat er jedoch und flüsterte ihr ins Ohr: »Aber du solltest wirklich nicht lange auf einem öffentlichen Platz stehen, Vera. Du fällst auf.« Er zögerte. »Und wir wissen, dass die Stasi dich sucht. Fuchs tobt angeblich.«

Vera konnte sich ein Grinsen nicht verkneifen. Vielleicht war sie nicht die Einzige, der es gerade beschissen ging.

»Was hast du angestellt?«, fragte er.

»Das erzähle ich dir in Ruhe.«

Wie selbstverständlich waren sie doch beim Du gelandet.

Arm in Arm gingen sie zu einem Wagen, der am Straßenrand stand. Der Fahrer, ein älterer Mann um die 50, nickte ihnen im Rückspiegel zu, als sie im Fond

Platz nahmen. Er drehte den Schlüssel um, der Motor sprang an, ohne eine graue Rauchwolke in die Luft zu pusten. Der Mann drehte sich zu ihnen um. Ein mächtiger Schnauzbart und ebenso imposante Koteletten schmückten sein rosiges Gesicht.

»Zur StäV?«, wandte er sich an Gruber.

Der nickte. Er wirkte müde, dachte Vera. Müde wie sie. Müde und besorgt.

Ihrem Chauffeur schien das aufzufallen, denn er zwinkerte Vera zu. »Sie sind jetzt in Sicherheit. Dieses Auto gehört der Bundesrepublik Deutschland und genießt quasi exterritorialen Status. Es ist, als wären sie zu Hause.«

Vera dachte an Bernd, wie er mit durchschnittener Kehle in ihrem Ehebett gesessen hatte.

»Ich weiß nicht, ob ich gerade zu Hause sein möchte«, erwiderte sie.

Sicher steuerte der Fahrer den Wagen durch den Verkehr rund um den Alex und griff gleichzeitig ins Handschuhfach. Vera konnte nicht sehen, was er tat, aber sie hörte das Knistern einer Plastikverpackung. Dann streckte er ihr ein Bonbon entgegen, das in einer grellgelben Zellophanverpackung steckte. Es erinnerte sic an den Orangensaft auf Fuchs' Frühstückstisch. Sie griff dennoch danach.

»Nein! Auf gar keinen Fall!« Gruber war von seinem Lieblingsplatz – der Tischkante – aufgesprungen. Er rannte zu Vera, die auf einem Stuhl saß, die Hände um eine warme Tasse Kaffee gelegt.

Sie hatten sich in einem Konferenzraum an einem

großen, lang gestreckten Tisch aus dunklem Holz versammelt. An den Fenstern hingen schwere Vorhänge, die vermutlich die Sicht von außen komplett verhinderten, wie durch einen milchigen Schleier jedoch den Blick hinaus auf die Hannoversche Straße gewährten. Ein passendes Sinnbild dafür, wie sie die DDR seit ihrer Ankunft erlebt hatte.

Gruber verstellte ihr die Sicht. »Das kannst du nicht machen«, rief er, »viel zu gefährlich! Lebensgefährlich.«

Er hatte wirklich schöne braune Augen, dachte sie spontan. Warum? Warum kamen ihr gerade in diesem Moment seine Augen in den Sinn? Sie war wirklich nicht gut beieinander. Würde sie noch ihr altes Leben führen, würde sie sich vermutlich ein paar Tage frei nehmen. Jetzt wollte sie allerdings das genaue Gegenteil.

Grubers warme Augen schauten sie ebenso empört wie besorgt an. »Das ist absoluter Wahnsinn!«

»Es ist die einzige Möglichkeit«, erwiderte Vera ruhig und trank einen Schluck Kaffee. »Außerdem hatten wir diese Diskussion doch bereits.«

»Ja«, fuhr Gruber sie an, »und du weißt selbst am besten, wohin dich das geführt hat.«

Zornig starrte sie ihn an. Er hatte keine Vorstellung davon, was sie erlebt hatte. Was sie niemand anderem wünschte.

»Es ist nicht notwendig!« Gruber wandte sich an den Alten, der schon in Brühl mit Vera einer Meinung gewesen war und der ihnen eine Zeit lang stumm zugehört hatte. Sein Chef, wie Gruber Vera mittlerweile bestätigt hatte.

Der Alte spielte mit seinen langen, schlanken Fingern an seinem grauen Spitzbart. »Es ist nützlich«, sagte er knapp. Er schien dieses Mal nicht restlos überzeugt.

»Wenn sie erwischt wird, macht ihr die DDR einen Schauprozess. Was glauben Sie, was das für ein politisches Spektakel wird? Eine Westspionin, die in die Privaträume eines der höchsten Funktionäre in der DDR einbricht! Das lassen die sich nicht bieten!«

»Wenn ich erwischt werde …«, warf Vera ein.

»Du wirst erwischt werden!«

»Ich bin schon einmal aus Wandlitz rausgekommen.«

»Wenn es jemand schafft, dann Frau Marx«, warf der Alte ein.

Vera war sich nicht sicher, ob in seiner Stimme Bewunderung mitschwang oder ob er versuchte, sie in Sicherheit zu wiegen, um an seine Liste zu kommen. Doch es war auch *ihre* Liste.

»Das ist doch irre!«

Gruber schüttelte den Kopf, machte eine abweisende Handbewegung, stützte beide Hände auf die Seitenlehnen von Veras Stuhl, beugte sich zu ihr hinunter. Diese braunen Augen …

»Du willst ernsthaft zurück in die Waldsiedlung? Bei Reiner Fuchs einbrechen? Seinen Safe knacken und einfach so diese Liste klauen? Und glaubst auch noch, du kämest da wieder raus?«

»Ich weiß, wie es geht.«

Zumindest wie sie rauskommen würde. Bei allem anderen war sie sich nicht so sicher. Allerdings tat das ihrer Entschlossenheit keinen Abbruch.

»Weißt du denn, wie man einen Safe knackt?«

»Sie wissen das, Gruber.« Die Stimme des Alten klang entschlossen. Er hatte die Hände vor sich gefaltet, tippte die Fingerspitzen aneinander und sah zufrieden aus.

Gruber schaute zwischen dem Alten und ihr hin und her. »Nein. Einfach nein.«

»Ich gehe zurück. Mit dir oder ohne dich.«

»Verdammt!«

Vera wusste, dass sie gewonnen hatte.

22

Gegen 23 Uhr ließ ein unauffälliger, hellblauer Trabant Vera und Gruber an der Wandlitzer Chaussee aussteigen. Durch die kahlen Äste der Bäume sah sie die grüne Mauer der Waldsiedlung und die Hinweisschilder für militärisches Sperrgebiet

Nachdem sich Gruber Veras Willen gefügt hatte, waren die Vorbereitungen für ihren Coup sogleich gestartet. Die Pläne, die der BND von der Waldsiedlung besaß, stammten noch aus den 30er-Jahren. Mit Veras Hilfe gelang es, Fuchs' Villa zu lokalisieren. Auch die Stelle, an der Vera aus der Siedlung entkommen war, konnten sie finden. Vera hatte gestaunt, wie weit sie während ihrer Flucht gelaufen war.

Sie beide waren mit Rucksäcken mit nützlichen Hilfsmitteln ausgestattet worden. Dank eines Bergsteigerseils und eines Hakens gelangten sie problemlos über die Mauer. Es schien niemand wirklich mit einem Eindringling zu rechnen, das Areal wirkte verlassen. Vera und Gruber bewegten sich in geduckter Haltung gut hundert Meter nach vorne über den Waldboden. Es war stockfinster, allein die Lichter in den Häusern der SED-Funktionäre boten ein wenig Orientierung. Vera hielt die Hände schützend vors Gesicht, damit sie im Dunkeln nicht von dem dichten Astwerk verletzt wurde. Gruber war weniger clever. Er lief vorneweg, sie hörte ihn leise fluchen und wild mit den Händen wedeln.

»Pst!«, ermahnte sie ihn.

Wütend drehte er sich zu ihr um. Als sie neben ihm stand, konnte sie ihm ansehen, dass er seine Verärgerung unterdrückte. Gemeinsam schlichen sie weiter und erreichten rasch den Zaun hinter Fuchs' Grundstück. Der Hausherr selbst, das hatten die Recherchen des BND ergeben, würde die Nacht in Berlin bleiben, um an einer Krisensitzung der Stasi teilzunehmen. Veras wegen, wie der Informant respektvoll mitteilte. Fuchs besaß eine Stadtwohnung unweit des Ministeriums. Dort würde er übernachten. Der BND ging jedoch davon aus, dass mindestens ein Stasi-Agent auf dem Wandlitzer Anwesen Wache schieben würde. Eventuell Kannert, überlegte Vera.

In keinem der Fenster, die in den hinteren Garten gingen, brannte Licht. Im Erdgeschoss waren graue Rollläden heruntergelassen. Nur an der Seite des Hauses fiel Licht durch eine kleine viereckige Öffnung auf den Weg, der am Gebäude vorbeiführte.

»Wie kommen wir rein?«, flüsterte Gruber.

Vera deutete auf eine Treppe unterhalb des Seitenfensters. Sie führte zu einer Kellertür hinunter. Gruber nickte und huschte voraus, Vera folgte ihm dicht auf den Fersen. Als sie die Hausecke erreicht hatten, warfen sie einen Blick nach vorne zur Straße. Alles lag still und friedlich da. Kein Mensch weit und breit. Ein schwarzer Lada parkte vor dem Grundstück. Vera tippte Gruber auf die Schulter und deutete auf den Wagen.

»Stasi«, zischte der Agent. »Vermutlich zwei Männer, die aufpassen. Vielleicht sollten wir sie rauslocken?«

»Sobald draußen etwas passiert, haben wir eine halbe Wachmannschaft auf den Fersen. Glaub mir, ich hab das erlebt. Können wir drinnen nichts tun?«

Gruber runzelte die Stirn. »Dort kennen sie sich besser aus als wir.«

»Aber die wissen nicht, dass wir kommen.« Ihre Worte wunderten sie selbst. Wie auch ihre Ruhe.

Sie schlichen geduckt die Kellertreppe hinunter. Gruber brauchte keine zehn Sekunden, um das altmodisch wirkende Schloss zu knacken. Leise schob er die Tür auf. Sie huschten hinein. Vera holte eine Taschenlampe aus ihrem Rucksack, leuchtete die Wände entlang. Beeindruckt.

»Das ist die größte Sammlung teurer Weine, die ich jemals gesehen habe«, merkte Gruber an. Er nahm eine Flasche aus einem der Holzregale und betrachtete das Etikett. »Für Wein scheint die Grenze recht durchlässig zu sein.« Er stellte die Flasche zurück.

Vera schaltete die Taschenlampe aus, als sie die Tür auf der gegenüberliegenden Wand erreicht hatte. Dahinter vermutete sie die Treppe, die hinauf in die Wohnräume führte. Langsam drückte sie die Klinke hinunter und zog die Türe so leise wie möglich auf. Sie war unverschlossen. Vorsichtig spähte Vera in den Vorraum.

Auf Zehenspitzen schlichen sie ins Erdgeschoss hinauf, Vera vorneweg, da sie mit den Räumlichkeiten vertraut war. Die Turnschuhe mit den weichen Gummisohlen, mit denen sie der BND ausgestattet hatte, machten sich bezahlt. Kein Laut war zu hören.

Oben am Treppenabsatz blieben sie stehen. Sie hörten leise Stimmen. Vera lugte in den Flur hinein, Licht fiel aus der Küche. Die Wortfetzen schienen von dort zu kommen.

»Die vordere Tür ist die Bibliothek, die dahinter die Küche. Es gibt einen direkten Durchgang zwischen den zwei Räumen. Du musst also in Deckung gehen. Ich seh dich dann nachher in der Küche«, zischte sie Gruber zu.

»Was hast du vor?«, fragte er besorgt.

»Ich begrüße alte Bekannte!«, erwiderte sie und wandte sich schnell ab, bevor Gruber sie zurückhalten konnte.

Leise eilte sie auf das Lichtviereck zu, das aus der Küche auf den Dielenboden fiel. Auf halber Strecke drehte sie sich zu Gruber um, deutete zur Bibliothek. Er schüttelte den Kopf, zeigte auf sich und sie, anschließend auf die Küchentür zum Gang. Sie hob abwehrend den Finger, richtete ihn erneut auf die Bibliothekstür. Er nickte resigniert.

Sie ging weiter, tastete sich die letzten Meter geduckt zur Tür heran. Plötzlich wurde sie geblendet, hielt inne. Als sie sich suchend umsah, entdeckte sie einen Spiegel, der auf Brusthöhe auf der gegenüberliegenden Wand angebracht war und das Küchenlicht reflektierte. Rasch ging sie in die Hocke, sodass sie unbemerkt das Geschehen im Spiegel beobachten konnte.

Am Küchentisch saßen zwei Männer und spielten Karten. Vera erkannte Kannert, der mit dem Rücken zur Tür saß. Sein Sakko hing über dem Stuhl, über seinem Hemd sah sie den Holster einer Pistole, darin eine Waffe. Der andere hatte am Steuer des Wagens gesessen, der sie zunächst zum Brachgelände und danach zu Fuchs gebracht hatte. Sie atmete einmal tief durch. Jetzt spürte sie doch die Angst.

Sie fasste sich ein Herz und trat vor. »Schön, wenn man sich wiedersieht, nicht wahr?«

Kannert drehte sich langsam um, die Spielkarten in der Hand.

Der andere lachte auf, schüttelte den Kopf und warf seine Karten auf den Tisch. In aller Seelenruhe zog er seine Pistole aus seinem Schulterhalfter. »In der Tat, es ist eine Freude! Schade, dass es nun das letzte Mal ist. Nimm ihr den Rucksack ab, Kannert.«

Kannert erhob sich.

»Ohne sie dabei zusammenzuschlagen«, ergänzte der Fahrer. Anscheinend hatte er das Sagen.

»Wie reizend von Ihnen!«, kommentierte Vera.

»Ginge es nach mir, dürfte er sie stundenlang als Boxsack benutzen, und er würde das sicher mit größtem Vergnügen tun. Doch Fuchs hält Sie für kostbar. Vermutlich, weil Sie abgehauen sind. Vielleicht will er Sie aber auch selbst zu Tode prügeln.« Er sprach mit monotoner Stimme, als redete er von einer weiteren Runde Kartenspiel.

Kannert nahm ihr den Rucksack ab. Wo zum Teufel blieb Gruber? Er hätte längst hinter den Stasi-Leuten auftauchen sollen, seine Waffe in der Hand, denn es war die einzige, die sie besaßen. Gruber hatte ihr zwar in der Ständigen Vertretung eine Pistole gegeben, sie hatte sie auch in der Hand gehalten, schwer und tödlich, dann an Yannick denken müssen, den kalten Lauf an ihrem Hinterkopf, und sich geweigert. Gruber hatte ihr dennoch gezeigt, wie die Waffe funktionierte, aber schließlich aufgegeben, sie überzeugen zu wollen.

Mit seiner Pistole deutete der Fahrer auf Kannerts

Stuhl. »Setzen Sie sich doch auf den Platz meines Kollegen! Er wird ohnehin nach draußen gehen und telefonieren. Es gibt eine Menge Leute, die sich darauf freuen, Sie zu sehen. Sie sind so was wie eine Star geworden!«

Sie setzte sich dem Mann gegenüber. Kannert stellte ihren Rucksack vor den Küchenschrank. Veras Gegenüber zog ihn mit dem Fuß zu sich und klappte den Deckel auf. Die Waffe auf Vera gerichtet, durchsuchte er den Beutel, fand jedoch offenbar nichts, was seine Aufmerksamkeit erregte. Draußen hörte sie Kannert leise sprechen. Gruber ließ auf sich warten.

Der Stasi-Mann richtete sich auf. »Warum sind Sie zurückgekommen?«

»Ihr Chef macht ein exzellentes Frühstück.«

»Für Frühstück ist die falsche Zeit.«

Sie nahm Schritte in ihrem Rücken wahr. Kam Gruber durch den Flur? Hatte er ihren Plan nicht begriffen?

Sie drehte sich um. Kannert blickte über sie hinweg, deutete stumm mit seinem fleischigen Finger nach vorne. Vera folgte dem Finger. Ein Schuss fiel. Der Lärm war ohrenbetäubend. In Veras Kopf dröhnte es. Sie schaute sich erneut um, Kannert war verschwunden.

Gruber stand im Durchgang zur Bibliothek, in der rechten Hand die Waffe in die Luft gestreckt. Er senkte sie und richtete sie auf den Fahrer, während er mit der Linken in seinem Rücken nach dem Türschlüssel tastete und den Zugang zur Bibliothek abschloss. »Schön ruhig bleiben, mein Freund. Wie Sie bemerkt haben, habe ich nicht die geringste Hemmung zu schießen. Legen Sie Ihre Pistole langsam und vorsichtig auf den Tisch.«

Der Stasi-Mann tat, wie geheißen.

»Den Lauf zu Ihnen, bitte!«, mahnte Gruber.

Mit zwei Fingern drehte ihr Gegenüber den Lauf zu sich und schob die Waffe in die Mitte des Tisches. Seine Spielkarten verrutschten.

»Schade, war ein gutes Blatt«, sagte er.

Gruber wies mit der linken Hand auf die Pistole. Vera zögerte, nahm sie an sich, überprüfte, ob sie gesichert war, wie Gruber es ihr am späten Nachmittag gezeigt hatte. Anschließend schlich sie zum Flur und spähte vorsichtig hinaus. Von Kannert keine Spur.

»Glaubst du, er hat das Haus verlassen?«, fragte sie Gruber leise, während der den Fahrer mit einem Seil aus seinem Rucksack an den Küchenstuhl fesselte.

»Das hätten wir hören müssen.«

»Hau ab, Kannert, hol Hilfe!«, brüllte ihr Gefangener, bevor er von Gruber einen Schlag mit dem Pistolenlauf auf den Schädel erhielt. Sein Kopf flog zur Seite und sackte aufs Kinn. Gruber klebte ihm einen dicken Streifen Paketklebeband über den Mund.

»Das hättest du früher machen sollen«, tadelte Vera.

»Bist du jetzt die neue Superagentin?«, zischte Gruber.

»Ich sag nur, wie es ist.«

Sie drückte sich mit dem Rücken an die Wand neben der Küchentür, schnellte nach vorne und warf einen Blick in den Gang. Ein Schuss fiel. Holz splitterte, als die Kugel im Türrahmen einschlug.

»Unser Mann ist im Haus«, stellte Gruber überflüssigerweise fest.

»Vermutlich möchte er eine Belobigung dafür, uns unschädlich gemacht zu haben. Schließlich hat er was gutzumachen.«

»Die wird er nicht kriegen«, erwiderte Gruber knapp und positionierte sich auf der anderen Seite der Tür ihr gegenüber.

»Kannert?«, rief Vera. Sie entsicherte mit beiden Händen vor der Brust die Pistole des Agenten, der benommen auf seinem Stuhl saß. Jetzt musste sie sie also doch benutzen. »Können wir eine kurze Pause machen? Waffenstillstand?«

Ein weiterer Schuss.

»Ernsthaft, Kannert. Ich muss auf Klo, Frauenprobleme!«

Drei Schüsse. Diesmal galten sie nicht der Tür, sondern der viel zu dünnen Küchenwand, hinter der Vera in Deckung gegangen war.

Sie warf sich zu Boden.

Zu spät.

Brennender Schmerz durchfuhr ihren linken Oberarm.

»Scheiße!«

Sie griff nach der brennenden Stelle. Ihre Finger waren blutig, als sie sie wegnahm. Das hatte sie nun von ihrem Übermut!

»Bist du verletzt, du blöde Kuh?«, brüllte Kannert.

Vera sah zu Gruber hinüber. »Er ist beim Bad an der Kellertreppe«, sagte sie leise.

Ihr Partner kroch zu ihr, hockte sich neben sie, betrachtete ihre Wunde. »Zum Glück nur ein Streifschuss!«

»Du hast doch Verbandszeug in deinem Rucksack …«, flüsterte sie.

Sie hätte ihn nicht daran erinnern müssen, Gruber hatte bereits in seinen Beutel gegriffen und hielt Vera eine Bandage hin. »Verbinden kannst du dich vermutlich allein?«

Sie nickte. Gruber spähte vorsichtig in den Flur.

»Wie viele Patronen hat seine Stasi-Pistole eigentlich?«, fragte Vera mit gedämpfter Stimme, während sie sich den Ärmel hochkrempelte, um den Verband anzulegen.

»Wenn er eine Makarov hat, wie du sie jetzt in der Hand hältst, hat er acht Schuss.«

»Noch drei also«, rechnete Vera nach.

»Es sei denn, er hat nachgeladen.«

»Unwahrscheinlich«, erwiderte Vera.

»Warum?«

»Er ist nicht der Typ, der ein Ersatzmagazin mit sich herumträgt.«

»Sehr überzeugend, deine Wald-und-Wiesen-Psychologie!«

»Okay, auf dem Stuhl hängt sein Sakko. Wenn er ein zweites Magazin hat, dann steckt es da drin.«

»Nicht schlecht!« Gruber schob den Lauf seiner Waffe um die Ecke in den Flur. »Kannert!«, brüllte er.

Erneut durchschlug eine Kugel die Wand über ihnen und jagte zischend über sie hinweg in den Küchenschrank. Der gefesselte Agent erwachte, vom Lärm aufgeschreckt, rüttelte an seinen Fesseln und versuchte, mit verklebtem Mund zu brüllen. Vera hielt zwei Finger in die Höhe. Zwei Schuss verblieben ihrem Gegner. Sie hatte inzwischen den Verband um die Wunde gelegt. Es brannte wie Feuer.

»Was meint Fuchs eigentlich dazu, dass Sie seine Wand kaputtballern?«, rief sie.

Eine weitere Kugel zischte knapp an ihr vorbei. Draußen auf der Straße ertönten Motorgeräusche.

»Ihr seid geliefert!«, jubelte Kannert in seinem Versteck.

Vera sah Gruber besorgt an. »Wir haben ein Problem. Wie lange brauchst du, um den Safe zu knacken?«, flüsterte sie.

Gruber grinste.

Sie mochte sein Grinsen.

Falscher Gedanke. Falscher Moment.

Er klopfte auf seinen Rucksack. »Etwa drei Minuten. Schon erledigt.«

Mit dem gesunden rechten Arm schlug sie nach ihm. »Du Scheißkerl hast mich warten lassen und den Safe ausgeräumt?«, zischte sie ihn an.

Er wehrte den Schlag halbherzig ab. »Du hattest doch alles im Griff«, antwortete er.

Sie fragte sich, ob er die Mission für wichtiger hielt als ihr Leben. Scheiß auf sein hübsches Grinsen!

»Was machen wir?« Gruber deutete mit dem Waffenlauf nach vorne zur Haustür, wo Stiefelgetrampel ertönte. Jemand brüllte.

»Wir hauen durch den Keller ab.«

»Aber da sitzt Kannert vor.«

»Mit einer Patrone.«

»Sofern er kein zweites Magazin in seiner Hosentasche versteckt hat.«

Sie stand auf und schaute zum ihm herab. »Du kannst entweder an mir zweifeln und ausharren, bis das gesamte Wachbataillon der Siedlung Spalier steht – oder du vertraust mir und kommst mit.«

Sie sahen sich für einen Moment an, überprüften gleichzeitig ihre Waffen.

»Auf drei, wie du mir erklärt hast?«, fragte Vera. Gruber nickte.

»Eins«, flüsterte sie. Sie hoben die Pistolen mit gebeugten Armen in die Luft und gingen in Position.

»Zwei!« Sie beugten sich leicht nach vorne und richten die Läufe in den Flur.

»Drei!« Sie rannten los.

Die Waffen nach vorne gestreckt, schossen sie in die Richtung, in der sie Kannert vermuteten. Der hatte offensichtlich die Tür zum Bad geöffnet und hinter dem Türblatt Deckung gesucht. Als sie schießend vorbeirannten und Gruber die Kellertür aufriss, warf Vera einen kurzen Blick durch den Spalt in den Raum. Kannert lag auf dem Boden mit dem Kopf unter dem Waschbecken, die Waffe neben ihm. Seine Augen starrten an die Decke. Blut hatte sein Hemd dunkelrot gefärbt. Schmerz durchfuhr Vera. Oder eher eine schmerzliche Erkenntnis. Womöglich hatte sie gerade einen Menschen getötet. Ihr Magen krampfte sich zusammen bei dem Gedanken.

»Tut mir leid, Kannert«, flüsterte sie leise und stürmte hinter Gruber die Treppe hinunter durch den Keller ins Freie.

Doch ihre Entschuldigung half nicht. Kannert, tot unter dem Waschbecken mit einem dunkelroten Fleck auf dem Hemd, gesellte sich in die Reihe der schrecklichen Bilder der letzten Woche. Bilder, die sie verfolgen würden. Der Rotschopf hinter dem Glasfenster der Sauna. Bernd, erstochen in ihrem Ehebett. Yannick und

Isabelle beim Liebesspiel auf dem Küchentisch. Die karge Zelle. Die Krähen in den Birken, stumme Zeugen ihrer vorgetäuschten Hinrichtung. Das kalte Metall an ihrem Hinterkopf, das ausgehobene Grab vor ihr. Jetzt also auch der tote Kannert. Jedes einzelne dieser Bilder hatte sie vor Augen, als sie in die Dunkelheit stolperte, Gruber hinterher.

Bei Nacht mit hohem Tempo durch den Wald zu laufen, war etwas völlig anderes als am Tag, auch wenn es ein nebliger gewesen war. Vera lief geduckt hinter Gruber, orientierte sich am Laubrascheln vor ihr. Die linke Hand hielt sie vor ihren Füßen knapp über dem Boden, um Hindernissen ausweichen zu können, die rechte, mit deren Finger sie den Griff der Pistole umschloss, auf Gesichtshöhe vor sich, um zurückschnellende Äste abzuwehren.

Plötzlich flammte Licht auf. Scheinwerfer tauchten das gesamte Gelände in ein grellweißes Licht. Sie erhoben sich, rannten schneller, konnten sich besser orientieren. Gruber, der sich den Weg über einen Kompass anzeigen ließ – ein Bestandteil seiner Rucksackausstattung –, lief schnurstracks geradeaus. Kurze Zeit später hatten sie die grüne Mauer erreicht. Hinter sich hörten sie die Rufe der Wachleute. Hunde bellten.

Gruber nahm seinen Rucksack ab, stellte ihn vor sich auf den Boden und holte das Seil hervor. Mit einem Schwung warf er den Haken über die Mauer, zog das Seil fest. Ein kurzes Nicken, dann packte Vera das Seil und hangelte sich behände nach oben. Den verletzten Arm ließ sie locker an der Seite baumeln, versuchte sich nur mit rechts festzuhalten. Sie spürte, wie das Gewicht ihres Rucksacks sie nach unten zog. Gruber stand unter ihr und hielt das Seil stramm. Nachdem Vera die Kante erreicht hatte, setzte sie sich rittlings auf die Mauer, steckte die Pistole nach hinten in den Hosenbund und hielt nun ihrerseits mit beiden Händen das Seil fest, ignorierte den Schmerz, damit Gruber heraufklettern konnte.

Er hatte sie fast erreicht, als durch den Wald eine Stimme rief: »Bleiben Sie stehen!«

Vera entdeckte einen jungen NVA-Soldaten zwischen den Bäumen. Er richtete ein Gewehr auf Gruber, dessen Lauf leicht zitterte. Der Agent hielt auf halber Höhe inne, senkte den Kopf.

»Red mit ihm!«, zischte Vera Gruber zu, klemmte das Seil zwischen linkem Bein und Mauer ein, um die rechte Hand freizubekommen, die sie vorsichtig hinter ihren Rücken zum Hosenbund führte.

»Willst du uns wirklich erschießen?«, schrie Gruber.

Dämliche Frage, dachte Vera.

»Kommen Sie langsam runter!«, rief der Junge, statt zu antworten. »Und nehmen Sie die Hände hoch!«

»Das geht nicht. Wenn ich die Hände hochnehme, falle ich«, erwiderte Gruber.

Der Soldat schaute ratlos drein.

Vera nestelte ihre Waffe hervor. Ihr Gegner hatte nur Augen für Gruber, der vorsichtig herunterkletterte. Gruber bemerkte ihre Bewegung, tat, als rutsche er ab. Allmählich wurde Vera bewusst, dass sie die Absicht hatte, erneut auf einen Menschen zu schießen. Kannert unter dem Waschbecken tauchte vor ihrem inneren

Auge auf. Kannert, mit dem sie gesprochen hatte. Und nun dieser Junge. Wie alt mochte er sein? 20?

»Schön langsam!«, rief der Soldat Gruber zu.

Vera entsicherte hinter ihrem Rücken die Pistole. Ihr Herz klopfte. Sie zog sie hervor und richtete sie mit beiden Händen auf den Jungen. »Nimm das Gewehr runter«, sagte sie so scharf und bestimmt, wie sie konnte.

Überrascht blickte der junge Mann hoch, richtete den Lauf auf sie.

»Runter damit!«, ließ sich Vera nicht beirren.

»Ich schieße«, erwiderte er.

Vera bemerkte, dass sein Gewehrlauf nun stärker zitterte.

»Bei Fuchs liegt ein Kollege von dir. Er ist tot. Ich möchte nicht, dass du auch stirbst«, fuhr Vera fort. Sie hielt die Pistole direkt auf den Jungen gerichtet.

Der zögerte. »Ich kann Sie nicht gehen lassen …« Es klang, als weinte er.

Der Rückstoß der Pistole fuhr ihr in den verwundeten linken Arm. Sie musste sich beherrschen, nicht laut aufzuschreien. Vor den Füßen des jungen NVA-Soldaten spritzte Erde hoch. Entsetzt schaute er Vera an.

»Lass die Waffe fallen und leg dich flach auf den Boden!«, befahl sie. Er gehorchte, hielt die Hände über dem Kopf.

»Spring rüber!«, rief Gruber, während er am Seil die Mauer hochjagte.

Ein letztes Mal blickte sie auf den Jungen. Seine hellblonden Haare leuchteten auf dem dunklen Laub. Er tat ihr leid. Er hatte ein Held sein wollen. Zumindest für einen Tag. Aber er war kein Held. Genauso wenig wie sie.

Vera sprang hinunter auf den Waldboden. Gruber saß noch oben auf der Mauer. Ein Schuss fiel. Gruber rollte sich ab und ließ sich fallen. Geschickt federte er den Sturz ab, rappelte sich hoch. Dann rannten sie los.

Ihr Fahrer, so war es abgesprochen, würde auf der Landstraße auf sie warten. Nach wenigen Minuten sahen sie das Auto in einiger Entfernung. Vor und hinter ihm parkten allerdings zwei Polizeiwagen und drei zivile Fahrzeuge. Eine Gruppe Männer stand dahinter und schien sie zu erwarten. Ein paar rannten in ihre Richtung, offensichtlich von dem Schusswechsel alarmiert. Sie suchten Schutz hinter einem dichten Busch. Vera zupfte Gruber am Ärmel und zog ihn nach links. Dort würden sie auf eine andere Straße stoßen. Wie es dann weitergehen würde, wusste sie nicht. Hier ging es jedenfalls nicht weiter.

Geduckt rannten sie davon. Nach etwa einer Viertelstunde erreichten sie die andere Straße. Das einzige Auto, das darauf entlangfuhr, war ein Polizeiwagen. Sie gingen in Deckung, überquerten die Straße, nachdem die Rücklichter des Fahrzeugs verschwunden waren, und liefen auf der anderen Seite in den Wald hinein.

Schließlich durchquerten sie einen Bach. Vera hielt Gruber auf, als er ans Ufer klettern wollte. »Lass uns ein Stück im Wasser laufen. Falls sie die Hunde einsetzen, verlieren sie unsere Spur.«

»Du guckst zu viel Krimis im Fernsehen«, knurrte Gruber. Dennoch ließ er sich die Böschung zurückfallen.

Nachdem sie eine Weile dem Wasserlauf gefolgt waren, hatte Vera bereits die Orientierung verloren. Schuhe und Hose waren klatschnass. Ihre Zähne klapperten vor Kälte. Sie krochen unter einer Brücke hindurch, hörten Rufe und Hundegebell. Nachdem die Geräusche in der Ferne verklungen waren, stiegen sie aus dem Wasser. Gruber knipste die Taschenlampe aus seinem Rucksack an, schirmte mit der Hand den Lichtkegel ab, beleuchtete nur den Boden direkt vor ihnen. Sie setzten ihren Weg fort, Vera kam das alles wie eine Ewigkeit vor.

An einer Pferdekoppel machten sie endlich stopp. Gruber deutete auf den Stall. »Das könnte ein Platz für die Nacht sein.«

Vera nickte bloß. Völlig erschöpft konnte sie sich kaum auf den Beinen halten. Gruber brach die Stalltür auf, indem er mit der Taschenlampe fest gegen das Schloss schlug. Drinnen schaute sie ein zotteliges Pony irritiert an. Das Tier verströmte Wärme. Sie hockten sich daneben auf den Boden. Während Gruber ihr den verletzten Arm verband, fielen Vera die Augen zu.

Das Schnauben des Ponys weckte sie. Gruber stand an einem kleinen Fenster, blickte durch die schmutzige Plastikscheibe hinaus. Das Mondlicht schien ihm ins Gesicht, ließ es kalkweiß erstrahlen, wie eine Maske. In dem schwarzen Rollkragenpullover, der fast vollständig von der Dunkelheit verschluckt wurde, und mit den streng zurückgekämmten Haaren wirkte er wie jemand, der direkt aus dem Totenreich gestiegen war.

Oder zumindest aus einer anderen, finsteren Welt – und das war er im Grunde ja.

»Du solltest ein wenig schlafen!«, sagte sie.

Das Pony wedelte mit dem Schwanz, trat von einem Fuß auf den anderen. Seine Wärme machte Vera wieder schläfrig.

»Einer muss Wache halten. Sollte jemand aus Wandlitz diesen Stall entdecken, kommt er vermutlich auf die Idee hineinzuschauen.«

»Das kann ich doch machen.« Sie stand auf und ging zum ihm hinüber.

Sie blickte an ihm vorbei durch das Fenster. Der Zaun der Koppel warf einen lang gezogenen, verzerrten Schatten auf die hell im Mondlicht liegende Wiese, deren Grashalme sie einzeln zu erkennen glaubte. Stehen bekam ihr gut, sie fühlte sich wacher.

Eine Weile standen sie schweigend nebeneinander.

»Warum bist du Geheimagent geworden?«, unterbrach Vera schließlich die Stille.

»Es gab keinen besonderen Grund«, antwortete Gruber. »Mein Vater war Polizist, also lag es nahe, ebenfalls zur Polizei zu gehen.«

»Polizei und Geheimdienst sind nicht dasselbe.«

»Es war wohl die Abenteuerlust, die mich gepackt hat. Polizist sein, das konnte schon mein Vater. Geheimagent werden, das war mein Traum, seitdem ich das erste Mal einen Spionageroman gelesen hatte.«

»Wie alt warst du damals?«

Er zuckte mit den Achseln, überlegte. »Vielleicht zwölf.«

»Jetzt bist du keine zwölf mehr.«

Das Maskenhafte in seinem Gesicht wich Empörung. »Wenn wir nicht wachsam sind …«

Vera schnitt ihm das Wort ab: »Das hast du mir schon mal erzählt. Fuchs sagt übrigens genau das Gleiche.«

»Fuchs?« Gruber wirkte aufrichtig überrascht.

»Fuchs. Wortwörtlich. Ihr seid alle gleich, egal, auf welcher Seite ihr zu stehen vorgebt. Zwölfjährige Jungen, die nicht erwachsen geworden sind und sich wichtig fühlen. Und die deswegen ein tödliches Spiel ersonnen haben, von dem sie vorgeben, dass es dem Weltfrieden dient.«

»Darf ich dich daran erinnern, wer von uns hierher wollte? Du hast dich ebenso auf dieses Spiel eingelassen.«

»Ich habe einen Grund: Keine Frau soll jemals mehr auf einen Romeo hereinfallen müssen.« Sie deutete auf die Rucksäcke, die hinter ihnen im Stroh lagen. »Mit dieser Liste könnt ihr alle enttarnen. Deswegen bin ich gekommen. Warum bist du hier, Paul Gruber?«

Er sah sie lange an, schwieg. Eine Weile standen sie nebeneinander, bis sich Vera neben das Pony hockte. Lange beobachtete sie den Geheimagenten am Fenster, dann wurden ihre Lider wieder schwer.

23

Sie schlug die Augen auf. Ihre Wange ruhte auf der Schulter von Gruber. Er selbst lehnte mit dem Hinterkopf an der Holzwand des Stalles. Verwirrt schaute sich Vera um. Einfach gezimmerte Latten, durch die sie die Kälte spüren konnte. Neben ihr schnaubte das Pony, fraß Heu, das unter ihm lag. Das Tier schien ihre Gegenwart akzeptiert zu haben. Gruber hatte die Tür mit einer Art Bank notdürftig verbarrikadiert, nachdem sie bereits eingeschlafen war. Licht fiel durch die Ritzen zwischen den Holzlatten.

Leise stand sie auf. Der Agent schnarchte. Durch das kleine Fenster, an dem sie vor ein paar Stunden mit Gruber gestanden hatte, betrachtete sie die Wiese. Träge Nebelschwaden lagen über dem Gras. Rechts fiel die Wiese leicht ab, Vera entdeckte Büsche und vermutete, dass dahinter der Bach lag, durch den sie in der Nacht gewatet waren. Die Koppel wurde von einem einfachen Holzzaun begrenzt. Dahinter befand sich der Wald, den sie durchquert hatten … Und am Eingangstor des Grundstücks ein Auto.

Vera erstarrte. Eine alte Frau stieg aus, ging zur Koppel hinüber, hob eine Drahtschlinge von einem Pfosten und schob das Tor auf. Der Wagen setzte sich in Bewegung und rumpelte auf die Wiese. Auf einem Anhänger lagen mehrere Strohballen. Das Fahrzeug hielt nach wenigen Metern an, die Frau schlurfte in Gummistiefeln hinterher. Ein Mann stieg aus, den Vera auf etwa 60 Jahre schätzte. Er trug eine graue Arbeitshose. Sein kariertes Hemd spannte über dem Bauch. Die Frau hatte einen Kittel mit dem gleichen Muster angezogen. Gemeinsam kamen sie auf den Stall zu. Der Mann griff nach der Hand der Frau. Im ersten Moment irritierte Vera diese Geste. Führte er eine Gefangene in den Stall? Doch die Frau nahm die Hand selbstverständlich in die ihre. Vera meinte, ein kurzes Lächeln über ihre Lippen huschen zu sehen. Die zwei liebten sich einfach. Ein altes Ehepaar, das Händchen hielt. Im Nirgendwo auf einer nebligen Pferdewiese.

Sie ärgerte sich, dass sie den Mann grundlos verdächtigt hatte. Die Ereignisse der letzten Tage hatten keinen guten Einfluss auf sie. Überall vermutete sie Gefahren und Boshaftigkeiten. Sie warf einen Blick auf Gruber, dessen Hand nur wenige Zentimeter neben seiner Waffe im Hosenbund ruhte. Wurde man so in dieser Welt der Geheimdienste? Ängstlich, übervorsichtig, überall Verrat, Täuschung und Bedrohung witternd? Weil man es selbst in sich trug? Andererseits konnte sie sich nicht daran erinnern, wann Bernd das letzte Mal mit ihr Händchen gehalten hatte. Yannick hatte das getan. Eine falsche Geste. Betrug.

Das Pony schnaubte, ahnte wohl, dass Besuch nahte. Gruber schnarchte weiter. Sie zischte ihn leise an. Die beiden Alten hatten die Wiese bereits zur Hälfte überquert. Zu Veras Glück legten sie eine Pause ein, der Mann bückte sich und richtete seine Schnürsenkel. Die Frau sagte etwas, der Mann lachte.

Vera wich vom Fenster zurück, trat leicht nach Gruber. Langsam erwachte er, sah sich orientierungslos um. Dann erst schien er zu registrieren, wo er war.

»Wir kriegen Besuch«, flüsterte Vera.

Sofort zog er die Pistole aus dem Hosenbund und sprang auf. Mit gezückter Waffe stellte er sich neben das Fenster und schaute vorsichtig hinaus. Vera hörte die Schritte des alten Ehepaares vor der Tür. Wie sie stehen blieben. Schweigend. Ein Finger kratzte über das Holz, vermutlich an der Stelle, wo Gruber das Schloss zerstört hatte. Die Tür gab ein Stück nach, als dagegen gedrückt wurde. Grubers Bank, die unter dem Holzvorsatz, der das Schloss von innen hielt, festgeklemmt war, hielt stand. Das Pony schnaubte aufgeregt. Es starrte sie an. Vera kam das Tier ängstlich vor. Nervös trat es von einem Huf auf den anderen, schüttelte die Mähne.

»Nimm die Waffe runter!«, sagte Vera leise.

»Bist du verrückt?«

Nun wurde stärker an der Tür gerüttelt. Eine Faust klopfte gegen das Holz. »Ist da jemand drin?«, brüllte sie.

Das Paar begann, leise zu flüstern. Ängstlich.

»Wir brauchen die Pistole nicht«, fauchte Vera Gruber mit gedämpfter Stimme an.

»Woher willst du das wissen?«

»Vertrau mir einfach!«

Er schüttelte den Kopf. Sie packte die Pistole und drückte seinen Arm hinunter. Er ließ es geschehen. Sie zog die Bank weg. Unglücklicherweise hatte sie vergessen, dass sie verletzt war. Der Schmerz schoss ihr in den Oberarm. Fast augenblicklich zeigte sich ein schmaler, blutroter Strich auf dem Verband. Sie drückte mit der anderen Hand darauf und wich zurück.

In diesem Moment wurde die Tür aufgestoßen. Der Alte musste an ihr ruckeln, weil sie klemmte. Vera trat einen Schritt nach hinten, damit er sie vollständig öffnen konnte. Ängstlich schaute das Paar in den Stall hinein.

»Hallo, Trudi«, flüsterte der Mann leise, wohl um das Pony zu beruhigen.

Dann blickte er überrascht auf die beiden Rucksäcke, die neben Trudi an der Wand lehnten, und entdeckte schließlich die beiden Eindringlinge.

Grubers Waffe verdeckte Vera mit ihrem Körper. »Bitte erschrecken Sie nicht«, sagte sie.

Sie merkte, dass Gruber die Pistole vorstrecken wollte und presste sich so fest an ihn, dass seine Hand eingeklemmt zwischen ihrem Hintern und seiner Hüfte steckte. Zu ihrer Überraschung war die Pistole nicht das einzig Harte, was sie spürte. Im ersten Moment wollte sie sich empört umdrehen. Die Situation ließ es jedoch nicht zu. Darüber würde später zu reden sein!

»Was machen Sie in unserem Stall?«, fragte die Frau.

Weder Vera noch Gruber antworteten. Was sollten sie sagen?

»Wir haben bei Trudi übernachtet«, fiel Vera schließlich ein.

»Sind Sie Landstreicher?«, hakte der Mann nach.

Skeptisch musterte er ihre Kleidung: schwarze Jeans, schwarze Rollkragenpullover, schwarze Fotografenjacken mit zahlreichen Taschen. Im Partnerlook. Nein, so sahen keine Landstreicher aus.

»Woher sind Sie überhaupt?«, erkundigte sich die Frau misstrauisch.

»Magdeburg«, log Gruber.

»Bonn«, antwortete Vera. Gruber stieß sie in den Rücken.

»Aus dem Westen?« Es klang nicht erleichtert. »Was machen Sie in unserem Stall? Bei unserer Trudi? Ich verstehe das nicht.«

»Wir stecken in Schwierigkeiten …«, erwiderte Vera.

Sie hatte nicht die leiseste Ahnung, wie sie dieses Gespräch zu einem guten Ende bringen konnte. Vielleicht sollte sie Gruber und seiner Pistole den Vortritt lassen? Der würde das alte Paar überwältigen, sie würden den Wagen nehmen und auf schnellstem Wege nach Berlin verschwinden. War das nicht das Beste?

»Sie bluten ja!«, rief der Mann mit einem Mal und zeigte auf Veras Oberarm. Sie hatte gar nicht bemerkt, dass das Blut zwischen ihren Fingern hervorsickerte, die sie nach wie vor auf den Verband presste.

Die Frau trat einen Schritt auf sie zu, entschlossen zog sie Veras Hand weg.

»Das ist nichts«, sagte Vera.

Die Frau hörte gar nicht zu. »Das muss ich Ihnen neu verbinden«, erklärte sie stattdessen. »Haben Sie die ganze Nacht geblutet?«

»Nein, es ist eben erst aufgeplatzt.«

»Eigentlich müsste das ein Arzt machen.« Sie blickte Vera scharf an. »Ich nehme nicht an, dass Sie einen Arzt aufsuchen möchten?«

»Nein, besser nicht.«

»Hans«, rief sie ihrem Mann zu. »Hol das Auto! Die Frau muss zu uns. Ich muss die Wunde auswaschen und ordentlich verbinden.«

»Aber …«, setzte Hans an, verstummte, überlegte, kratzte sich verlegen am linken Handrücken. »Sie bringen uns damit ziemlich in Gefahr!«

»Wenn ich die Wunde nicht reinige, verliert die Frau vielleicht ihren Arm, Hans.«

Damit war es entschieden. Hans kümmerte sich rasch um Trudi, bevor er zum Wagen hinüberlief und ihn zum Stall lenkte. Er parkte parallel zur Tür, sodass Vera und Gruber direkt auf die Rückbank springen konnten. Sie legten sich flach auf den Sitz. Hans breitete eine Decke über ihnen aus. Sie roch nach Pferd und Stroh. Vera widerstand der Versuchung, sich erneut an Gruber zu lehnen, um zu überprüfen, was geschah.

Der Kaffee schmeckte fürchterlich.

Die Frau, die sich als Gerda vorgestellt hatte, bemerkte, wie Vera das Gesicht verzog. »Die Kaffeekrise ist zwar ein paar Jahre her«, erzählte sie, »besser geworden ist er trotzdem nicht.«

Vera dachte an den Kaffee, den Fuchs ihr angeboten hatte. Dazwischen lagen Welten. Mit einem Mal sah sie die Waldsiedlung, die ihr bei ihren Besuchen gar nicht luxuriös vorgekommen war, mit anderen Augen.

»Geht schon«, erwiderte sie und lächelte schwach.

Fürs Erste konnte sie zufrieden sein: Sie saß in einer sauberen, sicheren und warmen Küche. Ihre Wunde war desinfiziert und mit einem frischen Verband versehen.

Hans stromerte derweil durch die Räume, Gruber ließ ihn nicht aus den Augen.

»›Geht schon‹ ist das Beste, was man über das Gebräu sagen kann«, bemerkte Gerda.

Die Männer betraten die Küche. Gerda erhob sich und kramte in den Schränken.

»Ihr müsst hungrig sein«, warf sie in die Runde.

Hans schaute sie an. Fragend. Anklagend. Ängstlich.

»Wir wollen euch nicht unnötig zur Last fallen. Wir wissen zu schätzen, welcher Gefahr ihr euch aussetzt«, sprang ihm Vera zur Seite. In der Tat, das wusste sie wirklich.

Doch Gerda schüttelte den Kopf. »Esst erst mal! Danach sehen wir weiter.«

Hans sah alles andere als glücklich aus. Er wollte sich umdrehen und die Küche verlassen. Gruber hielt ihn am Arm fest.

»Bitte setzen Sie sich doch zu uns!« Seine Stimme ließ keinen Zweifel daran, dass Hans ihm Folge zu leisten hatte.

Der alte Mann gehorchte. Vera meinte, seine Knochen leise knacken zu hören, als er sich schwerfällig auf einen der Holzstühle setzte.

Das Frühstück fiel bescheidener aus als am Tag zuvor. Statt frischer Brötchen gab es trockenes Graubrot, Butter und Streichwurst. An ein Glas Marmelade, das offenbar selbst gekocht war und das Gerda aus einem der Schränke geholt hatte, traute sich Vera erst, als die alte Frau sie dazu aufforderte. Es war das Beste am Frühstück.

»Was man nicht selbst macht, taugt nix«, beteuerte Gerda, nachdem Vera die Marmelade aufrichtig gelobt hatte. Ein Versuch, Normalität einkehren zu lassen.

»Ich kann mir gar nicht vorstellen, wie es ist, in der DDR zu leben«, bemerkte Vera zögerlich.

»Das geht mir mit dem Westen so!«, rief Gerda fast fröhlich. »Früher war es besser, erst in den letzten Jahren ist es schwieriger geworden«, fuhr sie fort. »Schlimmer. Nur unsere Bonzen haben sich fein eingerichtet, in ihrer Siedlung, hinter ihren Mauern.«

»Gerda!«, wies ihr Mann sie zurecht.

Sie machte eine abwehrende Handbewegung. »Ist doch wahr!«

»Glaubst du, im Westen ist das anders?« Hans schaute seine Gäste an, als erwartete er Unterstützung von ihnen.

Vera stelle überrascht fest, dass er in seiner Aufregung wie ihre Kollegin Hedwig klang, die ihren rheinischen Singsang nie hatte ablegen können, ganz gleich wie sehr sie es versuchte.

»Bist du aus dem Westen, Hans?«, hakte sie behutsam nach.

»Duisburg, Ruhrgebiet. Mein Vater war Kommunist, mein Großvater ebenso. Beide waren im KZ. Und als sich die Möglichkeit ergab, in Deutschland einen sozialistischen Staat mit aufzubauen, bin ich rübergekommen …«

»Allerdings musst du zugeben, dass seitdem einiges schiefgelaufen ist«, ergänzte Gerda und tätschelte tröstend seine Hand.

»Ein paar Jahre noch«, fuhr Hans resigniert fort, »dann geht alles den Bach runter.«

Gerda begann, den Tisch abzuräumen. Vera erhob sich, um ihr zu helfen.

»Bleib sitzen, Kind«, hielt sie die alte Frau zurück. »Du musst dich schonen.« Sie legte Vera sanft die Hand auf die Schulter und drückte sie ebenso sanft mit einem Lächeln zurück auf die Eckbank. Vera ließ es geschehen. Sie war viel zu erschöpft, um zu widersprechen. Jemand kümmerte sich um sie. Eine alte Frau kümmerte sich um sie, die sie »Kind« nannte. Sie war so ergriffen, dass sie hätte heulen können. Gerda schien das zu bemerken, tätschelte ihr die Wange, bevor sie die Teller zum Spülbecken trug.

»Wir sollten euch nicht länger der Gefahr aussetzen«, erklärte Vera schließlich, um die seltsame Situation aufzulösen. Sie stand auf.

Gerda, Teller und Hände im Wasser, drehte ihr den Kopf zu. »Ja, wo wollt ihr denn hin?«

»Wir müssen nach Berlin zurück. So schnell wie möglich.«

»Das wird schwierig genug«, warf Gruber ein. Er stand am Fenster, die Stirn in Sorgenfalten gelegt, als näherten sich draußen Kolonnen von Stasi-Agenten. »30 Kilometer ohne Auto, ohne die Möglichkeit einen Bus zu nehmen. Auf einer Strecke, die von den Sicherheitsbehörden vermutlich akribisch beobachtet wird.«

»Berlin, ja, das wird schwierig …«, bemerkte Gerda knapp und schaute zu ihrem Mann.

Hans schüttelte entsetzt den Kopf.

Erst im Schutz der Dämmerung verließen Vera und Gruber das Haus des alten Ehepaars. Sie trugen nicht mehr die schwarzen Sachen, die sie für den Einbruch angelegt hatten, sondern einige ausrangierte Kleidungsstücke ihrer Gastgeber. DDR-Chic, in dem sie hoffentlich nicht auffallen würden. Um ihre grellen blonden Haare zu verdecken, die Yannick ihr verpasst hatte, trug Vera ein Kopftuch. Sie sah aus wie eine Jungbäuerin, wäre da nicht ihr Rucksack, den sie über ihre Schulter gehängt hatte. Dennoch: Sie fand ihren Anblick furchtbar.

Gemeinsam mit Gruber kletterte sie auf den Anhänger von Hans, der zur Tarnung einige Strohballen um sie herum arrangierte.

»Fallen wir nicht auf, wenn wir mit Heu in die Stadt fahren?«, fragte Gruber.

Gerda schnaubte verächtlich. »In Ostberlin halten sie sich Hühner in den Hinterhöfen!«

Ihre Entschlossenheit vom Vormittag war einer ängstlichen Unruhe gewichen. Vera beobachtete, wie die alte Frau ständig etwas in die Finger nahm und daran herumnestelte. Niemand sprach ein Wort. Hans warf eine Plane über das Stroh und seine geheimen Fahrgäste.

Nach wenigen Sekunden heulte der Motor auf. Die stinkende Wolke aus dem Auspuff konnte es mit der des Trabants aufnehmen, den Vera am vorigen Morgen geklaut hatte. Sie hustete, hielt sich einen Ärmel vors Gesicht, doch der beißende Geruch drang durch alles hindurch. Als sie wenige Meter gefahren waren, kam ein Strohballen über ihr bedenklich ins Wanken. Gruber hielt ihn mit einer Hand fest, rückte ihn vorsichtig zurück in eine feste Position. Der Anhänger knallte in ein Schlagloch, diesmal stießen Vera und Gruber mit den Köpfen aneinander.

»Das wird eine harte Tour«, bemerkte er und rieb sich die schmerzende Stirn.

»Hoffen wir, dass sie bis Berlin geht und nicht an einer Straßensperre endet«, erwiderte Vera. »Wir hätten die zwei nicht mit hereinziehen dürfen …«

»Wäre es nach mir gegangen, hätten wir ihnen heute Morgen das Auto geklaut und sie säßen jetzt nicht vorne und setzten ihr Leben für uns aufs Spiel.«

Vera schwieg. Inzwischen dachte sie selbst, dass es klüger gewesen wäre, Gruber im Stall freie Hand zu lassen.

»Lassen wir das«, kam ihr Gruber entgegen. »Im Übrigen halte ich es für unwahrscheinlich, dass die Polizei nach so vielen Stunden wegen uns öffentliche Kontrollen durchführt. Du dürftest zwar aktuell die meist gesuchte Person in der DDR sein, aber es gibt so viele Straßen und Feldwege, da können sie unmöglich alles und jeden überwachen.«

Abrupt stoppten sie. Gruber verstummte. Besorgt sah er sie an. Vera lauschte, konnte jedoch außer dem Motortuckern kein Geräusch ausmachen. Vorsichtig hob sie die Plane, sah allerdings bloß das Rücklicht des Hängers, das erloschen war. Hörte sie Schritte? Sie horchte angestrengter, blickte kurz zu Gruber, der seine Pistole gezückt hatte.

»Was siehst du?«, flüsterte er.

»Nichts.«

Sie versuchte, an dem Rücklicht vorbeizuspähen. Dann ließ sie die Plane vorsichtig sinken, um keine Aufmerksamkeit auf sie zu lenken. Jetzt kamen eindeutig Schritte näher. Jemand lief um den Anhänger herum.

Gruber richtete die Waffe auf den Einstieg am Ende des Anhängers, Vera legte ebenfalls die Hand auf die Pistole in ihrem Hosenbund. Die Plane wurde aufgeschlagen. Das Licht einer Straßenlaterne blendete sie. Sie konnten nur eine Silhouette erkennen.

»Wir haben ein Problem«, erklang Hans' Stimme.

Vera schirmte ihre Augen mit der Hand ab und schaute in das Gesicht des alten Mannes. Er blickte irritiert und verängstigt auf ihre Pistolen.

»Was ist los?«, erkundigte sich Gruber.

Hans deutete mit seinem knorrigen Zeigefinger nach vorne. »Vor uns steht die Volkspolizei quer auf der Straße.«

»Haben sie uns bemerkt?«

»Nein. Freundlicherweise haben sie das Blaulicht angelassen. Es leuchtet kilometerweit durch den Wald. Ich habe die Scheinwerfer ausgeschaltet, sobald ich es entdeckt habe.«

»Was machen wir?« Vera war angespannt. Allerdings nicht ängstlich. Seitdem Yannick die Pistole an ihr Genick gehalten hatte, hatte sich vieles verändert.

»Gerda hat vorgeschlagen, dass wir über Waldwege ausweichen. Das wird allerdings ziemlich holprig, und ich dachte, ich sag euch lieber Bescheid.«

»Wir haben keine Alternative, oder?«, erwiderte Gruber.

»Nein, einen anderen Weg gibt es nicht.«

Gruber nickte. Vera indes sagte: »Sie bringen sich in große Gefahr unsertwegen. Warum überlassen Sie uns nicht einfach das Auto? Sie können es in Berlin abholen.«

»Wir sind alte Leute, wer sollte uns was tun?«

Vera war sich nicht sicher, ob er das wirklich meinte, wie er es sagte. Sie hatte nicht den geringsten Zweifel, dass Leute wie Fuchs, Yannick, Noack oder Ronnie dieses alte Pärchen misshandeln würden, war es ihren Zwecken dienlich.

Doch Hans zog bereits die Plane zurecht, seine Schritte entfernten sich. Wenig später startete der Motor. Sie bogen ab, Vera und Gruber wurden heftig durchgerüttelt. Bald gaben sie den Versuch auf, nicht andauernd aneinanderzustoßen, sondern schützten lediglich ihre Köpfe mit den Armen. Als seine Hand gegen ihre Brust stieß, bat Gruber murmelnd um Verzeihung. Sie meinte ihn erröten zu sehen, konnte es jedoch im Dunkeln nicht richtig erkennen, obwohl sein hübsches Gesicht keine 20 Zentimeter entfernt war. Ohnehin strafte sein Körper jede Entschuldigung Lügen. Sie verspürte den Wunsch, ihn zu berühren. Nicht nur zufällig mit ihm zusammenzuprallen. Ausgerechnet jetzt!

Plötzlich sackte der Anhänger nach unten, offensichtlich ein besonders tiefes Schlagloch. Vera hörte draußen Wasser spritzen, offenbar waren sie durch eine tiefe Pfütze gefahren. Gruber fiel fast auf sie.

Sie musste sich gegen ihn stemmen, damit er sie nicht erdrückte.

Sie musste ihre Hand nicht auf seinem Bein liegen lassen.

Sie tat es trotzdem.

Gruber legte seine auf ihre Schulter. »Das ist vielleicht nicht der beste Moment, aber …«, flüsterte er, als es erneut heftig ruckelte und ein Strohballen auf ihn herabfiel.

24

Auch nachdem sie wieder auf eine asphaltierte Straße abgebogen waren und der Wagen ruhiger in der Spur lag, waren Vera und Paul eng beieinander liegen geblieben. Erst als nach geraumer Zeit draußen die Verkehrsgeräusche lauter wurden, lösten sie sich voneinander.

Vera kroch ans Ende des Anhängers und schob vorsichtig mit zwei Fingern die Plane ein Stück nach oben. Sie fuhren eine sechsspurige Straße hinunter, rechts und links die fast vertrauten Plattenbauten.

»Ostberlin«, flüsterte sie Paul zu, nachdem sie die Plane wieder hatte sinken lassen.

»Bald haben wir es geschafft«, erwiderte er. »Nachdem Hans und Gerda uns, wie verabredet, in der Nähe der Ständigen Vertretung herausgelassen haben, sind es noch ein paar Meter, und wir sind in Sicherheit.«

»Endlich!«

Es rumpelte, anscheinend hatte Hans den Wagen auf einen Bordstein gelenkt. Er ließ das Auto ein Stück weiterrollen, bevor er anhielt. Anschließend setzte er in einem Halbkreis zurück und stoppte erneut. Vorne wurden die Türen geöffnet und wieder zugeschlagen. Schritte kamen näher.

»Mist, mein Schuh«, hörte Vera Hans laut fluchen. Offenbar bückte er sich, denn seine Stimme war nun auf ihrer Höhe. Leise zischte er: »Wir gehen eine Runde spazieren. Wartet fünf Minuten, bis ihr rausklettert. Der

Anhänger parkt mit der Rückseite zu einer Wand. Ihr seid also vor neugierigen Augen geschützt.«

»Danke!«, erwiderte Vera. Sie hätte gerne viel mehr gesagt, aber die Schritte entfernten sich, verloren sich rasch im Geräuschpegel der Stadt.

»Wahrscheinlich werden wir sie nie wiedersehen …«, flüsterte sie Paul zu.

Vorsichtig hob Paul nach einer Weile die Plane an, sie schauten ins Freie. Tatsächlich stand der Anhänger auf einem Brachgelände nahe der Ständigen Vertretung, mit dem hinteren Teil an die Wand eines Nachbarhauses geparkt. Paul kletterte als erster hinaus. Vera folgte ihm. Ein Bauzaun verdeckte ihren Standort zur Straße hin. Perfekt gewählt, dachte sie anerkennend.

Sie schulterten ihre Rucksäcke, schlichen geduckt über den holprigen, mit Pfützen und Schlaglöchern übersäten Platz. Vera griff nach Pauls Hand. Er ließ es zu, lächelte sie einen kurzen Moment an. Sie hoffte, dass er darin mehr sehen würde als die Zuneigung einer gebeutelten Frau, die in den letzten Tagen zu viel durchgemacht hatte.

Paul warf einen prüfenden Blick auf die Straße, nickte ihr zu, und nacheinander schlüpften sie durch eine Lücke im Zaun auf den Bürgersteig. Hand in Hand liefen sie die Torstraße hinunter, überquerten die Kreuzung in die Hannoversche Straße. Man hätte sie für Touristen halten können, ein verliebtes Pärchen aus dem Ostblock, das mit Rucksäcken herumschlenderte.

Vor ihnen tauchte die Ständige Vertretung der Bundesrepublik auf.

Exterritoriales Gelände.

Sicherheit.

Das »Weiße Haus« nannten die Ostberliner den Bau, hatte ihr Paul gesagt. Tatsächlich schien seine helle Fassade im schwachen Schein der Straßenlaternen im Gegensatz zu den finsteren Altbauten daneben zu leuchten. Vielleicht war das aber nur die Hoffnung, die Vera mit dem Gebäude verknüpfte.

Noch wenige Meter. Gleichzeitig beschleunigten sie, konnten es kaum erwarten, in Sicherheit zu sein. Vera musterte ihre Füße, die über den an manchen Stellen kaputten Bürgersteig huschten. Sie blickte wieder hoch, sah hinüber auf die andere Straßenseite und blieb unmittelbar stehen.

Paul lief zwei Schritte weiter, ehe ihre Hand ihn zurückriss. Er drehte sich zu ihr um. »Was ist los?« Er deutete mit dem Kopf auf die Ständige Vertretung. »Wir haben es gleich geschafft! Um die Ecke, da kannst du dich ausruhen.«

Sie zeigte auf den Mann, der gegenüber unter einer Laterne stand, den Rücken zu ihnen gewandt, und eine Zeitung las. »Das ist Ronnie«, flüsterte sie, »einer von Fuchs' Leuten. Du müsstest ihn kennen, du hast ihn mir auf den Bildern gezeigt …«

»Ronnie Bergmann? Der Mann mit der Zeitung?«

»Ja. Der. Und er wird sicher nicht allein sein, oder? Was sollen wir tun? Können die uns aufhalten? Unmittelbar vor der Vertretung?«

Ronnie schlug die Zeitung zu. Vera fürchtete, er würde sich umdrehen, aber er faltete sie wieder auf. Er hatte nur umgeblättert.

Paul schaute unauffällig von rechts nach links, ohne

ihre Frage zu beantworten. »Da vorne sind noch zwei«, sagte er und nickte kurz in Richtung eines Wagens, der auf ihrer Straßenseite ein paar Meter weiter vorne am Rand stand.

Trotz der Kälte waren die Fenster heruntergekurbelt, jeweils rechts und links ragte eine Hand mit glühender Zigarette hervor.

»Wie kommen wir an denen vorbei?« Am liebsten hätte Vera losgeheult. So kurz vor dem Ziel in die Falle getappt.

Paul schüttelte den Kopf. »Gar nicht! Komm!«

Sie machten auf dem Absatz kehrt. Mit raschen Schritten gingen sie in die Richtung davon, aus der sie gekommen waren. Vera schaute sich um – und starrte Ronnie direkt in die Augen. Hektisch klappte er die Zeitung zusammen, rief den Männern im Auto etwas zu und spurtete ihnen hinterher.

»Sie haben uns entdeckt!«, rief sie.

»Dann lauf!«, erwiderte Paul, und sie rannten los.

Kurz vor der Häuserecke machte er ihr ein Zeichen, dass sie nicht wieder die Kreuzung überqueren, sondern links abbiegen sollte. Als sie die Chausseestraße erreichten, entdeckte Vera etwa 700 Meter vor sich das Ziel, das Paul offensichtlich ansteuerte, in gleißendes Scheinwerferlicht getaucht.

»Sie werden merken, was wir vorhaben!«, rief Vera im Lauf.

Passanten wichen ihnen aus. Niemand versuchte, sie aufzuhalten. Vera warf einen Blick über die Schulter, der Wagen, der vor der Ständigen Vertretung auf sie gewartet hatte, brauste heran. Sie erkannte die zwei Männer, die ihr im Zug den Weg versperrt hatten, als sie Isabelle folgen wollte. Für einen Bruchteil der Sekunde überlegte sie, ob sie ihre Waffe ziehen sollte, packte jedoch stattdessen Paul am Arm und zerrte ihn mit sich auf eine Baulücke zwischen zwei maroden Altbauten. Sie hetzten durch Trümmer, augenscheinlich Hinterlassenschaften des Zweiten Weltkriegs, durchquerten einen alten Torbogen, der auf den hinteren Bereich des Geländes führte. Hinter einer halb heruntergerissenen Wand gingen sie in Deckung.

Paul keuchte. Er hielt die Pistole in der Hand und deutete auf ihren Hosenbund. »Du solltest deine Waffe bereithalten. Ich fürchte, wir werden sie brauchen.«

»Du willst über die Mauer?«, überging sie seinen Ratschlag.

»Am Ende der Chausseestraße ist ein Grenzübergang.«

»Sie werden uns kaum passieren lassen.«

»Deswegen die Waffen.«

»Bist du wahnsinnig? Wie viele Grenzer stehen dort? Von unseren Verfolgern abgesehen? Das schaffen wir nie!«

»Wir haben das Überraschungsmoment auf unserer Seite. Ich bezweifle, dass sich Fuchs' Männer vorstellen können, dass jemand verrückt genug ist, in Richtung der am besten gesicherten Grenze der Welt zu fliehen. Dafür fehlt ihnen einfach die Fantasie.«

»Zu Recht.«

»Hast du eine bessere Idee?«

Rufe erschallten am Rande des Geländes. Vera spähte über die Ziegel hinweg. Ronnie und die zwei Männer aus dem Auto kamen auf sie zu. Paul zielte auf sie.

Vera hielt seine Hand fest und schüttelte energisch den Kopf. »Damit machst du sie erst auf uns aufmerksam.«

Gebückt rannten sie los, im Schutz der Wandtrümmer, gen Norden. In Richtung Grenze. Am Ende des Grundstücks kletterten sie über eine kleine Ziegelmauer in einen Hinterhof neben dem Brachgelände. Ronnie und die Stasi-Agenten schienen ihre Spur verloren zu haben.

Sie überquerten den Hof zu einem der Häuser, die an der Chausseestraße lagen, Paul huschte vorneweg durch die offene Hintertür. Vera wollte ihm folgen, doch sie wurde plötzlich von hinten gepackt. Ein Arm wie ein Schraubstock legte sich um ihren Hals, eine schwere Hand presste sich auf ihren Mund.

»Schön still sein«, zischte der Angreifer.

Aus dem Augenwinkel erkannte sie seine Gesichtszüge im Halbdunkel: Günni!

»Soll ich dich irgendwohin mitnehmen?«, flüsterte er ihr ins Ohr.

Vera versuchte sich loszureißen, vergeblich. Sie trat nach Günni, traf ihn nicht richtig. Barsch stieß er sie gegen die Hauswand. Vera bemerkte ein Stück Draht, das auf der Höhe ihrer Hüfte aus der Wand ragte, vielleicht der Überrest eines alten Telefonkabels oder Blitzableiters. Vera griff unauffällig nach ihm, wollte es abbrechen. Es gelang ihr nicht.

»Ich kenne eine hübsche Pension bei uns in Ostberlin. Leider nicht so komfortabel und nett wie die Pension Schubert. Zelle 103 kennst du bereits dort.«

Erneut tastete sie nach dem Draht, schnitt sich an dessen Spitze in den Finger. Den Schmerz ignorierend umfasste sie ihn, stabilisierte ihn mit dem Daumen. Zwar kein vollwertiges Messer, doch es sollte reichen, um ihren Angreifer zu verletzen. Sie presste sich an die Wand, zog Günni mit sich, bohrte ihm den Draht in den Oberschenkel. Sie spürte, wie er abknickte. Zustechen konnte sie also nicht. Wo zum Teufel steckte Paul? Hatte er ihre Abwesenheit nicht bemerkt? Hatte er mit einem der anderen Stasi-Agenten zu kämpfen?

Wütend rieb sie den Draht über Günnis Bein, sie hörte das Reißen von Stoff, spürte feuchtes Blut an ihren Fingern. Gleichzeitig schrie er auf und ließ sie los. Sie packte sein Bein mit der freien Hand und zog den Draht weiter durch Hose, Haut und Fleisch. Er torkelte zurück. Sie griff nach ihrer Pistole und schlug damit gegen seine Schläfe. Mit einem letzten Schnauben sackte er zusammen.

Mit der Waffe in der Hand rannte sie in den dunklen Flur. Vor der Haustür auf der anderen Seite des Gangs kämpfte Paul mit einem unbekannten Mann, beide mit dem Rücken zu Vera gewandt. Als Paul versuchte, sich aus dem Würgegriff seines Widersachers zu befreien, entdeckte er Vera. Damit sein Angreifer sie nicht bemerkte, wand er sich mit aller Kraft und zerrte ihn ein Stück nach vorne zur Tür. Vera rannte auf die beiden zu und schlug dem Mann aus vollem Lauf die Pistole auf den Hinterkopf. Sofort sackte er zusammen.

Paul öffnete die Tür zur Chausseestraße. Niemand zu sehen. Gemeinsam rannten sie hinaus und auf den Grenzübergang zu. Den Bürgersteig versperrte schließlich eine hohe Mauer. Sie mussten auf der Fahrbahn weiterlaufen. Zwei Spuren teilten sich und führten an zwei Wärterhäuschen vorbei zu einem hell erleuchteten Grenzstreifen.

Auf Pauls Geheiß ließ Vera sich zurückfallen. Ein NVA-Soldat trat aus dem einen Häuschen heraus, als sich Paul näherte, eine Maschinenpistole unter den Arm geklemmt. Er hob die linke Hand als Zeichen, dass Paul warten sollte. Der grüßte, zog sein Portemonnaie hervor und hielt seinem Gegenüber einen Pass unter die Nase.

Vera stand etwas entfernt im Schatten eines Baumes. Die Grenzbeamten hatten sie nicht bemerkt, zumindest achteten sie nicht auf sie. Paul schaute zu ihr herüber, als der Soldat mit dem Ausweis in seinem Häuschen verschwand. Vera sah durch dessen Fenster, dass er den Pass seinem Kollegen reichte, der an einem schmalen Holztisch saß. Dieser warf einen Blick auf die Papiere und griff zum Telefonhörer. Einige Minuten war er in das Gespräch vertieft. Der Mann mit der Maschinenpistole lehnte im Türrahmen, die Mündung und die Augen auf Paul gerichtet. Endlich nickte sein Kollege eifrig, knallte den Hörer auf die Gabel, stand auf und gab Paul seinen Ausweis zurück. Der steckte ihn ein, ging ein paar Schritte, den Rucksack lässig über einer Schulter. Die Beamten blickten ihm nach. Er drehte sich um, sein Mund formte Worte. Vera verstand nicht, was er zu den Soldaten sagte. Aber der erste entsicherte seine Maschinenpistole und richtete sie auf Paul. Sein Kollege trat aus dem Häuschen hervor, eine Makarov-Pistole in der Hand.

Vera wollte loslaufen, da bemerkte sie, dass auch aus dem zweiten Häuschen drei Männer langsam auf Paul zugingen der keine Anstalten machte zu fliehen. Sie wartete einen Augenblick, dann zog sie die Waffe und schlich an den verwaisten Wartehäuschen vorbei. Als sie die Kontrollposten passiert hatte, drückte sie sich gegen die Wand des einen Kabuffs, sodass es ihr Deckung zur Straße hin bot. Die fünf Soldaten vor ihr waren gerade im Begriff, sich vor Paul aufzubauen.

»Hände hoch! Waffen fallen lassen!«, brüllte Vera so laut, wie sie konnte.

Die Männer erstarrten. Einer wandte sich um, wollte das Gewehr auf sie richten. Bevor er sich vollständig umgedreht hatte, schoss sie. Die Kugel schlug im Teer hinter seinen Beinen ein. Erschrocken legte er seine Waffe auf den Boden und hob die Hände. Seine Kameraden folgten seinem Beispiel, das Gesicht zu Paul gewandt. Der sammelte die Waffen ein und richtete die Makarov auf die Männer. Er machte ihnen ein Zeichen, dass sie sich umdrehen sollten. Sie leisteten ihm Folge.

»Sie sind lebensmüde«, fauchte einer der Soldaten Vera an, als er ihr in die Augen schaute.

»Im Gegenteil«, erwiderte sie, war sich aber unsicher, ob der Mann nicht recht hatte. Mit dem Lauf deutete sie auf eines der Häuschen. »Hinein. Alle.«

Die Männer gehorchten. Drinnen fesselte sie Vera aneinander mit dem Seil aus ihrem Rucksack, während Paul zwei Gewehre auf die Gruppe richtete. Er überprüfte ihr Werk, zog die Fesseln an der einen oder anderen Stelle straffer. Danach verrammelten sie gemeinsam von außen die Tür und gingen in Richtung Westen.

Beinahe hätte Vera gelacht vor Erleichterung und Freude. Wenige Schritte trennten sie von der sicheren Seite. Doch plötzlich gingen die Strahler aus. Für einen kurzen Moment liefen sie im Dunkeln, ehe zwei Suchscheinwerfer sie erfassten. Ein Mikrofon knackte und eine Stimme, die Vera allzu gut kannte, begann zu singen.

Samtweich, sanft, zärtlich schallte sie durch die Lautsprecher des Grenzübergangs durch die Berliner Nacht: »Auch in Warschau blüht jetzt schon der erste Flieder …«

Doch der Klang umschmeichelte Vera nicht mehr. Sein Zauber war verflogen. Stattdessen breitete sich Gänsehaut auf ihren Unterarmen aus. Sie fröstelte, als breitete sich die Kälte dieser Stimme und dieses Herzens wie kleine Eisperlen auf ihrer Haut aus.

»… ganz genau so wie in Frankfurt, Wien und in Paris …«

Sie versuchte zu erkennen, wo Yannick stand, schaute sich um, entdeckte Licht in dem Wachturm, der zwischen ihnen und Westberlin düster in den Nachthimmel aufragte. Dahinter konnte sie Häuser erkennen. Licht in den Fenstern. Auf der Westseite der Mauer.

Nah.

Vertraut.

Unerreichbar.

»… auch in Warschau ist der Winter längst vorüber …«

Sie ging einige Schritte auf den Turm zu, der Lichtkegel folgte ihr. Sie musste sich die Hand vor die Augen halten, um im grellen Scheinwerferlicht, das ihr Gesicht nun direkt anstrahlte, etwas sehen zu können. Sie hörte Pauls Schritte hinter sich. Ein Schuss fiel.

Entsetzt schnellte Vera herum. Paul sackte zusammen, sank auf die Knie, hielt sich das Bein und fiel schließlich um. Reglos lag er auf dem Asphalt zwischen Ost und West. Im Niemandsland. Sie wollte zu ihm zurück. Ihm helfen. Der nächste Schuss fiel, die Kugel zischte an ihr vorbei. Abrupt blieb sie stehen.

Paul winkte. »Es ist okay! Bloß das Bein! Geh weiter!« Er wedelte mit der Hand, als wollte er sie verscheuchen.

Vera blieb unschlüssig stehen.

Hinter ihr sang Yannick scheinbar unbeeindruckt weiter: »… und die Welt ist voller Träume …«

Sie drehte sich wieder um.

»… und die Liebe ist so süß.«

Sie dachte nicht mehr nach. Sie hob einfach die Pistole und feuerte. Das Glas der Wachturmkabine zersplitterte, Scherben regneten auf den Boden vor dem Turm. Die Stimme verstummte. Etwas – oder jemand – fiel in der Kabine zu Boden.

»Bring dich in Sicherheit«, rief Paul Vera zu.

Sie sah sich um. Paul robbte zur niedrigen Metallwand, die die Fahrspuren trennte. Hinter ihm auf der Chausseestraße entdeckte sie Ronnie und die zwei Männer aus dem Zug. Sie hielten ihre Waffen in den Händen, rannten zu dritt auf sie zu. Es sah aus wie in einem Western. Sie musste an Pauls Chef denken, mit seinem Spitzbart und dem silberweißen Haar. Das waren wirklich Männer, die Cowboy und Indianer spielten. Auf eine mörderische Art.

»Ronnie kommt!«, warnte sie Paul.

Der hob den Kopf und schaute über die Metallwand,

fackelte nicht lange und schoss. Die drei Männer gingen in Deckung. Vera warf sich hinter die quer über die Straße laufende weiße Mauer, die die Autos zwang, im Zickzack in den Grenzbereich hineinzufahren. Fast in der gleichen Sekunde wurde auf dem Turm das Feuer eröffnet. Wütende Salven von Schüssen flogen an ihr vorbei und über sie hinweg, schlugen im Asphalt hinter ihr sirrend ein. Dann verstummte das Feuer.

»Du hast sie umgebracht!«, schrie Yannick aus dem Turm. Seine Stimme bebte.

Vera lugte aus ihrer Deckung hervor. Eine Maschinenpistole geschultert, Isabelle in den Armen, stand er an der zerbrochenen Scheibe des Turms. Blut tränkte Isabelles Hippiekleid. Vera schauderte beim Anblick der Leiche, mehr noch, als Yannick sie fallen ließ und sie wie in Zeitlupe aus dem Fenster hinabstürzte, und schließlich auf dem Boden aufschlug. Arme und Beine hüpften beim Aufprall in die Höhe, wie bei einer Puppe. Leblos blieb Isabelle Moreno unter dem Turm liegen. Ihr langes rotes Haar umschmeichelte das blutgetränkte Kleid, ihre toten Augen schienen Vera anzustarren.

Entsetzt schaute sie zu Yannick hoch. Er war verschwunden. Sie drehte sich nach Paul um. Der saß, das verletzte Bein von sich gestreckt, hinter der Trennwand und beobachtete die drei Männer, die sich jenseits des einen Wachhäuschens verschanzt hatten. Hätten sie Deckung hinter dem anderen gesucht, hätten sie womöglich die Soldaten befreien können. Dann wäre es schwierig geworden.

»Kannst du laufen?«, rief sie Paul zu.

Er schüttelte den Kopf. Sie interpretierte es als »mehr schlecht als recht«.

»Wir müssen an dem Turm vorbei!«, fuhr sie unbeirrt fort.

»In der Tat! Das müsst ihr!«, hörte sie Yannicks Stimme.

Er stand vor dem Turm, hinter ihm lag die tote Isabelle. In seiner Hand hielt er die Maschinenpistole, deren Mündung er auf Vera richtete. Vera erhob sich, stieg über das Mäuerchen und ging auf ihn zu, ihre Waffe auf ihn gerichtet. Hinter ihr fiel ein Schuss, jemand schrie auf.

»Nach hinten hast du Deckung!«, rief Paul.

Sie ging weiter auf ihren ehemaligen Liebhaber zu. Auf ihren Romeo.

»Was hast du vor?«, fragte er mit bebender Stimme.

Sie ging weiter.

»Komm nicht näher.« Seine Stimme zitterte leicht.

Ein metallisches Klicken verriet ihr, dass Yannick die Maschinenpistole entsicherte.

Sie ging weiter.

In der Dunkelheit konnte sie seine Augen schimmern sehen. Er hatte geweint. Er tat ihr leid.

Sie ging weiter.

Unmittelbar vor ihm blieb sie stehen.

»Du bist ein Feigling, Yannick Moreno!«, sagte sie ruhig.

Seine Hände zitterten. Sie schlug zu. Der Lauf traf Yannick an der Schläfe. Sein Kopf flog zur Seite, erschrocken hielt er die Hand vors Gesicht. Vera schlug erneut zu. Er sackte vor ihr auf die Knie, die Maschinenpistole schrammte über den Asphalt. Ein dritter Schlag traf seinen Hinterkopf. Bewusstlos brach er zusammen. Vera nahm ihm die Maschinenpistole ab und hängte sie sich über die Schulter, lief drei Schritte weiter zu Isabelle. Sie beugte sich zu ihr herab. Ihre Augen starrten ins Leere. Es schien, als betrachtete Isabelle ihren bewusstlosen Mann. Vielleicht fragte sie sich, ob er bald zu ihr kommen würde. Vera schloss ihr die Lider. Ihr Blick fiel auf das silberne Herz an Isabelles Brust. Ein Blutstropfen klebte daran.

Vera erhob sich und drehte sich um. Sie schaute über das Gelände, betrachtete die schmale weiße Mauer, hinter der sie Schutz gesucht hatte, die geteilte Fahrspur dahinter, die Wachhäuschen, Paul, der in seiner Deckung war. Ohne Vorwarnung eröffnete sie mit der Maschinenpistole das Feuer, jagte eine Salve in das leere Wärterhäuschen, hinter dem Ronnie und seine Leute sich verschanzt hatten. Die Waffe ratterte in der Stille der Nacht. Polizeisirenen kamen näher. Vor ihr splitterte Glas. Schatten duckten sich tiefer hinter das Häuschen. Sie stellte das Feuer ein.

»Mein Partner wird zu mir kommen«, rief sie mit aller Kraft. »Wir werden gemeinsam dieses Land verlassen. Sollte ich nur eine kleine Bewegung sehen, ziele ich einen halben Meter tiefer.« Stille. Vera jagte eine neuerliche Salve in das Häuschen hinein. »Haben wir uns verstanden?«

»Ja!«, brüllte Ronnie. Er klang alles andere als glücklich.

Vera winkte Paul zu. Der humpelte zu ihr hinüber. Sie verharrte in ihrer Position, die Maschinenpistole in der Hand auf die Stasi-Agenten hinter dem zerschossenen Häuschen gerichtet. Erst als Paul bei ihr war, lief sie vorsichtig rückwärts in Richtung Westen. Sie registrierte, wie sich Yannick langsam aufrichtete und den Kopf rieb. Er sah erbärmlich aus, ihr Romeo.

Paul stieß sie leicht an, sie wandte sich zu ihm. Er deutete gen Westen. Eine letzte Mauer trennte sie noch. Das Tor stand offen.

25

Auf der anderen Seite angekommen, half sie Paul, sich an die Mauer zu lehnen. Er musste sich setzen, sein Bein trug ihn nicht mehr. Vorsichtig hielt sie ihn fest. Langsam sank er herab. Hinter sich erklangen Schritte. Polizisten und Sanitäter umringten sie. Ein Notarzt hockte sich vor Paul auf den Boden und untersuchte die Wunde. Blaulicht leuchtete überall auf.

Vera ließ den Mediziner gewähren, starrte, die Maschinenpistole lose über der Schulter hängend, auf die Grenzmauer, hinter der sich vermutlich gerade ähnliche Szenen abspielten, die sich ihren Blicken entzogen, als wäre es Tausende Kilometer entfernt.

Ein Polizist redete auf sie ein, sie verstand kaum ein Wort. Blitzlichter flammten vor ihren Augen grell auf. Männer mit Kameras liefen im Kreis um sie herum, drückten in Sekundenabständen auf den Auslöser.

Jemand hielt ihr das Mikrofon eines sperrigen Aufnahmegerätes unter die Nase. »Woher kommen Sie? Sind Sie glücklich, im Westen zu sein?«

Zwei Polizisten schoben die Journalisten beiseite.

Ein Sanitäter kam zu ihr. »Geht es Ihnen gut? Sind Sie verletzt?«

Sie schüttelte den Kopf. Der Mann untersuchte sie dennoch. Er hielt ihr eine Lampe vor die Augen, tastete ihre Knochen ab. Sie riss sich los.

»Tut mir leid, das ist Vorschrift«, erklärte der Mann.

»Ihr Stresspegel ist hoch, eventuell merken Sie gar nicht, dass Sie verletzt sind.«

Vera ließ die Prozedur über sich ergehen, schließlich hätte sie nicht einmal sagen können, ob sie im Stress war. Sie fühlte sich, als hätte sie die letzten Tage in einer Parallelwelt verbracht, aus der sie nun orientierungslos, leer und erschöpft zurückgekehrt war.

Sie schaute zur Seite, bemerkte, wie Paul auf eine Trage gehoben wurde, wie er den Daumen hob und sie angrinste.

»Wo bringen Sie ihn hin?«, fragte sie den Sanitäter.

»Ins neue Bettenhaus an der Luisenstraße.«

»Ich will auch dahin!«, bestimmte sie.

Ein Polizeibeamter in Zivil sprach sie an, sie schob ihn weg. Gegen den Willen der Rettungskräfte und der Beamten zwängte sie sich in den Krankenwagen, der Paul ins Bettenhaus bringen sollte. Sie würde ihm nicht von der Seite weichen, obwohl sie sich selbst kaum auf den Beinen halten konnte.

Kurz bevor die Tür des Rettungswagens geschlossen wurde, registrierte sie, wie ein Mann in einem dunklen Mantel mit ernster Mimik und gestenreich auf die Journalisten einredete. Zwei Polizisten kamen hinzu und sammelten die Kameras der Fotografen ein.

In der Luisenstraße wurde Paul umgehend versorgt. Die Belegschaft gewährte ihr, in seiner Nähe zu bleiben. Der Einfachheit halber legte sie sich in das Bett neben ihm. Niemand protestierte.

Als sie aufwachte, leuchtete eine golden schimmernde Abendsonne durch die Fenster. Verwirrt blickte sie sich um, schaute nach draußen. Sie mussten weit oben sein, die Aussicht war atemberaubend. Berlin lag ihr zu Füßen, erstreckte sich wie ein endloses Häusermeer in alle Richtungen, Bäume wie winzige Inseln eingestreut. Der mehrere hundert Meter breite Mauerstreifen fraß sich wie eine kahle, leblose Raupe hindurch, wirkte wie eine Mondlandschaft zwischen Betonplatten.

Neben ihr lag Paul. Kanülen eines Infusionsbeutels steckten in seinem Arm. Sie sah an sich herunter. Niemand hatte ihr die Kleider ausgezogen. Sie trug die Sachen, die ihr Gerda im Osten gegeben hatte. Sogar das Kopftuch hatte sie noch umgebunden. Sie knotete es auf und nahm es ab. Dann setzte sie sich in ihrem Bett auf. Ihre Schuhe standen ordentlich davor. Doch wo waren ihre Rucksäcke? Wo war die Liste?

Leise stand sie auf, spähte unter das Bett. Sie durchsuchte den Raum gründlich, inspizierte den weißen Kleiderschrank und die separate Nasszelle. Nichts. Hatte sie umsonst zwei Menschen getötet? Kannert und Isabelle?

Mit klopfendem Herzen trat sie hinaus auf den Flur. Am Ende des Ganges hörte sie Stimmen. Sie lief in die Richtung, aus der sie kamen, trat durch eine Glastür in das Zimmer der Stationsschwestern. Zwei Schreibtische waren in der Mitte zusammengeschoben, Dienstpläne an die Wand gepinnt. Genau wie in ihrem alten Büro. Neben der Tür befand sich ein Einbauschrank mit einer integrierten Küchenzeile. Auch das war wie in Bonn. Auf einem der Tische stand ein winziger Fernseher. Die Antenne ragte silbern glänzend in die Höhe.

Daher kamen die Stimmen. Ein Nachrichtensprecher. Wie spät war es überhaupt?

Sie warf einen Blick auf die Uhr, die über den Dienstplänen hing. Kurz nach sieben. Sie hatte fast achtzehn Stunden geschlafen! Ihre Augen wanderten zurück zum Fernseher. Sie erstarrte. Ging näher heran. Betrachtete das Foto auf dem leicht flackernden Bildschirm genauer. In der Tat. Er war es.

Der Nachrichtensprecher lieferte die letzte Bestätigung: »Im Mordfall des Ministerialdirektors des Finanzministeriums Bernd Marx hat die Polizei in Bonn heute einen dringend tatverdächtigen Mann festgenommen. Er soll Marx erstochen haben, nachdem dieser ihn bei einem Einbruch überrascht hatte.«

Das Bild wechselte zu einem unscharfen Foto eines jungen Mannes, der ausdruckslos in die Kamera starrte. Wer war der arme Kerl, der schuldlos – an Isabelles und Yannicks Stelle – in den Knast wandern sollte?

»Ist das nicht schrecklich?«, ertönte es hinter ihr.

Vera zuckte zusammen, sie fuhr herum.

»Oh, tut mir leid, ich wollte sie nicht erschrecken.« Eine junge Krankenschwester stand in der Tür. »Sie sind die Patientin von Zimmer 712, oder?«

Vera nickte.

»Von drüben …?« Eher eine Feststellung, weniger eine Frage. Sie ging zum Fernsehgerät und schaltete es aus, lief zum Schrank, nahm eine Tasse. »Möchten Sie einen? Echter Bohnenkaffee!«

Vera nickte erneut. Sie fand ihre Stimme einfach nicht.

Die junge Frau griff nach einer zweiten Tasse, ein

Bär war darauf abgebildet, und goss ihnen ein. »Milch und Zucker?«

»Schwarz bitte!« Ihre Stimme kratzte. Immerhin besaß sie sie noch.

Die Schwester reichte ihr den Kaffee, setzte sich auf einen Stuhl an einem der Tische. »Schlimme Geschichte, das mit diesem Mann aus dem Ministerium. Daran gewöhnen Sie sich am besten schon mal. Solche Verbrechen gab's bei Ihnen sicher nicht. Wenn Sie meine Meinung hören wollen: Seine Frau steckt dahinter. Die ist nämlich abgehauen, müssen Sie wissen. Direkt nachdem der arme Kerl ermordet wurde.« Sie beugte sich zu Vera herüber, griff nach ihrem Unterarm. »Wenn Sie mich fragen«, fuhr sie verschwörerisch fort, »hat die Frau den armen Jungen angestiftet, ihren Mann umzubringen. Bestimmt kassiert die eine dicke Lebensversicherung!« Sie trank einen Schluck Kaffee. »So sind die reichen Leute nämlich. Auch daran gewöhnen Sie sich am besten schon mal.«

Vera ging auf die Spekulationen der Schwester nicht ein. Sie musste mit dem BND reden. Wegen des Jungen. Vor allem aber brauchte sie die Liste.

»Wo sind unsere Rucksäcke?«, erkundigte sie sich.

»Rucksäcke?« Für einen Moment schaute die Krankenschwester sie verwirrt an. »Ach ja!«

Sie stand auf, lief zum Schrank und öffnete eine der unteren Türen. Vera folgte ihr, entdeckte die zwei Rucksäcke, eingezwängt zwischen Putzeimern, streckte die Hand schnell aus und zog beide Taschen heraus. Die Schwester musste die Eimer festhalten, damit sie nicht umfielen.

»Danke!« Vera eilte zurück in ihr Zimmer.

Dort stellte sie die Rucksäcke auf das Bett und öffnete sie. Sie durchwühlte Pauls Tasche zuerst, fand die Dokumente, die er aus Fuchs' Safe gestohlen hatte, stellte erleichtert fest, dass sich mehrere Seiten mit Namen darunter befanden, Paare von Namen, männliche und weibliche. Romeos und ihre Zielpersonen. Frauen wie sie. Und Männer wie Yannick.

Sie packte die Papiere in ihren eigenen Rucksack und verstaute beide Taschen unter ihrem Bett. Sie würde die Liste nicht aus den Augen lassen, bis sie ein paar offene Fragen geklärt hatte.

Die Tür zu ihrem Krankenzimmer öffnete sich. In Begleitung zweier Männer betrat Pauls Chef den Raum, eine schwarze Aktentasche in der Hand. Freundlich nickte er Vera zu, sah kurz zu seinem schlafenden Agenten im Nachbarbett.

Sie richtete sich auf, schob sich zur Bettkante vor. Mit den Füßen zog sie ihren Rucksack nach vorne, und behielt ihn zwischen den Beinen umklammert.

»Darf ich mich setzen?«, fragte der Alte und deutete auf den Besucherstuhl neben dem Eingang.

Vera nickte.

Einer der Begleiter trug den Stuhl hinüber zu Veras Bett. Leise öffnete der andere die Tür und ging hinaus. Vera vermutete, dass er davor Position beziehen würde, wie es sein Kollege auf der anderen Seite im Zimmer tat. Als ob gleich eine Truppe Stasi-Agenten hereinstürmen würde, um sie und den alten Herrn mit seinem Westernbärtchen zu erschießen. Vielleicht banden sie sie vorher an einen Marterpfahl? An Pauls Infusionsträger zum Beispiel?

»Ich bin sehr beeindruckt von Ihnen. Um ehrlich zu sein, habe ich nicht unbedingt damit gerechnet, Sie wiederzusehen.«

Vera dachte an Kannert, an Isabelle, das kalte Metall an ihrem Hinterkopf.

»Vermutlich haben Sie ein paar schreckliche Tage hinter sich«, sprach Pauls Chef weiter. »Sie sollen wissen, dass wir alle Sie als Heldin betrachten. Vor allem«, er grinste schief, »wenn Sie uns die Liste mitgebracht haben.«

Vera griff nach ihrem Rucksack und holte die Liste hervor. Die gierigen Finger des Alten streckten sich danach, Vera hielt sie hoch, damit er sie nicht erreichen konnte. Irritiert sah er sie an. Wie ein Kind, dem man sein Spielzeug verweigert. Das Funkeln in seinen Augen wurde verschlagen.

Er lehnte sich zurück, gab sich gelassen. »Wollen Sie den Preis hochtreiben?« Er legte die Hand auf ihr Knie. »Ich denke, das haben Sie sich verdient.«

Vera schob die Hand weg. »Was geschieht mit den Männern, die auf dieser Liste stehen?«

»Sie werden festgenommen und abgeschoben. Vermutlich wird die Gegenseite versuchen sie abzuziehen, sobald sie weiß, dass wir die Identitäten ihrer Romeos kennen. Für manche der Frauen wird es eine herbe Enttäuschung sein, wenn ihr Geliebter von einem auf den anderen Tag verschwindet. Aber wir beide wissen, dass es das Beste für sie ist.«

»Und der Junge, der für den Mord an Bernd verantwortlich gemacht werden soll, was ist mit dem?«

Der Alte lachte. Er hörte gar nicht mehr damit auf. Vera hätte ihm am liebsten mit den Papieren eine runtergehauen.

Schließlich beruhigte er sich, wischte sich eine Träne aus dem Augenwinkel. »Das ist unser Meisterstück in dieser Geschichte. Den Jungen gibt es überhaupt nicht.«

»Was soll das heißen, ihn gibt es nicht? Ich habe ein Bild von ihm in den Nachrichten gesehen.«

»Eine Erfindung für die Medien. Wir haben diesen Jungen erschaffen, das alte Foto eines verschollenen Informanten genommen und eine Vita ersonnen. Sie sind von jedem Verdacht freigesprochen. Wie wir es besprochen hatten.« Seine gierigen Finger griffen nach der Liste. »Wir«, betonte er, »haben unseren Anteil der Vereinbarung erfüllt.«

Sie überließ ihm die Papiere. Der Alte studierte sie kurz und steckte sie grinsend in eine Ledermappe, die er aus seiner Aktentasche hervorholte. »Gute Arbeit, Frau Marx, sehr gute Arbeit.« Er reichte ihr einen braunen Papierumschlag. »Darin finden Sie alle Dokumente, die Sie für ihren Neustart benötigen …« Er musterte sie einen Moment. »Wir hätten Verwendung für ein Talent wie Sie.«

»Nein, das ist nichts für mich.«

»Wie Sie meinen.« Der Alte erhob sich. »Was haben Sie stattdessen vor?«

»Ich weiß es nicht. Ich muss ein paar Dinge abschließen.« Sie dachte an das Haus, an ihre Arbeit. An Bernd, der nicht mehr zu Hause sein würde, wenn sie nach Bonn zurückkehrte. »Dann werde ich weitersehen.«

»Ihnen ist klar, dass Sie in Ihr altes Leben, an Ihren alten Arbeitsplatz nicht zurück können?«

»Warum?« Erstaunt blickte Vera den Alten an.

»Mit ihren Kontakten in den Osten und ihrem Wissen über unsere geheimen Operationen wären Sie im Verteidigungsministerium ein Sicherheitsrisiko. Wir hatten vereinbart, dass Sie wieder ein normales Leben führen können. Nicht ihr altes.«

»Aber …« Ihr fehlten die Worte.

Ohne darüber nachzudenken, war sie davon ausgegangen, dass sie eines Tages wieder mit Hedwig und Magda in einem Büro sitzen würde, Hildebrandts unleserliche Schrift oder genuschelten Diktate in fehlerfreie Briefe übersetzen und Dokumente kopieren würde.

»Es gibt andere Ministerien …«, setzte sie erneut an.

Der Alte schüttelte den Kopf. »Nicht für Sie. Sie werden sich etwas Neues suchen müssen. Sie wissen ja, unsere Türen stehen Ihnen offen.« Er breitete tatsächlich die Arme aus, erhob sich mit dieser pathetischen Geste.

»Im Leben nicht«, zischte Vera.

Der Alte ließ die Arme sinken. Ohne Paul eines weiteren Blickes zu würdigen, ging er zur Tür.

»Eine Frage«, hielt Vera ihn auf, »wie heißen Sie eigentlich?«

Der Alte drehte sich um. »Manche haben kein Gesicht, andere haben keinen Namen, Frau Marx.«

»Man braucht beides, um im Leben zurechtzukommen«, erwiderte sie.

Er verbeugte sich leicht und machte auf dem Absatz kehrt. Sein Leibwächter folgte ihm.

Lange betrachtete sie den schlafenden Paul im Bett neben sich. Er lag auf dem Rücken, den Mund leicht geöffnet. Sein Haar wirkte perfekt zurückgekämmt, das verletzte Bein war verbunden und lag ruhig gestellt in einer Schlinge. Was würde er tun, wenn er aufwachte? Sie ahnte es. Er würde zurückgehen in sein seltsames Büro im Amt für Militärkunde mit dem Feldbett und dem Rasierer über der Spüle. Oder in irgendein anderes Büro, in das ihn der Mann ohne Namen schicken würde.

Sie setzte sich auf die Bettkante, nahm seine Hand. Er schlief weiter. Er hatte aufgrund seines Schwächezustandes und der Tiefe der Schussverletzung sediert werden müssen, hatten ihr die Ärzte erklärt. Die Kugel war entfernt, Muskeln und Bänder zusammengeflickt worden, jetzt musste alles wieder in Ruhe zusammenwachsen.

Vera beugte sich vor und küsste Paul sanft auf den Mund. Für einen Moment schienen seine Lippen den Kuss zu erwidern, aber er erwachte nicht. Sie schrieb ihm keinen Abschiedsbrief.

Rasch packte sie ihren Rucksack und ging in die Nasszelle. In dem Umschlag, den ihr der Alte überreicht hatte, hatte sie neben ein paar 100-Mark-Scheinen einen Personalausweis, einen Reisepass und ihren Führerschein gefunden. Erleichtert hatte sie festgestellt, dass auf allen Dokumenten ihr richtiger Name stand. Zumindest war sie wieder Vera Marx. Sie schaute in den Badspiegel, musterte diese Vera Marx. Sie sah müde aus, abgespannt, die Ereignisse der letzten Tage hatten feine, bittere Falten um ihren Mund gezogen. Zumindest im Gesicht wirkte sie hagerer, ernster. In ihrem

Blick lag eine dunkle Traurigkeit. Die Augen selbst leuchteten entschlossen. Sie würde mich mit dieser Frau nicht anlegen wollen, dachte Vera unwillkürlich. Dann fuhr sie sich mit den Fingern durch das blondierte Haar, wuschelte es durcheinander und brachte tatsächlich ein Lächeln zustande, das den Sorgenfalten ein paar fröhliche hinzufügte.

Mit einem letzten Blick auf Paul verließ sie das Krankenzimmer. Auf der Luisenstraße vor dem Bettenhaus stieg sie in ein Taxi. Zunächst wollte sie sich zum Bahnhof Zoo fahren lassen, um in einen Zug nach Köln zu steigen. Aber sie fürchtete sich, durch die DDR zu reisen. Waren die Beamten der Grenzkontrollen über ihre Person informiert, würde sie kaum in den Westen kommen. Sie ließ sich zum Flughafen Tegel chauffieren. Von dort nahm sie eine Maschine der British Airways nach Köln.

Sechs Stunden später betrat sie das Haus, das sie sieben Jahre mit ihrem Mann bewohnt hatte. Als im Rucksack nach Geld gesucht hatte, um den Taxifahrer zu bezahlen, war sie zu ihrer Überraschung auf die Pistole gestoßen, die sie in Fuchs' Haus an sich genommen hatte. Sie hatte sie völlig vergessen und am Flughafen mitsamt Rucksack beim Einchecken abgegeben. Offenbar waren die Gepäckkontrollen dort ebenso nachlässig wie im Ministerium. Schmunzelnd musste sie an Magda denken, die einmal im Jahr zum Einkaufen nach Berlin flog und ihr jedes Mal Horrorgeschichten erzählte. Wie ihr Koffer durchwühlt auf dem Gepäckband am Köln-Bonner Flughafen ankam, wie Dinge fehlten oder verschmutzt waren. »Jedes einzelne Teil schauen die sich da an!«, hatte sie behauptet. Wohl kaum, dachte Vera. In ihren Rucksack hatte niemand auch nur einen flüchtigen Blick geworfen, davon war sie überzeugt.

Sie lief durch die Räume, als wäre sie eine Fremde. Der Wohnbereich mit seiner strengen Kühle, all dem Marmor, dem Leder und dem Chrom ließ sie frösteln. Im Schlafzimmer klebte noch Bernds Blut an der Wand und auf den Laken. An diesem Ort würde sie nicht bleiben können. Nicht bleiben wollen.

Auf der Ablage im Flur lag Bernds Wagenschlüssel. Der Porsche parkte vor der Garage. War es pietätlos, den Wagen ihres ermordeten Ehemannes zu nehmen? Zu seinen Lebzeiten hätte er das nie erlaubt. Sie griff nach den Schlüsseln.

Draußen zwängte sie sich hinter das Sportlenkrad. Die Sitze waren unbequem. Das erste Mal fiel ihr auf, dass Bernd sie eigentlich nicht einmal als Beifahrerin in seinem Porsche toleriert hatte. Sie steckte den Schlüssel in das Zündschloss, drehte ihn. Der Motor brummte. Sie löste die Handbremse, legte den Rückwärtsgang ein und gab Gas. Das Auto schoss nach hinten auf die Straße. Vera trat heftig auf die Bremse, der Porsche schleuderte um 90 Grad herum und kam in Fahrtrichtung zu stehen. Zwei Teenager mit bunt gefärbten Haaren torkelten leicht angetrunken den Bürgersteig entlang und kommentierten ihr Manöver lachend mit Applaus. Sie winkte ihnen, beschleunigte diesmal behutsamer und fuhr los. In annehmbarer Geschwindigkeit.

Auf den nächtlichen Straßen gewöhnte sie sich rasch an den Sportwagen. Wer einen Trabant steuern konnte, für den war ein Porsche ein Kinderspiel. Sie stellte das Radio an, das Nachtprogramm des WDR beschränkte sich auf Musik, was ihr gerade recht kam.

Nach wenigen Minuten stoppte sie den Porsche vor der Pension Schubert. Die Fenster waren dunkel. Selbst die Leuchtreklame über dem Eingang strahlte nicht. Sie stieg aus, die Tür war verschlossen. Man hätte meinen können, dass die Pension seit Jahren verlassen vor sich hinschlummerte.

Unschlüssig stieg sie zurück ins Auto, steuerte die Bonner Innenstadt an. Sie hatte genügend Geld, sie konnte sich ohne Weiteres ein anderes Hotel leisten. Nicht weit der Pension entdeckte sie eine Tramperin am Straßenrand. Es überraschte sie nicht, dem bekannten Gesicht in dieser Gegend zu begegnen.

Vera hielt an, beobachtete im Rückspiegel, wie die Tramperin auf sie zugelaufen kam. Die junge Frau riss die Beifahrertür auf.

»Schickes Auto. Nimm'ste mich mit?« Sie schaute verdutzt. »… Wir kennen uns.«

»Hallo, Mira!«

Mira wollte die Tür zuschlagen und wegrennen, verharrte jedoch. Was womöglich an der Pistole lag, die Vera auf sie richtete.

»Steig ein«, befahl Vera und lächelte.

Mira folgte ihrer Anweisung. Vera fuhr los, die Waffe zwischen die Knie geklemmt.

»Du hast 'ne Knarre«, stellte die Punkerin fest.

»Ja.«

»Cool.«

»Geht so.«

»Du«, sagte das Mädchen schließlich. »Das ist damals blöd gelaufen. Es war halt …«

»Wer hat dich engagiert, damit du mich beim Trampen mitnimmst?«

»Ein Pärchen. Hippies.«

»Und Günni hat dich bezahlt, vor der Pension, schlappe 20 Mark …«, schlussfolgerte Vera.

Sie hatte es vermutet: Wirklich *alles* war eingefädelt gewesen. Die erste Begegnung. Die Pension. Die neue Wohnung.

»Wohin soll ich dich bringen?« Mit einer Hand am Steuer ließ Vera die Pistole im Rucksack verschwinden, der unter ihrem Sitz lag.

Mira entspannte sich sichtlich, stellte eine Gegenfrage: »Wo fähr'ste denn hin?«

»Keine Ahnung. Ich brauch einen Platz zum Schlafen.«

»Wir haben einen Proberaum. In einer alten Fabrik. Ist nicht chic. Aber warm. Es gibt 'nen Kohleofen.«

»Einen Proberaum?«

»Ja, meine Jungs und ich haben eine Band. Die Infernos.« Sie lächelte stolz. »Ich hab ein Tape.«

Ehe Vera das verhindern konnte, hatte Mira eine Kassette in das Autoradio geschoben und auf »Start« gedrückt. Ein monotones Schlagzeug gab einen dumpfen, zügigen Takt vor. Ein tiefer Bass unterstützte es. Schließlich schob sich eine kreischende Gitarre in den Vordergrund.

Mira grinste. »Das war schief. Wir üben noch.«

Vera nickte. Das mussten sie auch.

Dann erklang Miras Stimme. Tief, kehlig, jeden Ton mit der Präzision eines Uhrwerks treffend.

»Du kannst gut singen.«

»Findest du?« Stolz blickte die Punkerin sie an. »Die anderen finden mich zu brav.«

»Die anderen haben vielleicht einfach keine Ahnung!«

Mira lachte. »Kann sein!« Der erste Song endete. »Das musst du dir noch anhören!«, rief die Punkerin begeistert.

Diesmal sang Mira ohne Instrumentalbegleitung. Ihre Stimme durchflutete förmlich den Innenraum des Porsches, nahm ihn in Besitz, schlich sich in Veras Gehörgänge, krabbelte in ihren Kopf, vertrieb die Bilder, die sie verfolgten. Statt der Leichen und des Grabs sah Vera mit einem Mal einen Vorhang vor sich aufgehen.

Mira musterte sie von der Seite. »Du weinst ja …«

»Das geht vorbei.«

»Meistens.«

Sie schwiegen eine Weile, lauschten der Musik, Miras Stimme, und starrten hinaus auf die nächtliche Straße. Schließlich unterbrach die Punkerin das Schweigen. »Du bist Sekretärin oder so was, ne?«

Vera nickte.

»Kenn'ste dich mit Zahlen aus?«

Sie nickte erneut.

»Wir brauchen 'ne Managerin.«

»Du brauchst bessere Musiker.«

Mira holte ein Päckchen Tabak aus der Seitentasche ihrer Lederjacke und drehte sich mit flinken Fingern eine Zigarette. »Das vielleicht auch. Darf ich rauchen?«

»Keine Ahnung. Ist nicht mein Auto.«

Sie lachten, während sich Mira die Zigarette anzündete. »Haste Bock?«

»Kippe? Gerne.«

»Nein, unsere Managerin zu werden!«

Vera überlegte, wie absurd es doch war, Managerin einer Punk-Band zu sein. Derart absurd, dass ihr der Gedanke gefiel.

EPILOG

Mira zitterte. Sie stand in dem winzigen Raum hinter der Bühne, der als Garderobe diente. Hastig trank sie ein Glas Schnaps. Vera nahm es ihr vorsichtig aus der Hand. Ein halbes Jahr war vergangen, seitdem sie die Punkerin in Bernds Porsche aufgelesen hatte.

»Einer reicht«, sagte sie leise und nahm das Mädchen fest in den Arm.

Mira hatte Tränen in den Augen. »Es sind 500 Leute draußen«, stammelte sie.

»Ja, und fünfzehn davon sind von diversen Plattenfirmen und wollen dich hören.«

Vera schob Mira sanft zu dem schwarzen Vorhang, der die Bühne von der Garderobe trennte. Die Band wartete bereits auf der anderen Seite. Es war Veras erste Idee in ihrem neuen Job gewesen, Mira und die wunderbaren »Heavenly Sisters« zusammenzubringen. Sie hatte sich die Finger wund telefoniert, um die drei Musikerinnen aufzufinden. Beim ersten Treffen der vier Frauen – Mira mit ihren Stoppelhaaren und der mit Nieten besetzten Lederjacke, die anderen mit ihren Pferdeschwänzen und den weit ausgestellten Röcken – hatte Vera das Gefühl gehabt, einem Revierkampf von Straßenkatzen beizuwohnen. Klugerweise hatte sie die Begegnung im Proberaum der »Heavenly Sisters« arrangiert, und als sie gemeinsam eine Jamsession starteten – wozu Vera sie nötigen musste – waren nach wenigen Takten alle Rivalitäten vergessen. Nicht einmal über den gemeinsamen Namen gerieten sie mehr in Streit. »Mira & The Heavenly Sisters« wurde rasch von allen akzeptiert.

Miras Gesang war noch besser geworden, seitdem sie Musikerinnen um sich hatte, deren Begleitung ihre Stimme tragen konnte. Der Stil war nach wie vor wild, gemeinsam spielten sie eine eigentümliche Mischung aus Punk und Jazz. Durch Miras Präsenz war das ein Arrangement, das selbst in Veras Ohren, mit ihrem vielleicht doch ein wenig konservativen Geschmack, sehr gut funktionierte. Ach was: der totale Hammer war! Die Plattenfirmen, die sie belagert hatte, um sie zum heutigen Auftritt zu locken, würden sich um die Mädchen reißen. Vielleicht, überlegte Vera, würde sie selbst die Vorgruppe unter Vertrag nehmen und vermitteln, vier Jungs, grün hinter den Ohren, mit einem guten Gespür für Melodien.

»Ich kann das nicht!« Mira schaute Vera aus ihren großen, mit Kajal betonten Augen an.

»Du hast überhaupt keine Ahnung, was du alles kannst, Mira.«

»Du klingst so verdammt überzeugt, wenn du das sagst …«, erwiderte die Sängerin schüchtern. Sie umarmte Vera zitternd und drückte ihr einen zu feuchten Kuss auf die Wange. Dann verschwand sie hinter dem schwarzen Vorhang.

Wenige Augenblicke später hörte Vera ihre Stimme und wusste, dass sie alles richtig gemacht hatte, noch bevor das Publikum in frenetischen Applaus ausbrach.

Erst als der Beifall sich beruhigte, lugte sie vorsichtig hinter dem Vorhang hervor in den Saal. Sie stockte.

In der ersten Reihe vor der Bühne stand ein vertrautes Gesicht und sah ihr direkt in die Augen.

Jetzt war Vera an der Reihe zu zittern.

Sie hatte in den letzten Monaten oft an Paul Gruber gedacht, die Gedanken aber beiseitegeschoben und sich allein ihrem neuen Leben gewidmet. In der Nähe des Poppelsdorfer Schlosses, wo sie auf ihrer Flucht auf einer Bank eingeschlafen war, hatte sie ein gemütliches Zweizimmerappartement gefunden, in dem sie sich sehr wohl fühlte. Eines Tages hatte sie im Park den Gärtner getroffen, der sie damals geweckt hatte. Er hatte sie nicht erkannt. Nie hatte sie ein Agent belästigt. Von keiner Seite. Zugegeben, manchmal, in den ersten Wochen, hatte sie sich beobachtet gefühlt, doch dieses Empfinden war mit der Zeit verschwunden.

Nun schaute sie in Pauls Gesicht. Unmittelbar vor ihr.

Sie winkte einem der Ordner. »Im Publikum steht ein Mann im Anzug, in der ersten Reihe. Bringt ihn bitte nach hinten.«

Der Mann nickte, bedeutete einem Kollegen, ihn zu begleiten, und betrat den Saal.

Von ihrer Position hinter dem Vorhang konnte sie beobachten, wie die zwei muskulösen Männer Paul ansprachen, der überrascht wirkte. Kurz schien er sich der Aufforderung widersetzen zu wollen, ehe er den beiden folgte. Er hinkte leicht.

Wenige Minuten später betrat er die Garderobe.

»Hallo, Paul«, begrüßte ihn Vera. Sie nickte den zwei Ordnern zu, sie verließen den Raum.

»Hallo, Vera«, erwiderte Paul. Er schaute den Männern hinterher. »Interessante Mitarbeiter!«

»Sie arbeiten für den Club.«

»Sie hören auf dich.«

»Setz dich doch!« Vera deutete auf das alte Sofa, das an der Wand zur Bühne stand. Sie selbst nahm auf dem Hocker am Schminkspiegel Platz, vor dem Mira eben mehrere Lagen Kajal aufgetragen hatte. »Wir haben uns lange nicht gesehen.«

»Du bist ziemlich plötzlich verschwunden. Niemand wusste, wohin.«

»Als ob ihr Schwierigkeiten hättet, das herauszufinden.«

»Du hast recht. Ich habe mich nicht getraut, mich bei dir zu melden.« Er blickte sich um. »Du bist Managerin einer Rockband.«

»Ja, das habe ich mitbekommen …«

Er grinste verlegen. Süß.

»Und du?«, fragte sie.

»Ich lag eine Weile im Krankenhaus, danach erst mal Dienst im Büro.« Er deutete auf sein Bein. »Die Verletzung. Sie erlaubt mir keine Außeneinsätze mehr.«

»Das tut mir leid.«

»So schlimm ist das nicht. Ich habe den Dienst ohnehin quittiert. Es war an der Zeit, einen Neustart zu wagen. Seit ein paar Wochen arbeite ich bei der Kripo … In Bonn«, ergänzte Paul nach einer kleinen Pause. Er zögerte, ehe er weitersprach: »Schlimmer ist, dass ich dich nicht mehr gesehen habe.«

Draußen setzte wieder stürmischer Applaus ein. Mira sagte ein paar Worte.

»Ich hab dich vermisst«, fuhr Paul unbeirrt fort.

Er erhob sich. Vera konnte sehen, dass es ihm schwerfiel. Er musste sich an der Lehne aufstützen, weil er das Bein nicht richtig belasten konnte.

»Ich dich auch«, hörte sie sich sagen.

Für die Kürze einer Ewigkeit standen sie sich unschlüssig gegenüber, er vor dem alten, abgewetzten Sofa, sie vor den leuchtenden Glühbirnen des Schminkspiegels.

»Dann …«

»Ja …«

Ob ihre Beine sie wohl bis zum Sofa tragen würden? Ihre Knie sagten Nein. Sie mussten. Sie war die Frau, mit der sie sich nicht anlegen wollte.

Mira stimmte wieder ein Lied an, als sich Vera und Paul küssten. Es war die einzige Coverversion, zu der sich die Band hatte hinreißen lassen: die Titelmelodie eines der letzten James-Bond-Agentenfilme. Vera erstarrte nach den ersten Takten, doch dann ließ sie sich in den Klang dieser bemerkenswerten Begleitmusik fallen.

»… but like heaven above me, the spy who loved me is keeping all my secrets safe tonight …«

Sie drängte Paul zurück zum Sofa. Das Konzert würde noch mindestens 30 Minuten dauern.

ENDE

Das Neueste aus der Gmeiner-Bibliothek

Unser Lesermagazin

Bestellen Sie das kostenlose Krimi-Journal in Ihrer Buchhandlung oder unter www.gmeiner-verlag.de

Informieren Sie sich ...

www ... auf unserer Homepage:
www.gmeiner-verlag.de

@ ... über unseren Newsletter:
Melden Sie sich für unseren Newsletter an unter www.gmeiner-verlag.de/newsletter

f ... werden Sie Fan auf Facebook:
www.facebook.com/gmeiner.verlag

Mitmachen und gewinnen!

Schicken Sie uns Ihre Meinung zu unseren Büchern per Mail an gewinnspiel@gmeiner-verlag.de und nehmen Sie automatisch an unserem Jahresgewinnspiel mit »mörderisch guten« Preisen teil!

GMEINER SPANNUNG

WWW.GMEINER-VERLAG.
Wir machen's spanne